SANDIE DOCKER

Das kleine Café der großen Träume

GOLDMANN
Lesen erleben

Buch

Für Hattie ist das Kookaburra Creek Café seit fünfzig Jahren ihr Zufluchtsort – ihre zweite Chance auf ein glückliches Leben, nachdem ihr großer Traum, Schauspielerin am Theater zu werden, zerstört wurde. Auch für Alice ist das Café der Lebensmittelpunkt, seit Hattie sie als junge Frau aufgenommen hat. Sie backt, serviert und ist die gute Seele des beliebten Lokals. Und für Becca, eine Teenagerin in Schwierigkeiten, könnte das Café der Neuanfang sein, nach dem sie sich sehnt. Doch als tragische Geheimnisse aus der Vergangenheit ans Licht zu kommen drohen, könnte alles, wofür die drei Frauen so hart gearbeitet haben, zerstört werden …

Autorin

Sandie Docker wuchs im ostaustralischen Küstenort Coffs Harbour auf und entdeckte im Studium und auf Reisen ihre Liebe zum Schreiben. Heute lebt sie mit ihrem Mann und ihrer Tochter in Sydney. »Das kleine Café der großen Träume« ist ihr Debütroman. Mehr zu Sandie Docker unter: www.sandiedocker.com

Für Dad,
der immer daran geglaubt hat,
dass ich es kann.

Prolog

Sie rannte, so schnell sie konnte.

»Wo bist du?«, rief sie heiser.

Ihre Kehle schmerzte. Jeder Atemzug fiel ihr schwer. In dem dichten schwarzen Rauch konnte sie kaum etwas sehen, aber sie war sich sicher, dass sie nah dran war. Es musste einfach so sein.

Hinter ihr zuckten zornige orangefarbene Flammen in den Kronen der Eukalyptusbäume und verfolgten sie, doch sie lief weiter. Sie würde ihn auf keinen Fall dort draußen allein lassen.

Sei tapfer.

Sie hustete. Keine Luft.

»Bist du hier?«, keuchte sie.

Neben ihr knackte das Holz der Bäume. Äste zersplitterten, und die Einzelteile flogen in heißen verkohlten Fetzen durch die Luft. Sie duckte sich und wich ihnen aus.

Sei tapfer.

Auf der Lichtung sah sie einen unbewegten Schatten.

»Da bist du ja. Dummer Junge. Du darfst doch nicht einfach davonlaufen. Schon gut, jetzt bin ich ja hier. Aber wir müssen weg.« Sie sah die Angst in seinen Augen. »Bist du verletzt? Kannst du laufen?«

Er winselte. Sie ließ sich auf die Knie fallen und fuhr mit den Händen durch sein dichtes Fell.

Tränen liefen ihr über die Wangen und verdunsteten in der heißen, trockenen Luft. »Alles ist gut, ich bin bei dir.« Sie hustete wieder. Das Atmen fiel ihr immer schwerer.

»Wir werden es schon schaffen.« Sie legte sich neben ihren besten Freund auf die Erde, und er drückte seine Nase gegen ihren Arm. »Wir ruhen uns kurz aus, dann gehen wir weiter.«

Sie schloss hustend und keuchend die Augen. Länger als eine Minute durfte sie nicht liegen bleiben.

Kapitel eins

Kookaburra Creek Café, 2018

Alice Pond öffnete die Tür zum Kookaburra Creek Café, aber die Messingglocke über dem Eingang blieb still.

Die meisten Leute, die das Café betraten, hätten das sicher nicht bemerkt, aber Alice' Leben folgte seit vierzehn Jahren jeden Morgen der gleichen Routine. Fast jeden Morgen. Und das bedeutete, dass es ihr natürlich sofort auffiel.

Eigentlich sollte das laute Brummen des Ofen-Timers, das in Kontrast zu dem harmonischen Klingen der Glocke stand, beim Öffnen der Tür an ihre Ohren dringen, aber es herrschte Stille.

Der Duft von über Nacht frisch gebackenem Brot sollte sie begrüßen, doch in der Luft hing nicht das übliche köstliche Aroma.

Irgendetwas stimmte nicht.

Alice warf einen Blick nach oben und entdeckte, dass die Klammer, mit der sie die Glocke am Türrahmen befestigt hatte, leicht verbogen war. Rasch sah sie sich im Café um. Alles schien an seinem Platz zu sein. Die grünen Gingham-Vorhänge waren zugezogen, die Serviettenstapel lagen auf der Theke, wo sie sie am Abend zuvor hingelegt hatte, die Stühle standen noch auf den Tischen. Dann fiel ihr Blick auf die Kasse. Sie stand wie immer offen. Aber irgendetwas war anders.

Vorsichtig drückte sie die weißen Schwingtüren auf, die den Gastraum von der Küche trennten. Der Backofen war aus, und die Tür zur Speisekammer stand eine Hand breit offen. Sie runzelte die Stirn, griff nach dem Nudelholz und schlich auf Zehenspitzen an der Arbeitsfläche vorbei. Gegen eine Diebesbande oder auch nur gegen einen einzelnen Einbrecher würde es ihr wahrscheinlich nicht viel helfen, das war ihr bewusst. Aber vorgetäuschtes Selbstbewusstsein war besser als nichts.

Sie ging auf die Speisekammertür zu und zuckte zusammen, als irgendetwas scheppernd auf dem Boden landete, vielleicht ein Topfdeckel. Hoffentlich hatten sich diese Mistkerle nicht ihre Mehldose gegriffen, aber wer würde schon dort nach ihren Ersparnissen suchen. Nun, wer auch immer es sein mochte, er hatte sich für seinen Einbruch das falsche Café ausgesucht.

Sie schob die Lamellentür auf. Ein zerknittertes graues Etwas schnellte zu ihr herum.

»Ha-ya!«, schrie Alice, nahm eine kriegerische Ninja-Stellung ein und hob das Nudelholz, bereit zum Angriff.

»Was …?« Das graue Wesen sprang zurück, ruderte mit den Armen und griff nach dem nächstbesten Gegenstand, einem Glas Rote Bete.

Die Hand, die das Glas hielt, war klein, und unter dem grauen Kapuzenpullover zeichneten sich sanfte Kurven ab. Alice' Dieb war ein Mädchen. Ein junges Mädchen mit Krümeln von halbgebackenem Brot auf den Falten ihres zerschlissenen Pullis. Zumindest wusste sie jetzt, was aus ihren Backwaren geworden war.

»Die Tür war offen. Ich bin nicht eingebrochen«, verteidigte sich das Mädchen sofort und ging ein paar Schritte vor und zurück, auf der Suche nach einem Weg vorbei an der Frau, die sie erwischt hatte.

»Was tust du hier?« Alice versuchte, ruhig zu atmen. Es war nur ein Kind. »Wenn du alles zurücklegst, was du dir genommen hast, rufe ich nicht die Polizei.«

»Wagen Sie es ja nicht, die Cops zu rufen.« Das Mädchen schob sich das fettige schwarze Haar hinter die Ohren, hob den Blick und sah Alice trotzig an.

Das Nudelholz entglitt Alice' zitternder Hand und krachte auf den Boden; der laute Aufprall hallte durch das leere Café, und sie atmete hörbar ein.

Diese stechenden blauen Augen.

Das Mädchen schob sich an ihr vorbei und lief zur Tür.

»Tut mir leid.« Alice folgte ihr. »Warte, ich habe nur …«

Aber das Mädchen rannte hinaus, überquerte die große Lichtung vor dem Café und verschwand zwischen den Bäumen, noch bevor Alice die Stufen hinunterlaufen konnte.

Sie setzte sich auf die Treppe der Veranda, die das Gebäude umgab, und versuchte, ihre rasenden Gedanken zu beruhigen. Es war nicht das erste Mal, dass sie diese Augen im Gesicht eines fremden Menschen gesehen hatte. Auch nicht das zweite oder dritte Mal. Es hatte eine Zeit gegeben, in der ihr diese Augen bei jedem Mann, der ihr begegnet war, aufgefallen waren. Beim Briefträger, der ihre Rechnungen gebracht hatte; bei den verschmitzt grinsenden Jungs im Pub, die wahrscheinlich noch gar keinen Alkohol trinken durften; bei jedem zweiten Gast, der nach seiner Ankunft in Kookaburra Creek ins Café kam. Nein, es war nicht das erste Mal, dass sie Dean McRaes Augen im Gesicht eines anderen Menschen gesehen hatte. Aber bis eben waren sie ihr erst ein einziges Mal bei einem Mädchen begegnet, und das war vor langer Zeit gewesen, in einem Leben, das nicht mehr ihres war.

Es dauerte einige Minuten, bevor Alice sich so weit beruhigt hatte, dass sie mit zitternden Beinen und ein wenig benommen wieder hineingehen konnte. Bruchstückhafte Erinnerungen tauchten in ihren Gedanken auf, aber sie verdrängte sie rasch. Schließlich musste sie das Café öffnen und konnte ihre Zeit nicht mit Grübeleien über die Vergangenheit vergeuden.

Ihr Herz schlug immer noch zu schnell, als sie, in der Küche angekommen, überlegte, womit sie beginnen sollte. Es war zu spät, um noch frisches Brot zu backen. Betty würde sicher enttäuscht sein. Und Claudine ebenfalls. Sie liebten ihr frischgebackenes Brot. Aber sie würden ihr vergeben, so wie damals, als ein Stromausfall in der ganzen Stadt in den frühen Morgenstunden den Ofen lahmgelegt hatte. Sie würde sich irgendeine Entschuldigung einfallen lassen. Joey würde ihr sicher einige Laibe Brot aus der Bäckerei vorbeibringen, wenn sie ihm eine SMS schickte. In ungefähr zwanzig Minuten würde er ohnehin vorbeikommen, um seinen Morgenkaffee zu trinken.

Kaffee! Sie hatte den Kaffee noch nicht aufgesetzt. Bevor dieses Ritual nicht vollzogen war, konnte sie sich nichts anderem zuwenden. Sie füllte Wasser in die Kaffeemaschine und schaltete sie an, und während das Wasser warm wurde, mahlte Alice die Bohnen. Genug für zwei Tassen. Die kolumbianische Mischung, die dann langsam in ihren gelben Lieblingsbecher tropfte, war jetzt genau das richtige Stärkungsmittel.

Sie nahm die Stühle von den runden weißen Tischen. Jeder hatte eine andere Farbe: blau, pink, rot, orange, lila, grün. Wie jeden Morgen arrangierte Alice sie neu, mit Ausnahme von Joeys Stuhl. Er mochte den türkisblauen, und er saß gern an dem Fenster, das nach Osten zeigte. Schließlich war er ihr wichtigster Stammgast, und auch wenn seine Motive nicht ganz uneigennützig waren, hielt sie ihm immer seinen Lieblingsplatz frei, genauso, wie es ihm gefiel.

Während ihr Kaffee abkühlte, schrieb sie schnell die

SMS an Joey, wischte die Tische ab und stellte die Salz- und Pfefferstreuer hin, die überall auf der Welt gesammelt worden waren: Matroschka-Puppen, englische Telefonzellen, der Eiffelturm in zweifacher Ausfertigung. Jedes Mal, wenn jemand von einer Überseereise zurückkam, brachte er ein Set für Alice mit. Joey hatte diese Tradition mit zwei Streudosen in Form des Schiefen Turms von Pisa begründet, und Betty hatte sie mit zwei Kamelen aus Dubai fortgesetzt. Und eines Tages würde Alice ein Set auf den Tisch in der Mitte des Cafés stellen, das sie selbst aus der weiten Welt nach Hause mitgebracht hatte.

Sie hoffte, der jungen Diebin ging es gut und sie hatte sie nicht allzu sehr erschreckt. Alice wusste genau, wie es sich anfühlte, wenn man an einem Ort entdeckt wurde, an dem man sich eigentlich nicht hätte aufhalten sollen. Nie würde sie den Tag vergessen, an dem sie, verängstigt, allein und verstört, zufällig auf das heruntergekommene Café in dem kleinen Städtchen Kookaburra Creek, eingebettet in den Hügeln irgendwo im Nirgendwo, gestoßen war.

Wie immer beruhigten sie die Routinearbeiten, und sie schlürfte langsam ihren Kaffee, während sie vor dem etwas in die Jahre gekommenen Foto der guten alten Sylvia auf eine Eingebung wartete.

Sylvia hatte immer eine Antwort parat. Mit liebenswürdiger Miene und freundlichen Augen blickte sie aus dem Bilderrahmen über dem Herd auf sie herab. Auf ihrem grauen Haar saß eine weiße Baumwollhaube.

Zumindest waren das die Farben, die Alice sich beim Betrachten des sepiafarbenen Fotos vorstellte. Natürlich war ihr Name nicht Sylvia, aber er hätte es durchaus sein können. Alice hatte sie vor all den Jahren so getauft, als sie zum ersten Mal diese Küche betreten hatte. Mit vor Angst geweiteten Augen hatte sie das Bild betrachtet und sich gefragt, wie um alles in der Welt sie in diesem Städtchen gelandet war.

An diesem Tag hatte sie das erste Mal eine Rezeptempfehlung von Sylvia bekommen. Alice hatte das Bild an der Wand berührt, und es war ihr entgegengefallen und das Glas zerbrochen. Aus dem Rahmen war ein Zettel mit dem Rezept für Schokoladencreme-Cupcakes auf die Arbeitsfläche gefallen. Und Alice war Sylvias Rat gefolgt. Es waren die ersten Kuchen jeglicher Art, die sie jemals gebacken hatte, und plötzlich war es ganz leise auf der Welt gewesen. Alles um sie herum schien plötzlich den Atem anzuhalten. Zum ersten Mal in ihrem Leben war es Alice gelungen, den unaufhörlichen Gedankenfluss abzustellen. Zum ersten Mal hatte sie es geschafft, die Narben und Verletzungen ihres Lebens zu vergessen und sich in eine Stille zu begeben. Und so war es bis jetzt geblieben.

Alice sah Sylvia in die Augen, wartete und bat sie stumm, ihr zu sagen, was sie heute backen sollte. Die Antwort kam prompt: Erdbeeren und weiße Schokolade.

Ihr Puls beschleunigte sich. Sie ließ ihren Kaffeebecher sinken und starrte Sylvia ungläubig an. »Was?«

Sylvia erwiderte ihren Blick, ohne ihr jedoch mehr zu verraten.

Mit zitternden Händen holte Alice die rot-weiß gepunkteten Papierförmchen aus der Speisekammer und bereitete das Cupcake-Blech vor. Zögernd griff sie nach ihren Schüsseln, dem Rührbesen und den Messbechern. Sylvia hatte sich noch nie geirrt, aber Erdbeeren mit weißer Schokolade?

Alice schloss die Augen, und als sie sie wieder öffnete, drang durch das offene Fenster nicht mehr das Morgenlied der Elstern und Leierschwänze herein, und das ständige leise Brummen des alten Kühlschranks war verstummt. Stille.

Ihre Hände wurden wieder ruhig, als sie die Erdbeeren putzte, in kleine Stücke schnitt und in den Teig rührte. Sie steckte ein Stück weiße Schokolade in die Mitte jedes Cupcakes. Ihr Atem beschleunigte sich. Diese Kombination aus Erdbeeren und weißer Schokolade hatte sie noch nie ausprobiert. Und auch noch nie versuchen wollen. Erdbeeren, ja. Weiße Schokolade, ja. Aber niemals zusammen. Erinnerungen an eine Nacht vor vielen Jahren drängten sich in ihre Gedanken. Woher wusste Sylvia davon?

Alice schob das Blech in den Ofen und schloss die Glastür. Sie drehte das Radio lauter und schwang die Hüften zum Rhythmus der Musik, während sie die Arbeitsfläche abwischte und sich daranmachte, das Geschirr zu spülen.

Die dreistufige Etagere, auf der ihre Cupcakes auf

dem Tresen standen, war Alice' Lieblingsgegenstand, gleich nach dem Foto von Sylvia. Es war eigentlich nichts Besonderes – ein einfaches Teil aus weißer Keramik, das es wahrscheinlich in jedem Haushaltswarengeschäft in jeder Stadt zu kaufen gab. Aber auf diese Auslage hatte sie ihre ersten selbst gebackenen Kuchen gelegt, und das tat sie heute noch. Und jedes Mal, wenn sie ihre Kreationen dort platzierte, war sie unglaublich stolz darauf.

An diesem Morgen war jedoch alles anders. Ihre Hände zitterten wieder leicht, als sie die Erdbeer-Schokoladen-Cupcakes arrangierte. Sie schüttelte den Kopf. *Hör auf mit diesem Unsinn*. Das war nur ein Zufall, sonst nichts. Wie hätte Sylvia eine Verbindung zwischen Erdbeeren und weißer Schokolade und dieser Nacht vor so langer Zeit herstellen sollen? Und woher sollte sie wissen, dass dieses Mädchen mit Dean McRaes Augen an diesem Morgen in Alice' Speisekammer auftauchen würde? Das war einfach unmöglich.

»Die sehen gut aus.« Eine tiefe Stimme riss Alice aus ihren Grübeleien über die Vergangenheit, und sie ließ den letzten Cupcake mit der Glasur nach unten auf ihre hellblaue Arbeitsfläche fallen. »Tut mir leid, Alice. Den nehme ich zu meinem Kaffee.«

»Guten Morgen, Joey. Das Übliche?« Sie reichte ihm den doppelten Espresso, den sie bereits vorbereitet hatte.

Montag war Joeys einziger freier Tag in der Bäckerei. Um neun Uhr fing Mrs Harris, die Frau des Pfarrers, ihre Schicht in Moretti's Bäckerei an. Nachdem er am frühen Morgen viele Stunden lang gebacken hatte, spazierte Joey jeden Montag zum Kookaburra Creek Café und trank dort einen doppelten Espresso und aß einen Cupcake dazu.

»Ich habe deine SMS bekommen. Hier ist dein Brot.« Er legte einen Laib Weißbrot, einen Laib Vollkornbrot und einen Laib mit Tomaten und Oliven auf die Arbeitsfläche. »Was ist dieses Mal passiert?«, fragte er freundlich. »Oder hast du endlich eingesehen, dass du nie so gutes Brot backen wirst wie ich?«

»Haha. Ich, ähm … Ich habe vergessen, die Zeitschaltuhr anzustellen. Wie dumm von mir.« Alice konnte ihm nicht die Wahrheit sagen. Er würde sich große Sorgen machen, wenn sie ihm sagte, dass jemand in das Café eingebrochen war.

Joey schüttelte den Kopf. »Wie lange kennen wir uns jetzt schon, Alice? Ich merke es immer sofort, wenn du lügst. Irgendetwas bedrückt dich.«

Er streckte seinen Arm über die Arbeitsfläche und nahm ein wenig zögernd, aber liebevoll ihre Hand in seine. Wie immer. Nach all den Jahren.

Als sie Anstalten machte, ihre Hand zurückzuziehen, ließ er sie sofort los und runzelte die Stirn.

»Ich geh dann mal wieder.« Er nickte ihr zu, und Alice sah ihm nach. Sein alter Hund Shadow erwartete ihn geduldig auf der Veranda. Er sah aus großen Augen zu ihr nach oben und hoffte wohl immer noch, dass Alice ihn wieder dort hineinlassen würde, wo er früher zu Hause gewesen war. Aber das konnte sie nicht.

Trotz der Aufregung am Morgen verlief der Tag wie gewöhnlich. Als Alice an diesem Abend die Fensterläden schloss, wanderten ihre Gedanken wieder zu dem Mädchen mit den Dean-McRae-Augen und weiter zu den Cupcakes mit Erdbeeren und weißer Schokolade. Sicher war das nur ein Zufall gewesen.

Alice war zu nervös, um die Außentreppe in ihr Apartment hinaufzusteigen und Feierabend zu machen. Stattdessen ging sie zu dem verzweigten Flüsschen, das an beiden Seiten des Cafés vorbeiführte, sich dahinter wieder vereinte, in einer Wendung nach rechts weiterfloss, um etwa einen Kilometer weiter durch die Mitte des Städtchens zu strömen. Die einzige Brücke, die das Ost- und Westufer miteinander verband, war einer von Alice' Lieblingsorten in der Stadt.

Um diese Jahreszeit war das Gras am Ufer sehr hoch, und Alice streifte ihre Schuhe ab, um die weichen Halme zwischen den Zehen zu spüren. Die Felder der Massey-Farm zu ihrer Linken waren bereits gepflügt worden; schon bald würde dort frisch gesät werden. Im Norden blinkten die Lichter der Stadt, während die Sonne langsam unterging. Sie würde an diesem Abend nur bis zur Brücke gehen, bis zum Dandelion Dell, einem schmalen Landstreifen mit hohem grünem Gras und vielen Pusteblumen direkt am Fluss. Die Wahrscheinlichkeit, hier jemandem zu begegnen, war gering, also würde sie sich an ihrem ganz speziellen Ort niederlassen. Sich auf die von Pusteblumen umgebene Bank setzen und die Hände über das Holz gleiten lassen, wie sie es oft tat, wenn ihre Gedanken in Aufruhr waren. Und dann spüren, wie eine große Ruhe über sie kam, wie immer an diesem Ort.

Sie folgte der Flussbiegung nach rechts und blieb kurz vor dem Dandelion Dell stehen. Auf der weißen Bank hatte sich das Mädchen in Grau zusammengerollt.

»Sehr weit bist du nicht gekommen«, sagte Alice behutsam und ging auf sie zu.

Das Mädchen setzte sich auf, und Alice hielt den Atem an, als der Blick aus diesen vertrauten blauen Augen sie zu durchbohren schien.

Kapitel zwei

Lawson's Ridge, 2003

Alice Pond unterhielt sich auf dem Pausenhof im Flüsterton mit Louise und schob dabei ihren langen braunen Zopf hinter das Ohr. Das Flüstern und das Spielen mit ihrem Zopf waren nichts Ungewöhnliches. Die beiden Mädchen waren seit ihrer Kindergartenzeit miteinander befreundet und hatten in den letzten zwölf Jahren einen Großteil der Mittagspausen damit verbracht, sich mit gedämpfter Stimme über wichtige Dinge zu unterhalten. In der ersten Klasse war es darum gegangen, wer das hübscheste Federmäppchen besaß. In der dritten Klasse war Thema gewesen, wer das interessanteste Lunchpaket mitgebracht hatte, und jetzt, als Teenager, ereiferten sie sich darüber, dass Wendy Dobson mit ihrer neuen Frisur tatsächlich wie ein Junge aussah und was sie sich wohl dabei gedacht hatte. Oder sie diskutierten, ob Bobby Jones wirklich der süßeste Junge der Schule war oder wie lächerlich Mr Youngs neueste Tricks waren, mit denen er versuchte, ihr Interesse an der Topografie irgendeines so weit entfernten Landes wie Uruguay zu wecken.

Sie saßen auf einer heißen Metallbank, steckten ihre Köpfe zusammen, sodass sie sich beinahe mit der Stirn berührten, und ihre Lippen bewegten sich schnell und gleichzeitig, was auch nicht ungewöhnlich war. Ungewöhnlich war nur, dass sie etwas Neues zu besprechen hatten. Etwas ganz Neues.

»Woher kommt er?«, flüsterte Louise der Freundin ins Ohr.

»Aus Sydney, wie ich gehört habe.« Alice versuchte, den neuen Jungen nicht anzustarren.

Dean McRaes Ankunft in der Lawson Highschool hatte für einigen Aufruhr gesorgt. Eigentlich sah er aus wie jeder andere Junge in diesem Alter: Seine Arme und Beine schienen zu lang für seinen dürren Körper zu sein, das T-Shirt hing ihm über den Hosenbund, und sein Haar hätte dringend gründlich gebürstet werden müssen. Der Unterschied zwischen ihm und den anderen Jungen an der Schule bestand lediglich darin, dass er neu war.

»Ich habe gehört, dass er von seiner alten Schule geflogen ist.«

»Irgendjemand hat erzählt, dass seine Mum das alte Haus der Richards gekauft hat.« Alice drehte leicht den Kopf und schaute sich verstohlen um.

»Meine Mum hat gesagt, dass er nur einen Monat hierbleiben wird.«

Und Louises Mum musste es ja wissen. Sie wusste immer alles über jeden im Ort. Was allerdings auch nicht sehr schwer war.

An der Lawson High, mit ihren einhundertfünfundzwanzig Schülern, änderte sich nie etwas. Der Schuldirektor war dort schon selber Lehrer gewesen, als Alice' Mum noch zur Schule gegangen war. Alice saß im Englischunterricht auf einem Stuhl, auf dessen Rückenlehne der Name ihres Vaters eingeritzt war. Wenn Louises Mum nicht rechtzeitig mit der Wäsche fertig wurde, trug Louise die alte Schuluniform ihrer Mutter, und niemand bemerkte den Unterschied, auch wenn an der Brusttasche die Paspelierung fehlte. Das letzte aufregende Ereignis lag bereits fünf Jahre zurück. Alice und Louise hatten gerade mit der Highschool begonnen, als Louises Zwillingsbruder Brian das Labor in die Luft jagte und der Chemieunterricht fortan in der Aula stattfinden musste. In der Aula, die Louises Großvater gebaut hatte. Auf der Lawson High passierte nicht viel. Nicht, bis Dean McRae auftauchte. Und die Schülerzahl auf einhundertsechsundzwanzig anstieg.

»Er ist irgendwie süß«, meinte Louise.

»Findest du?« Er ließ sich nicht mit den Jungs der Band Silverchair vergleichen, deren Fotos überall auf ihrem Mathebuch klebten.

Louise zuckte mit den schmalen Schultern. Alice beneidete Louise um ihre zarte Figur. Sie selbst war zwar nicht dick, aber verglichen mit ihrer besten

Freundin kam sie sich immer vor wie eine Riesin. Und im Vergleich zu ihr war sie nichts Besonderes. Ihr lockiges braunes Haar, das sie bändigte, indem sie es zu Zöpfen flocht, konnte es nicht mit Louises dichter goldblonder Mähne aufnehmen, die ihr weit über den Rücken fiel. Alice' langweilige braune Augen funkelten nicht so hell wie Louises blaue. Und es war Alice immer peinlich, wenn sie sich mit ihrer ganz und gar nicht eleganten Figur neben Louises anmutiger Gestalt präsentieren musste. Wäre Louise ein wenig größer gewesen, hätte sie Model werden können. Das hatte zur Folge, dass kaum jemand Alice Aufmerksamkeit schenkte, aber das war ihr ganz recht.

Die Glocke schrillte, und die beiden Mädchen machten sich auf den Weg zum Mathematikunterricht.

Sie setzten sich hinten im Klassenzimmer nebeneinander auf eine Bank, und Alice kramte aus ihrer Tasche die Hausaufgaben hervor, die ihre Freundin, wie sie vermutete, wieder einmal nicht gemacht hatte. Louise fragte sie allerdings nicht wie üblich danach, also folgte Alice ihrem Blick. Mit einem Leinenrucksack in der einen Hand hatte Dean das Klassenzimmer betreten und schaute sich nach einem freien Stuhl um. Plötzlich lächelte er Wendy Dobson an, neben die sich nie jemand setzte und die auch nie von jemandem angelächelt wurde. Das Mädchen mit dem Jungenhaarschnitt rückte ein Stück nach links, um ihm Platz zu machen, und Dean setzte sich neben sie.

Louise wandte sich Alice zu und sah sie aus großen Augen ungläubig an.

Alice sah, wie sehr sich ihre Freundin darüber ärgerte, dass sich der neue Junge neben Wendy Dobson gesetzt hatte. Sie reichte Louise die Hausaufgaben, die sie für sie gemacht hatte. Seit der sechsten Klasse, als Louise beinahe sitzengeblieben wäre und Mr Nash ihr damit gedroht hatte, sie von der Highschool zu verweisen, half Alice ihrer Freundin bei den Hausaufgaben. Sie drehte den Kopf, sah aus dem Fenster und hörte nur mit halbem Ohr zu, wie Ms Robertson die Lektion in Trigonometrie wiederholte, bei der fast alle in der Klasse am Tag zuvor Schwierigkeiten gehabt hatten. Alice hatte ihre Hausaufgaben am Abend rasch erledigt und sich bereits die nächsten beiden Kapitel durchgelesen. Mathe war schließlich ihr Lieblingsfach. Nicht nur, weil es ihr leichtfiel, sondern auch weil es ihr die Möglichkeit gab, aus dem Fenster über den Schulhof hinüber zum Faraway Forest zu schauen. Die mathematischen Gleichungen löste Alice im Schlaf, und als Miss Robertson sie aufforderte, ihre Ergebnisse zu präsentieren, schrieb sie sie mit der staubigen Kreide an die Tafel und setzte sich wieder. Anschließend richtete sie den Blick nach draußen und stellte sich vor, wie sie an den Bäumen vorbei zu ihrem ganz eigenen Portal spazierte, das sie an Narnia erinnerte. Es führte jedoch nicht in ein Land im ewigen Winter und mit Zauberwesen, sondern zu den Wolkenkratzern und Menschenmengen im etwa siebenhundert Kilometer entfernten Sydney.

Alles, was in den Nachrichten gebracht wurde, spielte sich in Sydney ab. Jedes Mal, wenn Alice etwas über einen erfolgreichen Unternehmer las, hieß es, dass er sein Vermögen in Sydney gemacht hatte. Jeder, der etwas war, kam aus Sydney. Der Blick während des Mathematikunterrichts aus dem Fenster gab Alice die Möglichkeit, den weiten Weg durch den Faraway Forest ins magische Sydney zu reisen, weit, weit weg von Lawson's Ridge, und sich vorzustellen, dass sie eines Tages selbst dort sein würde.

»Nun, Alice?« Ms Robertson stand plötzlich vor Alice' Bank.

Sie warf rasch einen Blick auf die Tafel und überflog die Gleichung, für die Ms Robertson eine Lösung erwartete.

»X ist größer als fünfzehn«, erwiderte sie.

»Danke, Miss Pond.« Ms Robertson schlug Alice' Heft auf und tippte auf die leere Seite. »Also …«, fuhr sie fort und ging zurück an die Tafel.

Alice kritzelte die Gleichung mit der Lösung in ihr Heft, setzte dann den Stift an der Seite an und malte Blumen und Schmetterlinge, die über die etwas schiefe Silhouette des Opernhauses in Sydney flatterten.

»Kommst du?« Louise stupste sie an. Alice hatte die Klingel nicht gehört.

»Nur die Ruhe.« Alice packte ihre Bücher ein.

»Hast du gesehen, wie Wendy den McRae-Jungen die ganze Stunde über angezwinkert hat?« Louise beugte sich über den Tisch.

»Ist mir nicht aufgefallen.«

Aber Louise natürlich schon. Sie hatte schon immer die Jungs genau im Blick gehabt, seit ihrer Kindheit. Und die Jungs hatten sich immer für sie interessiert. Alice erinnerte sich an Louises ersten Schwarm: Mit fünf Jahren war sie Andy Johnson im Kindergarten überallhin gefolgt, hatte sich in jeder Pause neben ihn gesetzt und ihr Mittagessen mit ihm geteilt. Als Andy Johnsons Familie weggezogen war, hatte Louise ganze zwanzig Sekunden geweint und dann beschlossen, dass Billy Trainor ohnehin mehr nach ihrem Geschmack war. Als sie acht war, war Mark Kelly ihr Favorit gewesen, mit neun Greg Fletcher. Und dann entdeckte sie, dass es viel mehr Spaß machte, wenn die Jungs ihr hinterherliefen, und als sie sechzehn waren, beobachtete Alice immer wieder, wie Louise sich von mehreren Jungs umschwärmen ließ, bis einer das Rennen gewann. Dann verlor sie rasch das Interesse an ihm und zog sich zurück. Dean McRae war seit langer Zeit der erste neue Kandidat in Lawson's Ridge, und den würde sich Louise mit Sicherheit nicht entgehen lassen.

Auf ihrem üblichen Weg von der Schule nach Hause näherte sich Alice dem Faraway Forest. Natürlich nannte niemand sonst dieses Wäldchen so. Eigentlich hatte es keinen Namen. Die meisten bezeichneten die Ansammlung einiger Baumgruppen, die vereinzelt wuchernden Büsche und das hohe Gras auf dem verlassenen Stück Land auf der anderen Seite des Schulhofs als »das Gestrüpp hinter der Schule«. Falls überhaupt jemand davon sprach. Alice hatte ihm im Alter von zehn Jahren den Namen Faraway Forest gegeben, als sie den rot blühenden Eukalyptusbaum inmitten des grün-braunen Unterholzes entdeckt hatte. Damals war ihre Mum gerade krank geworden. Aus den zwei kräftigen schwarzen Stämmen ragten bleiche Äste mit zarten, spitz zulaufenden grünen Blättern und roten Blüten, die sie an das Ballettröckchen einer Fee erinnerten. Alice kletterte immer ein paar Äste nach oben und suchte sich dann einen Platz. Von dort aus ließ sie ihre Feen durch das Dickicht tanzen und sich drehen, bis hinunter zu winzigen Feendörfern. Die Pfade im Gras verwandelten sich in magische Schnellstraßen, auf denen Elfen reisen konnten, und die Felsen wurden zu geheimen Höhlen, die von winzigen Trollen bewacht wurden. Noch bevor sie erfuhr, dass dieser Baum selbst der Hitze eines gewaltigen Feuers widerstehen konnte, hatte sie hier immer eine große Sicherheit verspürt. Und im Laufe der Zeit wurde es immer wichtiger, dass sie sich hier geborgen fühlen konnte. Seit acht Jahren fand sie nun Zuflucht auf den Ästen dieses Baums, ihrem alten Freund.

»Hallo, Kumpel.« Sie stellte ihre abgewetzten schwarzen Schuhe auf den Felsen, von dem aus sie einen abgebrochenen Ast erreichen konnte, der zwischen den beiden auf ungewöhnliche Weise miteinander verschlungenen Stämmen steckte. Von dort aus konnte sie sich weiter nach oben ziehen. Sie ließ sich auf einem der unteren dicken, starken Äste nieder und lehnte sich gegen den einen der rauen Stämme. Noch war die Zeit, um nach Hause zu gehen, nicht gekommen.

»Hallo, du dort oben.«

Als Alice nach unten schaute, sah sie den neuen Jungen vor dem Baum stehen, breitbeinig, die Hände in die Hüften gestemmt.

»Hey.«

»Ist das ein privater Ast, oder darf man sich dazusetzen?«

Bevor Alice ihm sagen konnte, dass das in der Tat ein sehr privater Ast war, war er bereits den Stamm hinaufgeklettert und hatte sich neben sie gesetzt.

»Hi.« Er lächelte sie an, während sie ein Stück von ihm wegrückte und den Blick senkte. »Du bist in meiner Klasse, stimmt's? Oder vielmehr gehe ich in deine Klasse.«

Alice deutete auf das Schulwappen auf ihrer weißen Bluse und verdrehte die Augen.

»Ich bin Dean. Dean McRae.« Er streckte ihr eine Hand entgegen.

Als Alice zu ihm aufsah, verschlug es ihr den Atem. Seine Augen waren so blau, so strahlend, dass sie beinahe vom Ast gefallen wäre.

»Hoppla, Vorsicht.« Dean hielt sie fest. »Du kletterst wohl nicht oft auf Bäume.«

»Eigentlich jeden Tag«, keuchte Alice. »Ich bin nur

nicht daran gewöhnt, meinen Ast mit jemandem zu teilen.«

»Deinen Ast?«

Alice zuckte mit den Schultern.

»Hast du einen Namen? Nur, falls jemand fragt, ob er hier heraufkommen kann. Dann sage ich nein, denn dieser Ast gehört ...«

»Alice.«

»Dieser Ast gehört also Alice. Freut mich, dich kennenzulernen, Alice.«

Alice versuchte verzweifelt, sich etwas einfallen zu lassen, um den Eindringling loszuwerden. »Ich habe gehört, dass du von deiner alten Schule geflogen bist.«

Dean lachte. »Ach ja? Was erzählt man sich sonst noch über mich?«

»Einiges.«

»Nun, ich versichere dir, dass die Realität bei Weitem nicht so interessant ist wie der Klatsch.«

Alice runzelte die Stirn. Er hörte sich nicht an wie ein gerissener Straßengauner, eines der vielen Gerüchte, die mittlerweile verbreitet wurden. Und er wirkte auch nicht wie der straffällig gewordene Sohn eines reichen Politikers, der weit weg geschickt worden war, um den Wahlkampf seines Daddys nicht zu behindern.

»Was ist denn die Wahrheit?«

»Es geht um eine langweilige Scheidung.« Er senkte den Blick und vermied zum ersten Mal Augenkontakt, seit er sich auf den Ast geschwungen hatte. »Die von Mum und Dad – nicht meine.« Er sah sie wieder an und grinste, wobei sich auf der linken Wange ein Grübchen bildete.

Alice kicherte. Das tat sie nur sehr selten, und sie war sich nicht sicher, ob es in Ordnung war, dass er ihr dieses Kichern entlockt hatte.

»Wie ist es hier in diesem Städtchen so?« Dean sah ihr direkt in die Augen, und sie drehte rasch den Kopf zur Seite.

»So langweilig wie es aussieht. Nichts im Vergleich zu Sydney. Es muss ein richtiger Schock für dich sein, dass du hier gelandet bist.«

»So schlimm ist es nicht.«

»Warte nur ab.«

»Was sollte mir hier nicht gefallen? Die Straßen sind ruhig, die Einheimischen freundlich.« Er zwinkerte ihr zu.

»Es gibt kein Theater, keine großartigen Einkaufsmöglichkeiten, keine Nachtclubs, keine coolen Sportveranstaltungen, keine Strände.«

»Okay, was die Strände anbelangt, gebe ich dir recht.« Dean nickte. »Aber Sydney ist auch nicht so toll, wie man es sich vorstellt.«

»Das bezweifle ich.«

»Na ja, ich war noch nie in einem Nachtclub oder einem Theater. Und ich gehe auch nicht sonderlich gern shoppen.«

Alice kicherte wieder.

»Und es gibt auch einige ziemlich heruntergekommene Viertel in Sydney.« Er senkte die Stimme.

Sie nickte. Natürlich hatte sie schon von Orten wie Kings Cross gehört. Wer nicht? Aber selbst das Treiben von zwielichtigen Gestalten erschien ihr aufregender als absoluter Stillstand.

»Da wir gerade davon sprechen, Alice vom Ast.« Er stupste sie mit der Schulter an. »Ist die Gegend hier sicher? Ich meine, wenn man allein herumläuft?«

»O ja. Ehrlich, in Lawson's Ridge passiert nie was. Nichts Gutes und nichts Schlimmes.« Sie schüttelte den Kopf. »Aber ich sollte jetzt nach Hause gehen.«

Dean rührte sich nicht von der Stelle, also räusperte sie sich.

»Ja, klar.« Er kletterte nach unten.

Als Alice den Boden erreichte, knickte sie um und stolperte, und er griff rasch nach ihren Händen.

»Alles in Ordnung?«, fragte er.

Alice nickte. Sie wusste nicht, warum sie plötzlich kein Wort mehr hervorbrachte, drehte sich rasch um und lief nach Hause.

Am Vorgarten ihres Hauses angekommen hob Alice die gelieferte Zeitung auf, nahm Gus, den Gartenzwerg, in die Hand und wischte die Erde von seiner orange-weiß-karierten Hose, bevor sie ihn wieder ordentlich hinstellte. Harry Brown verwendete den armen Gus bei seiner Zeitungsrunde jeden Tag als Wurfziel, und in den letzten sechs Monaten hatte sich seine Treffsicherheit erstaunlich verbessert. Sie rechte rasch die Blätter zusammen, die lärmende Kakadus von dem großen Eukalyptusbaum gezupft hatten. Der Baum stand wie ein Wächter vor ihrem Haus. Vor dem Haus mit dem gepflegtesten Vorgarten der ganzen Straße. Dem Haus, vor dem sieben Gartenzwerge ordentlich aufgereiht waren und das nichts darüber verriet, was in seinem Inneren tatsächlich ablief.

»Heute wird ein guter Tag«, hatte ihr Dad am Morgen gesagt. »Das spüre ich, Schneckchen.« Er hatte ihr die Schulter getätschelt.

»Ich auch«, hatte sie erwidert. Er sagte das jeden Morgen. Und jeden Morgen glaubte sie ihm wieder.

Alice drehte langsam den Schlüssel im Schloss und schob vorsichtig die Haustür auf. Nachdem sie die Tür leise hinter sich geschlossen hatte, ging sie ins Wohnzimmer und fand ihren Dad dort in der gleichen Verfassung wie jeden Nachmittag. Neben dem braunen Sofa lagen etliche Bierdosen auf dem Boden verstreut. Alice machte sich nicht die Mühe, sie zu zählen. Früher hatte sie das getan. Sie hatte ein Spiel daraus gemacht und jeden Nachmittag geraten, wie viele sie vorfinden würde. Und sie hatte sich selbst gratuliert, wenn sie richtig getippt hatte. Eine Weile führte sie sogar eine in ihrem Schrank verwahrte Tabelle, die ihr zeigte, wie sie abgeschnitten hatte. Aber in letzter Zeit gab es keine Abweichungen mehr. Dreizehn. In den letzten Monaten waren es jeden Nachmittag dreizehn Dosen gewesen. Und diese Monotonie führte ihr noch stärker vor Augen, wie erbärmlich ihre Situation war, also hatte sie aufgehört zu zählen.

Alice holte eine Mülltüte aus der Küchenschublade und sammelte die Dosen ein. Sie streifte ihrem Dad die Schuhe von den Füßen und deckte ihn zu. Er schnarchte leise, und sie drückte ihm einen Kuss auf die faltige Stirn und schob ihm das graumelierte Haar aus dem Gesicht. Eines Tages würde er wieder zu ihr zurückkommen.

Sie machte sich ein Käsesandwich – nur eine Scheibe Käse, keine Butter – und räumte auf dem Esstisch eine Ecke frei, um ihre Hausaufgaben zu machen. Als sie mit dem Aufsatz für den Englischunterricht fertig war, zog sie sich ihren Pyjama an und sah noch einmal nach ihrem Dad, der immer noch friedlich schnarchte. Sie kletterte in ihr Bett, zog das Bild ihrer Mum aus der Nachttischschublade und hielt es sich vor die Augen.

»In der Schule lief es heute sehr gut. Miss Robertson hat mir sogar noch mehr Hausaufgaben aufgegeben, und das finde ich gut. Du kannst dir nicht vorstellen, wie Wendy ihr Haar jetzt trägt. Mit ihrer neuen Frisur sieht sie ihrem Dad so ähnlich, dass es fast schon ein wenig beängstigend ist.« Alice lachte. »Wir haben heute in Wirtschaftskunde ein neues Thema angefangen. Ich bin mir nicht sicher, ob ich wirklich wissen muss, wie hoch das Bruttosozialprodukt in Brasilien ist, aber zumindest ist es eine nette Abwechslung zur Finanzpolitik in Australien. Heute Morgen stand im *Courier* ein Artikel über die neue Straße, die aus der Stadt hinausführt. Kannst du dir vorstellen, dass sich diese Idioten vom Gemeinderat immer noch nicht einig sind? Wie lange geht das jetzt schon so? Vier Jahre? So«, sie fuhr mit dem Daumen über den Fotorahmen, »ich glaube, das sind alle Neuigkeiten. Oh, außer dass der Footballverein neue Torpfosten braucht und Louises Dad sich einen tollen neuen Truck gekauft hat. Das erzählt er jedem, der es hören will. Offensichtlich verbringt er seine ganze Zeit damit, deshalb nennt Mrs Jenkins den LKW seine Geliebte. Sie vermutet, dass er sich, wenn sie Spätschicht im Krankenhaus hat, hinausschleicht, um bei seinem Wagen zu sein. Oh, und wir haben einen neuen Jungen in der Klasse. Nichts Besonderes.« Alice schluckte. »Nun, das war's. Gute Nacht, Mum.«

Sie drückte ihre Lippen auf das Foto und löschte das Licht, aber sie konnte nicht einschlafen. Immer wenn sie die Augen schloss, tauchte ein Bild vor ihr auf. Sie versuchte, es zu verdrängen und an etwas anderes zu denken, aber diese durchdringenden blauen Augen und das Grübchen auf der linken Wange ließen sich nicht vertreiben.

Kapitel drei

Kookaburra Creek, 2018

Was ist?« Das Mädchen in Grau stand auf und trat Alice einen Schritt entgegen. »Warum starren Sie mich so an?«

Alice blinzelte. »Ich … ähm … nichts. Tut mir leid. Was machst du hier?«

»Ich wollte mich nur ein wenig ausruhen.«

»Hier draußen?«

»Wo sonst?« Das Mädchen kratzte sich am Arm.

Alice kannte diese Mischung aus Angst und Zorn. So hatte sie selbst schon empfunden. »Wie heißt du?«

»B… Becca.« Das Mädchen strich sich den dichten schwarzen Pony über ihren gesenkten Augenlidern glatt und schob ihn leicht nach links.

»Also, Becca, hast du Hunger?«, fragte Alice.

Becca zuckte mit den Schultern.

»Wir können ins Café zurückgehen, und ich mache dir etwas zu essen.« Alice trat einen Schritt vor, und Becca wich zurück.

»Okay.« Alice dachte fieberhaft darüber nach, was sie jetzt tun sollte. »Oder ich könnte dir etwas bringen.«

Becca zuckte wieder mit den Schultern.

»Wenn du hier wartest, hole ich dir ein Abendessen.«

Als Alice zum Dandelion Dell zurückkehrte, war von Becca keine Spur mehr zu sehen. Alice ließ sich auf der Bank nieder und stellte die Schüssel mit dem Nudelgericht neben sich ab. Sie hätte sich denken können, dass das Mädchen davonlaufen würde. Sie hätte bleiben und sich länger mit ihr unterhalten sollen.

In dem Moment, als sie Becca auf der Bank hatte liegen sehen – ausgerechnet auf dieser Bank –, hatte Alice tief in ihrem Inneren gewusst, dass es sich nicht nur um einen Zufall handelte. Da musste mehr dahinterstecken. Aber sie hatte Becca entkommen lassen.

»Was habe ich getan?« Sie seufzte.

Über ihrem Kopf sprang ein Possum von einem Baum zum anderen. Alice stand auf und sah sich um, aber inzwischen war es dunkel geworden. Sie ließ die Schüssel mit den Nudeln auf der Bank stehen, für den Fall, dass Becca zurückkommen sollte, pflückte eine Pusteblume und legte sie daneben.

Bedauern ergriff sie, als sie am Fluss entlang zum Café zurückging.

Am nächsten Morgen reparierte Alice die Türglocke, ging in die Küche und sah zu Sylvia auf.

Apfel und Vanillesoße.

»Nun, das ist ja mal etwas ganz Neues.«

Alice suchte lächelnd die Zutaten zusammen und bewegte sich mit routinierter Leichtigkeit in der Küche. Während sie Mehl und Zucker abwog, verschwanden die Sorgen des Vortags, und sie begann zu summen. Mit ausgestrecktem Arm ließ sie die in Würfel geschnittenen Apfelstückchen in die Schüssel fallen. Sie rührte den Teig mit lockeren Bewegungen und schloss kurz die Augen, bevor sie ihn mit Hilfe eines Eisportionierers in die Papierförmchen füllte.

»Guten Morgen, Schätzchen«, rief Hattie, als sie die Küche betrat und Alice aus ihrer Trance riss.

»Hattie.« Alice begrüßte sie mit einer Umarmung. »Willkommen zurück. Wie geht's dir?«

»So wie man es in meinem Alter erwarten kann.« Sie schob ihren schwarzen Schal aus Chiffon nach hinten über die Schultern; das dazu passende Haarteil bildete einen starken Kontrast zu ihrem grauen Haar.

»Tee?«, fragte Alice.

»Danke, gern. Trinkst du eine Tasse mit? Wir könnten uns auf die Veranda setzen.«

Hatties höfliche Fragen waren üblicherweise nicht als Vorschläge gedacht, also bereitete Alice gehorsam zwei Tassen Tee zu.

»Setz dich, setz dich.« Hattie winkte Alice zu sich, als diese den Kamillentee nach draußen brachte. »Es ist immer wieder herrlich, nach Hause zu kommen.«

»Wie war es in Sydney?«

»Sehr schön, danke.« Hattie zog den Schal fester um sich. »Wunderbar.« Die alte Dame trank langsam einen großen Schluck Tee.

»Und wie war das Stück?«

Hattie fuhr jedes Jahr nach Sydney, um sich die aktuelle Aufführung im State Theatre, ihrem alten Revier, anzuschauen.

»Großartig. Ich habe einige tolle Ideen für unsere Laienspielgruppe mitgebracht.«

»Das kann ich mir vorstellen.« Alice musterte ihre Freundin, konnte allerdings das übliche Funkeln, das bei einem Gespräch über das Theater sonst immer in Hatties Augen lag, nicht entdecken. Sie war dieses Mal auch länger in der Stadt gewesen als sonst.

»Ist irgendetwas Ungewöhnliches vorgefallen?«

»Natürlich nicht.« Hattie winkte ab, aber Alice glaubte ihr nicht. Sie kannte ihre Freundin gut und spürte, dass Hattie irgendetwas bedrückte. Aber sie hatte schon vor langer Zeit gelernt, dass es keinen Sinn hatte, Harriett Brookes zu bedrängen.

»Und wie ist es während meiner Abwesenheit hier gelaufen?«, erkundigte sich Hattie.

»Ähm, sehr gut.«

»Außer?«

»Alles okay.«

Hattie warf ihr einen Blick zu, und Alice war klar, dass sie ihr das nicht abkaufte.

»Es wurde eingebrochen.«

»Was?«

»Halb so schlimm. Es war ein junges Mädchen. Sie hat nur ein paar Lebensmittel gestohlen.«

»Wo ist sie jetzt?«, fragte Hattie.

Alice zuckte mit den Schultern.

»Du hast sie laufen lassen?«

»Sozusagen. Ich habe sie später wiedergefunden. Na ja, ich bin zufällig noch einmal auf sie gestoßen. Ich habe ihr etwas zu essen angeboten, aber sie ist weggelaufen.«

»Meine Liebe, hast du denn gar nichts von mir gelernt?«

Die Türglocke bimmelte. Die ersten Gäste des Tages.

Hattie hob den Zeigefinger, als Alice aufstand. »Nochmal Glück gehabt – die Glocke hat dich gerettet.«

»Guten Morgen, Betty, Claudine.« Alice begrüßte die beiden Damen, die auf ihren üblichen Tisch zusteuerten.

Betty zog ihren gelben Stuhl mit einem lauten Scharren zurück und ließ ihre zarte Gestalt daraufsinken. Ihr graues Haar war wie immer sorgfältig frisiert und lag eng am Kopf an. Um den Hals trug sie eine rote Kette mit einer Halbbrille, die sie sorgfältig zurechtrückte, während sie auf den Dritten in der Runde wartete.

»Guten Morgen, Clive.« Alice nickte dem alten Mann zu, der wie immer ein paar Schritte hinterherhinkte und sich dann zu den Damen setzte.

»Die Karte bitte, Alice.« Bettys klare Stimme übertönte das Geplauder der anderen.

»Ist das wirklich nötig, Betty?« Hattie trat mit drei Speisekarten an den Tisch. »Clive wird wie immer Eier mit Speck bestellen, Claudine wird das Müsli nehmen und du natürlich den Rosinentoast mit der Extraportion Butter.«

»Es ist nicht entscheidend, ob wir bestellen wie üblich, Hattie. Hier geht es um bestimmte Anstandsregeln, die man einzuhalten hat.«

»Wie dumm von mir – das habe ich wohl vergessen.« Hattie reichte ihnen die Speisekarten mit einer übertrieben höflichen Geste.

»Willkommen zurück, *ma chère*.« Claudine griff nach Hatties Hand. »Ohne dich ist es einfach nicht dasselbe.«

»Wie war's im Big Smoke?«, nuschelte Clive und fuhr sich mit den Fingern durch seinen langen weißen Bart. Als er die flache Tweedkappe abnahm, fiel ihm sein wirrer weißer Haarschopf um das rundliche Gesicht.

»Schön.«

»Alles in Ordnung, Harriett?« Betty kniff die Augen zusammen.

»Natürlich.« Hattie winkte mit ihrer mit mehreren Ringen geschmückten Hand ab.

»Eine grässliche Stadt«, brummte Clive missbilligend.

»Das sehe ich auch so«, stimmte Betty ihm zu. »Paris – das ist eine wirklich schöne Stadt.«

»Nun, einige von uns können es sich nicht leisten,

sich je nach Lust und Laune irgendwo auf der Welt herumzutreiben.« Hattie warf ihrer alten Freundin einen strengen Blick zu. Obwohl – Freundin war vielleicht nicht die richtige Bezeichnung. Alice hatte sich noch nie vorstellen können, dass die beiden sehr vertraut miteinander waren.

»Ich habe dir letztes Jahr angeboten, mich zu begleiten.«

»Oh, das wäre sicher das reinste Vergnügen gewesen«, erwiderte Hattie gereizt.

Hattie fuhr Betty sonst nie auf diese Weise an. Clive schon. Ständig. Aber Betty niemals.

»Die Arme ist sicher müde, *oui*, Alice?« Claudine strich sich die zu einem perfekten Bob frisierten Haare hinter die Ohren und strahlte sie aus grünen Augen warmherzig an.

»Ja, wahrscheinlich.« Alice erwiderte Claudines Blick.

Betty runzelte kurz kaum merklich die Stirn, bevor sie wieder ihre übliche undurchdringliche Miene aufsetzte. »Ich denke, wir können jetzt bestellen, Alice.«

Die Kookaburras, die heimischen Vögel, nach denen das Café benannt war, lachten laut, als die Nachmittagssonne tiefer sank. Alle Gäste waren gegangen, und Alice und Hattie räumten auf. Alice hatte Hattie den ganzen Tag über genau beobachtet, und obwohl es keine weiteren Anzeichen gab, dass ihre alte Freundin sich über etwas Sorgen machte, war Alice nicht davon überzeugt, dass sie nur müde war.

Die Türklingel bimmelte, und Alice drehte sich um. Da stand Becca mit der weißen Nudelschüssel in der Hand.

»Ich habe mir gedacht, dass Sie das sicher zurückhaben wollen.« Sie streckte ihr die Schale entgegen.

»Danke.« Alice' Herz klopfte heftig, aber sie wusste, dass sie ruhig bleiben musste. Ein falsches Wort, und das Mädchen würde wieder davonlaufen.

»Möchtest du zum Abendessen bleiben?«, fragte sie.

Becca zuckte mit den Schultern und warf einen Blick zu Hattie hinüber.

»Oh, das ist Hattie. Meine Geschäftspartnerin. Und ich bin übrigens Alice.«

»Ich sollte lieber gehen«, sagte Becca hastig.

»Nein. Nein, bitte nicht.«

Becca trat ein paar Schritte zurück. Dann wieder vor und wieder zurück.

»Hast du ein Zuhause?«

Becca zuckte wieder mit den Schultern.

»Nun …« Alice sah zu Hattie hinüber. Die alte Frau nickte. Das war die Ermutigung, die Alice brauchte. »Wir hatten heute einen anstrengenden Tag und könnten ein wenig Hilfe beim Aufräumen gebrauchen. Hattie ist schließlich nicht mehr die Jüngste.« Sie lächelte, aber Becca verzog keine Miene.

Alice dachte rasch nach. »Als Bezahlung könnten wir dir ein Abendessen anbieten.«

Becca kratzte sich am Unterarm und wirkte unentschlossen.

Ohne ein weiteres Wort drückte Alice ihr einen Wischmopp in die Hand, und Becca fing an, den Boden zu säubern.

Die drei Frauen saßen vor dem Café auf der Veranda und aßen das Pfannengericht, das Alice auf die Schnelle zubereitet hatte. Sie wusste nicht so recht, was sie sagen sollte, und Hattie war ungewöhnlich schweigsam.

»Ich muss gehen.« Becca stand auf, noch bevor sie den letzten Bissen hinuntergeschluckt hatte.

»Du kannst hierbleiben«, stieß Alice schneller als beabsichtigt hervor. Becca wich zurück.

»Wenn du möchtest«, fügte Hattie hinzu.

»Nein, danke, ich habe eine Bleibe.«

»Vielleicht kannst du morgen wiederkommen. Mir ein bisschen helfen. Ich bezahle dich dafür. Das könnte dir helfen, eine Busfahrkarte zu kaufen, oder so etwas.«

»Ich kann nicht kochen.«

»In einem Café gibt es mehr zu tun, als Mahlzeiten zuzubereiten.« Hattie lächelte ermutigend, und Beccas Miene wurde weicher.

»Denk darüber nach.« Alice versuchte, nicht allzu verzweifelt zu klingen.

Becca nickte, ging die Verandastufen hinunter und verschwand in der Nacht.

Hattie legte einen Arm um Alice' Schultern.

»Glaubst du, sie kommt zurück?«, fragte Alice.

»Keine Ahnung. Sie hat Angst, das habe ich gespürt.« Hattie seufzte. Das tat sie sonst nie.

»Alles in Ordnung? Wirklich?«

Hattie schlang sich den schwarzen Schal schwungvoll um den Hals. »Natürlich. Einem alten Schlachtross wie mir geht's immer gut.«

Alice musterte sie aufmerksam und sah zum ersten Mal die senkrechten Falten auf der Stirn der alten Frau. Als Hattie ihren prüfenden Blick bemerkte, setzte sie sofort ihr schauspielerisches Können ein, und ihre Miene wirkte mit einem Mal heiter und gelassen. »Nun, ich muss heute früh ins Bett. Morgen findet dieser schreckliche Schauspiel-Workshop an der Highschool statt. Vielleicht werde ich in diesem Jahr nicht mehr im Laientheater mitarbeiten, dann hören sie vielleicht auf, mich ständig zu bitten, diese undankbaren Teenager zu unterrichten. Diese Bande hat keinen Sinn für Kunst und für die Schönheit des Theaterschauspiels.«

Alice lachte. Hattie würde sich niemals aus der Arbeit mit dem Laientheater von Kookaburra Creek zurückziehen – sie war ihr ganzer Stolz und machte ihr viel Freude.

»Gute Nacht, Schätzchen.«

Alice beobachtete, wie Hattie sich am Geländer abstützte, und als sie die drei Holzstufen am Ende der Veranda hinunterstieg, ließ sie die Schultern sinken. Verbarg die einzige Person auf dieser Welt, auf die Alice sich verlassen konnte, etwas vor ihr?

Geheimnisse waren Gift. Alice wusste das besser als jeder andere. Was geschah in Hatties Leben, das sie ihr nicht anvertrauen konnte?

Kapitel vier

Kookaburra Creek, 2018

Hattie ließ sich auf den Stuhl vor ihrer Frisierkommode sinken. Die kleinen Lämpchen um den Spiegel herum brannten nicht mehr, aber sie konnte sich immer noch vorstellen, wie ihr strahlender Schein ihr Gesicht erhellte. Sie nahm die schwarze Haarbürste in die Hand und strich damit über ihre grauen Strähnen. Fünfzig Mal auf jeder Seite und fünfzig Mal hinten. Von dem Gestell mit den kleinen Haarteilen suchte sie sich ein rotes für den nächsten Tag aus und legte es auf die Kommode.

Sie zog den Brief aus dem Kuvert und warf wieder einen Blick darauf. Die abscheulichen Worte blieben dieselben, sooft sie sie auch las. Die Anwälte Smythe und Smythe, die den Nachlass von Buckley Hargraves verwalteten, bedauerten, ihr mitteilen zu müssen, dass die Besitzurkunde für das Grundstück Mini Creek Lane Nummer eins auf den Namen Hargraves lautete und dass das Anwesen zu Hargraves' Erbmasse gehörte, da schriftlich kein rechtmäßiger Besitzerwechsel niedergelegt worden war.

Es war tatsächlich wahr. Der Brief besagte, dass die Familie Hargraves Besitzanspruch auf das Café erhob.

Wie konnte er ihr das antun? Nach all dieser Zeit, sogar über den Tod hinaus, hatte er immer noch Macht über sie.

November 1966

Die Lichter im Theater gingen aus. Die Stille wurde von tosendem Applaus, Bravorufen und sogar einigen anerkennenden Pfiffen unterbrochen.

Harriett zitterte, als sich die Truppe hinter dem Vorhang aufstellte, um sich zu verbeugen. Buckley Hargraves nahm ihre Hand, und sie hatte Mühe zu begreifen, dass das alles wirklich passierte. Sie stand tatsächlich neben Englands bedeutendstem Theaterschauspieler, und er hatte tatsächlich darauf bestanden, dass sie neben ihm die andere Hauptrolle bekam. Der Vorhang hob sich, und das Publikum begann wieder zu jubeln. Alle hatten sich erhoben, lächelten und klatschten Beifall.

Alle, außer einer einsamen Gestalt, die am linken Bühnenrand im Schatten stand und die Arme vor der Brust verschränkte.

Harriett konzentrierte sich auf die Bewunderung der Zuschauer, denn nur die zählte, und sie und Buckley traten noch einmal nach vorne und verbeugten sich, bevor der Vorhang endgültig fiel.

»Ich habe es dir gesagt.« Er nahm sie in die Arme und wirbelte sie herum. »Nichts ist so belebend wie ein Live-Publikum.«

Harriett kicherte. »Es hat wirklich Spaß gemacht.«

»Nach dem hier wirst du nie wieder zum Film zurückkehren.« Buckley legte ihr kurz einen Finger an die Nase, und sie spürte, wie ihre Wangen heiß wurden.

»Gut gemacht. Bravo, Brava.« Der Intendant eilte über die Bühne auf sie zu. »Wir sind Stadtgespräch. Ein Coup, Buckley. Du hast einen schauspielerischen Coup inszeniert.« Er schlug Buckley auf den Rücken und bugsierte seinen Star von der Bühne.

Die schattenhafte Figur, die an der Seite der Bühne wartete, trat hinter dem Vorhang hervor, umarmte Buckley und hielt ihn so lange an sich gedrückt, dass Harriett es nicht übersehen konnte.

»Du warst großartig, Liebling. Einfach großartig.« Delilah gab ihm einen Kuss auf die Wange und warf Harriett einen bösen Blick zu.

Harriett sah die Anspannung in Buckleys Schultern, als er Delilah sanft von sich wegschob.

Der Ausdruck in Delilahs Augen war unmissverständlich, aber Harriett erwiderte ihren Blick einfach mit einem Lächeln. Wen hatte Buckley unbedingt als Hauptdarstellerin an seiner Seite haben wollen? Wer hatte das Publikum in Akt zwei zu Tränen gerührt? Wer hatte einen herrlichen Rosenstrauß und eine

Karte mit der Widmung »Von deinem größten Fan, B.« bekommen? Wer war am letzten Abend nach den Proben im Mondschein geküsst worden? Sicher nicht die verdammte Diva Delilah.

Harriett nahm es ihr jedoch nicht übel, dass sie hinter Buckley her war. Alle suchten Buckleys Gesellschaft. Und ein Starlet wie Delilah, das gerade erst am Anfang ihrer Karriere war, bemühte sich natürlich ganz besonders um ihn.

»Oh, Hattie.« Ihre Schwester Genevieve lief auf sie zu und umarmte sie. »Du warst toll. Große Klasse. Du solltest hören, was die Leute dort draußen sagen. Und nicht nur die Zuschauer, sondern auch die Kritiker!«

»Lass uns feiern!« Harriett hakte sich bei Genevieve unter.

Delilah tauchte auf und stellte sich ihnen im Flur in den Weg. »Bevor du gehst, Harriett«, zischte sie und zog sie von Genevieve weg. »Verzieh dich, Winzling. Wir Erwachsenen haben etwas zu besprechen.«

»Schon gut«, sagte Harriett zu Genevieve. Was immer Delilah ihr zu sagen hatte, war wahrscheinlich nicht für die Ohren ihrer kleinen Schwester geeignet. »Ich komme gleich nach.«

Genevieve ging den Gang entlang und warf einen Blick über die Schulter, bevor sie um die Ecke bog.

Delilah senkte die Stimme, damit niemand sie belauschen konnte. »Es mag dir gelungen sein, Buckley mit deiner nuttigen Art herumzukriegen, aber eins möchte ich dir sagen: Du bist nichts Besonderes.« Sie pikste Harriett in die Schulter. »Du solltest wieder zum Filmgeschäft zurückgehen, wo du hingehörst. Wenn Buckley nicht darauf bestanden hätte …«

»Aber er hat es getan. Und nun wirst du dich mit mir abfinden müssen.« In den vierundzwanzig Jahren ihres Lebens hatte sie sich noch nie von Drohungen einschüchtern lassen, und das würde sich auch nicht ändern.

»Wenn du schlau bist, solltest du von hier verschwinden.« Delilah beugte sich zu ihr vor, und Harriett spürte ihren kühlen Atem an ihrem Hals. »*Ich* sollte diese Rolle spielen. Und das werde ich auch tun.«

»Und wenn nicht, was dann, Delilah? Du solltest allmählich begreifen, dass du nicht immer bekommst, was du willst.«

»Da irrst du dich, Harriett. Ganz gewaltig.« Sie griff nach Harrietts Arm und drückte ihn fest. »Ich bekomme immer, was ich will.«

Harriett riss sich von ihr los. »Dieses Mal nicht.« Sie drehte sich auf dem Absatz um und ging den Flur hinunter, um Genevieve zu suchen.

Nach der Party begleitete Buckley Harriett und Genevieve zu Fuß den kurzen Weg zu ihrem Apartment. Unter der Straßenlaterne vor dem Haus blickte Harriett auf in Buckleys blaue Augen. Sie wusste, dass Genevieve am Fenster stand und sie beobachtete, aber das war ihr gleichgültig – sie wollte diesen Mann küssen.

»Mach dir keine Sorgen wegen Delilah.« Buckley strich mit den Fingern über Harrietts Nacken, sodass ihr ein Schauer über den Rücken lief. »Sie ist nur eine kleine Möchtegern-Schauspielerin, die sich für besser hält, als sie tatsächlich ist.«

»Wie kommst du darauf, dass ich mir wegen dieser Diva Sorgen mache?«

»Ich habe euch im Flur gesehen, und der Ausdruck auf ihrem Gesicht ist mir nicht entgangen.« Buckley grinste.

»Na ja, sie scheint zu glauben, dass ihr beide dazu bestimmt seid, gemeinsam vor den Altar zu treten.«

»Ich entscheide selbst über meine Zukunft.« Er schlang einen Arm um Harrietts Rücken und zog sie an sich.

Sie spürte seine Körperwärme und konnte an nichts anderes mehr denken als an ihn.

Ihr war bewusst, dass es nicht richtig war, ihn mit in das Apartment zu nehmen, wo Genevieve im Zimmer nebenan schlief, aber ihr Herz setzte sich so vehement gegen ihren Verstand durch, dass ihr keine andere Wahl blieb.

Sie war schon seit so langer Zeit allein, dass die Liebe eines anderen Menschen wie eine Droge wirkte, der sie nicht widerstehen konnte. Und sie wusste, dass er sie liebte. Ohne Zweifel.

Februar 1967

»Er ist wunderschön.« Harriett sah auf ihren Finger.

Der goldene Verlobungsring mit dem großen Diamanten im Smaragdschliff war das Schönste, was sie jemals gesehen hatte. Sie hatte nicht geahnt, dass Liebe so allumfassend sein könnte. Jede Sekunde ohne Buckley war eine Qual für sie.

»Heißt das, ja?« Er küsste ihr die Hand.

»Ja!«, rief sie.

Genevieve stürzte ins Zimmer und umarmte die beiden. Tränen liefen ihr über die Wangen. »Herzlichen Glückwunsch!«

»Ich habe gedacht, du liegst schon längst im Bett, Schwesterchen.« Buckley erhob sich und zerzauste ihr den Pony.

»Damit ich das verpasse? Auf keinen Fall!«

Harriett und Buckley lachten.

»Ich habe noch eine Überraschung«, sagte Buckley.

»Ich bin nicht sicher, ob ich das verkraften kann.«

»Wie wäre es damit?« Er reichte ihr einen Schlüsselbund.

Sie drehte ihn in den Händen.

»Diese Schlüssel gehören hierzu.« Er reichte ihr ein Foto von einem hübschen kleinen Haus mit zwei Stockwerken, umgeben von Eukalyptusbäumen und einem Bach, der daran vorbeifloss.

»Was ist das?«

»Ein vorzeitiges Hochzeitsgeschenk. Ich habe mir gedacht, wir könnten daraus ein Ferienhaus machen und dort unsere Urlaube verbringen.«

»Ein Ferienhaus? Für uns?«

»Für dich. Ich habe es für dich gekauft.«

Harriett fiel ihm in die Arme, und Buckley wirbelte sie herum.

»Das ist nur der Anfang. Ich werde dir die Welt zu Füßen legen.«

Genevieve klatschte in die Hände. »Wir werden eine Familie sein. Eine richtige Familie.« Sie tanzte durch das Zimmer.

Harriett durchströmte ein Glücksgefühl. Sie drehte sich wieder zu Buckley um und sah, dass sich auf seiner Stirn einige Schweißtropfen gebildet hatten.

Später am Abend lagen sie auf der Couch, und Harriett legte ihre Beine über Buckleys. Genevieve war endlich eingeschlafen, und Buckley zündete sich einen Joint an.

»Sie wird aber nicht bei uns wohnen, wenn wir verheiratet sind, oder, Harry?«

»Wo soll sie denn sonst hingehen?« Harriett runzelte die Stirn. »Aber es wird nicht für lange sein. Ein paar Jahre, und dann kann sie sich ein eigenes Heim suchen.«

Buckley wirkte ein wenig missmutig.

Sie zog an seinem Joint und setzte sich auf seinen Schoß. »Sie wird uns nicht stören«, erklärte sie, knöpfte sein Hemd auf und ließ ihre Finger durch sein dichtes braunes Brusthaar gleiten.

»Versprochen?«

»Versprochen.« Sie beugte sich hinunter und küsste seinen Bauchnabel.

Kookaburra Creek, 2018

Hattie schob die Erinnerungen an diese Zeit beiseite, öffnete das Geheimfach im hinteren Teil ihrer Schmuckschatulle und zog den alten Ring hervor. Sie hatte ihn schon seit Jahrzehnten nicht mehr herausgeholt, obwohl sie ihn nie vergessen hatte. Sie streifte ihn sich über den Finger und spürte das Gewicht seiner Geschichte an ihrer Hand. Dann drehte sie sich zu der Truhe um, die am Bettende stand, hielt jedoch inne. Sie brachte es nicht über sich, sie zu öffnen und einen Blick hineinzuwerfen. Jeder Bericht über ihn und jedes unscharfe Foto, das sie in den letzten fünfzig Jahren aus Zeitschriften und Magazinen ausgeschnitten hatte, lagen in einer Schuhschachtel, die sie darin aufbewahrte. Hattie warf einen Blick in den Spiegel.

Von Schatten umgeben blickte sie ein Starlet Anfang zwanzig mit leuchtenden Augen an, dem die Welt zu Füßen lag. Wohin war sie verschwunden? Tränen strömten ihr über die Wangen, und ihr Make-up verlief in den tiefen Falten ihres Gesichts. Sie zog den Ring wieder vom Finger. Verdammter Buckley Hargraves. Wie hatte sie nur so enden können? Hier. So alt, so verzweifelt, und kurz davor, das Leben eines anderen Menschen durch ihre Geheimnisse und Lügen zu ruinieren.

Sie würde den richtigen Zeitpunkt finden müssen, um es Alice zu sagen. Oh, arme Alice. Es gab keinen richtigen Zeitpunkt dafür, das Leben eines anderen zu zerstören. Es gab keinen geeigneten Augenblick dafür, Alice zu sagen, dass ihr das Kookaburra Creek Café nicht gehörte und dass die rechtmäßigen Eigentümer es nun zurückhaben wollten.

Kapitel fünf

Kookaburra Creek Café, 2018

Sonnenstrahlen strömten durch die Fenster des Cafés, als Alice die bunt bemalten Stühle von den Tischen nahm, und die Messingglocke klingelte.

»Becca. Wie schön, dass du kommst.«

Becca zuckte mit den Schultern. »Ich brauche Geld für den Bus.«

Alice reichte ihr eine blaue Schürze. Sie zog das kleinste Messer aus der Schublade und zeigte Becca, wie sie Karotten und Gurken für die Salate schneiden sollte. Und wie sie Paprika und Zucchini raspeln musste, die unter das gehackte Hähnchenfleisch gemengt wurden, um daraus die Bratlinge für die Burger zu machen. Alice machte jeden Tag andere Burger: aus Rindfleisch, Hähnchen oder Fisch und auch vegetarische. Und sie würzte auch stets anders. Für heute hatte sie eine marokkanische Version geplant.

Becca lernte schnell, und zur Öffnungszeit waren alle Vorbereitungsarbeiten erledigt.

»Jetzt kannst du noch das Geschirr spülen.« Alice reichte Becca einen Spüllappen. »Und dann kommst du nach vorne.«

Becca schaute an sich hinunter und richtete dann den Blick wieder auf Alice.

»In der Speisekammer findest du eine frische Schürze.« Alice deutete auf ein kariertes Stück Stoff, das an dem Haken auf der anderen Seite der Tür hing.

Joey betrat das Café. »Guten Morgen, Alice.«

»Guten Morgen. Was führt dich hierher?«

»Ich wollte nur mal vorbeischauen. Und ich habe gehofft, Miss Hattie zu treffen.«

»Sie ist heute nicht hier.«

»Oh. Sie ist aber nicht krank, oder?«

»Es geht ihr gut, sie ist nur müde. Kann ich dir irgendwie helfen?«

»Ähm, nein, schon okay.«

Becca kam mit einigen Gläsern in den Gastraum.

»Das ist Becca. Sie hilft mir heute«, erklärte Alice.

Joey wandte sich Becca zu, die einen Schritt zurückwich und den Blick sofort auf den Ausgang richtete.

»Nett, dich kennenzulernen«, sagte Joey. »Lass dich nicht zu sehr von ihr herumscheuchen.« Er wandte sich wieder Alice zu. »Ich hätte gern einen Kaffee zum Mitnehmen.«

»Ist das Ihr Freund?«, fragte Becca und runzelte die Stirn, als sie Joey nachschaute.

Alice seufzte. »Ähm, nein. Er ist …«

Wie standen sie genau zueinander? Sie wusste es

nicht. Was sie einmal füreinander gewesen waren, in welcher Beziehung sie sich jetzt befanden – sie hatte keine Worte dafür.

»Er ist ein guter Freund.«

»Er mag mich nicht.«

Alice hatte gesehen, wie Joeys Miene sich bei Beccas Anblick kurz verdüstert hatte. Aber sein Gesicht hatte keine Abneigung widergespiegelt, eher Erschütterung.

»Das hier ist ein kleines Städtchen. Neuankömmlinge werden immer misstrauisch beäugt.« Sie erinnerte sich an die hochgezogenen Augenbrauen und die unfreundlichen Blicke, als sie nach Kookaburra Creek gekommen war. »Nach einer Weile tauen die Leute aber auf.« Zumindest war das bei ihr so gewesen.

»Spielt ja auch keine Rolle«, murmelte Becca. »Was soll ich jetzt tun?«

Alice zeigte ihr, wie man Servietten faltete, und beobachtete sie dann dabei, gespannt, ob sie irgendwelche Anzeichen, irgendwelche Eigenheiten entdecken konnte, die ihr bekannt vorkamen.

Am Ende des Tages gab Alice dem Mädchen einhundert Dollar – viel mehr, als sie sich eigentlich erarbeitet hatte – und begleitete sie zu der Bushaltestelle in der Nähe des Cafés.

»Der nächste Bus sollte in etwa fünfzehn Minuten kommen«, erklärte Alice. Sie versuchte, ihre Stimme fröhlich klingen zu lassen, aber es gelang ihr nicht, wahre Begeisterung aufzubringen. Sie hatte kein gutes Gefühl dabei. »Er bringt dich nach Glensdale, und von dort fahren Busse zu fast allen nur erdenklichen Orten.«

Becca schaute sie mit zusammengepressten Lippen an. In ihren Augen lag ein Ausdruck der Verzweiflung, und Alice' Kehle schnürte sich zusammen.

»Außer …«, fügte sie mit schwankender Stimme hinzu. »Außer, du möchtest vielleicht noch eine Weile für mich arbeiten.«

Becca zuckte in ihrer üblichen Art mit den Schultern, aber Alice entdeckte Erleichterung in diesen vertrauten blauen Augen.

»Du kannst hierbleiben.«

»Bei Ihnen?«

»Ich habe ein Gästezimmer.«

Becca schüttelte den Kopf. »Nein. Auf der Veranda. Kann ich auf der Veranda schlafen?«

»Es könnte kalt werden.«

»Das stört mich nicht.«

»Okay.« Wenn sie nur hierbleiben würde.

»Nur so lange, bis ich genug Geld habe, um nach Brisbane zu fahren.«

Alice hütete sich davor, sie darauf hinzuweisen, dass sie dafür nur einen weiteren Tag würde arbeiten müssen. »Du kannst bleiben, solange du willst.«

Sie gingen zum Café zurück.

»Hinter dem Haus ist ein Waschraum mit einer Dusche, die du gern benutzen darfst.«

Alice ging die Treppe zu ihrer kleinen Wohnung über dem Café hinauf und eilte in ihr Schlafzimmer.

Aus dem hinteren Teil des Schranks kramte sie eine Jeans und ein T-Shirt hervor, die ihr seit ihrer Ankunft in Kookaburra Creek nicht mehr passten. Eigentlich hatte sie die Sachen der Altkleidersammlung geben wollen, und sie hatte keine Ahnung, warum sie sie all die Jahre aufbewahrt hatte. Vielleicht als Andenken an ein längst vergangenes Leben. Nun, jetzt erfüllten sie noch einen Zweck.

Sie holte noch ein Handtuch und ein Stück Seife und legte beides, zusammen mit ihren alten Kleidungsstücken, vor den kleinen Waschraum. Er wurde heutzutage kaum noch benutzt. Nur wenn die Hitze im Sommer Alice zu schaffen machte, nahm sie sich zwischen dem Ansturm am Morgen und am Mittag rasch Zeit, um sich dort ein wenig frisch zu machen. Es war kein luxuriöses Badezimmer – wahrscheinlich diente es früher einmal als Klohäuschen für das Anwesen –, aber es gab dort fließendes warmes Wasser.

Becca lernte schnell alles über den Tagesablauf im Café. Nach zwei Wochen beherrschte sie das Eindecken der Tische und die täglichen Reinigungsarbeiten. Auch der Umgang mit dem Messer fiel ihr leicht, obwohl Alice manchmal leicht nervös wurde, wenn sie ihr dabei zusah. Das war vor allem vor drei Nächten so gewesen, als sintflutartige Regenfälle Becca ins Haus gezwungen hatten. Ein mit Problemen belasteter Teenager mit einem Messer, der im Zimmer nebenan übernachtete, weckte keine angenehmen Vorstellungen. Aber wenn

Alice diese Gedanken unterdrückte und auf ihr Herz hörte, schöpfte sie Trost aus Beccas Gegenwart. Trotzdem war es eigenartig, ihre Wohnung mit jemandem zu teilen, nachdem sie so lange allein gelebt hatte – warten zu müssen, bis das Badezimmer frei war, daran denken zu müssen, mehr Wasser in den Kessel zu füllen, ein lautes Schluchzen zu unterdrücken, wenn sie plötzlich eine traurige Erinnerung überfiel.

Aber Alice gewöhnte sich im Großen und Ganzen daran. Und es tat ihr gut, Hilfe im Café zu haben, vor allem an den Vormittagen.

Sie bemerkte, dass Becca allmählich besser mit den Gästen zurechtkam. Nur Joey gegenüber war sie immer noch misstrauisch.

»Kannst du den Salat aus dem Kühlschrank holen?«, rief Alice in Richtung Küche.

»Und warum kommt er?«

»Weil er mein Freund ist und weil es eine Tradition ist«, erwiderte Alice, als Becca mit einer riesigen Glasschüssel mit Kopfsalat, Gurkenscheiben und Paprika zurückkam. »Wir machen das schon seit so langer Zeit, dass ich mich nicht mehr daran erinnern kann, wann wir damit angefangen haben.«

»Er mag mich immer noch nicht«, murmelte Becca.

»Er kennt dich eben noch nicht.«

»Sie kennen mich auch nicht.« Becca zuckte mit den Schultern.

»Aber ich bin ein viel netterer Mensch als der brummige alte Joseph.« Alice glaubte, den Anflug eines

Lächelns über Beccas Gesicht huschen zu sehen. »Du musst den Leuten einfach eine Chance geben.«

»Mir hat nie jemand eine verdammte Chance gegeben.« Becca warf das Salatbesteck auf die Arbeitsfläche. Alice trat einen Schritt auf das Mädchen zu, aber Becca wich zurück. »Warum kümmert Sie das?«

»Gute Frage. Ich nehme an, weil … nun ja … Ich weiß nicht, was dich hierhergebracht hat, Becca.« Sie zuckte mit den Schultern. »Aber ich glaube, dass es kein Zufall war, dass du in meiner Speisekammer gelandet bist.«

»Oh Gott, Sie gehören doch nicht etwa zu diesen übersinnlichen Spinnern«, erwiderte Becca.

»Nein.« Alice lachte leise. »Weit gefehlt. Aber ich glaube, dass es so etwas wie Schicksal gibt und dass manchmal etwas aus einem bestimmten Grund geschieht.«

»Ich bin keinen Rettungsversuch wert.« Becca starrte Alice trotzig an.

»Ich hatte auch nicht vor, dich zu retten.« Alice öffnete den Kühlschrank. »Aber du hast dich als nützlich erwiesen, und ich habe mich bereits ein wenig an dich gewöhnt. Also hoffe ich, dass du noch eine Weile bei uns bleibst.« Sie nahm Becca die Schüssel aus der Hand. »Ich weiß, dass Joey ein wenig schroff wirkt, aber er ist ein guter Mensch. Wirklich.«

Die Ladenglocke bimmelte. »Hier bin ich. Seid ihr bereit?« Hattie stürmte ins Café.

»Immer.« Alice lächelte.

»Guten Abend.« Joey kam hinter Hattie herein und war ein wenig nervös, wenn Alice sich nicht irrte.

»Becca«, rief Hattie. »Möchtest du nicht zu uns kommen?«

Auch Becca hatte bereits gelernt, dass Hattie nur selten »fragte«, und kam, den Kopf leicht gesenkt, zu ihnen.

»Setz dich neben mich. Ich möchte hören, wie du in unserem Café zurechtkommst. Ich hoffe, deine Chefin behandelt dich gut.«

Becca setzte sich gehorsam, schwieg aber.

»Also«, begann Hattie und versuchte, die gespannte Atmosphäre zu lockern. »Ich habe heute zufällig Reverend Harris getroffen. Wie ich höre, ist Fiona wieder in der Stadt.«

Als Alice den Namen von Harris' ältestem Kind hörte, verspürte sie einen Druck auf der Brust. Sie warf einen Blick zu Joey hinüber, der jedoch keine Reaktion zeigte.

Beim Abendessen gab Hattie sich große Mühe, fröhlich zu wirken, doch offensichtlich war sie in Gedanken an einem anderen, eher unangenehmen Ort. Sie erzählte ein paar Geschichten, doch sie waren alles andere als mitreißend, und das war sehr ungewöhnlich für Hattie. Normalerweise hatte sie kein Problem damit, ihre Zuhörer zu fesseln. »Und ihr werdet kaum glauben, was Claudine gestern Abend beim Bridge gesagt hat …« Alice durchschaute ihre Taktik, aber sie sagte nichts dazu.

Sobald Joey sich den letzten Bissen des klebrigen Dattelpuddings in den Mund geschoben hatte, sprang Alice auf, um den Tisch abzuräumen.

»Ich mach das schon«, erklärte er und stand auf, sammelte die Teller ein und trug sie in die Küche.

»Becca, sei so lieb und hilf ihm.« Hattie zog Alice auf ihren Stuhl zurück. »Also«, begann Hattie, als Joey und Becca den Raum verlassen hatten. »Was ist los?«

»Sie entwickelt sich prächtig. Allerdings erzählt sie mir wenig über ihre Vergangenheit. Genau genommen eigentlich gar nichts. Aber sie ist mir eine große Hilfe …«

»Ich habe nicht über Becca gesprochen – ich sehe selbst, wie es mit ihr läuft. Ich meinte Joey. Er wirkt aufgebracht.«

Alice schüttelte den Kopf. »Ich glaube, er muss sich noch an Beccas Anwesenheit gewöhnen. Sonst nichts.«

»Schätzchen, ›nichts‹ gibt es zwischen euch beiden nicht. Ihr scheint euch beide nicht sicher zu sein, was zwischen euch abläuft, aber ›nichts‹ ist es ganz gewiss nicht.«

»Manchmal frage ich mich, ob … Du weißt schon, wenn doch nur …«

»Unsinn.«

»Unsinn?«

»Du hast schon richtig gehört. Wenn man so alt ist wie ich, begreift man, wie viel Zeit seines Lebens man mit ›wenn doch nur‹ vergeudet. Wie viel Zeit man damit verschwendet, sich zu wünschen, die Dinge wären anders, anstatt sie selbst zu ändern. Und jetzt, da Fiona Harris wieder in der Stadt ist, kannst du es dir nicht leisten …«

Es krachte laut, und Alice sprang auf und lief in die Küche.

»Was …?« Sie betrachtete den Scherbenhaufen auf dem Boden. Becca hielt den Blick gesenkt und hob die Hände.

»Meine Schuld«, erklärte Joey. »Ich wollte zu viel auf einmal tragen.«

Alice kannte ihn lang genug, um zu erkennen, dass er log.

»Joey?« Sie starrte ihn an.

»Es tut mir leid.« Er bückte sich, um die Scherben einzusammeln. »Ein Missgeschick.«

»Und ich habe gedacht, die Griechen und nicht die Italiener würden gern Porzellan zertrümmern«, meinte Hattie, als sie die Küche betrat.

Alice warf ihr einen strengen Blick zu.

»Würdest du mich nach Hause begleiten, Joey?« Hattie hakte sich bei ihm unter.

Als sie die Küche verließen, drehte sich Hattie noch einmal zu Alice um und formte lautlos mit den Lippen die Worte: »Niemals nichts.«

Alice sah Becca nach, wie sie durch die Hintertür aus dem Haus ging. Sie zählte bis drei und folgte ihr hinaus auf den Bootssteg.

»Bootssteg« war vielleicht ein zu hochtrabendes Wort für die alten Holzplanken, die hinter dem Kookaburra Creek Café auf das Wasser hinausragten, aber Alice stellte sich gern vor, dass dort an einem gemütlichen Sonntagnachmittag einige schmale selbstgebaute Flöße oder kleine Ruderboote vertäut waren und ein Mann und sein Sohn geduldig ihre Angeln ins Wasser hielten, sodass die Schwimmer auf den Wellen schaukelten. Becca hatte ihre Jeans aufgekrempelt und die Beine in die sanften Wellen getaucht.

Alice setzte sich neben sie. »Es tut mir leid, wenn ich dich erschreckt habe.«

»Erschreckt?«

»Ja. Du hast ziemlich ängstlich ausgesehen, als ich in die Küche kam. Er ist wirklich ein liebenswürdiger Mensch.«

»Er kann nichts dafür«, flüsterte Becca.

»Wie bitte?«

»Ich war es. Ich habe die Teller fallen lassen.«

»Das verstehe ich nicht.«

»Ich habe sie auf den Boden fallen lassen. Aus Versehen. Und dann bin ich in Panik geraten. Sie kosten viel Geld, und ich habe gedacht, Sie würden böse auf mich sein.« Ihre Augen füllten sich mit Tränen. »Ich habe ihn gebeten, nicht zu verraten, dass ich es war.«

»Becca, Liebes.« Alice seufzte. »Warum um alles in der Welt sollte ich böse auf dich sein, nur weil du ein paar Teller zerbrochen hast?«

Sie zuckte mit den Schultern.

Alice wollte einen Arm um das Mädchen legen, aber Becca wich zurück.

»Habe ich dir jemals einen Grund dafür gegeben zu glauben, ich würde wegen einer solchen Sache wütend auf dich werden?«, fragte Alice.

»Nein.« Becca schüttelte den Kopf. »Aber normalerweise ist das so. Du glaubst, du könntest ihnen vertrauen, und dann … zack!«

Alice zögerte. Sie wollte sie nicht zu früh bedrängen. »Nun, ich bin nicht ›sie‹, und ich werde dich niemals anschreien.«

Sie blieben eine Weile schweigend sitzen und betrachteten die Umgebung. Ein Eulenschwalm stimmte seinen Abendgesang an, während der Mond aufging. Alice liebte klare Nächte, in denen unzählige Sterne hell am Himmel blinkten. Sie suchte nach dem Kreuz des Südens, verfolgte den Südlichen Pfeil und stellte sich die Verbindungen innerhalb des Sternbilds vor.

»Was tun Sie da?«, fragte Becca stirnrunzelnd.

»Etwas, was mein Dad mir beigebracht hat.« Und genau wie Bruce es ihr vermittelt hatte, zeigte Alice dem Mädchen, wie man den wahren Süden fand.

»Warum hat Joey mich gedeckt?«, fragte Becca. Sie hob die Hände und ließ die Finger zwischen den Sternen über ihrem Kopf tanzen.

»Er hat dich geschützt, weil du ihn darum gebeten hast«, erwiderte Alice.

Ich vertraue ihm nicht.

Die Art, wie er mich ansieht, bringt mich manchmal aus

der Fassung. Er hat mich heute Abend nicht auffliegen lassen, aber das tun sie immer irgendwann. Sie locken dich an und bringen dich dazu, dass du ihnen vertraust. Und dann sitzt du in der Falle. Und das ist nicht gut.

Manchmal schleiche ich mich nachts zurück auf die Veranda und schlafe dort. Im Gegensatz zu einem Zimmer mit vier Wänden und nur einem Weg nach draußen, den man leicht versperren kann, bietet die Veranda viele Möglichkeiten. Möglichkeiten zur Flucht.

Die Tür des Zimmers lässt sich nicht verschließen, und wenn ich dort schlafe, stelle ich für alle Fälle den Tisch davor. In einem Busch hinter dem Haus habe ich eine Tüte mit gebrauchten Kleidungsstücken, die Alice von der Kirche für mich bekommen hat, versteckt. Und eine Kiste mit Konservendosen. Ich schmuggle nachts immer nur eine Dose aus dem Haus, damit sie es nicht bemerkt. Ich sammle einen Vorrat. Nur für den Fall, dass ich abhauen muss.

Allerdings ist es schön, wieder sauber zu sein. Ich habe sechs Monate lang nicht duschen können. Sechs Monate, in denen ich von einem Park zum anderen gezogen und per Anhalter von einer verschlafenen Kleinstadt in die nächste gefahren bin. Immer auf der Flucht. Immer unterwegs. Sechs Monate, in denen ich nie etwas Richtiges zu essen hatte. Hunger ist furchtbar, ein nagender Schmerz, der nicht aufhört. Das vermisse ich ganz sicher nicht. Aber andererseits darf ich es mir hier nicht allzu bequem machen. Es wird nicht lange anhalten. Nichts Gutes hält lange an.

Alice wird irgendwann ihr wahres Gesicht zeigen. Das tun sie alle.

Aber eine Pause tut gut. Nicht mehr auf der Flucht sein zu müssen. Nur für eine kleine Weile.

Kapitel sechs

Lawson's Ridge, 2003

Alice ging wie üblich zum Gemischtwarenladen und steckte sich ihr Namensschild an die gestreifte Uniform. Mrs Reynolds würde gegen zehn Uhr ihren wöchentlichen Einkauf erledigen. Alice würde versuchen, sie dazu zu bringen, ein Stück von dem Früchtekuchen zu kaufen, den Louises Großmutter gebacken und am Morgen vorbeigebracht hatte, aber da er nicht auf Mrs Reynolds' Einkaufsliste stand, würde sie ablehnen. Aber eines Tages würde Alice sie doch dazu bringen. Das war ihre Mission. Eine von vielen Aufgaben, die sie sich ausgedacht hatte, während sie die endlosen Stunden totschlagen musste. Alice' Boss Mr Williams würde gegen halb elf mit zerzausten Locken auftauchen, nachdem er mit seiner nicht ganz so geheimen Geliebten Donna Dobson gefrühstückt hatte. Sie war immer noch mit Mr Dobson verheiratet, und der war der Einzige in der Stadt, der nichts von der Untreue seiner Frau wusste. Sally und Sue, die passenderweise die Jungfern-Schwestern genannt wurden, würden gegen ein Uhr in den Laden kommen und sich jede einen Apfel kaufen. Und um zwei Uhr, wenn Alice Dienstschluss hatte, würden die Trainor-Jungs in ihrem verbeulten Lieferwagen vorbeibrausen, kräftig auf die Hupe drücken und eine Staubwolke hinter sich zurücklassen. Ein ganz gewöhnlicher Sonntag im Gemischtwarenladen von Lawson's Ridge.

Alice packte die Zeitungen aus, die nachts aus Sydney geliefert worden waren (alles geschah in Sydney), und legte sie auf das Regal neben der Eingangstür. Die Digitaluhr neben der Kasse piepste dreimal kurz, und Alice rannte rasch hinter die Ladentheke, bevor sich die Glastür öffnete.

»Guten Morgen, Bertie«, sagte sie und richtete den Blick starr auf die Risse in der Tresenoberfläche.

»Guten Morgen, Schätzchen.« Bertie stand in seinem braunen Morgenmantel vor ihr, mit ungekämmtem Haar und grauen Bartstoppeln, die dringend rasiert werden mussten.

Sie griff nach hinten in das Regal, um die Zigaretten für ihn herauszuholen. Ohne den Blick zu heben, nahm sie einen Schein entgegen und reichte ihm das Wechselgeld. Er rührte sich nicht von der Stelle.

Alice wusste, dass er den Laden nicht verlassen würde, bis sie ihn ansah, also hob sie schließlich den Kopf. Bertie öffnete seinen Morgenmantel und verstaute die Zigaretten in der Innentasche.

»Heute blau, Bertie.« Alice seufzte.

»Bertie ist ein braver Junge.« Er nickte und war wie immer sehr stolz auf seine Boxershorts. Alice konnte sich kaum vorstellen, wie oft seine Mutter ihm in seiner Kindheit wohl eingebläut hatte, dass ein braver Junge regelmäßig seine Unterwäsche zu wechseln hatte. Sie wünschte sich allerdings, er würde ihr das nicht immer vorführen. Konnte er nicht einmal ein Unterhemd unter seinem Morgenmantel tragen? Oder vielleicht sogar eine Hose? Aber er konnte nichts dafür. Für Menschen wie Bertie gab es hier, fern jeder Zivilisation, keine Hilfe.

Bevor sie ein paar Stunden später den Laden schloss, räumte Alice die übrig gebliebenen zwei Kuchen von Louises Großmutter weg. Sechs Stück hatte sie verkauft. Grandma Jenkins würde sich freuen. Sie schnappte sich das Kuvert, das Mr Williams ihr gegeben hatte, bevor er um zwölf gegangen war, schloss die Eingangstür von außen ab und warf den Schlüssel durch den schmalen Briefschlitz.

Als sie sich umdrehte, um nach Hause zu gehen, stieß sie gegen etwas Hartes, stolperte und fiel hin.

»Tut mir leid.« Dean McRae beugte sich über sie.

Sie schüttelte den Kopf. »Das hoffe ich. Autsch!«

Dean bückte sich, um ihr aufzuhelfen, aber sie ignorierte seine ausgestreckte Hand.

»Pond?«

Alice folgte seinem Blick auf das Namensschild, das

sie vergessen hatte, abzunehmen. Sie zerrte daran, um es loszuwerden.

»Das gefällt mir. Alice Pond.«

»Es spielt keine Rolle, ob es dir gefällt oder nicht. Das ist mein Name.«

»Das ist richtig. Du bist ein merkwürdiges Mädchen, Pond.« Dean folgte ihr die Straße entlang.

»Ich muss jetzt los.«

»Okay. Und wohin gehen wir?«

»Wir?« Alice blieb stehen und sah ihm in die Augen. »Man hat schon einiges über dich gesagt, seit du hier angekommen bist, aber als verrückten Stalker hat dich noch niemand bezeichnet.«

»Tut mir leid.« Er trat einen Schritt zurück, und seine Miene verriet, wie sehr ihn ihre spitze Bemerkung verletzt hatte.

»Normalerweise gehe ich durch den Faraway Forest nach Hause«, erklärte Alice seufzend.

»Wodurch bitte?«

»Vergiss es. Es geht hier entlang, falls du mitkommen willst.«

Dean passte sich ihrem Schritt an, und sie schlenderten nebeneinander die braunen, staubigen Straßen entlang. Als Alice noch ein kleines Kind gewesen war, waren in den bunt gestalteten Schaufenstern der Geschäfte noch stolz allerlei Waren angepriesen worden. Im Geschenkeladen waren hübsche kleine Teetassen mit passender Kanne ausgestellt gewesen, und an Angelschnüren hatten Porzellanengel gehangen. In dem

Kurzwarenladen, den ihre Mutter häufig besuchte, türmten sich Stoffballen – gestreift, gepunktet, kariert und mit Blumenmuster – neben einer Schaufensterpuppe, die mit einem hübschen Seiden- oder Satinstoff behangen war und in der Hand einen mit Wollknäueln gefüllten Korb hielt. Jetzt waren die meisten Läden leer und verlassen, und viele der Schaufenster waren mit Brettern vernagelt. Im Pub herrschte jedoch immer noch reger Betrieb, ebenso wie im Wettbüro. Was auch immer in dieser Stadt geschah, für Alkohol und Wetten hatten die alten Männer immer genügend Geld übrig. Und die Männer mittleren Alters auch. Das wusste Alice nur allzu gut.

Schon bald hatten sie Alice' Eukalyptusbaum erreicht.

»Hast du gerade mit dem Baum gesprochen?«, fragte Dean, während er Alice hinterherkletterte und sich neben sie auf einen Ast setzte.

»Wir kennen uns schon sehr lange.« Alice warf ihm einen kurzen Blick zu. Warum hatte sie sich dazu hinreißen lassen, ihren Baum in seiner Anwesenheit zu grüßen?

»Das finde ich cool«, erwiderte er. »Aber sollte er dir jemals antworten, haben wir ein Problem.«

Alice lächelte unwillkürlich und musste ein Kichern unterdrücken. Sie spürte Deans Blick und musste sich eingestehen, dass ihr seine Gegenwart nicht wirklich unangenehm war. Er hatte irgendetwas Sanftes an sich. Alle Jungen, die sie sonst kannte, waren laut und grob und hatten nur Interesse an Landwirtschaft und Football und hänselten sie wegen ihres Vaters. Dean hatte noch kein einziges Mal die letzte Ernte oder Sport erwähnt. Und falls er über ihren Dad Bescheid wusste – was in einer Kleinstadt, in der jeder alles über jeden wusste, ziemlich wahrscheinlich war –, dann ließ er es sich nicht anmerken.

»Wie lange wollt ihr in diesem Paradies bleiben, du und deine Mum?«, fragte Alice und brach damit das Schweigen.

Er zuckte mit den Schultern. »Mum denkt daran, sich hier selbstständig zu machen, also wer weiß?«

»Zumindest kannst du bald von hier abhauen und gehen, wohin du möchtest.«

»Vielleicht.«

»Vielleicht? Von mir wirst du im Dezember hier nur noch eine Staubwolke sehen.«

Dean lächelte. »Und wohin soll deine Flucht gehen?«

Alice starrte auf den Wald. »Ich gehe nach Sydney. Besuche dort die Uni. Und komme nie wieder zurück.«

»Und deine Familie?«

»Es gibt nur noch meinen Dad. Wenn ich genug Geld gespart habe, hole ich ihn nach.« Alice hatte gehört, dass es in Sydney Einrichtungen gab, wo man ihm helfen konnte. Aber sie kosteten Geld. Sie hatte einen Plan, und tief in ihrem Inneren wusste sie, dass sie es schaffen würde.

»Okay, das hört sich so an, als hättest du dir alles bereits gründlich überlegt.«

Alice erwiderte seinen Blick, und ihr Herz schlug schneller.

»Ich muss jetzt wirklich gehen«, stieß sie hervor und erhob sich. Sie stieg über Dean hinweg und kletterte so rasch den Baum hinunter, dass sie, wieder auf der Erde, stolperte. Aber sie rannte trotzdem los und blieb auch nicht stehen, als sie hörte, dass Dean ihr folgte.

»Warte, Pond.« Dean schnappte nach Luft, als er sie eingeholt hatte. »Bitte warte. Ich wollte dich nicht verärgern.«

Alice verlangsamte ihren Schritt. »Hast du nicht getan.«

»Es tut mir wirklich leid.« Er lächelte, und obwohl Alice sich Mühe gab, eine abweisende Miene aufzusetzen, zogen sich ihre Mundwinkel leicht nach oben. »Wo willst du hin?«, fragte er.

»Ich gehe ... ich wollte nur ...« Alice zuckte mit den Schultern. Wenn er ihr so tief in die Augen sah wie jetzt, wollte sie nur noch bei ihm bleiben. »Ich wollte nur einen kleinen Spaziergang machen. Ohne bestimmtes Ziel.«

»Die Jungs haben mir etwas von einem Stausee erzählt, wo alle hingehen«, sagte Dean.

»Pips Stausee? Er liegt etwa zehn Minuten Fahrt von hier entfernt. In dieser Richtung.« Alice deutete nach Westen.

»Was meinst du, Pond? Sollen wir dorthin fahren? Mein Wagen steht in der Nähe des Ladens.«

»Na ja …« Es war schließlich nur eine kurze Fahrt. Und er war sicher nicht interessiert an ihr. Niemand war jemals interessiert an ihr.

Dean brauste über die Schotterstraße, und Alice sah, wie der Tacho auf 130 und dann sogar auf 140 kletterte.

»Du solltest ein bisschen langsamer fahren.«

»Du hast doch nicht etwa Angst, Pond?« Er drückte auf das Gaspedal.

»Nein.« Sie schluckte heftig. »Aber auf dieser Strecke sind die Cops häufig unterwegs.«

Er verlangsamte das Tempo, und Alice spürte, wie der Druck auf ihrem Brustkorb nachließ.

Pips Stausee war nicht gerade das, was man als schön bezeichnen würde. In der Mitte eines gelben Grasfelds wuchsen ein paar grüne Halme rings um ein tiefes Wasserloch. Es war kein großer See, aber in einer braunen und staubigen Umgebung sorgte er an heißen Sommertagen für Abkühlung. Wenn die Temperaturen über vierzig Grad kletterten, was irgendwann unweigerlich der Fall war, plantschten hier etliche Teenager. Aus dem alten grauen Eukalyptusbaum ragte ein Ast, der genau die richtige Höhe und Länge hatte, um ein dickes Seil zu tragen, an dem sich die Kinder über den See schwangen und sich dann in das kühle Nass fallen ließen.

Pip schien das nichts auszumachen. Jedenfalls solange sie sich von seinen Schafen fernhielten. Vor allem von Bobbles, seinem preisgekrönten Bock. Hin und wieder wurde ein dummer Junge übermütig und schleifte Bobbles zum Ufer des Sees, wo das Tier, vollkommen verängstigt von dem Lärm, laut zu blöken begann. Dann verbot Pip allen den Zutritt für den Rest des Sommers. Wenn sie jedoch nach zwei Wochen wiederkamen, beobachtete Pip sie lediglich vom Hügel aus, bis er sich sicher sein konnte, dass sie sich ordentlich benahmen. Bis zum nächsten Mal.

Im Sommer war Pips Stausee bevölkert von schwitzenden Teenagern, die versuchten, sich gegenseitig mit Purzelbäumen vom Seil zu übertrumpfen. Aber heute war das anders. An diesem milden Nachmittag im August waren sie ganz allein.

»Die Jungs haben mir ständig von dem See vorgeschwärmt, seit ich hier bin«, sagte Dean, als sie aus dem Wagen stiegen.

»Du solltest nur die Hälfte von dem glauben, was man dir erzählt.«

»Nicht einmal die Hälfte.« Dean nickte.

Alice führte ihn zu dem riesigen alten Eukalyptusbaum, setzte sich darunter und lehnte sich an den dicken Stamm. Dean streckte seine langen Beine neben ihr aus, stützte sich auf einen Ellbogen und neigte leicht den Kopf. Alice wünschte, er würde sie nicht auf diese Weise anlächeln, bei der sich das Grübchen auf seiner linken Wange vertiefte.

»Wie ich gehört habe, bist du so etwas wie ein Genie.«

Alice schnaubte. »Schön wär's.«

»Ach ja? Was würdest du tun, wenn du ein Genie wärst?« Dean richtete sich ein wenig auf.

Alice seufzte. Wenn sie klüger wäre, hätte sie sicher schon einen Weg aus ihrer Situation gefunden, einen Weg, um ihrem Dad zu helfen. »Ich würde für den Weltfrieden sorgen und die Hungersnöte beseitigen.« Sie zuckte mit den Schultern. »Das Übliche.«

Dean setzte sich auf und schlang die Arme um die Beine. »Ich weiß nicht recht. So schlau zu sein könnte auch Nachteile mit sich bringen.«

»Wie zum Beispiel?«

»Nun ja.« Er stand auf, nahm Alice' Hand und zog sie zu sich hoch. »Wenn du zum Beispiel ein Genie wärst, würdest du an einem Tag wie diesem sicher nicht springen.«

»Springen?«

Dean streifte seine Schuhe ab, zog sein T-Shirt aus und zwinkerte ihr herausfordernd zu.

»Das ist nicht dein Ernst!«

»Siehst du.« Er lächelte. »Du bist zu klug.« Er tippte ihr gegen die Stirn. »Und ich bin nicht klug genug.« Er klopfte sich auf die Brust und rannte los. Mit einem Sprung packte er das Seil und schwang sich dreimal über den See, bevor er einen Tarzan-Schrei ausstieß und sich ins Wasser fallen ließ.

»Du bist verrückt!«, rief Alice, sobald er wieder aufgetaucht war, und folgte ihm bis zum Ufer.

»Es ist herrlich!« Er bespritzte sie mit Wasser und versuchte zu verbergen, dass er zitterte – mit geringem

Erfolg. »Aber du bist wahrscheinlich zu schlau und zu vernünftig, um etwas so Verrücktes zu tun. Etwas, was so viel Spaß macht.«

»Ich weiß sehr gut, wie man Spaß haben kann.«

»Tatsächlich?« Er spritzte wieder Wasser in ihre Richtung.

Alice wünschte, er würde sie nicht auf diese Weise anlächeln.

Sie zog ihre Sportschuhe aus und streifte ihre Jeans ab. Nur noch mit Top und Unterwäsche bekleidet griff sie nach dem Seil und stieß sich vom Ufer ab.

»Heilige Scheiße!«, keuchte sie, als sie wieder an die Oberfläche kam. »Es ist eiskalt.« Sie schwamm so schnell sie konnte zum Ufer zurück und kletterte hinaus. »Du bist wirklich verrückt.«

Dean folgte ihr. »Vielleicht. Aber es hat Spaß gemacht, stimmt's?«

»Ich bin mir nicht sicher, ob ich dieses Wort dafür verwenden würde.«

Dean stieß Alice seitlich mit der Hüfte an. »Und warum lächelst du dann wie die Grinsekatze?«

Alice und Dean setzten sich in der sinkenden Nachmittagssonne unter den alten grauen Eukalyptusbaum. Sie hatte sich dahinter umgezogen und trug nun Deans trockenes T-Shirt, während ihr nasses Top auf dem verdorrten Gras zum Trocknen ausgebreitet war. Dean saß mit nacktem Oberkörper neben ihr, und seine Gänsehaut verriet, dass er fror, obwohl er behauptete, ihm sei nicht kalt.

»An welche Art Geschäft hat deine Mum denn gedacht?«, erkundigte sich Alice.

»Sie möchte einen Stoffladen eröffnen«, erwiderte er und verdrehte die Augen. »Oder so was in der Art. Ich glaube, Dad ist ein wenig eifersüchtig, dass sie alles ganz gut ohne ihn schafft.«

»Haben sie noch Kontakt miteinander?«

»Nein. Aber ich stehe noch mit ihm in Verbindung. Ich glaube, er hat gehofft, dass sie hier erkennt, wie sehr sie ihn braucht, und wieder zu ihm zurückkehrt.«

Alice nickte. »Vermisst du ihn?« Sie wusste, wie es war, wenn man nur noch ein Elternteil hatte.

»Ja, schon. Ich werde ihn in den Ferien besuchen.«

»Hast du schon Pläne für nächstes Jahr?«

»Du denkst immer nur an die Zeit nach der Schule, stimmt's?« Dean schüttelte den Kopf. »Geht es bei dir denn nie um etwas anderes?«

»Doch, ich überlege mir gerade, wie ich es hinkriegen kann, keine Lungenentzündung zu bekommen, nachdem ich in diesen eiskalten See gesprungen bin.«

Er lachte. »Und was ist mit dir? Was willst du in Sydney studieren?«

»Jura.«

»Warum?«

»Warum nicht?«

»Keine Ahnung. Du bist in meinen Augen nur kein Anwaltstyp.«

»Ach nein? Wie ist denn ein Anwaltstyp?«

Dean zuckte mit den Schultern. »Streitlustig, besserwisserisch, hochnäsig … oh, warte mal …«

Alice warf ihm einen Zweig an den Kopf, und Dean lachte.

»Ich kann mir einfach nur keine Anwältin vorstellen, wenn ich an dich denke.«

»Nun, dann solltest du vielleicht einfach nicht mehr an mich denken«, entgegnete Alice.

Dean hob die Hand und strich Alice eine braune Haarsträhne aus der Stirn. »Dagegen kann ich nichts tun.«

Alice stand rasch auf und wich zurück. »Tja.« Sie hielt kurz inne. »Ich habe nicht genug Mut, um Ärztin zu werden, und zum Schauspielern fehlt mir das Talent, also bleibt mir nur der Beruf der Anwältin übrig.« Sie hatte sich informiert und sich vor allem Berufe angeschaut, bei denen man viel Geld verdienen konnte. Und sie wusste, dass sie gut mit Fakten umgehen konnte und ein gutes Gedächtnis hatte. Anwälte in Sydney verdienten viel Geld. Und mit diesem Geld konnte sie vielleicht ihren Dad retten.

»Aber was ist deine Leidenschaft? Was liebst du, was bewegt dich, was begeistert dich?«

»Ich habe nie darüber nachgedacht, was …« Alice sah die goldfarbenen Sprenkel in Deans blauen Augen. »Ich muss einfach … Da ist Louise.«

»Was?«

»Und Brian.« Alice trat einen Schritt zur Seite und winkte, als die Zwillinge aus Brians Wagen stiegen.

»Hey, Lou«, rief sie und entfernte sich noch weiter von Dean.

»Ihr seid doch nicht tatsächlich in den See gesprungen?«, fragte Louise und ging auf sie zu.

»Hey, Kumpel«, begrüßte Brian Dean.

»Hey.«

Sie klopften sich gegenseitig auf den Rücken.

»Ich kann es nicht glauben, dass ihr tatsächlich im Wasser wart«, rief Louise. »Ihr seid verrückt!«

»Bringst du mich nach Hause?«, fragte Alice.

»Wozu die Eile? Wir sind doch gerade erst gekommen.« Louise lief zum Wagen zurück, holte eine alte Decke heraus und drehte das Radio auf. »Wir sollten erst einmal die Sonne genießen.« Sie breitete die Decke aus und setzte sich darauf. Die beiden Jungen gesellten sich zu ihr.

Louise strich sich das blonde Haar hinter die Ohren und wandte ihre Aufmerksamkeit Dean zu.

»Wie um alles in der Welt hast du Miss Spielverderberin dazu gebracht, in den See zu springen? Du musst eine unglaubliche Überzeugungskraft haben. Warst du schon in Cutter's Pass? Natürlich. Dumme Frage. Aber warst du auch schon an unserem Aussichtspunkt? Er ist wahrscheinlich nicht spektakulär, aber das Beste, was wir hier zu bieten haben ...«

Alice blieb still hinter Brian sitzen und ließ ihre Freundin reden. So lief es immer ab: Louise stand im Mittelpunkt und Alice im Hintergrund. Und dagegen hatte Alice nichts einzuwenden. Hin und wieder sah sie von Louise zu Dean hinüber und senkte den Blick, wenn er ihr in die Augen sah.

Brian fuhr Alice nach Hause, nachdem seine Schwester Dean davon überzeugt hatte, dass er keinen Tag länger warten dürfe, um sich den Aussichtspunkt anzusehen. Alice murmelte eine schwache Entschuldigung, gab vor, noch eine Verabredung zu haben, und bat Brian, sie nach Hause zu fahren. Sie war froh, als sie endlich weg von ihnen war. Weg von Dean. Er war gefährlich. Und in ihren Plänen war kein Platz für Gefahr. Auch wenn sein Lächeln noch so süß war. Sie war sich sicher, dass Kylie Trainor es bedauerte, auf ein so entzückendes Lächeln hereingefallen zu sein, von dem sie sich im letzten Jahr um diese Zeit bei der Viehversteigerung hatte betören lassen. Vor Kurzem hatte sie mit fünfzehn Jahren ein Kind zur Welt gebracht. Und Wendy Dobsons große Schwester, das klügste Mädchen in der Lawson Highschool, war nach so einem charmanten Lächeln in Cutter's Pass mit fünf Kindern in einem Wohnwagen auf dem Grundstück ihrer Eltern gelandet und hatte sich seit sechs Jahren nicht mehr blicken lassen. Verführerisches Lächeln bedeutete Gefahr, und Gefahr sollte man möglichst vermeiden. Alice war fest entschlossen, sich nicht in Lawson's Ridge einsperren zu lassen.

Ihr Dad lag in der üblichen Position auf dem Sofa, als sie ins Haus kam. Sie deckte ihn zu und warf die leeren Dosen weg. Auf der Bank lag ein Wettschein, den sie sofort zerknüllte und ebenfalls in den Müll warf. Es war nicht nötig, einen genaueren Blick darauf zu werfen. Hätte ihr Dad gewonnen, wäre er immer noch im Pub. Sie stellte einen Topf Wasser auf den Herd, um Nudeln zu kochen. Um Strom zu sparen, benutzte sie den Herd nur sonntags. Sie kochte eine ausreichende Menge für zwei und stellte die Portion für ihren Dad in den Kühlschrank, sodass er sie zum Frühstück essen konnte.

Sie zog ihre Lohntüte aus der Tasche und zählte ihren Beitrag für Miete, Lebensmittel und Strom ab. Den kleinen Rest verstaute sie in einer Schuhschachtel, die sie hinter ihrem Schrank versteckte. Dort würde das Geld bleiben, bis sie es für die Schule oder für Tampons brauchte – an ihrem Kalender sah sie genau, wann es so weit war. Sie kaufte nur, was unbedingt nötig war, und sie gab ihrem Dad niemals etwas von ihrem Geld in die Hand. Er hatte sein Arbeitslosengeld, mit dem er sein Bier und seine Wetten finanzierte. Alice gab nur das Nötigste aus, und ganz langsam wuchsen ihre Ersparnisse. Und tief in ihrem Inneren wusste sie, dass ihr Plan aufgehen würde.

Kapitel sieben

Kookaburra Creek, 2018

Alice schob die Eingangstür der Bäckerei auf. In all den Jahren, seit sie Joey kannte, hatte er sie auch außerhalb der Geschäftszeiten nie abgeschlossen, wenn er noch im Laden war. So war es auch an diesem frühen Morgen.

»Guten Morgen, Alice.« Joey kam aus der Backstube in den Verkaufsraum. Die Hitze im Laden war nach der kühlen Morgenluft sehr angenehm. »Was bringt dich so früh hierher?«

»Nun, ich glaube, wir sollten miteinander reden.«

»Um fünf Uhr morgens? Dann handelt es sich wohl um etwas Ernstes. Hilfst du mir beim Teigkneten, während wir uns unterhalten?« Er deutete auf die Backstube hinter sich.

Alice folgt ihm und machte sich daran, den Vollkornteig für seine berühmten Brötchen zu kneten. Er hatte ihr das schon vor Jahren beigebracht, sodass sie genau wusste, was zu tun war.

»Becca hat mir erzählt, wie die Sache mit den Tellern eigentlich passiert ist.«

Er zuckte mit den Schultern. »Das Mädchen hat Probleme.«

»Das weiß ich. Aber ich spüre etwas in ihr.«

»Etwas, was dich an dich selbst erinnert?«

Alice wurde rot; er hatte beinahe den Nagel auf den Kopf getroffen. »Vielleicht.«

Joey ging um die Arbeitsfläche herum und nahm Alice' bemehlte Hände in seine. »Oder an jemand anderen?«

»Dir geht es auch so?« Alice senkte den Blick. Es war töricht zu glauben, dass er nicht auch an Tammy gedacht hatte.

»Das ist kaum zu vermeiden.« Joey ging an seinen Arbeitsplatz zurück und begann, den Teig zu Zöpfen zu verarbeiten. »Becca ist etwa ein oder zwei Jahre älter, als sie jetzt wäre ...« Seine Stimme schwankte. »Und diese Augen ... Die Ähnlichkeit ist verblüffend.«

»Es tut mir leid.« Alice atmete tief durch, als sich die zarte Narbe wieder öffnete. »Du verstehst doch, warum ich sie nicht wegschicken konnte, oder?«

Joey schwieg.

»Sie weiß es zu schätzen, dass du sie gedeckt hast. Aber es wird wohl noch eine Weile dauern, bis sie einem von uns vertraut.«

Joey schüttelte den Kopf. »Wie schon gesagt, das Mädchen hat Probleme. Ich komme damit klar. Und du?«

Alice brachte kein Wort heraus.

»Miss Hattie hat sich ein wenig merkwürdig verhalten, als ich sie gestern Abend nach Hause begleitet habe«, sagte Joey. Alice war ihm dankbar für den Themenwechsel. »Stimmt irgendetwas nicht?«

»Wenn ich das nur wüsste. Aber mir kommt es auch so vor. Irgendwas stimmt da nicht.« Sie teilte den Teig in kleine Portionen auf.

»Bringst du den Mut auf, sie danach zu fragen?«

»Auf keinen Fall. Ich habe keine Lust, mir den Kopf abreißen zu lassen, vielen Dank.«

Joey reichte ihr den Behälter mit den Rosinen, und sie begann damit, das Früchtebrot zuzubereiten. Er schob die Brötchen und die geflochtenen Zöpfe in den Ofen, und als er an die Arbeitsfläche zurückkam, reichte Alice ihm das Nudelholz, damit er mit den Croissants anfangen konnte.

Jedes Mal, wenn sie zusammen backten, wünschte sie sich, dass die Zeit stehenbliebe. Keine Vergangenheit. Keine Zukunft. Nur sie beide, Mehl, der Ofen, keine Worte, die gesprochen werden mussten. Dann könnte zwischen ihnen wieder alles gut werden. Aber so lief das Leben nicht. Sie hatten eine schmerzliche Vergangenheit hinter sich und eine schwierige Zukunft, die noch im Schatten lag, vor sich.

Um acht Uhr wusch sich Alice das Mehl von den Händen. »Ich sollte jetzt besser ins Café zurückgehen.«

»Danke für deine Hilfe.« Joey reichte ihr ein

Geschirrtuch. Ihre Hände berührten sich, und einen Moment lang spürte Alice die magnetische Kraft zwischen ihnen, die unterschwellig immer vorhanden war.

»Gern geschehen.« Alice trat einen Schritt zurück.

»Gut.« Joey klopfte sich das Mehl von seiner Schürze. »Ich wünsche dir einen schönen Tag.«

Die Woche verlief ruhig, und Becca entwickelte sich zu einer geschickten Küchenhilfe. Sie hatte bereits gelernt, gute Salate zu machen, brauchte keine Hilfe mehr bei der Zubereitung von Sandwiches und hatte es geschafft, über ein Dutzend Burger zu braten, ohne einen einzigen davon anbrennen zu lassen. Alice war beeindruckt. Es hatte sie selbst einige Versuche gekostet, die richtige Temperatur – die Pfanne musste zwar heiß sein, durfte aber nicht zu heiß werden – und die ideale Bratzeit herauszufinden. Davor hatte sie noch nie einen Burger zubereitet. Eigentlich hatte sie nichts von alldem, was sie jetzt täglich tat, vorher gemacht. Es war kein leichter Weg gewesen, bis sie gelernt hatte, wie man eine Frikadelle richtig briet. Becca schien ein angeborenes Talent dafür zu haben.

Und das bedeutete, dass Alice mehr Zeit zum Backen hatte. Früh am Morgen hatte Sylvia ihr mitgeteilt, dass sie kleine Köstlichkeiten mit einer Beerenmischung backen sollte. Alice hatte Becca nach den morgendlichen Vorbereitungen damit beauftragt, den Gastraum herzurichten, und währenddessen drei Dutzend dieser kleinen süßen Köstlichkeiten gebacken. Während sie für die Glasur das Fruchtmus in den Frischkäse gemischt und das Rührgerät angeschaltet hatte, hatte sie zu tanzen begonnen. Sie hatte den Spritzbeutel gefüllt, und mit jedem Häubchen, das sie auf einen der Cupcakes setzte, wurde ihr Handgelenk immer lockerer.

»Was machen Sie da?«, hatte Becca gefragt, als sie sie dabei überraschte.

Alice war errötet. »Backen soll Spaß machen.«

»Oh … verstehe.« Becca war rasch aus der Küche verschwunden, um sich wieder ihren Aufgaben zu widmen.

Alice wusste, dass sie Becca gegenüber vorsichtiger sein musste. Sie wollte sie auf keinen Fall vergraulen.

Später an diesem Abend saßen sie im warmen Schein der Lampe im Wohnzimmer. Alice machte es sich auf ihrem alten Sofa bequem und sah Becca an, die sich auf dem Fußboden niedergelassen hatte. »Du hast heute sehr gut gearbeitet«, erklärte sie.

Becca wandte sich rasch ab, stand auf und ging in die Küche, aber Alice meinte, den Anflug eines Lächelns auf ihrem Gesicht gesehen zu haben.

»Hat deine Mum dir Kochen beigebracht?«, rief Alice.

Becca antwortete nicht. Kurz darauf verhinderte das laute Blubbern und Dampfen des alten Wasserkessels eine weitere Unterhaltung.

Alice zog sich eine Decke über die Beine und wartete, bis Becca Tee gekocht hatte. In den Nächten wurde es immer noch beinahe so kalt wie im Winter, und sie liebte es, sich am Abend bei einer Tasse heißen Tees zu entspannen.

»Ich kann es immer noch nicht fassen, dass Sie keinen Fernseher haben.« Becca kam zurück, reichte Alice eine Tasse Kamillentee und setzte sich mit ihrem Becher Kakao auf den kleinen Teppich in der Mitte des Wohnzimmers.

»Ich habe noch nie einen gehabt.« Alice zuckte mit den Schultern.

»Noch nie?« Becca zog sich die dicken Wollsocken, die Alice ihr geliehen hatte, über die Fußknöchel.

»Nein.« Alice schüttelte den Kopf.

»Sind Sie etwa in einer Hippiekommune aufgewachsen oder so?«

Alice lachte. Sie gewöhnte sich allmählich an Beccas direkte Fragen. »Nein. Wir hatten nicht viel Geld, als ich klein war, und später hat er mir nie gefehlt, also habe ich mir keinen angeschafft.«

»Und was ist mit Nachrichten?«

»Dafür gibt es Zeitungen. Oder Betty und ihre Gerüchteküche.«

»Sie haben noch nie *Home and Away* gesehen?«, fragte Becca, sah Alice ungläubig an und schüttelte den Kopf. Sie senkte den Blick und spielte mit einem losen Faden am Teppich. »Fernsehen fehlt mir.« Sie seufzte. »Ziemlich dumm, oder? Ausgerechnet Fernsehen.«

Alice verspürte plötzlich Sehnsucht nach Vergangenem. »Wenn wir von zu Hause weg sind, vermissen wir merkwürdigerweise oft kleine, unbedeutende Dinge. Mir fehlen meine Gartenzwerge.«

Becca prustete so heftig, dass ihr der Kakao in die Nase stieg. »Zwerge?«

»Ja, Gartenzwerge.« Alice runzelte die Stirn.

»Tut mir leid«, sagte Becca rasch. »Aber … Zwerge?«

»Schon gut. Wie ich gesagt habe, sind es oft merkwürdige kleine Dinge.«

Beide nippten schweigend an ihren Getränken.

Becca griff nach den Uno-Karten auf dem Kaffeetisch und mischte sie. »Ich glaube, ich habe jetzt die richtige Strategie gefunden«, erklärte sie, während sie austeilte.

»Okay, aber ich spiele gemein.« Alice lächelte verhalten. Anscheinend hatte Becca nicht nur beim Kochen eine rasche Auffassungsgabe.

»Ja, so gemein, wie eine nette alte Lady nur sein kann. Ich setze jedoch meine Straßenschläue ein.«

»Wen nennst du hier alt?«

Alice legte eine Zieh-vier-Karte auf den Tisch.

Am nächsten Morgen half Becca Alice, die beiden Behälter mit Cupcakes, die sie in die Stadt getragen hatten, in Joeys Van zu laden. »Und warum genau machen wir das?«

»Weil es schön ist, etwas für andere zu tun.«

Becca schnaubte.

»Kann es losgehen?« Joey schob sein Tablett mit Brötchen und Gebäck in den Van. Becca ließ sich stöhnend auf den Rücksitz neben Shadow fallen. Der Hund leckte so lange ihre Hand, bis sie nachgab und ihn streichelte. Alice setzte sich wie gewöhnlich neben Joey auf den Beifahrersitz und hielt den Blick nach vorne gerichtet.

Kookaburra Cottage lag auf halber Strecke an der kurvenreichen Straße nach Glensdale. In dem Sandsteinhaus wohnten die alten und gebrechlichen Menschen aus der Gegend. Alice war zum ersten Mal dort gewesen, als Hattie ihr Genevieve vorstellen wollte. Sie hatte nicht so recht gewusst, was sie der unheilbar kranken Schwester der Frau, die ihr Leben verändert hatte, mitbringen sollte. Schließlich entschied sie sich für eine Schachtel mit Cupcakes als Geschenk.

Genevieve konnte sie nicht essen, aber die anderen Heimbewohner stürzten sich darauf und machten Alice unmissverständlich klar, dass sie unbedingt bald wiederkommen und mehr davon mitbringen musste.

Als Joey sie dann einlud, ihn bei seinen monatlichen Besuchen zu begleiten, war sie wieder mit ihm zum Kookaburra Cottage gefahren. Seit nun vierzehn Jahren fuhren sie gemeinsam zu den alten Herrschaften. Jeden Monat, mit Ausnahme des Sommers vor acht Jahren.

Das kleine gelbe Häuschen lag zehn Minuten Fahrt von der Stadt entfernt. Es war umgeben von Hortensienbüschen, und vom Dach über der Veranda baumelten Körbe mit Pfingstrosen und Veilchen. Hinter dem fünf Meter breiten, perfekt gepflegten Rasen schlossen sich Eukalyptusbäume und Büsche an, die nicht zu dem Cottage zu passen schienen, obwohl sie über hunderte von Kilometern in jeder Richtung zur natürlichen Landschaft gehörten.

Joey stellte den Van auf dem bekiesten Parkplatz ab und begann, ihn zu entladen. Shadow lief um den Hof herum zur anderen Seite des Häuschens, wo immer ein oder zwei Bewohner mit einem Leckerbissen auf ihn warteten.

»Muss ich mit ins Haus gehen?« Becca zappelte unruhig herum. Sie hatte sich zwar an die Gäste im Café gewöhnt, aber neue Menschen waren immer noch eine Herausforderung für sie.

»Wir könnten Hilfe gebrauchen. Zumindest beim Hineinbringen.«

»Okay.« Becca holte widerstrebend einen Behälter mit Vanille-Cupcakes aus dem Wagen und folgte ihnen ins Haus.

Nachdem sie alles ausgeladen hatten, setzte sich Alice zu der alten Mrs Blackwood an das Fenster, das auf den hinteren Teil des Gartens hinauswies. Sie hatte ihr ihren Lieblingscupcake hineingeschmuggelt – Schokolade mit einem Schuss Frangelico –, und Mrs Blackwood dankte ihr dafür, indem sie ihr ein paar Geschichten aus ihrer Kindheit erzählte. Die Pfleger hielten nichts von Alkohol, Mrs Blackwood jedoch schon. In der hinteren Ecke des Raums entdeckte Alice ihre Freundin Hattie, die neben ihrer Schwester saß. An einem anderen Tag wäre das nicht weiter ungewöhnlich gewesen, doch heute war Sonntag. Und Hattie kam nie sonntags hierher.

Genevieve starrte vor sich hin, ohne jemanden zu erkennen, ohne Licht in ihren Augen. Sie war am Leben, aber vollkommen abwesend … Alice konnte sich kaum etwas Schlimmeres vorstellen. Hattie bewegte ihre Lippen sehr schnell direkt neben Genevieves Ohr und war so auf das konzentriert, was sie ihrer Schwester erzählte, dass sie Alice und Joey noch gar nicht bemerkt hatte. Der locker um Genevieves Kopf geschlungene Schal verrutschte ein wenig, und Alice seufzte. Die Narben, die das Gesicht der lieben alten Lady entstellten, waren in den vergangenen Jahren kaum verblasst. Hattie zog das grüne Chiffontuch rasch so zurecht, dass nur noch Genevieves rechte unverletzte Gesichtshälfte zu sehen war.

Alice hatte viele Male den Geschichten über die unzertrennlichen Schwestern gelauscht, die eines Tages in Kookaburra Creek aufgetaucht waren und ein heruntergekommenes Haus in ein Café verwandelt hatten. Sie hatte Genevieve nie richtig kennengelernt, bevor die Demenz von ihr Besitz ergriffen hatte. Aber hin und wieder bekam sie einen flüchtigen Eindruck davon, wie sie als Mädchen in ihren ersten Tagen hier gewesen sein mochte – in den wenigen lichten Momenten, in denen Genevieve immer über Hattie sprach.

Joey spielte mit Mr Curran Schach und zwinkerte Alice kurz zu. Sie hatte den geheimen Cupcake immer noch in ihrer Tasche versteckt, damit die Pfleger ihn nicht entdeckten. Sie lächelte zurück und sah sich nach Becca um. Das Mädchen saß mit großen Augen auf der anderen Seite des Raums, belagert von der alten Miss Hayes, die ihr ohne Zweifel voll Begeisterung Geschichten aus ihrer Krankenschwesternzeit im Zweiten Weltkrieg erzählte. Wenn die Vierundneunzigjährige eine Zuhörerin gefunden hatte, ließ sie so schnell nicht mehr locker. Becca würde ihr nicht entkommen, bis sie wieder fuhren.

Die Nachmittagssonne warf ihre Strahlen durch das Blätterwerk des großen Eukalyptusbaums vor dem Kookaburra Cottage, als Alice und Joey die leeren Behälter in den Van luden.

»So schlimm war es doch nicht, oder?«, sagte Alice zu Becca.

Becca zuckte mit den Schultern und ließ sich auf den Rücksitz fallen. Alice versuchte, sich ihre Enttäuschung nicht anmerken zu lassen. Es dauerte viel länger, Beccas Mauern zu durchbrechen, als sie erwartet hatte. Sie hatte gehofft, dass ein Besuch im Kookaburra Cottage, eine andere Umgebung, dem Mädchen guttun würde. Offensichtlich war das nicht der Fall.

»Seid ihr fertig?« Joey kam auf sie zu.

»Wer hat dieses Mal gewonnen?«

»Curran natürlich.«

Alice grinste. Joey ließ den alten Mann immer gewinnen. Sie drehte sich um und wollte in den Van steigen, als sie sah, wie Hattie sich am anderen Ende des Parkplatzes in ihren Jaguar aus den Fünfzigern schob. »Einen Moment noch, Joey.« Sie ging zu ihrer alten Freundin hinüber.

»Hattie? Ist alles in Ordnung? Mach doch mal das Fenster auf.« Sie klopfte an die Glasscheibe.

»Güter Himmel. Willst du, dass ich einen Herzinfarkt bekomme?«

Alice sah Tränenspuren auf Hatties Wangen. »Geht es Genevieve gut?«

»Natürlich. Warum sollte es ihr nicht gut gehen?« Hattie warf ihren orangefarbenen Schal über die linke Schulter.

»Du kommst normalerweise sonntags nicht hierher.«

»Darf ich etwa meine Schwester nicht besuchen, wann ich will?«

»Schon, aber … Eure Unterhaltung schien sich um etwas Ernstes zu drehen.«

»Und du bist eine Expertin in Unterhaltungen, die du nicht einmal gehört hast?«

»Nein, ich habe nur gedacht, dass …«

»Such nicht nach einem Drama, wo es keines gibt, Alice.« Hattie fuhr davon und ließ Alice auf dem Kies stehen, völlig verunsichert darüber, was soeben geschehen war.

Becca schwieg auf der Rückfahrt zum Café, und Alice war nicht in der Stimmung, ihr ein Gespräch aufzuzwingen. Die Begegnung mit Hattie hatte sie aus dem Gleichgewicht gebracht, also kam es ihr gerade recht, dass sie sich nicht mit dem Mädchen auseinandersetzen musste. Am Abend brach dann schließlich Becca das Schweigen.

»Ich gehe ins Bett«, verkündete sie, während Alice das Geschirr wegräumte.

»Becca?«

»Ja?«

»Ist irgendetwas ... ist alles in Ordnung?«

»Klar.« Sie zuckte mit den Schultern.

»Du kannst mir alles sagen. Die Wahrheit.« Alice legte das Geschirrtuch zur Seite.

»Ich weiß. Gute Nacht.«

Alice seufzte, als Becca aus dem Zimmer ging.

Was immer sie sich auch dabei gedacht hatte, als sie Becca eingeladen hatte hierzubleiben – sie hatte es sich nicht so kompliziert vorgestellt. Sie hatte sich nur mit dem Mädchen anfreunden wollen. Ihr die zweite Chance im Leben geben wollen, die sie einem anderen Menschen nicht hatte geben können.

Der Gedanke verfolgte sie, und sie konnte ihn nicht weiterführen. Wollte ihn nicht weiterführen. Sie hatte doch nur gewollt ... Tränen liefen ihr über die Wangen.

Nichts von dem, was sie sich gewünscht hatte, konnte sie bekommen.

All diese alten Leute an einem Ort.

Ich hoffe, Alice bittet mich nicht noch einmal, sie dorthin zu begleiten. Ich musste die ganze Zeit an Grandma D. denken. Und daran, wie sie gestorben ist. Und dass nach ihrem Tod alles schiefgelaufen ist. Ich kann die Gegenwart von alten kranken Leuten nicht ertragen. Alice scheint das zu gefallen. Aber sie ist ja auch nicht ganz normal.

Ich meine, ich bin in ihr dummes kleines Café eingebrochen und habe ihr blödes Brot gegessen, und sie hat mir einen Job gegeben. Wer macht denn so etwas? Nur Verrückte.

Vielleicht besteht eine ihrer geheimen Zutaten für die Burger aus gemahlenen Teenagern, und ich bin nächste Woche dran. Der Becca-Burger. Sie wartet wahrscheinlich nur darauf, dass ich einmal kurz unaufmerksam bin.

Aber ich bin bereit für sie, falls sie irgendetwas versuchen sollte. Sie bemerkt es nicht, doch ich beobachte sie ständig aus dem Augenwinkel. Man wird richtig gut darin, raffiniert, beim Beobachten von Leuten, wenn man nicht weiß, woher der nächste Schlag kommt. Und ich bin schnell. Schneller als sie, das steht fest.

Sie muss mindestens dreißig sein. Wenn nicht älter. Sie hat schon ein paar Fältchen um ihre braunen Augen, aber ich nehme an, dass sie früher ziemlich hübsch war. Jünger und wahrscheinlich dünner. Nicht dass sie jetzt fett wäre. Sie hat etwas Gemütliches. Ich habe schon oft gehört, wie Frauen von Männern so bezeichnet wurden. Ein blöder Ausdruck. Aber irgendwie passt es. Allerdings läuft sie den ganzen Tag in diesem Café herum und will sich dann abends ständig mit mir unterhalten. Aber das heißt nicht, dass sie schnell ist, und das muss man sein, um zu überleben. Und ich bin sehr schnell.

Und dieses Gesinge. Was soll das denn? Wer singt schon Lebensmitteln etwas vor? Pflanzen vielleicht, aber Lebensmitteln? Nur verrückte Leute.

Aber eigentlich ist sie gar nicht richtig verrückt. Ich meine, sie unterhält sich mit einem Bild an der Wand. Sie hat keine Ahnung, dass ich das weiß. Versucht, es vor mir zu verbergen. Aber ich habe sie dabei beobachtet. Jeden Morgen quatscht sie mit diesem alten Foto. Und sie mag Gartenzwerge. Aber ich schätze, verrückt ist sie trotzdem nicht. Eigenartig ja, aber nicht verrückt.

Allerdings habe ich mich schon in Menschen getäuscht.

»Ich werde mich ändern.« Ich habe ihm geglaubt.

»Das wird nie wieder vorkommen.« Ich habe ihm geglaubt.

Alle lügen. Die Menschen können gar nicht anders.

Ich werde nicht mehr lange in diesem Scheißkaff bleiben. Nur so lange, bis ich genug Geld gespart habe. Und dann haue ich ab. In Richtung Norden. Hier wird mir niemand eine Träne nachweinen. Die Frauen, die ins Café kommen, schauen mich immer so komisch an. Und was in den Köpfen der Männer vor sich geht, kann ich mir schon denken. Diese geilen alten Säcke sind doch alle gleich. Ich hasse es, sie bedienen zu müssen. Joey beobachtet mich ständig. Alice findet ihn gut. Eigentlich mehr als das, aber sie gibt es nicht zu. Lügen überall.

Nicht dass mir das etwas ausmachen würde. Sobald ich genug Geld habe, mache ich mich aus dem Staub.

Ich habe im Café ein paar Fehler gemacht, aber Alice ist nicht wütend geworden. Sie hat mich nicht geschlagen. Mich noch nicht einmal angebrüllt. Und dass ich noch nicht zu einem Burger verarbeitet worden bin, ist wohl ein gutes Zeichen. Hauptsache, ich mache sie nicht wütend. Alte Leute werden schnell zornig. Ich sage nicht viel. Ich weiß, wann ich den Mund halten muss.

Letzte Nacht habe ich von ihm geträumt. Er stand einfach da. An der Tür. Die Hände in die Hüften gestemmt, so wie in dieser ersten Nacht nach Grandma Ds Tod. Grinsend. So wie er es immer getan hat, wenn er etwas vorhatte.

Ich bin aufgewacht und habe den Stuhl, den Alice mir gekauft hat, zusammen mit dem Schreibtisch vor die Tür geschoben. Und dann habe ich auf der Schreibtischplatte geschlafen. Bei dem geringsten Druck gegen die Tür wäre ich sofort wach geworden. Und ich wäre bereit gewesen.

Ich spare recht schnell viel Geld. Das war auch der einzige Grund, warum ich heute mitgefahren bin. Mehr Geld. Etwas anderes als Arbeit gibt es hier ohnehin nicht. Keine Läden. Kein Kino. Ich nehme an, dass er deshalb auch nicht hier nach mir suchen wird. Ich meine, wer weiß überhaupt, dass es diesen Ort gibt?

Aber er wird nach mir suchen. Wenn man jemandem das angetan hat, was ich ihm angetan habe, kommt man nicht ungeschoren davon. Er wird kommen. Es ist nur eine Frage der Zeit. Er will Rache, und deshalb wird er so lange nach mir suchen, bis er mich gefunden hat.

Ich werde die Augen offen halten. Ich werde arbeiten. Und ich werde mir einen Vorrat anlegen.

Und dann haue ich ab.

Kapitel acht

Kookaburra Creek, 2018

In Zeiten wie diesen vermisste Hattie ihre Schwester am meisten. Im Gespräch mit Genevieve wäre ihr vielleicht eine Lösung eingefallen. Zumindest wäre es Genevieve gelungen, Hattie zu beruhigen. Und das war dringend nötig, denn im Augenblick wühlten sie die Sorgen heftig auf. Genevieve hatte es immer geschafft, Hattie zu beschwichtigen. Und sie war der einzige Mensch, mit dem sie über das Café sprechen konnte. Nur sie würde verstehen, was Hattie bei der Aussicht, es zu verlieren, empfand. Aber Genevieve verstand nicht mehr, was sie ihr sagte. Kein einziges Wort. Und das war Hatties Schuld. Dieser ganze furchtbare Schlamassel. Hätte sie nur diesen Unfall nicht verursacht. Hätte sie Genevieve nur nicht so viel Kummer bereitet. Hätte sie besser auf sie aufgepasst und sie davon abgehalten, so hart zu arbeiten. Vielleicht wäre es dann mit ihrem Verstand nicht so rasch bergab gegangen. Wenn sie nur nicht auf den Arzt gehört hätte.

Hattie dachte zurück an dieses Gespräch an diesem besonderen Tag in der Arztpraxis. »Miss Brookes, die letzten Untersuchungsergebnisse deuten darauf hin, dass Genevieves Hirnfunktion sich schneller verschlechtert, als wir prognostiziert haben. Wir können den Verlauf nicht genau vorhersagen, vor allem nicht in einem Fall wie diesem. Noch wissen wir nicht genug darüber. Aber Sie sollten sich überlegen, Ihren Job als Rezeptionistin aufzugeben und das Café zu übernehmen. Um sie damit zu entlasten.«

»Ich schaffe das schon seit Langem alles sehr gut«, hatte Genevieve behauptet. »Ich brauche keinen Babysitter.«

»Aber die Ärzte sehen das anders, Gen.«

»Natürlich, Hattie. Hör zu, ich weiß genau, was los ist. Die Ausfallerscheinungen werden schlimmer, und ich weiß, was das bedeutet. Aber wenn du mir jetzt meine Unabhängigkeit nimmst, kannst du mir auch gleich mein Grab schaufeln. Ich möchte die Zeit, die mir noch bleibt, mit Dingen verbringen, die mir Freude bereiten.«

»Sei nicht so dickköpfig.«

»Nun, das habe ich von jemandem gelernt, der darin sehr gut ist.« Sie hatte Hattie umarmt und an sich gedrückt.

Hätte Hattie ihrer Schwester ihren Willen gelassen, wäre Genevieve heute vielleicht psychisch und physisch noch unversehrt.

Auf ihrem Spaziergang über die grünen Hügel, die

Kookaburra Creek umgaben, sah Hattie ein Flickwerk aus all ihren Patzern und Fehlern vor sich; das Licht der Dämmerung hob sie deutlich hervor. Ihre Liebe zu Buckley, ihr Vertrauen zu ihm, der Unfall, Genevieves Leiden, ihre Unfähigkeit, Buckley zu verzeihen, als sie die Gelegenheit dazu gehabt hätte, ihre Unfähigkeit zu begreifen, dass das Café niemals ihr gehört hatte, dass er es ihr niemals wirklich geschenkt hatte. Alles hatte mit Buckley Hargraves begonnen, und nun schien auch alles mit ihm zu enden.

März 1967

Bei der Abschlussaufführung gab es den größten Beifallssturm bisher und eine Rekordzahl von sieben Vorhängen. Harriett wusste, dass sie danach nicht mehr zum Film zurückkehren konnte. Sie gehörte auf die Bühne; das war ihr Platz auf dieser Welt. Bis Buckley sie zum Theater gebracht hatte, war sie wie eine Schlafwandlerin herumgelaufen. Jetzt stand sie mitten im Leben.

Die Luft hinter den Kulissen war geschwängert mit dem Rauch der vielen Bongs. Jim Morrisons Stimme hallte durch den Raum. Flaschen mit Dom Pérignon wurden so schnell geleert, als würden sie Wasser enthalten. Bühnenhelfer küssten Komparsinnen, und in den dunklen Ecken des Theaters feierten die Hauptdarsteller die letzte Vorstellung auf eine noch intimere Weise.

Harriett konnte Buckley jedoch nirgendwo finden. Sie ging zu seiner Garderobe und sah, dass die Tür einen Spalt offen stand. Ein leises Kichern drang an ihre Ohren. Sie unterdrückte die Furcht, die in ihr aufstieg, und betrat das Zimmer. Buckley saß mit nacktem Unterkörper und ausgestreckten Beinen auf der Chaiselongue in der Ecke, drehte sich unbeholfen um und sah Harriett an.

»Hey, Baby«, sagte er grinsend; seine Augen waren glasig, und an seinem Kinn hing ein kleiner Speichelfaden. Er war high. Schon wieder. Unter einer Decke ragten zwei Beine hervor, die ganz sicher nicht ihm gehörten. Daneben lagen zwei leere Flaschen Champagner auf dem Boden.

»Was fällt dir eigentlich ein?« Harriett durchquerte den Raum mit drei langen Schritten und zog ihm so heftig die Decke weg, dass er auf den Boden rutschte. Und dort lag Delilah, betrunken und mit einem dümmlichen Grinsen auf dem Gesicht.

»Entspann dich, Harry. Das ist nur ein bisschen Spaß. Du weißt schon, bevor ich mich häuslich niederlasse.« Seine Augen waren blutunterlaufen, und er hatte Schwierigkeiten, Harriett zu fokussieren. »Komm, leg dich zu uns.« Er zog noch einmal an der Bong in seiner rechten Hand.

»Ich kann es einfach nicht glauben, dass du so etwas tust.« Sie ging zurück zur Tür, griff nach einer Vase auf dem kleinen Tisch daneben und warf sie nach ihm.

Er war so betrunken und bekifft, dass seine Reflexe

ihn nicht schützten und die Kristallvase seinen Kopf traf.

»Das war unangebracht, Harry.« Er legte eine Hand an die Schläfe und spürte Blut. »Nicht gerechtfertigt.« Er kippte um, und Delilah begann zu schreien.

Harriett drehte sich um und lief los. Sie bahnte sich einen Weg durch die Menge der Schauspieler und Zuschauer im Gang hinter der Bühne und hielt nach Genevieve Ausschau. Schließlich entdeckte sie ihre Schwester allein neben einem Wasserspender, griff nach ihrer Hand und zerrte sie aus dem Theater.

»Warum verlassen wir die Party? Was ist passiert?«

Harriett schob sie in Buckleys Jaguar und ließ den Motor an. Sie raste die Straße hinunter und fuhr und fuhr und fuhr.

»Hattie, können wir mal irgendwo anhalten?« Genevieve gähnte und streckte sich. »Wir fahren schon seit Stunden.«

»Es dauert nicht mehr lange. Mach die Augen zu. Ich weck dich auf, wenn wir da sind.«

Sie wusste, dass es nicht mehr weit sein konnte. Zumindest hoffte sie das. Müdigkeit überfiel sie – körperlich und geistig. Sie war nicht sicher, wie lange sie noch in der Lage war zu fahren. Bevor ihr Buckley das Haus gekauft hatte, hatte sie noch nie von Kookaburra Creek gehört, aber sie hatte es auf der Karte gefunden. Hoffentlich war sie auf dem richtigen Weg. Sie nahm noch einmal die Karte zur Hand, um sich zu vergewissern. Sie würden ein paar Wochen dort bleiben, ihm Zeit lassen, darüber nachzudenken, was er getan hatte. Und sie würde sich die Zeit nehmen, um sich zu überlegen, was sie nun tun wollte. Nur ein paar Wochen.

Als sie den Blick wieder auf die endlos lange dunkle Straße vor sich richtete, tauchte etwas Unförmiges in der Mitte der Fahrbahn auf – groß, pelzig und braun. War das ein Wombat? Harriett hatte noch nie einen Wombat gesehen. Warum bewegte er sich nicht? Sah er nicht, dass sie auf ihn zufuhr? Er rührte sich nicht. Oh, Mist.

Harriett riss das Lenkrad herum, um dem Tier auszuweichen, und verlor die Kontrolle über den Wagen.

Die Reifen quietschten, als sie viel zu schnell um die Kurve bog. Auf dem losen Kiesbelag des Seitenstreifens hatte sie keine Bodenhaftung mehr. Genevieve schrie neben ihr laut auf, als sie auf die großen Eukalyptusbäume zurasten. Der Wagen drehte sich um seine eigene Achse und prallte dann mit der Seite gegen einen Baumstamm.

»Alles in Ordnung?« Harriett streckte den Arm nach ihrer jüngeren Schwester aus. »Gen?«

Schweigen.

Harriett öffnete die Augen und sah, dass Genevieve auf dem Armaturenbrett zusammengesackt war; ihr Gesicht lag in den unzähligen Splittern der zerborstenen Windschutzscheibe.

»Oh Gott, nein.« Sie öffnete den Sicherheitsgurt und sprang aus dem Wagen. Sie waren nicht weit entfernt von der Straße. In welche Richtung sollte sie jetzt gehen? Sie hatte keine Ahnung, wie weit es noch bis nach Kookaburra Creek war. Konnte sie zu Fuß dorthin gehen? Nein, sie durfte Genevieve nicht allein lassen.

»Guten Abend, Ma'am. Brauchen Sie Hilfe?« Ein Mann mit einem dichten schwarzen Bart tauchte auf einem Fahrrad neben ihr auf.

»Meine Schwester ist verletzt.«

Er lief zu ihrem Wagen hinüber. Als er sah, dass Genevieve blutüberströmt war, begann er zu würgen.

»Meine Güte.«

»Helfen Sie mir bitte«, rief Harriett.

Der Mann zog seine Jacke aus und presste sie auf die klaffende Wunde an Genevieves Kopf. »Halten Sie das. Fest drücken. Ich hole Hilfe.«

»Lassen Sie mich nicht allein«, flehte Harriett ihn an.

»Ma'am, wir brauchen Hilfe. Es ist nicht weit. Ich bin gleich wieder da.«

Er drehte sich um, stieg auf sein Fahrrad und trat in die Pedale.

Das Krankenhaus war klein und alt, aber zumindest schien es sauber zu sein. Harriett machte sich Sorgen um Genevieve. Sie war nicht sicher, was schlimmer war: Genevieves Schweigen – sie hatte seit dem Unfall keinen Laut von sich gegeben – oder das Blut, das ihr über das Gesicht lief und ihre Kleidung durchtränkte.

Und dann diese vielen Ärzte und Krankenschwestern, die ihre kleine Schwester umringten. Sie hatte heftige Bauchschmerzen, aber sie hielt den Blick unablässig auf Genevieve gerichtet. Selbst als die strenge Oberschwester ihr befahl zurückzutreten. Jetzt, eine Stunde später, wurde Genevieve auf die Operation vorbereitet.

»Miss Brookes? Sie sehen sehr blass aus.«

Woher kam diese Stimme? Warum war hier alles plötzlich so hell?

Harriett schwankte und bemühte sich, wieder klar zu sehen. Ihre Schwester nicht aus den Augen zu verlieren.

»Miss Brookes?«

Der Raum begann sich zu drehen. Sie spürte etwas Warmes, Klebriges zwischen ihren Beinen. Dann wurde alles schwarz um sie.

Harriett kam zu sich. Ihr Kopf lag auf einem Kissen, und sie war mit einem weißen Laken zugedeckt.

»Willkommen zurück, Miss Brookes.«

Harriett versuchte, sich aufzusetzen, aber der Arzt hielt sie zurück. »Sie wurden schwer verletzt.«

»Ich bin nur ohnmächtig geworden. Es geht mir gut.« Sie spürte einen dumpfen Schmerz in ihrem Bauch und drückte die Hand darauf.

Der Arzt legte ihr sanft, aber bestimmt eine Hand auf die Schulter. »Es war nicht nur eine Ohnmacht. Sie hatten starke innere Blutungen. Es tut mir leid, Ihnen sagen zu müssen, dass Sie Ihr Baby verloren haben.«

»Was?«

»Haben Sie von Ihrer Schwangerschaft gewusst?«

Harriett schüttelte den Kopf.

»Wir konnten die Blutung leider nicht stoppen und mussten die Gebärmutter entfernen«, erklärte er nüchtern.

Harriett schloss die Augen. Seine Worte ergaben keinen Sinn. Sie presste ihre Hand noch fester auf den Bauch. Baby? Gebärmutterentfernung?

»Wie geht es meiner Schwester?«

»Haben Sie mich verstanden, Miss Brookes? Wir mussten leider …«

»Ich habe Sie verstanden. Wie geht es meiner Schwester?«

»Ich bringe Sie zu ihr, sobald Sie wieder zu Kräften gekommen sind. Sollen wir jemanden benachrichtigen?«

Harriett schüttelte wieder den Kopf. Sobald der Arzt das Zimmer verlassen hatte, begann sie zu schluchzen. Sie wollte die Tränen zurückdrängen, wurde aber von einer Flut aus Zorn und Trauer überschwemmt.

Bis man sie zu Genevieve ließ, hatte Harriett es geschafft, sich zusammenzureißen. Ihre Schwester brauchte sie jetzt. Und Harriett war froh, sich auf etwas anderes als ihren eigenen Verlust konzentrieren zu können.

Als man Harriett im Rollstuhl zu Genevieve brachte, lief ihr ein Schauer über den Rücken. Ihre kleine Schwester lag vor ihr, beide Arme und ein Bein gebrochen und ihr Gesicht mit blutigen Verbänden bedeckt. Aber Harriett erlaubte sich keine Tränen – sie würden Genevieve nicht helfen.

Sie saß in ihrem Rollstuhl an Genevieves Bett und wachte schweigend über ihre Schwester.

Kookaburra Creek, 2018

Wenn nur, wenn nur, wenn nur. Nun, Hattie konnte die Vergangenheit nicht mehr ändern. Sosehr sie sich das auch wünschte.

Ja, alles hatte mit Buckley Hargraves begonnen, aber er sollte auf keinen Fall darüber bestimmen können, wie die letzten Jahre ihres Lebens verlaufen würden. Es musste irgendetwas geben, was sie unternehmen konnte. Voller Hoffnung ging sie durch die stillen Straßen der Stadt.

Sie war damals so jung gewesen. So naiv. Nun, jung war sie jetzt auf jeden Fall nicht mehr. Sie beschleunigte ihren Schritt. Es ging nicht nur um sie. Sie durfte nicht zulassen, dass auch Alice' Leben ruiniert wurde. Oder das von Becca. Sie würde dafür sorgen, dass Buckley Hargraves nicht so viele Leben zerstören konnte.

»Ich werde das einfach nicht so hinnehmen, Mr Buddle. Das ist Diebstahl. Schlicht und einfach.« Sofort nach ihrer Rückkehr hatte sie den Anwalt in Glensdale angerufen.

»Beruhigen Sie sich, Miss Brookes«, erwiderte er barsch.

Das wunderte sie nicht. Schließlich hatte Hattie ihn zu Hause angerufen und ihn offensichtlich aus dem Bett geholt. Aber es war wichtig, und er schuldete ihr noch einen Gefallen. Also sollte er sich nicht über einen Anruf am frühen Morgen beklagen.

»Ich brauche alle Fakten, bevor ich Ihnen einen Rat geben kann. Wie wäre es mit einem Termin nächste Woche?«

»Wie wäre es mit jetzt sofort, Mr Buddle? Ich gebe Ihnen sämtliche Fakten durch, und Sie können sich dann damit befassen, sobald Sie in Ihrem Büro sind.«

»Aber Miss Brookes …«

»Kein Aber, Elliot. Wie geht es übrigens Ihrer entzückenden Frau? Hat sie immer noch keine Ahnung davon, dass Sie sich bei jedem Ihrer Geschäftsbesuche in Sydney mit diesem Flittchen treffen?« Verzweifelte Situationen erfordern verzweifelte Maßnahmen, dachte Hattie.

»Schildern Sie mir, was geschehen ist.«

Hattie sagte ihm alles, was sie wusste, wobei sie natürlich die schlüpfrigen Details ausließ, und berichtete ihm von dem Brief von Smythe und Smythe.

»Das wird nicht leicht werden. Aber wenn wir beweisen können, dass Hargraves Ihnen den Besitz zukommen lassen wollte … Haben Sie dafür irgendeinen Beweis? Etwas Schriftliches? Gibt es jemanden, der Ihre Aussage bestätigen könnte?«

Außer ihr wussten nur zwei Personen, dass Buckley ihr den Besitz zur Verlobung geschenkt hatte. Eine von ihnen war tot, und die andere hatte seit Langem kaum ein Wort gesprochen.

Tatsache war, dass Buckley gestorben war. Seine Kinder waren ebenso gierig wie ihre Mutter, und Genevieve konnte Harriett nicht helfen. Und sie hatte nichts Schriftliches in der Hand. Außer …

»Also gut«, erwiderte Harriett entschlossen. »Sie machen sich an die Arbeit, um einen Präzedenzfall, oder was auch immer Sie brauchen zu finden, und ich werde versuchen, Beweise aufzutreiben.« Sie legte auf, hastete in ihr Schlafzimmer und öffnete den schweren Deckel der alten Truhe. Genevieve hatte ihr immer gesagt, dass es nicht gut sei, sich an die Vergangenheit zu klammern. Sie hatte gemeint, Harriett sei richtig besessen davon. Aber vielleicht gab es einen Grund, warum Hattie nicht hatte loslassen können. Möglicherweise war das die einzige Chance, das Café zu retten. Irgendwo in den vielen Magazinen und Zeitungsartikeln, die sie all die Jahre gesammelt hatte, stand sicher etwas über Buckley und Harriett und sein großzügiges Geschenk zu ihrer Verlobung. Sie musste es nur finden.

Kapitel neun

Kookaburra Creek Café, 2018

Alice konnte sich nicht daran erinnern, wann das Café zum letzten Mal an einem Samstag so gut besucht gewesen war. Durch einen Reisebus, der unerwartet hier gehalten hatte, war alles noch hektischer geworden. Nur gut, dass Becca hier war. Das Mädchen war sein Geld wirklich wert. Ihre Hähnchenburger mit Cajun fanden reißenden Absatz, und Becca musste rasch noch ein paar Frikadellen braten, weil ihr Vorrat für diesen Tag bereits aufgebraucht war.

Als die Sonne im Westen unterging und lange Schatten durch die Bäume auf das Gras warf, hatte Alice das Gefühl, den Tag endlich bewältigt zu haben.

Becca brachte Joey eine Tasse Kaffee und räumte dann Tisch drei ab. Alice glaubte, ein leichtes Stirnrunzeln bei Becca zu sehen, als Joey sich bei ihr bedankte, doch sie war sich nicht sicher. Er war der letzte Gast, und Alice war insgeheim froh, dass er nur einen Kaffee trinken und nichts essen wollte.

Auf der Veranda saß nur noch Freddy Harris; er hatte seine Schulbücher vor sich auf dem Tisch ausgebreitet.

»Lernst du wieder, Freddy?« Sie stellte ihm einen Schokoladenmilchshake hin. Den trank er immer, wenn er lernte.

»Zu Hause ist es zu laut. Mum schimpft mit Fiona, weil sie ihr Leben als Rechtsanwaltsgehilfin vergeudet, anstatt die Talente zu nutzen, die Gott ihr geschenkt hat.« Er verdrehte die Augen.

»Ah, verstehe. Steht dir eine Prüfung bevor?« Sie warf einen Blick auf seine Unterlagen.

Er nickte. »Am Montag.«

Alice sah ihn liebevoll an. Er machte immer alles erst in letzter Minute. »Kann ich dir sonst noch etwas bringen?«

»Vielleicht einen von diesen Kokosnuss-Cupcakes mit Limone? Das wäre toll.«

»Na klar.« Alice ging zur Theke zurück.

»Tisch zehn«, sagte sie zu Becca und reichte ihr einen Teller mit Freddys Cupcake in der Mitte. »Danke.«

Becca nahm den Teller entgegen und zögerte einen Moment, bevor sie auf die Veranda trat.

»Das ist hier keine Bibliothek«, hörte Alice sie sagen.

»Tut mir leid.« Freddy machte rasch Platz auf dem Tisch, damit sie den Teller abstellen konnte.

Alice war sich nicht sicher, aber sie glaubte, dass Becca leicht errötete.

»Alice, hörst du mich?« Joey legte einen Geldschein auf den Tresen.

»Was? Ja, natürlich.«

»Ich habe gesagt, ich würde gerne einen davon mitnehmen.« Er klopfte an das Gestell mit den Cupcakes.

»Das habe ich gehört.« Sie holte rasch eine kleine Schachtel aus dem Regal unter der Theke hervor. Sie hatte ihn nicht gehört, weil ihr, während sie Freddy beim Lernen beobachtet hatte, etwas eingefallen war.

»Wer macht schon seine Hausaufgaben in einem Café? Loser!«, murmelte Becca vor sich hin, als sie in den Gastraum zurückkam.

»Freddy ist ein netter Junge«, entgegnete Alice. »Er dürfte in die gleiche Klasse gehen wie du.«

»Ich gehe aber nicht zur Schule.«

»Vielleicht können wir das regeln.«

»Auf keinen Fall.« Becca schüttelte den Kopf.

»So schlimm ist Schule nicht.«

»Schule ist scheiße.«

»Vielleicht solltest du es einfach nochmal versuchen …«

»Kommt nicht in Frage.« Becca stürmte aus dem Café.

Joey schüttelte den Kopf. »Ihre Laune ist nicht besser geworden.«

»Danke, dass du aussprichst, was ohnehin offensichtlich ist, Joey.« Sie knallte seinen Cupcake auf den Tresen.

Nachdem Joey das Café verlassen hatte, ging Alice zu Becca, die auf dem Bootssteg saß, und hockte sich neben sie.

»Ich wollte dich nicht verärgern.«

»Das haben Sie nicht getan.«

Alice zog eine Augenbraue nach oben.

»Ich kann einfach nicht mehr in die Schule gehen.«

»Du könntest es doch versuchen ...«

»Ich habe nein gesagt.« Becca sprang auf, lief zum Café zurück und rannte die Treppen zum Apartment hinauf, wobei sie zwei Stufen gleichzeitig nahm.

Alice blieb sitzen und tauchte die Füße ins Wasser. Es wurde nicht einfacher.

Sie dachte an Freddy, und plötzlich hatte sie eine neue Idee. Nun musste sie nur noch Becca irgendwie davon überzeugen.

Auf keinen Fall gehe ich wieder zur Schule.

Wenn sich Alice nur eine Sekunde lang einbildet, dass ich mir das noch einmal antue, dann irrt sie sich gründlich.

Dort haben alle gewusst, was abläuft, obwohl sie so getan haben, als hätten sie keinen blassen Schimmer. Lehrer taugen nichts. Keiner von ihnen hat mir geholfen. Ich schätze, das war ihnen wohl zu mühsam. Die anderen Kinder wussten es auch und haben mich behandelt, als hätte ich eine ansteckende Krankheit. Ich gehe nie wieder zurück in die Schule. Niemals.

Und mal im Ernst, welchen Sinn hätte das? Diesen Mist schaffe ich ohnehin nicht.

Es ist so, wie er gesagt hat: »Eine dumme Kuh wie du wird es nie zu etwas bringen.«

Und er hatte recht. Die Prüfungen in der Schule haben es gezeigt. Lernen ist reine Zeitverschwendung.

Vor allem für jemanden wie mich. Außerdem müsste ich mich einschreiben, und das würde bedeuten, dass sie Papiere von mir sehen wollen. Und dann wäre ich leichter zu finden.

Ich weiß, dass es falsch war, was ich getan habe. Ich weiß, was das bedeutet. Falls Alice das jemals herausfindet, wird sie mich sofort rauswerfen. Sie darf es niemals erfahren.

Am nächsten Morgen saß Alice allein im Wohnzimmer und sortierte einige Unterlagen auf dem Kaffeetisch vor sich. Sie war nervös, weil sie sich nicht sicher war, ob es eine gute Idee war, Becca zu einem Schulabschluss zu überreden. Ihr Plan konnte natürlich auch nach hinten losgehen.

Becca schlurfte herein und rieb sich die Augen. »Was ist das?«, fragte sie mit einem Blick auf die Papiere.

»Das sind Matheaufgaben. Betty hat sie für dich hiergelassen. Sie war früher Lehrerin.«

Becca setzte sich an den Kaffeetisch und beäugte die Unterlagen. »Das hat keinen Sinn. Ich kann das nicht«, erklärte sie.

»Nun, ich habe mir überlegt, dass du Nachhilfeunterricht nehmen könntest. Betty wäre bereit, dir zu helfen. Freddy auch. Er ist sehr gut in Englisch. Ich schätze, damit hätten wir alles abgedeckt.«

»Ich gehe nicht wieder in die Schule. Sie können

mich nicht dazu zwingen. Ich bin alt genug, um die Schule zu verlassen, und ich arbeite. Also muss ich nicht mehr dorthin.«

»Ich habe nicht vor, dich wieder zur Schule zu schicken.«

»Was soll das alles dann?«

»Betty hat bei vielen ihrer Schüler große Erfolge durch TAFE erzielt. Das ist diese Organisation für Weiterbildung, falls du die nicht kennst. In Glensdale gibt es ein solches Institut. Ich habe dort vor Kurzem einen Marketing-Kurs gemacht. Sie sind sehr gut.«

»Sie meinen so etwas wie Heimunterricht? Das ist etwas für Hippies.«

Alice schüttelte den Kopf. »Nein, es geht eigentlich nicht um Hausunterricht. Du müsstest dich bei TAFE einschreiben und dann, sobald du dazu bereit bist, deine Prüfungen dort ablegen.«

»Und warum sollte ich das tun wollen?«

Es war Alice überhaupt nicht in den Sinn gekommen, dass Becca möglicherweise gar keinen Wert darauf legte, einen Highschoolabschluss zu machen. Als sie in ihrem Alter gewesen war, hatte Alice an nichts anderes denken können. Es war ihr Ticket in ein besseres, freies Leben gewesen. Wollte Becca das denn nicht auch?

»Du musst das nicht machen«, sagte sie. »Es war nur eine Idee von mir. Eines Tages möchtest du vielleicht weiterziehen, und dann wäre es sicher von Vorteil, wenn du einen offiziellen Schulabschluss hättest.«

»Möchten Sie, dass ich weiterziehe?« Becca runzelte die Stirn.

»Natürlich nicht.« Alice rutschte vom Sofa und setzte sich neben sie auf den Boden. »Ich finde es prima, dass du hier arbeitest. Wenn es nach mir ginge, könntest du für immer und ewig hierbleiben.«

»Und nach wem geht es?«

»Nach dir natürlich.«

Becca richtete sich auf und sah Alice misstrauisch an.

»Komm. Ich zeige dir, wie es geht.« Alice nahm einen Stift zur Hand und löste die erste Aufgabe.

Sie gingen zusammen die erste Seite durch. »Sind Sie etwa ein Mathegenie?«, fragte Becca.

Alice war schon lange nicht mehr »Genie« genannt worden. Ihre Gedanken wanderten zurück zu dem kühlen Septembertag, an dem sie mit Dean unter dem grauen Eukalyptusbaum am See gesessen hatte.

»Und?«

»Eigentlich nicht«, erwiderte Alice. »Aber ich war eine sehr gute Schülerin.«

»Also waren Sie eine Streberin?«

»Ich schätze, das könnte man sagen.«

Becca dachte einen Moment nach. »Sie waren eine Streberin, haben Ihren Schulabschluss gemacht und sind hier gelandet. So wie ich. Welchen Sinn hat das alles dann?« Sie stand auf und ging in ihr Zimmer.

Alice wusste nicht, was sie darauf sagen sollte. Zugegeben, ihr Schulabschluss hatte ihr nicht das gebracht, was sie sich davon erwartet hatte, aber das war kein Grund, es nicht zu versuchen. Beccas Situation war ganz anders. Zunächst einmal hatte sie Alice' Unterstützung. Für Becca würde es nicht so enden, das würde Alice nicht zulassen.

Sie stand auf, ging in die Küche und bereitete das Frühstück zu. Als sie sich umdrehte, sah sie Becca wieder am Kaffeetisch sitzen, einen Stift in der Hand. Alice schlich sich auf Zehenspitzen heran.

»Das stimmt.«

»Was?« Becca hob den Blick.

»Die Lösung. Sie ist richtig.«

Alice sah, dass ein kleines Lächeln Beccas Lippen umspielte. Dieser Anblick war ihr so vertraut, dass sich Alice' Herz zusammenkrampfte.

»Vielleicht sollte ich es versuchen.« Becca zuckte mit den Schultern. »Ich meine, es könnte dabei helfen, mir die Zeit zu vertreiben, bis ich …«

»Bis du was …?«

Aber Becca gab ihr darauf keine Antwort. Alice setzte sich wieder neben sie, und sie lösten gemeinsam die nächste Aufgabe. Das Unbehagen, das sie den ganzen Morgen über empfunden hatte, wollte jedoch nicht weichen, sosehr sie auch versuchte, es zu ignorieren. Sie hatte gehofft, dass dieses neue Projekt mit Becca sie ablenken würde, aber stattdessen stiegen in ihr wieder Erinnerungen daran auf, wie sie mit ihrer Mutter Hausaufgaben gemacht hatte, bevor sich alles verändert hatte und die Welt dunkel geworden war. Alice hatte gelernt, den Tag, an dem sie ihre Mutter verloren hatte, auszublenden. Die Erinnerung daran lag tief verborgen in einem geheimen Teil ihrer Seele, den sie nur selten zu öffnen wagte.

Kapitel zehn

Lawson's Ridge, 2003

Alice schrieb das Datum des heutigen Tages auf den oberen Rand ihres Englischhefts, und ihr Magen krampfte sich zusammen. Wie schon den ganzen Tag. Er schien sich zu verknoten, jedes Mal, wenn sie das Datum schreiben musste.

Sie sah nach oben auf die große weiße Uhr, dieselbe Uhr, auf die ihre Mum den Blick gerichtet hatte, als sie in Alice' Alter gewesen war. Die Zeiger rückten nur quälend langsam voran.

Um genau 14.48 Uhr beugte sich Louise zu ihr vor, klopfte Alice auf den Rücken und schob ihr einen Zettel zu. Alice entfaltete ihn unter ihrem Pult.

»Wie nennt man eine Kuh ohne Beine? Einen Haufen Rindersteaks!«

Alice grinste. Sie konnte sich immer darauf verlassen, dass Louise sich an diesen Tag erinnerte und ihr irgendeinen lahmen Witz erzählte, um sie zum Lachen zu bringen.

Als an diesem Tag die Glocke endlich zum letzten Mal läutete, lief Alice rasch durch die Gänge und vermied dabei den Augenkontakt zu allen anderen.

Sie sah, dass Dean draußen neben dem Schultor auf sie wartete. Sie wäre sehr gern mit ihm gegangen, hätte gern einen Spaziergang mit ihm gemacht, nur eine kleine Weile, um sich abzulenken. Aber er würde Fragen stellen und Einzelheiten wissen wollen.

Alice machte kehrt, rannte an den Matheräumen vorbei und verließ das Schulgebäude durch den Ausgang neben der Kantine. Dort befand sich ein niedriger Stacheldrahtzaun; sie sprang hinüber und lief davon, bevor Dean sie entdecken konnte.

Kurz darauf hatte sie den Friedhof erreicht. Sie ging den Pfad zum Grab ihrer Mutter entlang und drehte dabei die Margerite zwischen den Fingern. Sie hatte sie im Vorbeigehen aus einem Blumenstrauß vor dem Gemischtwarenladen gezogen. Mr Williams würde es nicht bemerken. Am Grab angekommen kniete sie sich auf den Boden, wischte den Schmutz vom Grabstein und legte die Blume davor ab.

Gott existierte nicht. Das wusste sie ganz sicher. Aber sie sprach trotzdem das kurze Gebet, das sie vor Jahren im Religionsunterricht gelernt hatte. Es handelte von Brot und Schuld. Sie hatte es nie wirklich verstanden, aber unter diesen Umständen schien es das Richtige zu sein. Wahrscheinlich brachte sie die Worte ein wenig durcheinander, aber es hörte ja niemand zu, also war das sicher nicht so schlimm.

Alice setzte sich auf die Erde.

Sie weinte nicht. Das tat sie nie. Nicht dort. Nicht da, wo ihre Mum sie sehen konnte.

Es war kaum zu glauben, dass bereits fünf Jahre vergangen waren, seit ihre Mum den Kampf gegen den Krebs verloren hatte. Fünf Jahre, seit Bruce sich von Verzweiflung überwältigt dem Alkohol hingab. Fünf Jahre voll Einsamkeit und Schmerz waren im Nu vergangen.

Jedes Mal, wenn Alice das Grab ihrer Mutter besuchte, sah sie wieder diese quälenden Bilder vor sich. Ihre Mum, die im Krankenhaus in Cutter's Pass an unzählige Maschinen angeschlossen war, das Haar abrasiert, die Wangen bleich, die Augen ausdruckslos in die Ferne gerichtet. Ihr Dad, der an der Zimmertür stand, den Blick auf den Boden geheftet, unfähig, die Hand seiner Frau zu halten oder seine Tochter in den Arm zu nehmen, gelähmt von dem verzweifelten Wunsch, sie zurückzuholen, sie zu retten.

Jedes Mal, wenn Alice ans Grab ihrer Mutter kam, wartete sie, bis diese Bilder verschwanden und sie sich wieder daran erinnern konnte, dass ihre Mum einmal lange braune Locken, runde Wangen und fröhlich lachende Augen gehabt hatte.

Eine kühle Brise wirbelte den Staub vor Alice' Füßen auf, und die tief stehende Sonne warf lange Schatten über die Gräber.

»Ich gehe jetzt besser. Es ist schon spät.«

Sie stand auf und legte die Hand auf das Kopfende des Grabsteins. »Bis bald, Mum.«

Zu Hause angekommen öffnete Alice leise die Haustür. Mit ein wenig Glück hatte Bruce sich bereits bewusstlos getrunken, und sie konnte unbemerkt in ihr Bett schlüpfen und auf Mitternacht warten. Dann hatte sie diesen Tag wieder einmal überstanden

»Alice? Kleines? Wo bist du? Wo ist sie?«

Alice ließ die Schultern sinken. Gleich würde das Theater wieder losgehen.

Bruce kam auf sie zu, getrieben von Wut, Adrenalin oder irgendeiner anderen Kraft, die noch stärker war als der Alkohol in seinem Blut. Sie konnte ihn bereits riechen, noch bevor sie ihn sah.

»Sonia hat gesagt, sie würde zum Abendessen nach Hause kommen.« In seinen Augen lag ein wilder, abwesender Ausdruck.

Alice atmete tief durch. »Sie ist gegangen, Dad.«

»Gegangen?« Er schüttelte den Kopf. »Wohin?« Er schaute nach links und rechts, hinter sich und hinter Alice.

»Dad.« Alice seufzte. Sie wollte sich auf ihr Bett legen, Musik hören und den Tag ausklingen lassen. »Sie ist tot. Hast du das vergessen?« Das war ein Fehler. Sie hätte sich einfach umdrehen und gehen sollen.

»Sie würde nicht sterben. Das würde sie mir nicht antun.«

Alice sah den Zorn in seinen Augen, als er noch näher kam. Den gleichen Zorn, den sie auch am ersten

Weihnachtstag nach dem Tod ihrer Mum darin gesehen hatte. Bei seinem ersten durch Alkohol angeheizten Wutanfall. Sie wandte sich zum Gehen, wurde aber gegen die Haustür gedrückt. Er packte sie an den Schultern und drückte sie so fest, dass Alice beinahe geschrien hätte.

»Hör auf, Dad. Bitte«, flüsterte sie.

»Nein, du hörst auf.« Er schubste sie. Die Fliegengittertür gab nach, und Alice stolperte auf den Rasen. »Wie kannst du es wagen, solche Lügen über deine Mutter zu verbreiten?«

»Das sind keine Lügen«, fauchte Alice. »Sie ist tot. Daran solltest du dich erinnern können. Du warst da. Niemals vorher und niemals danach. Aber an dem Tag, an dem sie starb, warst du da. Und dann hast du mich verlassen.« Sie konnte sich einfach nicht mehr zurückhalten.

Bruce stürmte mit vor Wut funkelnden Augen nach draußen und griff sich Daisy, das letzte Mitglied aus Sonias Gartenzwergfamilie. Sie war ein Geschenk zum Geburtstag ihrer Mum gewesen, nach dem Alice überall gesucht hatte. In dem Jahr, in dem sich ihr Leben für immer geändert hatte. Sie musste ihn bei einem Versandhaus bestellen, und es hatte Monate gedauert, bis er endlich angekommen war. An ihrem zwölften Geburtstag. Zum letzten Weihnachten mit Sonia.

Bruce zielte mit Daisy auf Alice. Sie rannte los und hörte, wie Daisy krachend auf dem Kopfsteinpflaster zerschellte.

Als sie den Faraway Forest erreicht hatte, ging sie langsamer und kletterte auf ihren Ast. Sie beugte sich nach vorne und begann zu schluchzen. Im Dämmerlicht schloss sie die Augen und ließ es zu, dass all der Zorn, die Traurigkeit und die Verwirrtheit, die sie sonst jeden Tag unterdrückte, aus ihr herausbrachen. Ihre Schultern zuckten, über ihren Hals liefen salzige Tränen, und sie schlug mit den Fäusten auf den Baumstamm ein.

»Pond? Bist du das?« Deans Stimme drang zu ihr nach oben.

»Geh weg«, erwiderte Alice heiser.

»Ich denke gar nicht daran.« Dean kletterte nach oben, bevor Alice auch nur eine Chance hatte, vor ihm zu flüchten.

»Ich sagte, du sollst weggehen.« Sie sah ihm in die Augen.

»Und ich habe gesagt, dass ich gar nicht daran denke.« Er wich ihrem Blick nicht aus.

»Geh schon«, sagte Alice, aber dieses Mal klang es nicht mehr so nachdrücklich.

»Nein.« Dean schüttelte den Kopf, und um seine Augen bildeten sich winzige Fältchen.

Alice sank in sich zusammen und begann wieder zu weinen, und Dean umarmte sie, drückte sie an sich und ließ sie nicht mehr los. Ihr Ohr wurde gegen seine Brust gepresst, und sie hörte seinen Herzschlag. Sie spürte die Wärme seiner Arme, die sie umschlangen. Sie fühlte sich getröstet, sicher. So nah bei ihm nahm sie einen leichten Duft nach Gewürznelken und Honig wahr. Langsam verebbte ihr Schluchzen.

Als Alice sich schließlich wieder aufrichtete, war es stockdunkel. Am Nachthimmel stand kein leuchtender Mond. Sie spürte ihren linken Fuß nicht mehr, und ihr Hals war steif. Falls Dean ebenfalls irgendwelche Schmerzen verspürte, ließ er es sich nicht anmerken. Er streckte die Hand aus und wischte ihr die restlichen Tränen von den Wangen. Seine Berührung war zärtlich, und sein Blick traf sie so tief in ihrem Inneren, wie sie es noch nie zuvor erlebt hatte.

»D… danke«, stammelte sie. »Ich … ich muss jetzt gehen.«

Sie schob sich ein Stück nach vorne und kletterte den Baum hinunter.

»Wirklich?« Dean folgte ihr. Er versuchte, mit ihr Schritt zu halten, als sie loslief, aber seine verkrampften Beine ließen ihn im Stich. »Pond! Bleib stehen!«

Das konnte sie nicht. Wenn sie stehen blieb, würde sie ihn an sich heranlassen. Und das durfte sie nicht tun. Also lief sie weiter.

Im Haus brannte kein Licht, und Alice atmete erleichtert auf. Ihr Dad war offensichtlich endlich im Rausch eingeschlafen. Sie fegte sorgfältig die Scherben, die von Daisy übrig waren, zusammen und warf sie in die Mülltonne. Ihre Gedanken wanderten zurück zu dem Ast, zu Deans Armen, die sie so fest umschlungen hatten, zu seinen Augen, die direkt in ihr Herz geblickt hatten.

In ihrem Leben gab es keinen Platz für Dean McRae, das war ihr klar. Aber sie wusste auch, dass sie in den letzten fünf Jahren kaum etwas empfunden hatte und dass es Dean gelungen war, mit einer Umarmung alles zu verändern.

Alice zog den Zwerg Gus hinter dem Gartenschlauch hervor. An jedem Todestag zerbrach Bruce einen Gartenzwerg. Und jedes Jahr versteckte Alice Gus vor Bruce und stellte ihn später wieder an seinen Platz, damit Harry Brown sich am nächsten Tag nicht wunderte, wo sein Zielobjekt geblieben war.

Nun standen sechs Zwerge wieder ordentlich an ihrem Platz.

Dean hatte alles verändert, und dafür hasste sie ihn. Ein Schauer lief ihr über den Rücken, und als sie sich umdrehte, sah sie einen großen, schlanken Schatten an der Straßenecke stehen. Da war er, lehnte sich gegen einen Laternenpfahl und beobachtete sie.

Als er ihren Namen rief, lief sie mit gesenktem Kopf rasch ins Haus.

Seit Tagen waren Alice' Gedanken völlig durcheinander. Das abendliche Einräumen der Regale im Laden half ihr nicht wie sonst dabei, sich zu sammeln. Genauso wenig wie ihre lächerlich langen Spaziergänge. Auch als sie die Bierdosen ihres Dads zu kunstvollen Skulpturen aufstapelte, gelang es ihr lediglich, sich damit eine Menge Zeit zu vertreiben. Zeit, die sie eigentlich mit Lernen hätte verbringen sollen. In der

Schule ließ ihre Aufmerksamkeit immer mehr nach, und nichts, was sie tat, schien ihr Problem zu lösen.

»Hier versteckst du dich also«, sagte Louise, als sie Alice in der Bibliothek entdeckte, wo sie zwischen etlichen Bücherstapeln kauerte.

»Oh, hi.« Alice stand auf, sah sich um und ließ das Buch mit dem Titel *Moderne Wirtschaftslehre für Highschoolschüler* sinken, in dem sie wenig erfolgreich zu lesen versucht hatte.

»Ich habe dich überall gesucht. Wir müssen eine Party planen. Hast du das etwa vergessen?«

»Tut mir leid.« Alice blickte durch das staubige Fenster hinaus auf den Innenhof, wo Handball gespielt wurde. Er war nicht dort. Wo war er? Sie warf einen Blick über Louises Schulter.

»Also? Was hältst du davon?«

»Entschuldige. Was?«

»Ein Lagerfeuer. An meinem und Brians achtzehntem Geburtstag. Hallo? Erde an Alice.« Louise klopfte Alice auf den Kopf.

»Klingt toll.«

»Der ganze Jahrgang kommt. Sogar Dean hat schon zugesagt.« Sie schob sich das Haar hinter die Ohren.

Die Glocke schrillte, und Alice hob ihre Tasche auf. »Matheunterricht. Wir müssen los.«

Bevor sie auf den Gang hinaustraten, vergewisserte sich Alice, dass die Luft rein war.

»Nun, einige von euch haben in der Prüfung am Montag sehr gut abgeschnitten«, erklärte Miss Robertson, während sie durch das Klassenzimmer ging. »Und andere weniger gut.« Sie legte Alice ihren Antwortbogen auf den Tisch.

Alice konnte es nicht fassen. Die Note ergab keinen Sinn. Vielleicht litt sie plötzlich an Dyskalkulie und sah die Zahlen verkehrt herum oder auf dem Kopf stehend.

Miss Robertson bahnte sich den Weg zwischen den kleinen Holztischen hindurch, die schon seit wer weiß wie vielen Jahren in derselben Position im selben Raum standen. Alice starrte ihr nach. Sicher würde sie gleich zurückkommen und feststellen, dass sie Alice das falsche Papier gegeben hatte. Aber sie kam nicht zurück. Sie setzte sich ans Pult, um die Ergebnisse mit der Klasse durchzugehen, und Alice sah sie ungläubig an.

Sie war langsam durch den Faraway Forest geschlichen und tätschelte den dicken Stamm ihres Baums, bevor sie sich auf den üblichen Ast schwang. Alice ließ sich gegen die V-förmige Astgabel sinken, schloss die Augen und versuchte, an etwas anderes als an ihre Note zu denken. Wie um alles in der Welt hatte das passieren können? Sie hatte doch gelernt, oder? Sie kannte den Stoff in- und auswendig. Noch nie hatte sie in einem Mathetest weniger als achtzig Prozent der Aufgaben richtig gerechnet. Nie. Was war nur geschehen?

»Hey, Fremde.« Deans Stimme drang zu ihr herauf.

Alice setzte sich auf. »Ah… ähm«, brachte sie mühsam hervor, und plötzlich wurde ihr klar, warum sie den Mathetest in den Sand gesetzt hatte. Sie überlegte, ob sie rasch hinunterklettern und an ihm vorbeihuschen konnte, bevor er bemerkte, dass sie nicht mehr da war.

»Kann ich raufkommen?«, fragte Dean und stellte einen Fuß auf den großen Stein vor dem Baum.

»Na gut.«

»Wie geht's dir, Pond?«, fragte er und setzte sich neben sie.

»Gut.«

»Ich habe dich in letzter Zeit nicht oft gesehen.« Er drehte sich so, dass er ihr direkt in die Augen sehen konnte.

Alice versuchte, ihm mit einem ganzen Satz zu antworten, aber ihr Gehirn war wie leergefegt. Sie musste weg von hier, aber sie sah keine Möglichkeit, ihm zu entkommen.

»Was ist los?« Dean musterte sie. »Warum gehst du mir aus dem Weg?«

»Das habe ich nicht getan.«

»Tatsächlich?«

»Okay, vielleicht hin und wieder.«

»Und?«

»Na ja, ich …« Alle ihre Entschuldigungen – die echten und die erfundenen – fielen ihr nicht mehr ein, als Dean ihr eine Haarsträhne hinter das Ohr strich. »Es ist mir peinlich. Wegen dieses Abends. Und ich will nicht … ich wollte nicht …«

»Schon gut, Pond. Du musst mir nichts erzählen, wenn du nicht willst. Ich möchte nur eines von dir wissen: Geht es dir gut?« Er nahm ihre Hand in seine.

»Das wird schon wieder.« Sie sah ihm in die Augen und wusste, dass das stimmte.

Er beugte sich so weit zu ihr vor, dass seine Lippen ihre beinahe berührten.

»Sicher?«

Dean legte seine Hand an ihren Kopf, fuhr mit den Fingern in ihr Haar und zog sie zu sich heran. Sein Mund war weich, und das Gefühl war seltsam – gar nicht so, wie sie es sich vorgestellt hatte. Seltsam in einem guten Sinn. Ein Prickeln im unteren Bereich ihres Rückens trieb sie dazu, ihren Mund weiter zu öffnen, und Deans Zunge suchte nach ihrer. Es war ungewohnt, unerwartet und wundervoll. Ihre dunklen Gedanken waren wie weggeblasen, und sie zitterte am ganzen Körper.

Als Dean seine Lippen langsam von ihren löste, wollte Alice ihre Augen nicht öffnen; sie wollte nicht, dass es endete. Sie schmiegte sich an ihn, zurück in die Sicherheit seiner Umarmung und ließ sich einfach gehen. Hier. Mit ihm. Wärme strömte durch ihren ganzen Körper, als er sie wieder küsste. Dieses Mal noch leidenschaftlicher.

Alice wich zurück und atmete tief ein.

»Tut mir leid.« Sie senkte den Blick.

»Oh, nein.« Dean nahm ihr Gesicht in seine Hände. »Entschuldige dich niemals für so etwas.«

Alice rutschte auf dem Ast ein Stück zur Seite.

»Du läufst mir doch jetzt nicht wieder davon, Pond, oder?«

Zum ersten Mal in ihrem Leben fühlte Alice sich vollkommen ruhig. Alles begann und endete hier, mit ihm. Sie hatte nicht geahnt, dass ein Kuss so etwas bewirken konnte.

Sie lehnte sich an seine Schulter, und er schlang seinen Arm um sie. Er hielt ihre Hand und strich mit seinen Fingern langsam über ihre. Sie schwiegen und atmeten im gleichen Rhythmus; Worte waren nicht nötig. Als Dean mit einem Finger langsam über Alice' Arm fuhr, lief ihr ein Schauer über den Rücken.

»Glaubst du, wir könnten für immer hierbleiben?«, flüsterte Alice.

»Das klingt wunderbar, aber ich sollte dich jetzt besser nach Hause bringen. Meine Mum wartet auf mich, und wenn ich zu spät komme, macht sie sich Sorgen.« Dean seufzte und verlagerte sein Gewicht. »Brian und ich waren gestern mit Dirt Bikes unterwegs, und sie hat sich schrecklich darüber aufgeregt. Und das, obwohl ich ihr nicht einmal etwas von meinem Sturz erzählt habe. Sie ist eine furchtbar pessimistische Glucke.«

Es muss schön sein, jemanden zu haben, der sich um einen Sorgen macht, dachte Alice.

»Dann geh nur. Ich komme schon allein nach Hause.«

»Nein, Pond, das kommt nicht in Frage. Ich möchte so lange mit dir zusammenbleiben, wie es nur geht.«

Er wartete unten auf sie, und als sie sich vom Ast schwang, griff er nach oben, hielt sie an den Hüften fest und stützte sie. Sie wandte sich ihm zu, und er küsste sie noch einmal, zärtlicher als vorher. Nur kurz. Er legte einen Arm um sie und begleitete sie nach Hause.

Vor dem Haus blieb Alice stehen. Dean öffnete das Tor für sie und wollte mit ihr zur Tür gehen, doch sie hielt ihn zurück.

»Genug Ritterlichkeit für einen Tag«, sagte sie und zwang sich zu einem Lächeln.

»Bist du sicher?«

»Ja. Dad musste gestern am späten Abend noch arbeiten. Ein Wasserrohrbruch an einer Toilette – die reinste Freude für einen Klempner«, log sie. »Er schläft sicher schon.« Das war keine Lüge. Sie konnte Dean nicht ins Haus lassen – sie konnte ihm die Wahrheit nicht zeigen und damit riskieren, ihn zu vergraulen.

»Kein Problem, Pond. Hast du morgen Nachmittag schon etwas vor?«

»Vielleicht ein Treffen mit dir nach der Arbeit?«

Er beugte sich vor, küsste sie und drückte sie an sich.

»Bis morgen«, sagte er, bevor er sie losließ. Alice nickte schweigend.

Sobald er außer Sichtweite war, schloss sie die Haustür auf. Der Geruch nach schalem Bier stieg ihr in die Nase. Nein, sie konnte ihm die Wahrheit nicht zeigen. Nicht jetzt, niemals.

Kapitel elf

Kookaburra Creek Café, 2018

Freitage waren wunderbar, vor allem im Sommer, wenn das Café zum Dinner geöffnet hatte. Montage waren mit ihrer Routine beruhigend, und obwohl sie es nur ungern zugab, freute Alice sich immer darüber, dass Joey jede Woche ihr erster Gast war. Donnerstage machten Spaß, denn da kam Betty mit ihrem Rasen-Bowling-Team zum Mittagessen. Sie blieben meist bis kurz vor Ladenschluss und kicherten die ganze Zeit wie Teenager. Aber Sonntage im Frühling waren etwas ganz Besonderes. Alice hatte sich nicht vorstellen können, dass sie sich jemals wieder auf Sonntage freuen würde, nach der Schufterei in dem Gemischtwarenladen in ihrer Jugend, bei der sie ständig dem Anblick von Berties Boxershorts ausgesetzt gewesen war. Aber seit sie im Kookaburra Creek Café war, war der erste Sonntag im Frühling ihr erklärter Lieblingstag. Alle ihre Freunde kamen zum Brunch ins Café, um Spenden für die Feuerwehr zu sammeln.

An diesem Morgen hatte sie Becca besonders früh geweckt, damit sie ihr bei den Vorbereitungen helfen konnte, und sie vorgewarnt, wie viel Arbeit auf sie zukam. Nachdem sie diverse Zutaten fleißig gehackt, gewürfelt, geschnitten, gehobelt und verteilt hatten, standen nun fünfzehn Servierplatten mit Sandwiches, vier Salatschalen und fünf Tabletts mit kleinen Würstchen im Teigmantel auf der Arbeitsfläche in der Küche.

»Komm und hilf mir mit den Türen«, forderte sie Becca auf, die sich gerade einen Rest Avocado vom Kinn wischte.

»Und wir müssen alle diese Tische zusammenschieben.« Alice fuhr mit den Händen durch die Luft.

»Soll ich euch helfen?« Joey tauchte an der Eingangstür auf, in der Hand einen Korb mit Vollkornzöpfen, langen weißen Baguettes, süßen Croissants und Käsestangen, den er auf die Theke stellte.

Becca wich erschrocken einen Schritt zurück. Joey war kein großer Mann, aber er hatte breite Schultern und einen leichten Bauchansatz. Sein braunes, mit grauen Strähnen durchzogenes Haar war kurz geschnitten, und seine gekrümmte Nase schien seine tiefe Stimme noch zu verstärken. Alice hatte gehofft, dass Becca ihre Scheu vor Joey mit der Zeit verlieren würde, aber offensichtlich war das nicht der Fall.

Sie legte einen Arm um Beccas angespannte Schultern. »Das wäre wunderbar, Joey. Danke.«

Innerhalb weniger Minuten standen zwei lange Tafeln im Café, die bis auf die Veranda hinausragten.

Betty kam als Nächste und warf ein paar Münzen in die Sammelbüchse auf dem Tresen, während Joey gemeinsam mit Becca das Essen auf den Tischen verteilte. Als sich das Café langsam mit Stimmengewirr und Gelächter füllte, stellte Becca sich mit hinter dem Rücken verschränkten Händen an die hintere Wand.

Sergeant Carson traf ein und warf seinen Beitrag in die Büchse, bevor er allen im Raum auf den Rücken schlug. Mit Ausnahme von Becca, die er nicht erreichen konnte, obwohl er es versuchte. Alle sechs Mitglieder der Harris-Bande erschienen, einschließlich der schönen Fiona. Mit ihren roten Haaren und den hellblauen Augen boten sie einen herrlichen Anblick. Hinter ihnen stand Hattie und sah sich zögernd um.

»Komm rein«, forderte Alice sie auf und versuchte, Blickkontakt mit Harriett herzustellen. Was war nur mit ihr los?

Hattie, ganz die perfekte Schauspielerin, setzte sofort eine strahlende Miene auf. Sie schwebte majestätisch herein und begrüßte alle.

Nach kurzer Zeit war das Café voll, und fröhliche Stimmen erfüllten den Raum. Claudine hatte eine unfassbar große Servierplatte mit Käse und Kräckern mitgebracht und legte jedem ein oder zwei große Stücke auf den Teller.

»Komm.« Alice griff nach Beccas versteckten Händen. »Hier ist ein Platz für dich.« Sie spürte ihre Anspannung, als sie das Mädchen an den Tisch direkt neben der Küche führte, während sich alle um sie herum das Essen schmecken ließen.

»... und ihr werdet nicht glauben, was er dann gesagt hat«, beendete Joey seine Geschichte.

»*Und du behauptest, Italiener zu sein!*«, riefen alle an den beiden Tischen. Fiona Harris streckte die Hand aus und legte sie kurz auf Joeys Schulter. Alice spürte, wie sich ihre Wangen röteten, und wandte rasch den Blick ab. Fiona Harris war immer wieder in ihrem und Joeys Leben aufgetaucht. So lange sie sich erinnern konnte. Warum es ihr Unbehagen bereitete, sie heute neben ihm sitzen zu sehen, konnte sie sich nicht wirklich erklären. Fiona Harris berührte noch einmal Joeys Schulter, und Alice' Herzschlag beschleunigte sich ein wenig.

Sie zwang sich dazu, ihre Konzentration auf Hattie und Betty und deren Diskussion über den relativen Wert von Kunstgegenständen in der modernen Welt zu richten.

»Aber ohne Kunst und Musik ist die Seele einer Kultur dem Untergang geweiht«, erklärte Hattie.

»Vielleicht. Aber ohne Wissenschaft ist das Leben an sich dem Untergang geweiht, und damit stirbt auch die Seele. Also steht die Kunst in zweiter Reihe, wenn es darum geht, Dinge zu lernen.« Betty schien das Gespräch zu genießen.

»Becca, Liebes.« Fiona Harris beugte sich über den Tisch und schob ihre roten Locken hinters Ohr. »Wie lange wirst du denn bei unserer Alice bleiben?«

Becca warf Alice rasch einen Blick zu.

»Sie macht sich sehr gut in unserem Café«, warf Alice ein. »Also hoffe ich, dass sie noch eine Weile bei uns bleibt.«

»Und woher kommst du, mein Kind?« Clives Stimme dröhnte laut über den Tisch; offensichtlich war sein Hörgerät nicht richtig eingestellt.

Becca stand auf und begann, den Tisch abzuräumen. »Sydney«, murmelte sie leise und schob sich ihren Pony vor die Augen.

»Was?«, brüllte Clive, und Freddy flüsterte ihm etwas ins Ohr, bevor er aufstand.

»Ich helfe dir«, sagte er zu Becca und zwinkerte Alice zu.

Sie formte wortlos mit den Lippen das Wort »Danke«, erleichtert, dass er Beccas Unbehagen erfasst hatte.

»Was weißt du denn noch über sie?«, erkundigte sich Mrs Harris und sah ihrem jüngsten Sohn nach, wie er mit dem fremden Mädchen in der Küche verschwand.

»Mrs Harris, bitte.« Der Reverend legte seiner Frau sanft die Hand auf den Arm, aber sie schüttelte sie ab.

»Ich meine es ernst, Hattie.«

»Lass das Mädchen in Ruhe«, erwiderte Hattie. »Ich werde alt, und Alice braucht ein wenig Hilfe. Becca macht ihren Job hier sehr gut.«

»Na ja, du nimmst ja gern Streunerinnen auf, aber das ist nicht jedermanns Sache.« Mrs Harris warf Hattie einen strengen Blick zu, aber die alte Dame zuckte nicht mit der Wimper.

»Und steht nicht in der Bibel, dass wir Bedürftigen gegenüber großzügig sein sollen?«, warf Betty ein, um Hattie zu verteidigen.

»So ist es«, murmelte Reverend Harris.

Hattie lächelte. »Betty, würdest du bitte die Teekanne weiterreichen?« Sie warf sich ihren grünen Schal so schwungvoll über die Schulter, dass er Mrs Harris' Wange dabei streifte.

Ja, solche Sonntage gefielen Alice, und sie freute sich von Mal zu Mal mehr darauf. Allerdings fand sie es weniger erfreulich, dass Fiona Harris sich im Laufe des Tages immer mehr an Joey heranmachte.

Clive war immer einer der Letzten, die nach dem Brunch das Café verließen. Er schwang ein Bein über die Stange seines rostigen Fahrrads und winkte Alice zu, bevor er davonstrampelte. Sie kehrte in die Küche zurück, wo Becca und Freddy schweigend die letzten Teller spülten.

»Vielen Dank, lieber Freddy.« Sie umarmte ihn.

»Nichts zu danken, Alice.« Er beugte sich zu ihr und drückte ihr einen Kuss auf die Stirn. »Gartenarbeit nächste Woche?«

»Ja.« Sie nickte. »Bist du so nett und gibst die Spenden im Feuerwehrhaus ab?«

Freddy salutierte und drehte sich zu Becca um. »Bis demnächst.«

Becca winkte geringschätzig ab, und Alice sah Freddy an und zuckte bedauernd mit den Schultern. Er erwiderte ihre Geste, nahm die Sammelbüchse vom Tresen und ging zur Tür.

Alice räumte das Geschirr weg und reichte Becca eine Flasche Wasser.

»Bist du bereit?«

»Wozu?« Becca wich einen Schritt zurück. »Wir sind doch jetzt fertig, oder?«

»Wir machen einen Spaziergang.«

»Einen Spaziergang? Soll das ein Witz sein?«

»Nein. Das ist mein Frühlings-Sonntagsritual. Nach dem Brunch gehe ich immer spazieren.«

»Das mag vielleicht Ihr Ritual sein.« Becca verschränkte die Arme vor der Brust. »Meines ist es nicht.«

»Es wird dir guttun.« Alice trat hinter Becca und schob sie zur Tür.

»Oh Mann«, stöhnte Becca.

Sie folgte Alice widerstrebend, als sie am Fluss entlang Richtung Stadt ging. Der gemütliche Spaziergang führte an Weideland und grünen Feldern mit einigen Milchkühen vorbei. Eine braun-weiße Ayrshire-Kuh stieß ein tiefes Muhen aus, als sie vorbeigingen, und Alice winkte ihr zu.

»Hallo, Schecke«, rief sie laut.

Becca blieb kurz stehen, sagte aber nichts.

Als sie die weiße Holzbrücke erreichten, die am Dandelion Dell über den Fluss führte, pflückte Alice eine Pusteblume aus einem ganzen Büschel am Ufer. Mit geschlossenen Augen drückte sie sie kurz an ihre

Brust und warf sie dann in den sanft plätschernden Fluss. Falls Becca sie dabei beobachtet hatte, äußerte sie sich nicht dazu.

Auf der anderen Seite der Brücke lag das Zentrum des Städtchens, bestehend aus zwei Reihen Ladenfronten an der High Street, der Hauptader des Orts. Moretti's Bäckerei, der Curlz-Haarsalon, die National Bank und der Zeitungsladen hatten am Sonntag geschlossen, aber das Lebensmittelgeschäft war geöffnet. Und in etwa einer Stunde, wenn Sam vom Angeln zurückkam, würde auch das alte Pub *The Cow and Boot* seine Tür öffnen. Auf den Fensterbrettern vor jedem Laden stand ein Kübel mit farbenprächtigen Blumen, um die sich Betty und Hattie und der Gärtnerverein der Stadt hingebungsvoll kümmerten. Die Straße war von großen und kleinen, nach Zitrone duftenden Eukalyptusbäumen gesäumt. In der Mitte des Grünstreifens, der die Straße teilte, erhob sich stolz der Bogen, auf dem zu lesen war, dass Kookaburra Creek seit fünf Jahren wiederholt als sauberste Stadt ausgezeichnet worden war.

Hinter der Hauptstraße standen rote Backsteingebäude neben mit Holzbrettern verschalten Häusern. Am Rand des Städtchens befand sich die Schule, in der sieben engagierte Lehrkräfte Schüler vom Kindergartenalter bis zur zwölften Klasse unterrichteten. Lange Zeit hatte es in Kookaburra Creek keine eigene Schule gegeben, und wenn sie nun Glensdale in einem Sport- oder Buchstabierwettbewerb besiegten, wurde das in der ganzen Stadt gefeiert. Neben dem Rathaus befand sich eine kleine, aber gut bestückte Bibliothek, und das Schwimmbad auf der anderen Seite der Stadt würde in etwa einem Monat seine Pforten für die Saison öffnen.

Am Ende der High Street stand das Ehrendenkmal mit einer Kupfertafel, auf der die Namen der zwanzig Männer aus Kookaburra Creek eingraviert waren, die ihr Leben in verschiedenen Kriegen verloren hatten.

»Lass uns zum Ententeich gehen«, sagte Alice und brach das Schweigen. Sie deutete auf den großen Park in der Mitte des Städtchens. »Ich dachte, wir könnten …« Sie hielt eine Tüte mit altem Brot in die Höhe, die sie mitgebracht hatte, und reichte sie Becca, die jedoch nur mit den Schultern zuckte.

Ein grüner Holden fuhr langsam die Straße entlang, als sie zum Teich gingen.

Das Mädchen erstarrte und wurde kreidebleich.

»Becca?«, sagte Alice leise.

Becca begann zu zittern, und als der Wagen ein paar Meter vor ihnen anhielt, ließ sie die Tüte mit dem Brot fallen, drehte sich auf dem Absatz um und rannte davon.

»Becca!«, rief Alice. Sie trat auf das Brot, als sie versuchte, ihr zu folgen, und ihr war bewusst, dass sie sie wahrscheinlich nicht einholen würde.

»Becca! Warte!«

»Ich habe überall nach ihr gesucht, Joey. Wo kann sie nur sein?« Alice lief im Gastraum auf und ab. Becca war nun schon seit über einer Stunde verschwunden. Alice hatte alle angerufen, die sie kannte, und das war praktisch die gesamte Einwohnerschaft der Stadt, aber niemand hatte sie gesehen. Hattie hatte ihr geraten, nach Hause zu gehen und dort auf Becca zu warten, und als Alice sich weigerte, beauftragte ihre Freundin Joey damit, Alice ins Café zurückzuschleifen.

»Ich weiß, wie viel es dir bedeutet, sie hierzuhaben.« Er legte sanft seine Hände auf Alice' Schultern. »Du hast gesagt, sie habe Carsons Wagen gesehen und sei dann einfach davongelaufen?«

»Sie wirkte völlig verängstigt.«

»Und er sucht jetzt nach ihr?«

Sie nickte. »Oh, Joey. Wo könnte sie nur sein?«

Joey umarmte sie und drückte sie an sich. »Nun, wenn der Anblick eines Polizisten in einem Streifenwagen sie in Angst und Schrecken versetzt hat, ergibt es keinen Sinn, dass sie jetzt von diesem Polizisten gesucht wird. Ich werde mich darum kümmern.« Er ließ Alice los und nahm ihr Gesicht in seine großen, schwieligen Hände. »Ich werde sie wohlbehalten zurückbringen.« Er sah sie mit seinen warmen braunen Augen an. »Das verspreche ich dir«, fügte er mit leicht brüchiger Stimme hinzu. »Ich lasse dich nicht im Stich.«

Alice nahm seine Hände in ihre und drückte sie. »Beeil dich. Bitte.«

Joey machte sich auf den Weg und sprang von der Veranda.

»Komm mit, mein Junge«, rief er Shadow zu, der wie immer geduldig draußen auf ihn gewartet hatte.

Alice ging durch den Gastraum und schob Stühle zurecht, die bereits in der richtigen Position an den Tischen standen, rückte Salz- und Pfefferstreuer einen halben Zentimeter nach links oder rechts und stellte sie dann wieder an ihren vorherigen Platz zurück. Das Gewicht der Erinnerungen schien sie nach unten zu drücken. Das damals war etwas ganz anderes, sagte sie sich immer wieder.

Aber warum fühlte es sich dann ganz genauso an?

Sie ging nach oben in das winzige Büro, das neben ihrem Wohnzimmer lag, und öffnete den Schrank. Ihr Blick wanderte über die vielen Unterlagen und die Kochbücher mit den Eselsohren, die sie kaum noch brauchte – die meisten Gerichte, die sie zubereitete, konnte sie auswendig, oder sie bereitete sie aus dem Stegreif zu –, bis er an einer großen Plastikbox in der hintersten Ecke hängen blieb.

Langsam hob sie den Deckel ab und holte eine rosaweiß-gestreifte Schachtel heraus. Darin lag Tammys alter Pullover. Sie nahm ihn heraus und drückte den weichen Stoff an ihr Gesicht. Wenn sie tief genug einatmete, konnte sie immer noch einen zarten Hauch von Tammys Geruch wahrnehmen: Vanille und Lavendel. Unter dem Pulli lag Tammys Malbuch mit einer gepressten Margerite auf dem Einband. Alice brachte es immer noch nicht fertig, einen Blick hineinzuwerfen, selbst nach so langer Zeit nicht. Sie legte das Buch neben sich auf den Fußboden; der gelbe Umschlag mit den Fotos, die sie nicht anschauen konnte, wanderte ebenfalls auf die Seite.

Ganz unten in der Schachtel lag ein glitzernder Haarreif in Regenbogenfarben. Alice hob ihn auf und drückte ihn an ihre Brust, während Erinnerungen an Fröhlichkeit und Gelächter in ihr aufstiegen. Viele Jahre lang hatte sie Angst gehabt, die Box zu öffnen – Angst davor, dass ihre Gefühle sie überwältigen könnten. Doch als sie nun den Haarreif in der Hand hielt und an Tammys süßes Gesicht dachte und ihr Lachen hörte, wollte sie diese Erinnerungen nicht mehr loslassen.

Nun öffnete sie doch das gelbe Kuvert. Die Augen ihrer Tochter lächelten sie an, und Alice flossen Tränen über die Wangen. Es war acht Jahre her, dass sie das Gesicht ihrer heißgeliebten Tochter das letzte Mal betrachtet hatte. Trotz ihrer Traurigkeit empfand sie auch ein wenig Freude, als sie Tammy in die Augen sah.

Sie berührte nacheinander alle Fotos, und bei jedem einzelnen tauchten seit langer Zeit unterdrückte Erinnerungen auf. Schließlich steckte sie die Bilder wieder in das Kuvert und drückte es an ihre Brust. Anstatt es wieder in die Schachtel zu packen, legte sie es auf ihr Bett und ging dann nach unten.

In der Küche blickte sie nach oben zu Sylvia. Schokoladencreme. Wenn Alice Sorgen hatte oder aufgebracht war, riet Sylvia immer zu Schokoladencreme. Alice holte die Rührschüsseln aus dem Regal und band sich ihre orangefarbene Schürze um.

Butter schaumig rühren, Eier verquirlen, Mehl sieben. Ein Dutzend Schokoladencreme-Cupcakes. Zwei Dutzend. Drei Dutzend.

Die Sonne ging unter.

Im schwachen Lichtschein des Ofens rührte Alice noch mehr Teig an. Fünf Dutzend Cupcakes.

Als die Arbeitsfläche voll war, räumte sie den Tresen im Gastraum frei. Sechs Dutzend. Sie stellte die Backbleche zum Auskühlen auf die Tische.

Allmählich gingen ihr die Eier aus.

Schokoladenglasur aus dem Spritzbeutel. Drücken, drehen, klecksen. Drücken, drehen, klecksen.

Die alte Messingglocke an der Tür klingelte, und Alice hob rasch den Kopf.

Joey stand hinter Becca und schob sie sanft in den Gastraum. Erst als sie versuchte, sich das Mädchen genau anzuschauen, wurde Alice bewusst, dass sie bisher kein Licht gemacht hatte. Bei ihrem Versuch, so schnell wie möglich zu Becca hinüberzulaufen, stieß sie gegen ein paar Stühle.

Das Mädchen hielt den Blick gesenkt, schob die Hände in die Taschen und fuhr mit dem linken Fuß die winzigen Risse im Holzboden nach. Alice legte ihr die Hände auf die Schultern und musterte sie gründlich. Keine Schnittwunden oder Blutergüsse. Ein wenig Schmutz an ihrer Kleidung, aber keine Anzeichen einer Verletzung. Sie zog Becca in ihre Arme und sah dabei Joey an.

»Danke«, formte sie lautlos mit den Lippen. Er nickte und verließ das Café leise durch die Hintertür.

Becca saß auf dem Boden in der Mitte des Teppichs und hielt die Tasse Kakao in den Händen, die Alice ihr gebracht hatte, trank allerdings keinen Schluck davon. Alice hatte es sich wie üblich auf dem Sofa bequem gemacht, legte die Hände in den Schoß und wartete darauf, dass Becca das Schweigen brach, das seit ihrer Rückkehr zwischen ihnen herrschte.

Alice zählte, wie lange sie jeweils ein- und ausatmete. Eins, zwei, drei, vier. Eins, zwei, drei.

»Ich gehe jetzt lieber ins Bett«, sagte Becca, ohne aufzuschauen.

Alice öffnete den Mund, um etwas zu sagen, schloss ihn dann aber wieder. Was immer Becca so erschreckt hatte, musste etwas sehr Gravierendes für sie gewesen sein, und Alice wusste, dass sie an diesem Abend nichts darüber erfahren würde. Ein Mädchen im Teenageralter mit Geheimnissen war ihr nicht fremd.

Als sie hörte, wie Becca die Tür hinter sich schloss, ging Alice auf die Veranda und blickte auf den sanft dahinplätschernden Fluss hinaus, auf dem sich das Mondlicht spiegelte.

»Alice?«

Joeys Stimme ließ sie zusammenzucken. Sie drehte sich um und sah ihn am Rand der Veranda stehen;

Shadow lag neben ihm, den Kopf auf die Vorderpfoten gelegt.

»Ich wollte kurz vorbeischauen und mich erkundigen, wie es ihr geht.«

»Ich weiß es nicht.« Alice seufzte. »Sie ist ins Bett gegangen. Ganz ruhig.«

Joey nickte. »Und du?«

Alice' Schultern begannen zu zucken, und Joey war mit drei Schritten bei ihr und umarmte sie.

»Ich weiß«, sagte er, als sie an seiner Schulter schluchzte. »Ich weiß.«

»Ich habe immer nur daran denken müssen, wie es wäre, sie zu verlieren ...«

Joey nickte wieder, legte Alice seine Hände auf die Schultern und streckte die Arme aus.

»Ich weiß, das ist dumm«, schniefte Alice. »Und mir ist bewusst, dass das nicht wiedergutmachen kann, was geschehen ist, aber vielleicht gibt es einen Grund dafür, dass sie hier ist. Möglicherweise ist es Bestimmung.«

Joeys Stimme klang skeptisch. »Vielleicht. Ich möchte nur nicht, dass du verletzt wirst. Becca hat große Probleme. Du wirst sie möglicherweise nicht retten können.«

»Aber ich kann es versuchen.«

»Oh, Alice. Sei vorsichtig. Ich könnte es nicht ertragen, dich noch einmal so leiden zu sehen.«

»Verstehst du das nicht, Joey? In meinem tiefsten Inneren empfinde ich diesen Schmerz noch immer. Er wird niemals verschwinden.«

»Ich weiß. Ich habe sie auch verloren.« Eine einzige Träne rollte über seine Wange.

Ein Eulenschwalm ließ sich auf der Brüstung der Veranda nieder und schüttelte eine winzige Eidechse in seinem Schnabel.

Alice senkte den Blick. »Vielen Dank, dass du sie zurückgebracht hast, Joey. Auf dich ist immer Verlass.«

Joey schloss für einen Moment die Augen und sah Alice dann so traurig an, dass sich ihr Herz zusammenkrampfte. »Nicht immer.«

Er drückte Alice einen Kuss auf die Stirn und ging in die Nacht hinaus.

Ich habe ihm einen Faustschlag verpasst.

Und ich habe ihn getreten und auf ihn eingeschlagen. Aber er hat mich nicht losgelassen. Ich habe sein Gesicht gesehen, dieses grässliche Grinsen. Ich konnte mich nicht befreien. Ich habe ihn angespuckt, ihn gekratzt und geschrien.

Er hat nicht zurückgeschrien; er hat nicht einmal geknurrt, obwohl er das sonst ständig tut.

Sein Griff war nicht so fest, dass er diesen brennenden Schmerz verursachte, der sich immer über meinen Arm bis zu meinen Schultern zog. Er war sanft. Er ist aber niemals sanft.

Ich sah ihm wieder ins Gesicht, und langsam konnte ich es erkennen. Eine gekrümmte Nase. Dunkle, freundliche Augen. Bartstoppeln am Kinn.

Joey. Nicht *ER.*

Ich schrie noch einmal laut und begann dann zu schluchzen.

»Hier tut dir niemand etwas«, beruhigte er mich, als ob er wüsste, warum ich weggelaufen war. »Alice und ich werden dich beschützen.«

Diese Worte habe ich schon oft gehört. »Niemand will dir etwas tun.« Sie bedeuten nichts. Alle Leute lügen.

Es fängt immer mit einer Lüge an. Und dann tun sie dir weh. Sehr weh.

»Ich möchte dich zu Alice zurückbringen«, sagte er und lockerte seinen Griff ein wenig. Nur so viel, um mir zu zeigen, dass er mich nicht verletzen wollte. Aber nicht genug, um mich laufen zu lassen.

Das hat ER auch so gemacht. Und dann hat ER zugeschlagen. Aber Joey hat das nicht getan.

Er hat mich festgehalten, als ich geweint habe, aber er hat mich nicht geschlagen. Und nichts gesagt. Hat mich nur einfach im Arm gehalten und gewartet. Das war seine Chance, aber er hat sie nicht genutzt.

Ich weiß nicht, wie lange ich geweint und ihn gegen die Schulter geboxt habe. Mir kam es vor wie eine Ewigkeit. Aber er hat mich einfach gewähren lassen. Und gewartet.

Ich habe keine Ahnung, wo ich war, als er mich gefunden hat. Oder wie er mich gefunden hat. Aber der Rückweg zum Café war sehr lang und führte durch ziemlich viel Gestrüpp. Und wir haben nicht miteinander geredet.

Ich weiß nicht, was ich Alice sagen soll. Offensichtlich hat sie sich große Sorgen um mich gemacht. Ich glaube, sie hat sogar geweint. Ich kann mich nicht daran erinnern, wann sich jemand zum letzten Mal so große Sorgen um mich gemacht hat, dass er deswegen geweint hat. Aber was soll ich ihr denn sagen? Wenn ich ihr die Wahrheit erzähle, wird sie mich sicher hier nicht mehr haben wollen. Sie war sehr gut zu mir, das stimmt. Aber nur, weil sie nicht Bescheid weiß. Wenn es so wäre, würde sie nichts mehr mit mir zu tun haben wollen. Oder mit der Gefahr, die mich verfolgt.

Wer würde das schon wollen?

Aber ich kann es ihr nicht erzählen. Ich meine, es handelt sich schließlich nicht um etwas, was man bei einem Kakao und Keksen so nebenher einfließen lässt. Ich bin zwar noch nicht erwachsen, aber ich weiß ganz sicher, dass es bestimmte Dinge gibt, über die man nicht spricht. Niemand will über so etwas reden.

Alice will davon bestimmt auch nichts hören.

Ich höre sie jetzt in ihrem Wohnzimmer auf- und ablaufen. Aber sie wird nicht in mein Zimmer kommen. Ich glaube, sie hat Angst. Angst davor, was sie herausfinden könnte.

Kapitel zwölf

Lawson's Ridge, 2003

Zum ersten Mal in Alice' Leben drehte sich nicht jeder ihrer Gedanken um die Schule, ihre Flucht aus Lawson's Ridge oder darum, wie ihr die Schule dabei helfen konnte, aus Lawson's Ridge zu entkommen. Zum ersten Mal seit dem Tod ihrer Mutter bestanden ihre Träume nicht mehr nur aus Bildfragmenten und lautlosen Schreien.

Ihr war bewusst, dass es nicht gut für sie war, sich derart von ihren Prüfungen ablenken zu lassen. Aber wenn Dean der Grund dafür war, dass sie nicht mehr ständig von dem erstarrten Lächeln ihrer Mutter und den traurigen Augen ihres Vaters träumte, dann wollte sie sich darüber nicht beklagen.

Sie verbrachten jeden Nachmittag einige Stunden miteinander – sie kletterten auf ihren Eukalyptusbaum, fuhren die endlosen Schotterstraßen entlang, die nirgendwohin führten, redeten über die Schule und darüber, dass sie Lawson's Ridge verlassen wollten. Oder über Deans Familie, aber nie über ihre. Manchmal schwiegen sie und hielten sich bei ihren Spaziergängen einfach nur an der Hand oder lehnten sich auf ihrem Ast aneinander. Oder Alice legte bei den Autofahrten ihren Kopf auf Deans Schulter. Jeder Tag war schöner als der vorherige, und Alice gestand sich einen kleinen Funken Hoffnung zu.

»Es ist wunderschön.« Louise umarmte Alice. »Wie um alles in der Welt hast du dir etwas so Schönes leisten können?«

Alice zuckte mit den Schultern. Auf der einen Seite des silbernen herzförmigen Medaillons waren drei winzige Blumen eingraviert, und auf der anderen Seite stand »Alles Gute zum 18.«. Auf den roten Samtbezug im Inneren hatte Alice ein Foto von ihnen beiden gelegt, das sie im Alter von elf Jahren zeigte, mit strahlendem Lächeln vor Pips Stausee. Aufgenommen, bevor Alice' Welt sich verändert hatte.

»Ich habe ein bisschen Geld gespart«, erwiderte sie.

Jemand machte Brians Autoradio an, und Musik ertönte.

»Komm, wir sehen nach, wer sonst noch hier ist.« Louise griff nach Alice' Arm und zog sie dorthin, wo sich schon einige Leute versammelt hatten. »Glaubst du, Dean taucht auch auf? Wahrscheinlich ist das hier nicht so sein Ding.«

Alice' Wangen brannten, und sie war froh, dass es bereits dunkel war. In den vergangenen dreizehn Jahren hatte sie ihrer Freundin niemals etwas verschwiegen. Bis jetzt. Sie hatte ihr nichts von dem Kuss erzählt, nichts davon, dass sie in den letzten Wochen jeden Nachmittag mit ihm verbracht hatte. Selbst in der Schule hatte sie es geheim gehalten und Abstand zu Dean gesucht. Und wenn sie sich am Nachmittag getroffen hatten, hatte sie Louise gegenüber vorgegeben, lernen zu müssen. Die Lügen und die Heimlichkeiten waren nicht schön für sie gewesen, aber sie tat das alles zu Louises Bestem. Louise würde sich schrecklich aufregen, wenn sie wüsste, dass Alice einen Freund hatte und sie nicht, also nahm sie nur Rücksicht auf ihre Gefühle.

Was für ein Unsinn. In Wahrheit wollte sie einfach diese neuen Gefühle mit niemandem teilen. Nicht einmal mit Louise.

Das Lagerfeuer auf der Weide hinter dem Haus der Jenkins war riesig. An den Fahrzeugen ringsumher brannten die Scheinwerfer, und etliche Teenager schleppten Bierkästen heran und achteten darauf, nicht in einen der vielen Kuhfladen zu treten. Alice und Louise gesellten sich zu der ständig anwachsenden Menschenmenge am flackernden Feuer.

»Hey, Pond.« Zwei Arme packten Alice von hinten und wirbelten sie herum. Dean beugte sich zu ihr hinunter und küsste sie auf den Mund.

»Alles Gute zum Geburtstag, Louise«, sagte er, ohne Alice loszulassen.

»Danke.« Louise runzelte die Stirn, und Alice sah

Verwirrung in ihren Augen aufblitzen. »Ich misch mich dann mal wieder unter die Leute.« Sie drehte sich um und ging davon.

»Stimmt etwas nicht?«, fragte Dean und zog Alice in seine Arme. »Du hast ihr nichts von uns gesagt, richtig? Ich habe gedacht, ihr zwei erzählt euch alles.«

»Ich war mir nicht sicher, wie sie es aufnehmen würde.«

»Würde sie sich denn nicht für dich freuen?«

Das war genau der Punkt. Alice wusste es nicht. Und sie wusste auch nicht, wie sie es Dean erklären sollte. Er kannte Louise noch nicht lange und wusste nicht, dass sie schon immer im Mittelpunkt gestanden hatte.

»Oder liegt es an mir?« Dean trat einen Schritt zurück. »Ist es dir peinlich, mit mir zusammen zu sein?«

»Nein, du lieber Himmel, nein.« Alice griff nach seinen Händen. »Ich wollte dich nur eine Weile für mich behalten.«

»Wirklich?«

»Ja, wirklich.« Sie umarmte ihn. »Ich sollte mal nach ihr sehen.«

Dean schob Alice den Pony aus der Stirn. »Okay, aber bleib nicht zu lange weg.«

Alice entdeckte Louise ein Stück vom Lagerfeuer entfernt; sie lehnte in den Schatten der Nacht an einem Zaun.

»Lou?« Alice trat näher und glaubte zu sehen, dass Louise sich rasch über die Wangen wischte. Aber es war dunkel, also war sie sich nicht sicher. »Ich weiß, ich hätte es dir erzählen sollen. Es tut mir leid. Es ist einfach geschehen, und ich war mir nicht sicher, ob …«

»Immer, wenn du mir gesagt hast, du müssest lernen, hast du dich da mit ihm getroffen?«

»Ja. Es tut mir leid. Ich wollte dich nicht anlügen.«

»Das hast du aber getan. Ich kann es nicht fassen. Du dumme Kuh.«

Louise hatte Alice bisher noch nie beschimpft.

»Lou, bitte …« Ein schrecklicher Gedanke stieg in ihr auf. »Du stehst doch nicht etwa auf Dean?«

»Was?«, fauchte Louise und kratzte sich an der linken Hand. »Mach dich nicht lächerlich. Er ist ein dürrer Idiot wie all die anderen auch. Ich bin nur enttäuscht, weil du mich belogen hast. Wir sind doch angeblich Freundinnen. Beste Freundinnen. Und beste Freundinnen haben keine Geheimnisse voreinander.«

»Es tut mir wirklich leid, Lou.« Alice trat näher und griff nach Louises Händen, aber die steckte sie rasch in die hinteren Taschen ihrer Jeans.

»Das tut weh.«

»Ich weiß. Sorry. Ich werde dich nie wieder anlügen, das verspreche ich dir. Bitte verzeih mir. Lass uns zur Party zurückgehen.«

Louise trat einen Schritt vom Zaun zurück. »Ist es etwas Ernstes?«

Alice zuckte mit den Schultern.

»Liebst du ihn?«

Alice starrte ihre Freundin an. Sie war noch nie verliebt gewesen, also war sie sich nicht sicher, wie sich das anfühlte. Aber so musste es wohl sein.

Alice senkte den Blick. »Vielleicht. Ich glaube schon.«

Louise ging auf sie zu und umarmte sie. »Dann freue ich mich für dich«, sagte sie mit leicht brüchiger Stimme.

Alice löste sich aus ihrer Umarmung. »Tatsächlich?«

»Natürlich.« Louise nickte und schenkte ihr ein strahlendes Lächeln wie bei einem Schönheitswettbewerb. »Und jetzt gehen wir wieder zu meiner Party zurück.«

»Hey, Pond.« Dean kam auf sie zu, als sie einige Wochen später das Schulgebäude verließ. »Wie ist es gelaufen?« Er beugte sich vor, um sie zu küssen, aber sie drehte den Kopf zur Seite, sodass seine Lippen auf ihrer Wange landeten. Louise hatte bei der Prüfung nur zwei Reihen hinter ihr gesessen und würde sicher gleich herauskommen.

»Sehr gut. Ich habe alle Antworten gewusst«, log sie. Das stimmte nicht, aber sie war sich einigermaßen sicher, dass sie genug gewusst hatte. Sie hatte in den letzten zwei Wochen fleißig gepaukt, und das sollte reichen. Sie drehte sich um und sah Louise ins Sonnenlicht treten.

»Und?«

»Ganz gut.« Louise zuckte mit den Schultern.

Alice umarmte sie. »Kannst du es fassen, dass wir jetzt fertig sind?«

»Es ist ein Wunder, dass wir das überlebt haben.«

»Nur einige von uns.« Brian kam von hinten auf sie zu und legte beiden Mädchen die Arme um die Schultern. »Ein paar von uns müssen morgen nochmal ran.« Er zwinkerte Dean zu.

»Und dann haben wir es alle geschafft.«

Die vier gingen auf das Tor zu und hinaus auf die Straße. Die Jungs voran, die Mädchen hinterher. In Lawson's Ridge gab es keinen Frühling. Keinen richtigen. Im Winter fielen die Temperaturen nachts auf sechs Grad, und ein kalter Tag bot immer noch einundzwanzig Grad. Ein oder zwei Wochen im September war das Wetter unbeständig, und dann folgte der Sommer. Staubig und heiß und mit vierzig Grad.

Sie gingen in der Hitze zum Haus der Geschwister, wo Mrs Jenkins mit hausgemachtem Erdbeereis auf sie wartete.

»Ab morgen sind wir also keine Highschool-Schüler mehr«, stellte Dean fest, als sie auf der Veranda saßen, die um Louises und Brians Haus führte.

Louise hatte sich neben ihn gesetzt. »Und dann?«

»Dann feiern wir eine Party an Pips Stausee«, erwiderte Brian.

»Weiß der arme Kerl, dass wir kommen?«, fragte Dean.

»Die zwölfte Klasse rückt dort jedes Jahr nach dem Examen an.« Alice saß ihm gegenüber.

»Das ist Tradition«, sagten sie und Louise wie aus einem Mund.

»Und unsere Intelligenzbestie wird sich auf den Weg nach Sydney machen.« Brian schlug Alice spielerisch gegen den Arm. »Während ich hierbleibe und diesen Laden übernehme.« Er breitete die Arme aus und deutete auf das Land seiner Familie, das sich so weit erstreckte, wie das Auge reichte.

»Du kommst doch mit mir, oder?« Alice sah Louise an. Zuerst Sydney und dann die ganze Welt.

Louise rutschte auf ihrem Stuhl hin und her. »Na ja, Mum hat mir bereits einen Job besorgt. Eine alte Freundin von ihr führt eine nette Kleiderboutique in Sydney. Ich kann dort anfangen, wann ich will.«

»Was? Und wann fährst du?«

»An Weihnachten.« Louise senkte den Blick.

Alice runzelte die Stirn. Eigentlich hatten sie den Sommer zusammen verbringen und dann gemeinsam nach Sydney reisen wollen. Warum hatte ihr Louise nichts davon erzählt?

»Das ist ja schon in zwei Monaten!«, stellte Dean fest.

»Nun, zumindest haben wir einen Plan.« Louise hob den Finger und sah Dean an. »Im Gegensatz zu anderen Leuten.«

»Ist das wahr, Kumpel?« Brian warf Dean eine Dose Cola zu. »Du weißt immer noch nicht, was du tun wirst?«

Dean warf Alice einen Blick zu, und sie schenkte

ihm ein Lächeln. »Tatsächlich hat mich jemand davon überzeugt, dass ich etwas Besseres mit meinem Leben anfangen kann, als bei meinem Vater im Geschäft den Lakaien zu spielen. Also habe ich mich für ein Sportstudium an der Uni in Sydney beworben. Mit ein bisschen Glück bekomme ich einen Studienplatz.« Er zuckte mit den Schultern.

»Super, Mann.« Brian stand auf und schlug Dean auf den Rücken.

»Auf uns alle.« Louise hob ihr Eis, und die anderen taten es ihr nach.

Zum ersten Mal in ihrem Leben hatte Alice das Gefühl, dass die Zukunft für sie zum Greifen nahe war.

Kapitel dreizehn

Kookaburra Creek Café, 2018

Hattie stand in den Schatten des Cafés, unfähig hineinzugehen. Es war in ihrem Leben immer da gewesen – zumindest in ihrem zweiten Leben. Groß und stolz hatte es über sie und Genevieve gewacht, sie beschützt und für sie gesorgt.

Im Laufe der Jahre mochte sein Make-up hin und wieder aufgefrischt worden sein, und die eine oder andere kleine Schönheitsoperation war notwendig gewesen, aber sie kannte sein Innerstes. Sie wusste, welche Dielen knarrten und welche Stellen der Mauern jedes Jahr neu verputzt werden mussten, weil dort der Gips nicht hielt. Sie wusste, wie sich der Wind anhörte, wenn er im oberen Stockwerk im zweiten Schlafzimmer durch den kleinen Spalt in der Dachluke pfiff. Sie kannte die Seele des Cafés.

Es hatte ihr das Herz gebrochen, als sie dort ausziehen musste. Obwohl davon nicht mehr viel übrig gewesen war, was noch hätte zerbrechen können. Der große Schaden war bereits entstanden, als sie Genevieve in Vollzeitpflege hatte geben müssen. Sie hatte den Gedanken nicht ertragen können, ohne sie in ihrem gemeinsamen Heim zu bleiben, also hatte sie sich ein kleines Haus in der Stadt gesucht und das Café zurückgelassen, einsam und ungeliebt für etliche Monate. Sie wusste, dass sie es verkaufen musste, aber sie brachte es nicht übers Herz.

Und dann war wie durch ein Wunder Alice erschienen, und Hattie hatte sich plötzlich einen Neubeginn für ihr geliebtes altes Zuhause vorstellen können.

Sie fragte sich, wie viele Leben ein Gebäude wohl hatte. Hattie selbst hatte zwei Leben gehabt – eines im Licht und eines im Schatten. Wie viele Leben mochte dieses Haus bereits gehabt haben, bevor sie und Genevieve es zu ihrem Heim gemacht hatten? Würde es danach noch ein weiteres Leben haben?

Ein Großteil von Hatties zweitem Leben hatte sich in diesen vier Wänden abgespielt. Sie erinnerte sich noch sehr gut an das erste Mal, als sie das Haus gesehen hatte. Wenn sie damals nur schon alles gewusst hätte. Aber sie hatte gar nichts gewusst.

Juni 1967

Sie standen am Fuß der Treppe des zweistöckigen, mit Brettern verschalten Hauses. Die Farbe blätterte ab, in jeder Ecke hingen Spinnweben, und die Fenster waren mit einer so dicken Schmutzschicht bedeckt, dass niemand hineinschauen konnte. Das war wahrscheinlich auch besser so, dachte Harriett.

»Das ist es?«, fragte Genevieve.

»Das ist es.« Harriett seufzte. Es sah nicht ganz so aus wie das Sommerhaus auf dem Land, das Buckley ihr beschrieben hatte, aber Buckley hatte ihre Erwartungen in vielerlei Hinsicht enttäuscht.

»Und es gehört dir?«

Harriett nickte. »Uns.«

Sie gingen über die Veranda und öffneten die Haustür.

»Es ist groß.« Genevieve sah sich um und stützte sich auf den Stock, den man ihr im Krankenhaus geliehen hatte. Nach drei Monaten Reha konnte sie wieder laufen. Mit einer Gehhilfe. »Wie lange bleiben wir hier?«

»Nur ein paar Monate. Bis wir wieder auf die Beine gekommen sind.«

Genevieve lachte. »So kann man es wohl sagen.«

Der riesige Raum war komplett leer; auf dem Fußboden lagen alte weiße Tücher. Das ist also jetzt unser Zuhause, dachte Harriett und unterdrückte die aufsteigenden Tränen. Sie musste stark bleiben. Für Genevieve. Das schuldete sie ihr. Sie würde alles tun, um ihre kleine Schwester zu beschützen. Ihr altes Leben gab es nicht mehr – es war in einem achtlosen Moment zerbrochen. Und das war ihre Schuld. Nun mussten sie sich hier ein neues Leben aufbauen. Ein ruhiges und abgeschiedenes Leben.

»Hier hinten ist eine Küche«, rief Genevieve hinter einem mit einem Vorhang abgetrennten Durchgang hervor.

Sie kam zurück und lächelte Harriett an. Ihre Haut war sehr blass und weich; die Narben in ihrem Gesicht waren zwar nicht mehr so feuerrot, aber sie würden niemals ganz verheilen. Harriett hatte es gehofft, denn Genevieve war noch jung, und junge Haut verheilte gut. Aber der Arzt hatte ihr erklärt, dass der Schaden zu groß war. Sie hatte Genevieve nicht gesagt, dass sie für immer entstellt sein würde, aber sie vermutete, dass ihre Schwester das bereits wusste. Es gab keine Spiegel im Haus, und die würde es hier auch niemals geben.

»Hier muss nur gründlich geputzt werden. Überall.« Genevieve hinkte in die Mitte des Raums. »Und dann können wir daraus ein hübsches Ferienhaus machen.«

Harriett hatte Genevieve auch nichts von ihrem Baby erzählt. Nichts darüber, dass sie es verloren hatte und nie Kinder bekommen konnte. Sie wollte sie damit nicht belasten. Das alles war ihre eigene Schuld, und sie wollte nicht, dass Genevieve sich unnötige Sorgen machte.

Das war nicht das Leben, das sie beide sich vorgestellt hatten. Auf keinen Fall das, wovon Harriett geträumt hatte. Es würde kein Scheinwerferlicht mehr geben, weder Applaus noch öffentliche Auszeichnungen. Aber wie hätte sie in ihr altes Leben zurückkehren können?

Nein. Das hier war jetzt ihr Zuhause. Und wenn Genevieve irgendwann einmal bereit dafür war, würde Harriett ihr alles erzählen.

Juli 1968

Genevieve lief in der Küche auf und ab. »Glaubst du, dass überhaupt jemand kommen wird?« Sie knetete ein Geschirrtuch in den Händen.

»Natürlich.« Harriett war nicht überzeugt davon, aber sie durfte sich Genevieve gegenüber ihre Zweifel nicht anmerken lassen.

Die Gerichte auf ihrer Speisekarte waren eher einfach, und eigentlich hatten sie beide keine Ahnung von diesem Geschäft, aber es war einen Versuch wert. Harriett hätte alles getan, um Genevieve wieder glücklich zu machen, und Genevieve hatte sich für dieses Café entschieden.

Es hatte eine Weile gedauert, bis sie zu diesem Entschluss gekommen war, und noch eine Weile länger, bis Harriett mit ihrem Job im Steuerbüro genügend Geld gespart hatte, aber dann hatten sie das Haus endlich renovieren und alle Dinge kaufen können, die sie brauchten, um Genevieves Café zu eröffnen.

»Es wird sicher noch eine gewisse Zeit dauern, bis wir uns etabliert haben.« Bis dahin würde Harriett weiterhin für den Steuerberater in Glensdale arbeiten.

»Du hast doch die Flugblätter verteilt, oder?«

Sie hatten wirklich keine Ahnung von diesem Geschäft.

Genevieves Blick wurde plötzlich starr und leer. Sie sagte nichts mehr und bewegte sich nicht. Harriett beugte sich rasch vor, um sie auffangen zu können, falls sie fallen sollte. Bis jetzt war das noch nicht passiert, aber der Arzt hatte ihr nicht garantieren können, dass das nicht schon bald auf sie zukommen würde.

»Gen?«

Keine Reaktion. Harriett begann zu zählen, so wie der Arzt es ihr aufgetragen hatte. Sie sollte beobachten, wie lange diese Absencen dauerten. Im Laufe des letzten Jahres waren sie schlimmer geworden. Nicht maßgeblich, aber doch so sehr, dass der Arzt wissen wollte, wie lange sie anhielten. Eine weitere ständige Erinnerung daran, was Harriett ihrer Schwester angetan hatte.

Die alte Messingglocke, die sie am Flussufer gefunden und über die Tür gehängt hatte, klingelte laut.

»Geh du«, bat Genevieve, die plötzlich wieder aus ihrer Abwesenheit erwacht war, und ging einen Schritt auf sie zu. »Ich schaffe das nicht.«

Harriett marschierte in den Gastraum, den Genevieve ganz in Weiß gestaltet hatte: weiße Stühle, weiße Tischdecken, weiße Tische, weiße Spitzendeckchen. Harriett hätte lieber ein wenig Farbe gehabt, aber das überließ sie ihrer Schwester. Sie schuldete ihr noch so viel mehr als das.

»Guten Morgen, Harriett.« Clive kam herein, nachdem er sein Fahrrad an die Veranda gelehnt hatte. Harriett fand es passend, dass die erste Person, die sie in Kookaburra Creek kennengelernt hatte, nun auch ihr erster Gast war. Er wurde begleitet von Betty, der Rektorin der Schule in Glensdale. Harriett war sich nicht sicher, ob die beiden ein Paar waren, hielt es aber eher für unwahrscheinlich. Betty war nicht der Typ für eine feste Beziehung.

»Guten Morgen«, begrüßte Harriett die beiden. »Setzt euch doch.«

»Ziemlich ruhig hier«, stellte Betty fest und sah sich naserümpfend um.

»Ja. Danke, dass du aussprichst, was ganz offensichtlich ist. Ihr seid unsere ersten Gäste.«

»Nun, dann sollten wir uns anständig benehmen.« Clive grinste.

»Das wäre nett von euch.«

In der Küche bereitete Genevieve ein Hühnchen-Sandwich für Clive und einen grünen Salat für Betty zu. »Es ist ein Anfang.«

Harriett legte ihr die Hand auf die Schulter und drückte sie, und die Glocke ertönte wieder. »Siehst du? Ich habe doch gesagt, dass die Leute kommen werden.«

Sie ging zurück, um ihren nächsten Gast zu begrüßen, und blieb abrupt in der Mitte des Raums stehen. Beim Anblick der großen Gestalt vor ihr wurden ihr die Knie weich. Er hatte sich überhaupt nicht verändert. Nach all dieser Zeit stand Buckley vor ihr. Sie drehte sich um und lief zurück in die Küche.

»Harry, warte.« Er folgte ihr.

Genevieve wirbelte herum, als sie die ihr bekannte Stimme hörte. »Buckley.« Sie hinkte zu ihm hinüber und warf sich ihm in die Arme.

Er drückte ihr einen Kuss auf den Scheitel. »Schön, dich zu sehen, Schwesterchen.« Als er einen Schritt zurücktrat und die Narben auf ihrem Gesicht sah, wurde er blass. Harriett war dankbar, dass er zumindest genügend Taktgefühl besaß, sich nicht dazu zu äußern. »Meine Güte, seid ihr groß geworden.« Er setzte eine fröhliche Miene auf und zeigte damit, was für ein guter Schauspieler er war.

»Das kommt schon mal vor, wenn man sich ein Jahr lang nicht sieht«, erwiderte Harriett leise.

»Es tut mir leid, Harry. Ich war der Meinung, dass du ein wenig Zeit brauchtest.«

»Vielleicht ein paar Wochen. Einen Monat. Aber nun ist über ein Jahr vergangen, Buckley Hargraves. Ein Jahr und vier Monate. Was gibt dir das Recht, jetzt plötzlich hier hereinzuschneien?«

Genevieve schlang sich einen Schal um den Kopf und ging durch die Schwingtür in den Gastraum.

»Was zum Teufel ist mit ihr passiert?« Er ging auf Harriett zu.

»Das spielt keine Rolle.«

»Natürlich tut es das.«

»Vor einem Jahr mit Sicherheit. Als wir den Unfall hatten. Wo warst du damals?« Sie rannte zur Hintertür hinaus, und er lief ihr hinterher.

»Warum hast du es mir nicht gesagt?«

Auf dem kleinen weißen Bootssteg angekommen drehte Harriett sich rasch um. »Weil ich geglaubt habe, dass es dich nicht interessiert. Und wie sich herausgestellt hat, hatte ich recht.«

»Bist du verletzt worden?«

Sie kämpfte mit den Tränen – Tränen um ihr totes Kind, Tränen um ihre gestohlene Zukunft. »Nein. Nicht so wie Gen.«

»Es tut mir leid, Harry. Was ich getan habe, war dumm, das weiß ich. Nachdem du gegangen warst, bin ich in ein tiefes Loch gefallen – Drogen und Alkohol. Aber jetzt geht es mir besser. Ich habe mir Hilfe gesucht, und ich arbeite wieder. Es läuft recht gut. Im Filmgeschäft. Ironie des Schicksals, ich weiß. Aber der neue Film ist groß im Gespräch.«

Sie hatte über seinen Erfolg gelesen und einen der Artikel ausgeschnitten. Darin war sogar die Rede von Hollywood gewesen. »Glückwunsch. Und was hat das mit mir zu tun?«

»Komm zu mir zurück, Harry. Ich möchte, dass du mir vergibst und wieder zu mir kommst.«

Harriett trat einen kleinen Schritt zurück. »Das soll wohl ein Witz sein.«

»Nein, ich meine das wirklich ernst.« Er streckte den Arm aus und zog sie an sich. Sie konnte ihn nicht davon abhalten, sie zu küssen. Und sie wollte es auch nicht.

In den ersten Augenblicken des Kusses, von dem sie

so lange geträumt hatte, glaubte sie, ihr Leben sei wieder so, wie sie es sich immer gewünscht hatte.

Buckley hob den Kopf. »Ich will dich heiraten, Kinder mit dir haben und ein gemeinsames Leben mit dir beginnen.«

Sie legte eine Hand auf ihren Bauch. Die Erinnerung an die endlosen Nächte ohne jegliche Hoffnung, in denen sie sich in den Schlaf geweint hatte, stiegen in ihr auf. »Nein.« Sie schob ihn zurück.

»Wir sind füreinander bestimmt, Harry. Das weißt du.«

»Und wie passt Delilah in dieses hübsche Bild, das du mir soeben beschrieben hast?«

»Ich habe doch gesagt, dass es mir leidtut. Bitte verzeih mir.«

Wieder ertönte die Glocke. Ein weiterer Gast für Genevieve. »Ich kann hier nicht weg.«

»Sie kann mitkommen.«

»Du verstehst das nicht. Für uns hat sich so viel geändert. Ich kann nicht … Sie hat diese …« Harriett schloss die Augen. »Sie ist glücklich hier. Zum ersten Mal seit dem Unfall lächelt sie wieder, und das kann ich ihr nicht wegnehmen.«

»Dafür werden wir eine Lösung finden.«

»Es ist etwas komplizierter als das.«

»Wie bitte? Wenn Gen hier glücklich ist, können wir jedes Wochenende hier verbringen. Bitte komm mit mir zurück, Harry.«

»Wie soll ich dir jemals wieder vertrauen können?«

All die Wut, die sie so lange unterdrückt hatte, brach nun aus ihr hervor. »Du hast mit einer anderen Frau geschlafen und ein verdammtes Jahr gebraucht, bis du herausgefunden hast, dass dir das leidtut?«

»Können wir die Vergangenheit nicht einfach hinter uns lassen? Wir würden so gut zueinander passen.«

Wieder stiegen Tränen in Harrietts Augen auf. Die Vergangenheit einfach vergessen? Ja, das musste sie wohl tun. Loslassen. Aber nicht so, wie er es meinte.

»Es ist zu viel geschehen, Buckley. Bitte geh jetzt.«

»Aber Harry …«

»Es tut mir leid, aber so ist es nun einmal.« Ihre Stimme klang leise, aber fest entschlossen. Sie würde sich nicht von Buckley in Versuchung führen lassen. »Bitte geh.«

Er versuchte, sie an sich zu ziehen, aber sie wich zurück.

»Alles in Ordnung?« Clive tauchte auf und schob sein Rad auf sie zu. »Harriett?«

»Er wollte gerade gehen.« Harriett drehte sich um, starrte auf den Fluss und zwang sich, ihre Tränen zu unterdrücken.

Harriett hörte, wie Buckley zu seinem Wagen zurückging und den Motor anließ. Sie konnte ihn nicht aufhalten. Ihr Platz war hier bei ihrer Schwester. Sie hatte Genevieves Hoffnung auf ein normales Leben zerstört und ihr die Chance auf eine schöne Zukunft gestohlen. Zumindest hatten die Leute hier in Kookaburra Creek sie akzeptiert. Sie starrten nicht mehr auf ihre hässlichen Narben und hatten sie ermutigt, das Café zu eröffnen. Ein Neubeginn an irgendeinem anderen Ort? Nein. Harriett würde für den Rest ihres Lebens jeden Tag dafür arbeiten, gemeinsam mit ihr, hier, in diesem Café, um Genevieve ein wenig zu entschädigen.

Und das bedeutete, dass sie sich von Buckley Hargraves verabschieden musste.

»Was ist los?«, fragte Clive.

Harriett gab ihm keine Antwort. Sie drehte sich um und ging zurück ins Haus.

Kookaburra Creek Café, 2018

Hattie starrte auf das Café. Es war alles schon so lange her. Wenn sie Buckley damals aufgehalten hätte, wäre vielleicht alles anders verlaufen. Aber wäre das besser gewesen? Genevieve wäre trotzdem in einem Heim gelandet – wenn auch vielleicht erst ein wenig später.

Und was Hattie den Artikeln in der Klatschpresse entnahm, die sie über all die Jahre fleißig ausgeschnitten und sorgfältig aufbewahrt hatte, verlief Buckleys Ehe mit Delilah nicht gerade ideal. Wenn nur die Hälfte der Gerüchte über Buckleys Affären mit anderen Frauen stimmte, hätte Hattie mit ihm ein einsames Leben geführt.

Es war erstaunlich, wie sich die Perspektive nach einem langen zeitlichen und räumlichen Abstand veränderte. Inzwischen tat ihr Delilah beinahe leid. Nur beinahe. Aber so tiefe Wunden heilten nie ganz.

Hattie straffte die Schultern. Buckley und Delilah hatten ihr erstes Leben zerstört. Aber sie würde es auf keinen Fall zulassen, dass sie auch noch ihr zweites kaputtmachten. Sie kämpfte nicht nur für sich selbst und Genevieve, sondern auch für Alice und Becca und Tammy. Für ganz Kookaburra Creek. Und noch steckte ein gewisser Kampfgeist in ihr.

Kapitel vierzehn

Lawson's Ridge, 2003

Eine Woche nach den Prüfungen war an Pips Stausee lautes Gelächter und Geplätscher zu hören. Es klang, als hätte sich die halbe Schule dort versammelt, als Alice und Dean Hand in Hand auf die Menge zugingen. Louise kam zu ihnen, um sie zu begrüßen.

»Hey.« Sie nahm Alice fest in die Arme, bevor sie Dean etwas unbeholfen drückte. »Brian hat dort drüben einen guten Platz mit einer Decke und einer Kühlbox für uns frei gehalten.« Sie deutete auf einen großen Eukalyptusbaum. »Und das Wasser ist herrlich.« Sie rannte zum See und sprang hinein.

»Sollen wir auch?« Dean zwinkerte ihr zu und zog sich bis auf seine Badeshorts aus.

Alice streifte ihre Kleidung ab, bis sie nur noch einen himmelblauen Badeanzug mit kleinen Rüschen vor der Brust trug. Sie hatte immer noch ein schlechtes Gewissen, weil sie dafür einen Teil ihrer Ersparnisse ausgegeben hatte.

»Wow!« Dean musterte sie von Kopf bis Fuß, und Alice' Bedenken waren wie weggeblasen.

Sie hielten sich fest an den Händen und liefen zum See.

Es war nicht einfach, sich einen Platz am Seil zu erkämpfen, also versuchte Alice es erst gar nicht. Sie begnügte sich damit, im Wasser zu plantschen, ihre Arme um Deans Hals zu schlingen und gemeinsam mit ihm über die witzigen Grimassen zu lachen, die die anderen machten, wenn sie ins kühle Wasser eintauchten.

Louise schien sich auch zu amüsieren. Sie legte zuerst ihre Arme um Bobby Jones' Hals und unterhielt sich lautstark mit ihm, bevor sie sich Doug Trainor zuwandte. Sie bespritzte Mike Smith und rannte vor ihm davon, bis sie das Spielchen satthatte.

»Möchtest du etwas trinken?« Sie schwamm zu Alice hinüber und deutete auf den Platz unter dem Eukalyptusbaum.

»Klar.«

Dean stellte sich in die Schlange, die sich vor dem Seil gebildet hatte.

Während der Nachmittag allmählich in den frühen Abend überging, beobachteten Louise und Alice von der Picknickdecke aus die Jungs, die sich gegenseitig mit gewagten Sprüngen vom Seil zu übertreffen versuchten. Einige waren durch ein paar Bier ermutigt, andere trieb ihr in diesem Alter natürliches Draufgängertum an. Viele versuchten einen dreifachen Salto und legten einen Bauchklatscher hin.

»Schau dir diese Idioten an.« Louise deutete mit einer Kopfbewegung auf das Seil.

»Du kannst auf keinen Fall einen Rückwärtssalto mit einer Drehung vom Seil machen und danach mit gestrecktem Körper ins Wasser eintauchen«, rief Brian, als Dean nach dem Seil griff.

»Glaubst du?«

»Da bin ich mir sicher.«

»Es gibt nur einen Weg, das herauszufinden.« Dean trat einen Schritt zurück und zwinkerte Alice zu, bevor er sich vom Ufer schwang.

Das laute Krachen, als der Ast des alten Eukalyptusbaums abbrach, scheuchte alle Kakadus in den umliegenden Bäumen auf, und sie flogen kreischend in den Himmel. Alle drehten sich um und konnten kaum glauben, was sie sahen. Wie in Zeitlupe fiel Dean in den See, durch das Seil an den drei Meter langen Ast gebunden. Sie hörten einen grauenhaften dumpfen Schlag, als der Ast ihn mit großer Wucht traf, bevor er ins Wasser eintauchte.

Alice und Louise hielten sich an den Händen und starrten mit offenem Mund und großen Augen zum See. Brian lief als Erster los, gefolgt von Bobby. Während sie zu Dean schwammen, rannten alle zum Ufer. Nur Alice rührte sich nicht von der Stelle. Louise zog sie am Arm, aber sie konnte sich nicht bewegen.

Die versammelte Menge versperrte ihr den Blick, sodass sie nicht sehen konnte, was im Wasser geschah. Und Alice wollte es auch nicht sehen. Sie starrte auf den Boden und zählte ihre Atemzüge, während sie versuchte, sich zu beruhigen.

»Sie haben ihn!«, rief jemand.

Sechs Jungen trugen Dean langsam die Böschung hinauf, und die Menge machte Platz für sie.

»Los, hol Pip«, brüllte Brian das Mädchen an, das neben ihm stand. Es lief los und rutschte dabei auf der nassen Erde aus.

Alice' Beine gaben unter ihr nach, und dann wurde um sie herum alles still. Sie hörte nicht, was Brian hektisch rief, sondern sah nur, wie sich seine Lippen bewegten. Die besorgt gemurmelten Kommentare derjenigen, die direkt neben ihrer implodierenden Welt standen, drangen nicht an ihre Ohren. Auch als Pip zehn Minuten später mit quietschenden Reifen an ihr vorbeifuhr, blieb alles still. Für eine Weile, die ihr wie eine Ewigkeit vorkam, hörte Alice nichts.

Bis auf die Sirenen.

Langsam stand sie auf und ging zu Deans nassem, reglosem Körper hinüber. Man machte ihr Platz. Die Sanitäter beugten sich über ihn, leuchteten ihm mit einer Lampe in die Augen, legten ihm eine Nackenstütze an und warfen eine Decke über seine Beine.

Als sie ihn auf die Trage hievten, trat Alice näher.

»Pond?« Dean öffnete die Augen, aber seine Stimme klang schwach und fremd.

Alice nahm Deans Hand in ihre. »Du bist in Ordnung. Gott sei Dank geht es dir gut.« Erleichterung durchströmte ihren Körper.

Dean lächelte, aber seine Augen verrieten seine Furcht, seine Verzweiflung, seine große Angst.

Sie beugte sich vor und gab ihm einen Kuss auf die Stirn.

»Ich habe dir doch gesagt, dass ich nicht klug genug bin.« Seine Stimme war heiser, und das schwache Lachen wurde zu einem trockenen Husten.

Alice blieb still stehen und schaute zu, wie die Sanitäter Dean in den Rettungswagen schoben.

Erst als sich die Türen schlossen, brach der Augenkontakt ab, und sie sank auf den Boden. Louise nahm sie in die Arme, und sie fingen beide an zu schluchzen.

In den Stunden danach ließ Alice in Gedanken den Unfall immer wieder Revue passieren. Das schreckliche Krachen. Den dumpfen Schlag. Sie hatte die Telefonschnur durch die Küche, über den Gang und unter ihrer Tür ins Schlafzimmer gezogen und wartete nun unter der Bettdecke darauf, dass das Telefon endlich klingelte. Sie versuchte mit aller Macht, einen Anruf herbeizubeschwören, um etwas Neues zu erfahren. Louise hatte sie nach Hause gebracht. Sie hatte ihr die Schuhe ausgezogen, ihr geholfen, das T-Shirt anzuziehen, das immer unter ihrem Kopfkissen lag, und sie ins Bett gebracht.

»Es wird alles wieder gut«, hatte sie immer wieder geflüstert, bevor sie gegangen war. »Ich warte zu Hause. Meine Mum hat heute Nacht Schicht. Wenn es etwas Neues gibt, ruft sie mich vielleicht an.«

Mittlerweile war es draußen dunkel geworden. Alice fragte sich, wann das passiert war. Sie hörte Bruce' lautes Schnarchen aus dem Wohnzimmer; wie immer nahm er nichts von seiner Umwelt wahr. Sie überlegte, ob sie Deans Mum anrufen sollte. Sie hatte sie nur ein Mal getroffen, aber sie schien sehr nett zu sein.

Alice horchte auf. Dieses Geräusch. Ein Surren. Ein Hubschrauber.

Der einzige Hubschrauber, der über Lawson's Ridge flog, war der Rettungshubschrauber, der Patienten von Cutter's Pass nach Sydney brachte. Alles Wichtige geschah in Sydney.

Sie zog die Knie an und das T-Shirt über ihre Beine. Deans T-Shirt. Das T-Shirt, das sie ihm nach dem Tag, an dem sie zum ersten Mal zusammen im See geschwommen waren, nicht mehr zurückgegeben hatte. Wenn sie ihre Augen lange genug geschlossen hielt und sein T-Shirt ganz fest an sich drückte, würde vielleicht alles wieder gut werden.

Kapitel fünfzehn

Kookaburra Creek, 2018

Die Übelkeit, die Hattie schon den ganzen Tag begleitete, wollte nicht verschwinden. Es gab keinen Ausweg. Sie hatte die Unterlagen von zwei Anwälten überprüfen lassen, und beide hatten ihr gesagt, dass sie nichts dagegen unternehmen konnte. Nichts. Wenn sie nur damals so gründlich vorgegangen wäre – oder zumindest darüber nachgedacht hätte –, wäre sie nicht in diesen Schlamassel geraten. Aber sie war noch so jung gewesen. Und sehr wütend. Sie hatte Buckley beim Wort genommen. Wie hätte sie denn ahnen sollen, dass es so kommen würde?

Erbittert schleuderte sie den Brief und die sie und ihre Situation verachtenden Unterlagen durch das Zimmer.

»Sei verflucht, Buckley Hargraves!«, rief sie. »Und deine verdammte Brut ebenso!«

Wofür hielten die sich eigentlich? Es war eine Unverschämtheit. Was war aus Anstand und Moral geworden? Das würde sie wirklich gern wissen. Fünfzig Jahre lang hatten sie nicht einmal etwas von der Existenz des Kookaburra Creek Cafés gewusst, und nun glaubten sie, Anspruch darauf erheben zu können. Auf *Hatties* Besitz! Ziemlich dreist!

Es gehörte ihnen nicht. Hatte ihnen nie gehört. Aber diese elenden Anwälte behaupteten etwas anderes. Und sie würden darum kämpfen. Obwohl sie, wie sie sagten, natürlich Hatties gefühlsmäßige Verbundenheit durchaus verstehen würden und bereit seien, ihr eine großzügige Abfindung zu zahlen. Natürlich mussten sie bei diesem Betrag berücksichtigen, was ihnen an Einnahmen und Potenzial entgangen war. Großzügig? Von wegen! Hattie hatte alle Geschichten gelesen und gesammelt – darüber, wie die Dynastie der Hargraves durch Buckleys Suchtverhalten allmählich zugrunde gegangen war. Das Vermögen, das er und Delilah angesammelt hatten, wurde nach und nach für Alkohol und Drogen verschwendet. Delilah mochte schon lange nicht mehr auf dieser Welt sein, aber ihre Besitzgier lebte in ihrer Familie weiter.

Was sollte sie nun tun? Harriett vergrub ihr Gesicht in den Händen. Sie konnte nichts dagegen unternehmen. Absolut nichts. Das war ihr klar. Unaufhaltsam liefen ihr Tränen über die Wangen.

Das Klappern von Töpfen und Pfannen und der Duft von starkem Kaffee weckten Alice. Sie tappte die Treppe nach unten und entdeckte Becca in der Küche, umgeben von großer Unordnung: offene Eierkartons, halb geschmolzene Butterstücke, überall verstreutes Mehl. Und auf der Arbeitsfläche schienen alle Schüsseln und Küchenutensilien, die Alice besaß, verteilt zu sein.

»Ich habe Frühstück gemacht«, erklärte Becca und bemühte sich um ein Lächeln, das Ruhe und Selbstvertrauen vortäuschen sollte. Sie schob Alice auf einen Stuhl im Gastraum, verschwand kurz und kehrte dann mit einem Teller mit Pancakes zurück.

»Die sehen köstlich aus«, sagte Alice.

»Ich habe mir die Zubereitung leichter vorgestellt«, gab Becca zu und wirkte nicht mehr so zuversichtlich.

»Sie riechen auch wunderbar.«

Becca zuckte mit den Schultern und setzte sich Alice gegenüber. Sie probierte einen der leicht angebrannten Pfannkuchen und spuckte den Bissen sofort wieder aus. Alice aß jedoch den ganzen Stapel auf, auch wenn die Pancakes ziemlich versalzen waren.

»Ich habe mich gefragt, ob ich deine Mutter wissen lassen sollte, wo du bist«, sagte sie und schob ihr Besteck zur Seite. »Oder ob ich ihr zumindest mitteilen sollte, dass es dir gut geht.« Sie versuchte, ihrer Stimme einen beiläufigen Klang zu geben, während sie aufstand, um die Arbeitsfläche zu reinigen.

»Sie ist schon lange nicht mehr hier.«

Alice starrte Becca an. »Oh, Becca, das tut mir so leid.«

»Sie ist nicht tot.« Becca zuckte wieder mit den

Schultern. »Manchmal wäre mir das lieber. Sie ist abgehauen. Schon vor Jahren.«

Alice beobachtete, ob Becca ihren Pony nach links schob – ein verräterisches Zeichen –, aber sie ließ die Hände auf der Arbeitsfläche liegen und blickte Alice direkt in die Augen. Also sagte sie ihr die Wahrheit.

»Na gut.« Alice spürte, dass Becca ihr nicht mehr darüber erzählen würde. »Was hältst du von einer Therapie?«

»Ich werde auf keinen Fall zu einem Seelenklempner gehen!«

Alice lachte. »Ich habe nicht an eine solche Therapie gedacht. Ich meinte eine Shoppingtherapie.«

Becca starrte Alice an.

»Einkaufen. Du hast sicher die Secondhandsachen von der Kirche allmählich satt.«

»Ja, schon.« Becca zupfte an ihrem T-Shirt, das ihr ein bisschen zu klein war.

»In Glensdale gibt es ein paar gute Läden.«

»Tatsächlich?«

Alice nickte. »Lass uns gehen.«

Becca war offensichtlich keine begeisterte Shopperin. Nicht so wie Tammy. Tammy hatte in jedem Laden sämtliche Kleidungsstücke anprobiert und jedes mitnehmen wollen. Becca starrte auf ein T-Shirt, das Alice hochhielt, und zuckte mit den Schultern. Sie zuckte auch bei den Shorts mit den Schultern. Um ihre Größe zu erraten, hielt Alice ihr die Kleidungsstücke vor den Körper, doch Becca zappelte nur herum und beäugte sie misstrauisch.

Tammy hatte sich immer zu jedem Outfit passende Schuhe ausgesucht. Und entsprechende Accessoires, wenn Alice es ihr erlaubt hatte. Becca entschied sich für ein Paar schwarze Turnschuhe, und das war's.

»Der Sommer ist bald da. Da wird es dir darin sicher zu heiß.« Alice deutete auf ein Paar Sandalen.

»Die sind schon in Ordnung.« Becca wandte sich zum Gehen.

Auf der Rückfahrt nach Kookaburra Creek herrschte Schweigen zwischen ihnen. Alice wusste, dass sie nicht hätte erwarten sollen, dass ein Einkaufsbummel mit Becca so sein würde wie die Erlebnisse mit Tammy früher. Es gab keinen Grund dafür, dabei die gleiche Freude zu empfinden. Und trotzdem hatte sie es sich so gewünscht. Sie kämpfte gegen die Tränen an, die ihr in die Augen stiegen.

Aber es war doch nicht falsch, darin eine zweite Chance zu sehen, oder? Es musste einen Grund dafür geben, dass Becca in ihrem Leben aufgetaucht war. Einen Grund dafür, dass das Mädchen mit den Augen, die Alice an ihre Vergangenheit erinnerten, in ihrem Café gelandet war. Und vielleicht ging es gar nicht um Alice oder Tammy, sondern nur um Becca. Und darum, ihr eine zweite Chance zu geben. Oder möglicherweise ging es um sie alle. Alice würde alles auf dieser Welt dafür geben, ihr altes Leben zurückzubekommen. Aber das war unmöglich. Trotzdem war

Becca hier, aus welchem Grund auch immer, und Alice würde diese Chance, die ihr das Schicksal geschenkt hatte, auf keinen Fall vertun.

Sie wagte es nicht, etwas zu sagen. Worte würden wahrscheinlich ihre dummen Gedanken verraten. Als sie die schmale Straße entlangfuhren, vorbei an der langen Baumreihe, schlief Becca neben ihr ein. Und Alice ließ ihren Tränen freien Lauf.

In Kookaburra Creek angekommen sah Alice Licht im Café und fragte sich, ob sie vor ihrer Abfahrt vergessen hatte, es auszuschalten. Becca sprang aus dem Wagen und rannte die Treppe vor dem Haus nach oben, sobald Alice den Wagen angehalten hatte. Hatte sie etwa gar nicht geschlafen? O nein. Alice hoffte, dass Becca ihre Tränen nicht gesehen hatte.

»Was hast du denn bloß gemacht?«, sagte sie zu sich selbst, als sie das Café betrat, um das Licht auszuschalten.

»Nun, ich habe hier auf dich gewartet, Schätzchen.«

Alice ließ ihre Einkaufstasche fallen und drehte sich um.

»Hattie! Du hast mir einen Riesenschreck eingejagt!« Ihre Angst verwandelte sich in Besorgnis, als sie ihre alte Freundin im Schatten sitzen sah, einen ihrer Schals in den Händen und kein dazu passendes Haarteil auf dem Kopf.

»Tut mir leid.« Hattie stand auf, ließ sich aber sofort wieder auf den Stuhl sinken.

»Was ist los?« Alice lief zu ihr hinüber und setzte sich neben sie. »Geht es um Genevieve?«

»Nein, nein. Ihr geht es gut.«

»Was ist es dann?«

Hattie nahm Alice' Hand in ihre. Ihre langen, schmalen Finger waren trotz der Wärme im Raum kalt. »Ich muss … Es gibt da etwas, was ich … Meine Güte, das ist schwieriger, als ich es mir vorgestellt habe!«

»Hattie, du machst mir Angst. Bist du krank?«

»Ganz und gar nicht.« Sie schüttelte den Kopf. »Obwohl es mir leichterfallen würde, dir solche Nachrichten überbringen zu müssen.«

»Harriett Brookes, egal, worum es sich handelt, spuck es aus. Sofort.«

In all den Jahren, die Alice in Kookaburra Creek verbracht hatte, hatte Hattie nie so alt ausgesehen, wie sie tatsächlich war. Trotz ihrer Falten erschien sie durch ihre Art immer viel jünger. Aber in diesem dämmrigen Licht erkannte Alice plötzlich, dass sie schon weit über siebzig war. Und sie sah auch, dass sich eine schmerzvolle Geschichte in ihr Gesicht eingebrannt hatte.

»Es geht um das Café.« Sie knetete ihre Hände.

»Was ist damit?« Alice wurde ein wenig schwindlig.

»Offensichtlich gehört es eigentlich nicht mir.«

»Du meinst, es gehört Genevieve?«

»Nein. Es gehört uns beiden nicht.«

»Das verstehe ich nicht.«

»Ich auch nicht.« Hattie stieß ein zynisches Lachen aus. »Wir waren so jung und hatten keine Ahnung von der Welt. Ich habe das alles missverstanden, nicht begriffen. Ich dachte …«

»Du willst mir also sagen, dass das Café weder dir noch Genevieve gehört? Also gehört es der Bank?« Alice' Gedanken rasten, als sie versuchte, die Teile dieses Puzzles zusammenzufügen.

»Ich bin wegen einer Beerdigung nach Sydney gereist. Wegen Buckley Hargraves' Beerdigung.«

»*Der* Buckley Hargraves? Der Schauspieler?«

»Genau der.« Hattie rieb sich die Finger der linken Hand.

»Was hat er mit alldem zu tun?«

»Nun, eigentlich gehört das Café ihm. Es *gehörte* ihm. Und jetzt ist es praktisch das Eigentum seiner Kinder.«

»Meine Güte, hör auf ›eigentlich‹ zu sagen. Gehört das Café ihnen oder gehört es ihnen nicht?«

Hattie senkte den Blick. »Es gehört ihnen.«

Alice schob den Stuhl zurück und lief im Gastraum auf und ab. »Und jetzt, nach seinem Tod, erheben sie Anspruch darauf, richtig?« Sie hob die Hände.

»Ja.«

Die Antwort kam so leise, dass sie sie kaum hören konnte.

»Verdammt, Hattie. Warum hast du mir dieses kleine, unbedeutende, lebensverändernde Detail nicht schon längst erzählt? All diese Jahre hat das Café nicht dir gehört?«

Bruchstücke von Gedanken fuhren ihr durch den

Kopf. Es war nie Hatties Café gewesen. Nie. Aber sie würden es jetzt doch nicht verlieren, oder? Es war viel mehr als angemalte Stühle und tausende Cupcakes. Mehr als karierte Vorhänge und Burger und Salate. Das Kookaburra Creek Café war nicht nur ein Café – es war ein Heim. Und nicht nur für sie. Es war ein Heim für alle, die sie kannte. Für Betty und ihr Bowling-Team, für Claudine und Mrs Harris, für den Rest der Harris-Familie. Für Joey. Es war ihr Zuhause. Und das von Tammy. Das Café hatte sie vor all diesen Jahren in ihrer verzweifelten Situation gerettet.

Jede ihrer glücklichen Erinnerungen seit Lawson's Ridge war mit diesem Café verbunden. Jede Erinnerung an Tammy. Nein. Sie durfte diesen Ort nicht verlieren.

Alice schüttelte bestimmt den Kopf. »Also gut. Dann werden wir uns wehren. Ich nehme an, es geht um das Testament.«

»Ich war schon beim Anwalt. Sie werden gewinnen.«

»Dann gehen wir eben zu einem anderen Anwalt. Du kannst nicht einfach aufgeben, Hattie.«

»Ich gebe nicht auf.«

»Wie konnte das geschehen?«

Hattie sah sie an. »Ich habe wirklich gedacht, dass das Anwesen Gen und mir gehören würde. Mir war einfach nicht bewusst, dass das nicht stimmte.«

»Wie um alles in der Welt konntest du das nicht wissen!? Was ist mit dem Vertrag? Dem Kaufpreis? Der Übertragungsurkunde? Hallo?«

»Ich war so jung. Und so verzweifelt; ich habe das alles nicht verstanden. Ich habe gestern noch einmal mit den Anwälten gesprochen …«

»Es muss einen Weg geben. Wir können das besser als Elliot Buddle – wir suchen uns einen Anwalt in Sydney. Es muss doch irgendein Schlupfloch zu finden sein.«

»Alice, er hat schon einige seiner Kollegen kontaktiert. Vor dem Gesetz haben wir nichts in der Hand.«

Alice lief im Café auf und ab. Sie musste nachdenken. Ihre Gedankenflut ordnen und eine Lösung finden. Ihr Café retten und damit ihr Leben und ihre Erinnerungen. Sie hatte schon so viel verloren. Und jetzt, seit Becca hier war … Nein, sie wollte nicht schon wieder etwas aufgeben müssen.

»Wir zahlen sie aus. Wenn wir zusammenlegen, können wir sicher den Kaufpreis für das Grundstück aufbringen. Es ist bestimmt nicht mehr wert als zweihunderttausend. Höchstens dreihunderttausend. Ich habe vierzigtausend gespart. Kannst du den Rest auftreiben?«

Hattie schüttelte den Kopf.

»Ein Kredit. Ich bin doch mit Sicherheit kreditwürdig. Für eine so geringe Summe.«

»Nun, wir wissen ja nicht …«

»Was wissen wir nicht?«

»Was sie vorhaben. Wenn Buckleys Kinder nach ihrer Mutter kommen, wird es schwierig werden. Sie schicken uns jemand, der den Wert des Anwesens schätzen soll.«

»Was? Wann?«

»Irgendwann in der nächsten Woche oder so.«

Das ließ ihnen nicht viel Zeit, um Geld zu beschaffen oder einen Plan auszuarbeiten.

Plötzlich gaben Alice' Beine nach, und sie ließ sich auf den Boden sinken. Hattie kauerte sich neben sie und umarmte sie.

»Das wird schon werden, Schätzchen. Wir werden es schon schaffen.«

Alice schüttelte den Kopf. Sie fühlte sich wieder so wie mit achtzehn Jahren, als ihr Leben vollkommen außer Kontrolle geraten war. Rasch presste sie eine Hand auf ihren Magen und kämpfte gegen die aufsteigende Galle an.

Kapitel sechzehn

Lawson's Ridge, 2003

Drei Wörter. Nachdem Alice sie gehört hatte, konnte sie sich kaum noch auf den Beinen halten. Alles, was danach noch gesprochen wurde, vermischte sich zu einem unverständlichen Kauderwelsch, das keinen Sinn ergab. Die Menschenmenge, die sich murmelnd und nach Luft schnappend vor dem Gemischtwarenladen versammelt hatte, machte alles nur noch schlimmer.

Nach und nach löste sich die Gruppe auf. Alice stand allein mitten auf der Straße, und diese drei Worte hallten in ihrem Kopf.

Sie wollte sich nicht von der Stelle rühren, aber ihre Schultern drehten sich unwillkürlich. Dann beobachtete sie, wie sich ihre Füße bewegten, einen Schritt nach dem anderen machten, bis eine starke Kraft, gegen die sie nicht ankam, sie dazu zwang, sich auf den heißen Bordstein aus Beton zu setzen.

»Alles in Ordnung?«

»Hmm.« Alice nickte, obwohl sie sich selbst nicht glaubte.

»Schau mich an«, befahl die Stimme, und Alice hob den Kopf. »Er wird wieder gesund werden.« Louises Gesicht war plötzlich deutlicher zu sehen. »Daran musst du glauben.«

Alice nickte.

Die drei Wörter gingen ihr immer wieder durch den Kopf, hämmerten pausenlos auf sie ein, wieder und wieder. *Verletzung des Rückenmarks*, dröhnte es unaufhörlich in ihren Ohren.

Sie wusste nicht genau, was das bedeutete. Nur dass es nichts Gutes war. Mehr Informationen hatte Mrs Jenkins ihnen nicht geben können. Verletzung des Rückenmarks, St. Vincent's, sie würden Mrs Jenkins auf dem Laufenden halten. Von einer medizinischen Fachkraft zur anderen. Als Alice gesehen hatte, wie sie an dem Laden vorbeiging, war sie sofort hinausgelaufen. Und alle anderen, die sie ebenfalls gesehen hatten, waren ihr gefolgt, um die neuesten Nachrichten zu hören. Alle sprachen nur noch über den Unfall. So etwas Aufregendes war in Lawson's Ridge schon seit Langem nicht mehr passiert.

»Komm, Alice«, flüsterte Louise und bedeutete ihrer Mutter, dass sie später nach Hause kommen würde. »So schlimm ist es vielleicht gar nicht.«

Alice sah auf und bemerkte die Angst in Louises Augen. Nicht so schlimm? Im Krankenhaus wurden nur Anrufe von Familienmitgliedern entgegengenommen, und selbst dann gaben sie offensichtlich kaum Informationen heraus. Alice kannte sich genug mit Krankenhäusern aus, um zu wissen, dass das kein gutes Zeichen war.

»Glaubst du, Brian könnte mich nach Cutter's Pass fahren?«, fragte sie.

»Natürlich. Warum?«

Alice stand auf. »Ich muss in die Bibliothek.«

Alice wälzte alle Bücher, die sie über das Thema finden konnte, Stunde um Stunde. Las. Und las noch einmal. Überprüfte alles. Louise und Brian waren gegangen, nachdem sie ihnen versichert hatte, dass sie problemlos mit dem Bus nach Hause fahren konnte. Sie hatte die Bibliothek mit der festen Absicht betreten, sie nicht wieder zu verlassen, bevor sie nicht alle Antworten gefunden hatte. Auch wenn sie nicht alles verstand, was sie las. Dauerhafter Verlust der Beweglichkeit aller Extremitäten. Teilweiser Verlust. Vollständige Genesung.

Was bedeutete das alles, und was traf auf Dean zu?

Wenn sie diese Informationen richtig verstand, dann hing alles davon ab, an welcher Stelle die Verletzung eingetreten war – weiter oben oder unten am Rücken –, und das wusste sie nicht. Sie wusste nur, dass er auf der Intensivstation lag, und das verhieß nichts Gutes. Und sie konnte das Bild auf Seite fünfundzwanzig in dem dritten Buch, das sie durchforstet hatte, nicht mehr vergessen: es zeigte einen Jungen in einem Rollstuhl, angeschlossen an ein Beatmungsgerät, der nach einem Sturz vom Pferd nur noch seinen Kopf bewegen konnte.

Sie blieb in der Bibliothek, bis sie geschlossen wurde, und fuhr mit dem letzten Bus zurück nach Lawson's Ridge.

Nach einer Woche konnte sie nicht mehr warten. Sie hatte immer noch nichts von Mrs McRae gehört und auch keine weiteren Informationen von Mrs Jenkins bekommen.

Das Krankenhauspersonal war verpflichtet, sich an bestimmte Regeln zu halten. Sie musste sich also etwas einfallen lassen, um mit Dean sprechen zu können.

Aber was sollte sie sagen?

Alice setzte sich auf ihr Bett und wischte sich die Tränen vom Gesicht, die ihr vor Nervosität aus den Augen liefen. Ihre Hand am Telefonhörer zitterte. Würde sie es schaffen? Sie hatte wieder und wieder geprobt, was sie sagen wollte – sie war sich nicht sicher, ob sie sie durchstellen würden, aber sie musste es einfach versuchen. Es war schon zu lange her, dass sie etwas von ihm gehört hatte.

Hoffentlich nahm er ihren Anruf entgegen. Hoffentlich war er dazu überhaupt in der Lage.

»Dean McRae, bitte.« Sie ließ ihre Stimme so selbstbewusst und reif klingen, wie sie nur konnte. »Intensivstation.«

Die Telefonistin stellte sie durch.

»Wir haben gerade Ruhezeit«, erklärte eine Frauenstimme am anderen Ende kurz angebunden. »Gehören Sie zur Familie?«

»Ja«, erwiderte Alice. »Ich bin seine Schwester.«

»Bitte nicht zu lange.«

Alice wartete.

»Hey, Pond.« Deans schwache Stimme berührte Alice so sehr, dass sie rasch die Hand vor den Mund schlug, um einen Aufschrei zu unterdrücken.

»Woher hast du gewusst, dass ich es bin?«, fragte sie. »Ich habe meinen Namen nicht genannt.«

»Wer sonst wäre so schlau, sich als eine Schwester von mir auszugeben, die ich gar nicht habe?«

Alice lachte. »Tut mir leid. Ich war mir nicht sicher, ob sie mich sonst zu dir durchgestellt hätten.«

»Es ist wirklich schön, deine Stimme zu hören«, sagte Dean.

Das leichte Stocken in der Stimme trieb Alice wieder Tränen in die Augen. »Wie geht es dir?«

»Nicht schlecht für einen Jungen, der sich auf spektakuläre Weise vor der ganzen Stadt blamiert hat.« Er lachte und keuchte dann angestrengt.

Alice lächelte und wischte sich die salzigen Tränen von den Wangen. »Es war nur die ganze Schule, nicht die ganze Stadt.«

»Oh, dann ist es ja nicht weiter schlimm.«

»Alle machen sich Sorgen um dich.«

»Ich kann mir das Gerede gut vorstellen.«

»Nein, im Ernst.«

»Na, du kannst allen sagen, dass es mir bald wieder gut gehen wird.« Dean begann zu husten. »Sehr gut«, fügte er flüsternd hinzu, als sich sein Hustenanfall gelegt hatte. »Ich freue mich wirklich, dich zu hören.«

»Du klingst müde.«

»Eine solche Blamage kann ziemlich erschöpfend sein«, erwiderte er leise.

Sie wollte nicht aufdringlich sein, aber sie musste es einfach wissen. »Was haben die Ärzte gesagt? L3? T1?«

»Pond, wo hast du das denn her?«

»Ich habe ein wenig recherchiert.«

»Das hätte ich mir denken können. Vielleicht solltest du doch lieber Medizin statt Jura studieren.«

»Ich bin mir nicht sicher, ob mir das liegen würde.«

»Für mich klingt das durchaus danach.«

»Also?«

»Du lässt wohl nicht locker, Dr. Pond. Vor mir sagen sie nicht viel. Zumindest nichts über meinen Zustand. T9, unvollständig. Das ist alles, was ich bisher aufschnappen konnte.«

Alice schrieb es sich auf und dachte an ihre Recherche.

T9. Das war gut, denn somit waren nur die unteren Gliedmaßen betroffen.

Unvollständig. Auch das war gut. Das bedeutete, dass es noch Hoffnung gab.

»Meistens tue ich so, als würde ich schlafen, damit ich ihnen zuhören kann. Sie haben gesagt, dass mein Heilungsprozess bisher … ermutigend sei. Ja, dieses

Wort haben sie verwendet. Und sie sind froh, dass meine Brust wieder frei ist. Frei von den dunklen Wassern des unheimlichen Sees.« Er täuschte einen Hustenanfall vor.

Alice kicherte. »Du bist wohl unter die Poeten gegangen.«

»Sieht ganz so aus. Auf jeden Fall werde ich noch eine Weile hierbleiben müssen.«

Alice hörte die Anspannung in seiner Stimme.

»Es tut mir leid«, fügte er seufzend hinzu.

»Was tut dir leid?«

»Dass ich unsere Pläne für den Sommer ruiniert habe.«

»Red keinen Unsinn! Du sollst dich jetzt nur darauf konzentrieren, so schnell wie möglich gesund zu werden. Wenn du wieder zu Hause bist, können wir neue Pläne schmieden.«

»Das klingt gut. Oh, Mist. Schwester Ratched sieht mich gerade böse an. Ich sollte lieber aufhören.«

»Okay. Ich rufe dich wieder an. Oder ich schreibe dir.«

»Das würde mich freuen. Ich gebe dir meine …«

»Dean?«

Die Verbindung war unterbrochen.

»Hey, Schneckchen.« Bruce umarmte sie, als sie an ihm vorbeigehen wollte, ohne den Schmerz seiner Tochter wahrzunehmen. »Heute wird ein guter Tag. Das spüre ich.« Er sah Alice erwartungsvoll an.

Sie erwiderte seinen Blick ausdruckslos und ging schweigend an ihm vorbei.

Ihre Schicht zog sich endlos hin, aber zumindest war sie beschäftigt. Meistens. Aber während sie Regale neu befüllte und die Magazine auf dem Ständer nach Farben sortierte, blieb ihr genügend Zeit, um an Dean zu denken. Und daran, wie sie ihm am besten helfen könnte. Sie hatte einiges darüber gelesen, wie stark eine Genesung von der Psyche abhängig war. Irgendetwas konnte sie mit Sicherheit unternehmen, um ihn aufzuheitern, auch wenn er so weit weg war.

»Nimm dir den Rest des Nachmittags frei«, meinte Mr Williams, als er den Laden betrat, während Alice gerade ihre dritte Pyramide aus Bohnendosen aufbaute. »Du hast in letzter Zeit so viele Überstunden gemacht, dass ich hier allmählich gar nichts mehr zu tun habe.«

»Aber …«

»Kein Aber. Schau dich mal um. Wenn ich dich heute noch länger hierbleiben lasse, wirst du die Reissäcke an die Decke hängen und die Schokolade schmelzen, um daraus Skulpturen zu machen.«

Warum war ihr das nicht eingefallen? Sie drehte sich um und sah Mrs Dobson in ihrem Wagen davonbrausen. Aha, heute kein Rendezvous. Das erklärte alles.

»Danke.« Sie blieb neben der Theke stehen, hob ihre Handtasche auf und warf einen Blick auf die ausgestellten Postkarten. Drei Reihen verblasster Fotos, die die Orte um Lawson's Ridge zeigten, und Städte, die manche Menschen tatsächlich besuchen wollten. Solange Alice sich erinnern konnte, standen sie schon auf dem Tresen. Großmutter Jenkins hatte einmal eine gekauft, um sie ihren Verwandten in Übersee zu schicken, aber sonst hatte nie jemand Interesse daran gezeigt, seit Alice hier arbeitete. Kein einziges Mal.

Sie wischte den Staub von der Aufnahme eines Schafs vor Cutter's Pass und kramte fünfzig Cent aus ihrer Tasche.

»Die kannst du umsonst haben, Alice. Nimm dir, so viele du haben willst.« Ihr Boss deutete auf das Gestell mit den Karten.

Alice nahm sich eine Handvoll und steckte sie in die Tasche ihrer grünen Cargohose.

»Danke.«

Zu Hause zog sie sich Deans T-Shirt über ihre Kleidung, setzte sich auf ihr Bett und drehte einen Kugelschreiber zwischen den Fingern. Immer wieder. Es gelang ihr, zwei Wörter auf die Postkarte zu schreiben, doch dann übermannte sie die Angst, und ihr fiel nichts mehr ein. Was sollte sie nur schreiben? In ihren Gedanken hatte sie sich poetische Worte überlegt, die Hoffnung und Glück mit sich bringen sollten. Aber bisher hatte sie nur zwei einsame Wörter auf die Karte geschrieben: *Lieber Dean*. Damit war es nicht getan. Da musste sie sich noch etwas Besseres einfallen lassen.

Ich habe über meinen Besuch in Sydney nachgedacht und darüber, was wir dann alles gemeinsam unternehmen können. Wie wäre es mit dem Straßenrennen City to Surf?

Wir könnten es uns anschauen, auch wenn du noch im Rollstuhl sitzt. Und wir könnten uns dafür richtig schick anziehen. Und bis zum Strand mitlaufen. So etwas gibt es hier in Lawson's Ridge nicht. Was hältst du davon? Bist du dabei?

Es war erstaunlich, wie sehr die Tage ineinander übergingen. Für Alice war ihr Leben niemals aufregend gewesen, und sie hatte sich auch nie vorstellen können, dass in Lawson's Ridge irgendetwas Aufregendes auf sie warten würde. Aber durch die Eintönigkeit der Tage schien alles noch mehr zu verschwimmen. Sie arbeitete im Laden. Sie ging nach Hause. Sie räumte ihrem Vater hinterher. Sie verschickte Postkarten. Sie arbeitete im Laden. Sie ging nach Hause. Und so weiter und so fort.

Das einzige nennenswerte Ereignis in ihrer begrenzten Welt war der Abschlussball in der Schule. Aber es fiel ihr schwer, dafür große Begeisterung aufzubringen oder Vorfreude zu empfinden.

»Komm schon, Alice.« Louise wollte sie dazu überreden, ein grünes Satinkleid anzuprobieren, das Alice sich nicht leisten konnte. Sie waren den ganzen Nachmittag in Cutter's Pass unterwegs gewesen, um zwei perfekte Kleider zu finden. Für Louise, die in jedem Kleid, das sie anzog, fantastisch aussah und auch das Budget dafür hatte, sich alles zu kaufen, was sie wollte, war es recht einfach. Alice weigerte sich jedoch, irgendetwas anzuprobieren.

»Du kannst schließlich nicht nackt auf den Abschlussball gehen.« Louise kam in einem langen roten Kleid aus der Umkleidekabine.

»Wow.« Alice nickte. »Du siehst toll aus. Ich kann mir so etwas nicht leisten.«

»Du brauchst aber etwas Neues, Alice.«

»Wozu?«

»Wir haben nur einmal im Leben eine Highschoolabschlussfeier, und die sollten wir auch genießen. Glaubst du, Dean würde es gut finden, wenn er wüsste, dass du hier Trübsal bläst, während er sich von Folter-Annie quälen lassen muss?«

»Folter-Annie?«

»Seine neue Physiotherapeutin.«

»Wie bitte?«

Louise ließ sich schwungvoll auf einen Stuhl in der Ecke des Ladens fallen. »Ich habe mit ihm telefoniert. Gestern.«

»Oh.«

»Brian wollte, dass ich ihn anrufe.« Louise kratzte sich an der linken Hand. »Er hat mal wieder den hilflosen kleinen Bruder gespielt. Dass ich drei Minuten älter bin als er, fällt ihm immer nur ein, wenn es ihm in den Kram passt. Er fühlt sich irgendwie schuldig an dem Unfall – er glaubt, wenn er Dean nicht angefeuert hätte, dann …« Sie zuckte mit den Schultern. »Aber da der große starke Brian zu feige war, selbst anzurufen, musste ich es für ihn tun. Ich habe der neuen Physiotherapeutin den Spitznamen verpasst, weil es sich grauenhaft anhört, was sie mit ihm anstellt.«

Alice runzelte die Stirn. Dean hatte ihr nichts davon erzählt, dass seine Physiotherapie so schlimm war, aber sie konnte sich das durchaus vorstellen.

»Welches gefällt dir besser?« Louise hielt zwei umwerfende Kleider in die Höhe.

Um genau 17.35 Uhr klingelte das Telefon.

»Das ging schnell, Pond«, sagte Dean. »Hast du auf meinen Anruf gewartet?«

»Nein. Ich bin viel zu beschäftigt, um darauf zu warten, dass mich irgendein Junge anruft«, erwiderte sie spöttisch. »Ich bin nur zufällig am Telefon vorbeigegangen, als es geklingelt hat.«

»Lügnerin.« Dean lachte leise.

»Wie läuft's bei dir?« Alice wünschte sich sehr, dass er ihr mehr erzählen würde. Meistens wich er ihren Fragen aus. »Wie ist die neue Einrichtung?«

»Großartig.«

»Lügner.«

»Nein, für ein Rehabilitationszentrum ist es wirklich nicht schlecht. Annie hat meine Therapie verschärft. Diese merkwürdige Frau scheint sich von meinem offensichtlichen Charme nicht beeindrucken zu lassen. Sie will, dass ich noch härter trainiere. Aber eines Tages kriege ich sie dazu, dass sie mir mal eine Pause gönnt.«

»Folter-Annie?«

»Du hast mit Louise darüber gesprochen.«

»Ja, natürlich. Wir sind schließlich beste Freundinnen. Warum hast du mir nicht erzählt, wie hart das alles für dich ist?«

Dean seufzte. »Ich schätze, ich will dich einfach nicht mit Details langweilen.«

»Ich mache mir mehr Sorgen, wenn ich nichts Genaues weiß.«

»Tut mir leid.«

»Und die Ärzte? Heute sollte doch diese Beratung zur Neubewertung deiner Situation sein, richtig?«

»Du hörst mir anscheinend immer sehr genau zu.« Seine Stimme klang sanft. »Sie waren recht zufrieden mit mir. Manchmal schalte ich allerdings bei all dem medizinischen Kauderwelsch ab. Mit den Schwestern und Annie kann ich mich viel besser unterhalten.«

»Und?«

»Sie nehmen an, dass ich mich gut erholen werde.«

»Tatsächlich? Du lügst mich nicht an, damit ich mir keine Sorgen mache?«

»Wenn ich alles tue, was Annie mir befiehlt, habe ich eine gute Chance, wieder laufen zu können.«

Alice hörte ein leichtes Zögern in seiner Stimme und fragte sich, ob er ihr irgendetwas verheimlichte. Sie hasste es, dass sie ihn am Telefon nicht sehen und seine Körpersprache nicht deuten konnte. Und einmal in der Woche mit ihm zu sprechen war bei Weitem nicht genug. Aber sie würde ja schon bald in Sydney sein und sich mit eigenen Augen davon überzeugen können, wie es ihm ging und ob er ihr irgendetwas verschwieg.

»Dir wird es bald wieder gut gehen, Dean, das weiß ich.«

»Ja, nur bin ich dann fett.«

»Fett? Trotz der ständigen Physiotherapie?«

»Die beste Physio hilft nichts gegen den ganzen Süßkram, den meine Mum mir dauernd mitbringt. Sie hat eine tolle Bäckerei gefunden, bei der sie immer vorbeischaut, bevor sie zu mir kommt. Ich glaube, sie fühlt sich ein wenig nutzlos. Sie kann mich nicht gesund machen, also füttert sie mich stattdessen.«

Alice lachte.

»Jeden Tag stopft sie Windbeutel und Cupcakes in mich hinein.«

»Klingt schrecklich.«

»Du machst dir keine Vorstellung!«

Alice kicherte. »Wenn du wieder auf den Beinen bist und ich dich besuchen komme, kannst du dir alles wieder abtrainieren, indem du mir Sydney zeigst.«

»Ich kann es kaum erwarten«, erwiderte Dean. »Oh-oh. Die Schwester, die jeden Tag meinen Hintern nach wunden Stellen untersucht, ist im Anmarsch. Sie kommt alle drei Stunden. Ich habe den Verdacht, dass das nur ein Vorwand ist und sie auf meinen Po steht. Vielleicht sollte ich für jeden Blick, den sie darauf werfen darf, eine Gebühr verlangen.«

Alice hörte eine Stimme im Hintergrund.

»Ich muss aufhören.«

»Okay.« Alice seufzte. Ihre Telefonate waren nie lang genug. »Bis bald.«

»Oh, und Pond, schick weiter diese Postkarten. Bitte. Damit ich zwischen unseren Gesprächen etwas habe, was mich aufmuntert.«

Alice legte auf.

Sie nahm die nächste Postkarte vom Stapel neben ihrem Bett.

»Ich habe darüber nachgedacht. Wenn du wieder auf den Beinen bist – und das wird bald der Fall sein –, sollten wir unsere Aktivitäten nicht nur auf Sydney beschränken. Ich meine, dort draußen wartet eine wunderbare Welt, die wir erforschen könnten. Ich wollte mir schon immer einmal das Great Barrier Reef anschauen. Mit Schildkröten tauchen. Das sind richtig tolle kleine Tiere. Na ja, so klein sind sie gar nicht. Aber mit ihnen zu tauchen und über ein Korallenriff zu schwimmen wäre großartig. Was meinst du dazu? Bist du dabei?«

Kapitel siebzehn

Kookaburra Creek Café, 2018

In der Morgendämmerung ging Alice durch das Café und erledigte ihre üblichen Aufgaben, bevor sie aufschließen konnte. Aber sie war nicht bei der Sache. Ihre Finger schalteten die Kaffeemaschine an, ihre Arme hoben die Stühle von den Tischen, ihre Füße bewegten sich über den Holzboden, ohne gegen die Tischbeine zu stoßen, aber alles geschah rein mechanisch.

»Brauchst du Hilfe?« Hattie legte Alice eine Hand auf die Schulter. Sie war am Abend zuvor nicht nach Hause zurückgekehrt, sondern hatte in Alice' Bett geschlafen, während Alice sich auf das Sofa gelegt hatte. Beide hatten nicht viel Schlaf bekommen.

»Ich weiß nicht, wo ich anfangen soll.«

Es war Viertel vor neun, und sie musste das Café bald öffnen, aber sie war noch nicht bereit dafür. Noch nicht bereit, die Gäste mit einem Lächeln zu bedienen, damit niemand Verdacht schöpfen konnte, dass etwas nicht in Ordnung war.

»Wie wäre es, wenn ich alles hier draußen übernehme und du hinten anfängst?«

Alice nickte.

In der Küche blickte sie zu Sylvia hinauf.

»Lass mich jetzt nicht im Stich, altes Mädchen.«

Sie lehnte sich gegen die Arbeitsfläche und wartete, und natürlich ließ Sylvia sie nicht hängen.

Alice schnitt Streifen von einer Zitrone und drückte die Frucht dann mit ihrer Saftpresse aus. Sie verrührte Butter mit Eiern und Zucker. Natürlich würde ihr die Bank einen Kredit geben. Sie maß das Mehl ab. Auch wenn ihr das Gebäude nicht gehörte, hatte sie ein Geschäft als Kapital zu bieten.

Mit einer schwungvollen Bewegung setzte sie ihr größtes Messer an, um Rosmarin zu hacken. Vielleicht würde sie sich nach einem neuen Haus umschauen müssen, das sie mieten konnte. Sie leckte die Rückseite des Löffels ab. Süß. Würzig. Erdig. Eine anregende Kombination.

Es war zumindest einen Versuch wert. Und sollte er scheitern, würde sie sich einen Plan B einfallen lassen. Und einen Plan C und noch viele weitere, wenn es nötig war.

»Es kann nicht schaden, es zu versuchen.« Hattie nickte, als Alice ihr von ihrem Plan erzählte. »Was haben wir schon zu verlieren?«

»Nur das Café.« Alice lachte.

»Wir werden das gemeinsam durchstehen, Schätzchen.« Hattie umarmte sie.

Betty betrat das Café.

»Oh, bitte, eine Frau in deinem Alter sollte in der Öffentlichkeit mehr Anstand an den Tag legen.«

»Und eine Frau in deinem Alter sollte sich glücklich schätzen, jemanden zu haben, der sie gern umarmt«, erwiderte Hattie mit einem Augenzwinkern in Bettys Richtung.

Alice lächelte. Nein, sie durfte dieses Café nicht verlieren.

Ihr Plan hatte ihr Auftrieb gegeben und sie gut durch den Vormittag und in den Nachmittag gebracht. Sie würde diesen Ort retten, koste es, was es wollte.

Die Glocke über der Tür klingelte, und als Alice sich umdrehte, stand ein junger Mann in Jeans und einem roten Hemd vor ihr und sah sich unsicher um. Sicher ein Tourist. Ein bisschen früh für diese Jahreszeit, aber man erkannte sie immer sofort.

»Miss Pond?«

»Ja.« Woher wusste ein Tourist ihren Namen?

»Es tut mir leid, dass ich so spät komme.«

»Spät?«

»Verzeihung, aber Sie wussten doch, dass ich komme? Davon bin ich ausgegangen. McKenzie. Stuart McKenzie von McKenzie Brokers. Ich bin hier, um das Anwesen zu schätzen.«

Jetzt? Schon? Stuart McKenzie sah nicht so aus, wie sie ihn sich vorgestellt hatte. Er war viel zu jung und zu freundlich für diese Branche.

»Wenn es Ihnen im Moment nicht passt, kann ich später wiederkommen.«

Sie starrte ihn an.

»Miss Pond?« Er trat einen Schritt näher.

»Tut mir leid. Alles in Ordnung. Was kann ich für Sie tun?«

»Können wir einen Rundgang machen?«

Sie führte ihn durch das Café in die Küche und beobachtete, wie er sich auf einem Block Notizen machte. Von Minute zu Minute verstärkte sich der Druck in ihrem Magen.

»Reizend. Dieses Lokal ist ganz entzückend. Wie hoch ist der Jahresumsatz?«

»Nun … ähm … ungefähr …«

»Schon gut.« Er winkte ab. »Ich muss mir ohnehin später die Bücher ansehen. Wenn Sie Zeit dafür haben.«

Alice nickte.

»Und wie viele Angestellte arbeiten hier?«

»Zwei. Meine Aushilfe und ich. Oh, und meine Partnerin.«

Er kniff die Augen zusammen. »Sie bewältigen das alles zu dritt?« Er blätterte durch die Unterlagen, die sie ihm gegeben hatte.

»Ja.«

Moment mal. Sie nahm ihm die Papiere wieder aus der Hand. »Das Geschäft gehört nicht den Hargraves. Sie besitzen nur das Anwesen.«

»Richtig.« Er lächelte ertappt. »Aber die Unterlagen

helfen mir dabei, mir einen Gesamteindruck über das Potenzial zu verschaffen.«

»Nun, mein Potenzial werden Sie nicht bekommen.« Sie verschränkte die Arme vor der Brust.

»Verständlich. Darf ich mich oben umschauen?«

Auf ihr Potenzial hatten sie zwar keinen Zugriff, aber sie hatten Anspruch auf ihre Wohnung. Alice unterdrückte rasch einen Würgereiz.

»Hier entlang.«

Stuart McKenzie öffnete jede Schranktür, ging durch jeden Raum, sah aus dem Fenster und murmelte hin und wieder »bezaubernd«. Er verschaffte sich Einblick in jeden Bereich ihres Lebens – Alice hatte sich noch nie so entblößt gefühlt.

»Vielen Dank, Miss Pond. Dürfte ich Sie um eine Tasse Tee bitten?«

Das konnte doch wohl nicht sein Ernst sein. Aber das Lächeln auf seinem Gesicht verriet ihr, dass das kein Scherz war.

Sie beobachtete aus der Küche, wie er sich Notizen machte und sich dabei immer wieder im Gastraum umsah. Sein bloßer Anblick verursachte ihr Übelkeit. Ihn jetzt auch noch bedienen zu müssen war kaum zu ertragen. Sie brachte ihm einen Zitronen-Cupcake mit Rosmarin und eine Tasse Earl Grey.

»Mr McKenzie?«

»Stuart, bitte. Mr McKenzie ist mein Vater.«

»Wie hoch schätzen Sie den Wert?«

Er schüttelte den Kopf. »Das kann ich noch nicht

sagen. Ich muss noch vergleichbare Objekte in Betracht ziehen, was bei der einzigartigen Gestaltung dieses Anwesens nicht einfach sein wird.«

Mein einzigartiges Anwesen, dachte Alice.

»Und bevor ich mit meinen Kunden gesprochen habe, kann ich wirklich noch nichts darüber sagen.« Er zuckte mit den Schultern.

Ja, deine Kunden. Deine widerlichen, hassenswerten Kunden, die versuchen, mein Leben zu zerstören. Nun, Mr McKenzie, ich bin bereit für euch und für jeden Preis, den ihr mir nennen werdet. Warte nur, in einigen Tagen, wenn ich mit der Bank verhandelt habe, bin ich bereit für euch.

»Natürlich«, erwiderte sie lächelnd. »Ich verstehe.«

Noch nie zuvor war Alice so froh gewesen, einen Gast wieder loszuwerden. Sie konnte es kaum fassen, dass sie am ganzen Körper zitterte, als er endlich gegangen war.

»Alice.« Becca stürmte ins Café. »Können Sie diesem Irren sagen, dass er aufhören soll, mich zu verfolgen?«

Hinter ihr kam Freddy herein und hob abwehrend die Hände. »Ich habe sie aus Bettys Haus kommen sehen und gedacht, wir könnten zusammen hierhergehen.«

»Ich habe bei Betty gelernt. Und warum warst du dort? Um mir nachzustellen?« Sie trat einen Schritt auf ihn zu, und man sah ihr deutlich an, wie zornig sie war. Alice kannte Becca mittlerweile gut genug.

»Schon gut«, sagte sie ruhig. »Freddy ist hier, um mir im Garten zu helfen.«

»Und was hat das damit zu tun, dass er mich verfolgt?«

»Es tut mir wirklich leid.« Freddy ließ die Arme sinken. »Ich wollte nur nett sein.«

»Freddy, fang doch schon mal an«, schlug Alice vor.

Er nickte und ging nach draußen.

»Ich hatte den Eindruck, als hätte er vor Bettys Haus auf mich gewartet«, erklärte Becca.

Alice seufzte. »Das ist wohl mein Fehler. Ich habe gestern erwähnt, dass du dort sein würdest. Wahrscheinlich will er sich einfach nur mit dir anfreunden.«

»Ich brauche keine Freunde.«

»Vielleicht nicht. Aber falls du deine Meinung ändern solltest – er ist ein sehr netter Kerl.«

Alice brauchte einige Überzeugungskraft, bis Becca ihr glaubte, dass Freddy tatsächlich kein Stalker war. Aber nach einem Snack und einem Gespräch über ihren frühmorgendlichen Nachhilfeunterricht setzte sich Becca an einen der hölzernen Picknicktische draußen, presste die Knie zusammen und beobachtete Freddy bei der Gartenarbeit. Sie sah zu, wie er den Rasen mähte, Unkraut jätete und die Kanten trimmte. Hin und wieder gab sie einen Kommentar dazu ab, aber die meiste Zeit runzelte sie nur die Stirn. Unbeirrt ging Freddy seiner Arbeit nach und lächelte dabei verschmitzt. Und Alice sah während ihrer Arbeit immer wieder aus allen Fenstern des Cafés.

»Sag bloß nicht, du spielst schon wieder Kupplerin.« Joey unterbrach Alice bei ihren Beobachtungen.

Sie wirbelte herum und steckte die Hände in die Taschen ihrer Schürze.

»Ganz und gar nicht.« Alice reckte die Nase in die Luft und marschierte an ihm vorbei.

»Es wäre nicht das erste Mal«, fügte Joey hinzu und folgte ihr zur Theke.

»Und ich habe meine Lektion gelernt.« Alice machte sich an der Kaffeemaschine zu schaffen, aber ihr war klar, dass sie Joey nicht hinters Licht führen konnte. Und sie konnte sich – wie die ganze Stadt – noch gut an das Fiasko vor vier Jahren erinnern, als sie versucht hatte, Carson mit Bettys Nichte zusammenzubringen, die im Sommer zu Besuch gewesen war. Die Tatsache, dass die arme Frau seitdem nicht einmal mehr übers Wochenende hergekommen war, sagte alles.

»Allerdings.« Joey nickte.

»Ich bin nur der Meinung, es könnte ihr guttun, einen Freund zu haben. Jemanden ihren Alters.«

»Hmm.« Joey bemühte sich vergeblich, ein Lachen zu unterdrücken.

»Möchtest du etwas, oder bist du nur hier, um mich zu kritisieren?«

Joey hob die Hände. »Kaffee, Alice, nur eine Tasse Kaffee.«

»Gut. Dann setz dich.«

»Wie geht es ihr?«, fragte er und deutete mit einer Kopfbewegung auf Becca.

»Ich glaube, wir machen Fortschritte, aber es ist schwer zu sagen. Sie hat sich bis jetzt noch nicht dazu geäußert, aber ich bin davon überzeugt, dass sie vor etwas davongelaufen ist, was ihr eine Heidenangst einjagt.«

»Hast du sie mal danach gefragt?«

»Ich möchte es nicht riskieren, sie zu verschrecken.«

»Aber vielleicht braucht sie das Gefühl, dass du ihr zuhörst.«

»Vielleicht.«

»Ich bin überrascht, dass das arme Ding dir und Hattie noch nicht sämtliche Staatsgeheimnisse verraten hat.« Er lachte.

»Was willst du damit sagen?«

»Überhaupt nichts.« Er senkte rasch den Kopf.

»Du bist unmöglich, Joseph Moretti.«

»Unmöglich, aber sehr gutaussehend?«

»Nur unmöglich.« Alice warf ein Geschirrtuch nach ihm und grinste.

Die Türglocke erklang wieder, und Fiona Harris kam herein.

»Tut mir leid, dass ich so spät komme.« Fiona lächelte und küsste Joey auf die Wange.

Was? Nein. Alice' Körper fühlte sich mit einem Mal unnatürlich schwer an. Joey hatte sich im Lauf der Jahre immer wieder einmal mit einer Frau verabredet. Es war nie etwas Ernsthaftes gewesen. Nie etwas Bleibendes. Und Fiona war viele Male in die Stadt zurückgekehrt und hatte mit jedem Junggesellen im Umkreis von hundert Kilometern, der Interesse an ihr gezeigt hatte, ihren Spaß gehabt, bevor sie die Stadt wieder verlassen hatte. Das alles hatte Alice unbeteiligt beobachtet, aber dieses Mal fühlte es sich anders an. Sie wusste nicht genau, warum, aber es gefiel ihr nicht.

Nachdem Freddy gegangen war, kam Becca wieder rein, ging schnurstracks in die Küche und begann, das Geschirr zu spülen. Vielleicht war jetzt der richtige Zeitpunkt, um ihr ein paar Fragen zu stellen? Aber Alice wusste, wie es war, wenn man in diesem Alter Geheimnisse für sich behalten wollte. Becca würde mit ihr darüber sprechen, wenn sie bereit dazu war. Falls das jemals der Fall sein würde. Natürlich vorausgesetzt, dass sie dann alle noch hier sein würden.

Meine Güte. In all diesem Drama, das sich in den letzten achtundvierzig Stunden abgespielt hatte, war ihr noch gar nicht bewusst geworden, dass ein Verlust des Cafés noch viel mehr bedeutete, als sie zuerst angenommen hatte. Es hieß auch, dass sie Becca verlieren würde. Was würde aus ihr werden, wenn Alice ihr keinen Job mehr bieten konnte? Kein Dach über dem Kopf?

»Versuchst du absichtlich, mich zu verbrühen?« Bettys Stimme riss Alice unsanft aus ihren Gedanken. Sie saß mit Claudine am Tisch neben dem von Joey und Fiona Harris, und Alice hatte ihr viel zu viel Kaffee in die Tasse gegossen.

»Tut mir leid«, murmelte Alice und wischte rasch die Pfütze auf.

»Du wirkst heute ziemlich geistesabwesend. Was ist denn los mit dir?«

»Tut mir leid, Betty«, wiederholte Alice. »Es ist nur wegen Becca, und weil ich befürchte…« Sie unterbrach sich rasch, als ihr klar wurde, was sie beinahe gesagt hätte. Ihre Wangen glühten. Das durfte niemand wissen. Vor allem Becca nicht.

»Was befürchtest du?« Betty starrte sie über den Rand ihrer dicken Brille an.

»Ich befürchte, ich bin heute aus irgendeinem Grund abgelenkt«, erwiderte sie rasch und versuchte, ihren Fehler damit zu vertuschen. »Nicht ganz bei der Sache. Sorry.«

»Nun, du solltest deine persönlichen Probleme zu Hause lassen. Schließlich hast du hier ein Geschäft zu führen.«

»Nicht mehr lange«, flüsterte Alice so leise, dass es niemand hörte.

Sie ging an Joeys Tisch, um seine und Fionas Bestellung aufzunehmen. Das Schicksal war manchmal wirklich grausam. Nachdem die beiden bestellt hatten, vertieften sie sich wieder in ihre leise Unterhaltung, die sie sehr zu beschäftigen schien.

Während Alice sich um die anderen Gäste kümmerte, richtete sie den Blick immer wieder auf Joey und Fiona, die pausenlos ihre Köpfe zusammensteckten.

»An welchen Tisch?«, fragte Becca, als sie mit zwei Burgern den Gastraum betrat.

»Dorthin bitte.« Alice deutete auf Joeys Tisch.

»Oh.« Sie runzelte die Stirn. »Okay.«

Gegen Fiona Harris hatte Alice wohl nichts in der Hand, aber alles andere war noch nicht verloren. Da war immer noch die Bank, auf die sie hoffen konnte. Auch wenn Hoffnung manchmal gefährlich war, musste sie jetzt daran glauben.

Kapitel achtzehn

Lawson's Ridge, 2003

Schnelle Musik dröhnte aus der Aula nach draußen. Alice stand neben dem Schultor im Schatten der Eukalyptusbäume und beobachtete, wie glückliche, verliebte Pärchen und lärmende Gruppen ausgelassen vorbeitanzten und dann in das Gebäude stolperten. Die meisten Jungs sahen so aus, als hätten sie sich zumindest die Mühe gemacht, zu duschen und sich salonfähig zu machen. Einige wirkten in den Hemden mit Kragen und den geliehenen Krawatten beinahe attraktiv. Die Mädchen trugen dunkle Satinkleider und schwankten auf ungewohnt hohen Absätzen. Sie hatten sich beim Friseur ihr Haar gekonnt zu einer Hochfrisur stecken lassen, bei der einige sanfte Locken ihre geschminkten Gesichter umrahmten. Louise erschien in einem wunderschönen saphirblauen Kleid, das teuerste im Laden. Alice hatte das rote besser gefallen, aber eigentlich spielte es keine Rolle, was Louise anhatte – sie sah in allem fantastisch aus.

Sie warf einen Blick auf ihr eigenes Kleid. Ein Brautjungfernkleid aus pfirsichfarbenem Taft, das ihre Mutter in den späten Achtzigern getragen hatte. Sie hatte es umgeändert, so gut es ihr möglich gewesen war: sie hatte die Schleife hinten abgetrennt, die Puffärmel verkleinert, die Länge gekürzt. Es war ihr gut gelungen, wenn sie daran dachte, wie es vorher ausgesehen hatte. Aber im Vergleich zu der Parade der perfekt sitzenden Kleider, die an ihr vorüber in die Aula schwebten, war ihr Pfirsichballon eine Katastrophe.

Sie atmete tief durch und ging durch die große Eingangstür hinein. Einige Mädchen tanzten in kleinen Gruppen, und die Jungen scharrten links und rechts neben ihnen im Takt der Musik mit den Füßen. Louise löste sich als Erste aus dem Kreis der Mädchen und tanzte mit Bobby Jones. Kurz darauf wandte sie sich Doug Trainor zu.

Das nächste Stück begann, und Louise ging wieder zu den Mädchen zurück. Sie sah Alice nicht, die sich mit dem Rücken an die Wand gelehnt hatte und sie beobachtete.

Alice seufzte. Es fühlte sich nicht richtig an, ohne Dean hier zu sein. Sie schlich sich leise wieder hinaus in die warme Novembernacht und lief den Pfad entlang, hinein in die schützende Dunkelheit des Faraway Forest.

Der sanfte Abendwind trug die Musik bis hierher. So viele hübsche Kleider. So viele glückliche Gesichter und tanzende Pärchen.

Sie streifte die abgestoßenen Ballerinas von den Füßen und lächelte erleichtert, als der Schmerz in ihren Zehen sofort nachließ. Die Füße ihrer Mutter waren viel zierlicher gewesen als ihre. Die Erde fühlte sich kühl an. Sie zog große Kreise mit den Zehen, schob Zweige beiseite und zerdrückte Eukalyptusblätter auf dem Boden, die ihren süßen, öligen Duft verströmten. Dann begannen ihre Beine sich wie von selbst zum Rhythmus der Musik aus der Ferne zu bewegen, und sie tanzte mit geschlossenen Augen.

»Dein Tanz ist an die Bäume verschwendet.«

Alice wirbelte herum und sah, wie Dean auf dem ausgetretenen Pfad im Rollstuhl auf sie zukam. Ein Aufschrei blieb ihr in der Kehle stecken. Obwohl sie wusste, dass er einen Rollstuhl brauchte, sah sie ihn zum ersten Mal darin sitzen – sie kämpfte gegen die aufsteigenden Tränen.

»Was machst du hier?« Sie lief auf ihn zu, doch kurz bevor sie ihn erreicht hatte, blieb sie abrupt stehen; sie wusste nicht, wie sie sich ihm nähern sollte.

»Komm her.« Er streckte die Arme aus und zog sie auf seinen Schoß.

Alice versuchte, wieder aufzustehen, aber Dean hielt sie fest.

»Ich möchte dir nicht wehtun«, flüsterte sie und atmete, die Nase an seinem Hals, den Duft nach Nelken und Honig ein.

»Dann bleib einfach so sitzen.« Er legte ihr eine Hand an die Wange. »Es ist so schön, dich zu sehen.«

Er küsste sie, hart und doch zärtlich, und sie schmeckte einen Hauch von Kaffee auf seinen Lippen.

»Also«, sagte sie atemlos. »Was machst du hier?«

»Soll das etwa eine Beschwerde sein, Pond?«

»Nein, ganz und gar nicht.« Sie schmiegte ihren Kopf gegen seinen.

»Ich habe meine Mum davon überzeugt, dass es für meine psychische Verfassung und für meinen Heilungsprozess äußerst wichtig ist, an der Abschlussfeier teilzunehmen.«

»Aber das tust du gar nicht.«

»Du auch nicht.«

Alice schlug ihm spielerisch gegen die Schulter. »Ich freue mich, dass du hier bist.«

»Ich freue mich auch. Als ich dich in der Schule nirgends finden konnte, hatte ich die Vermutung, dass du hier sein könntest.«

Alice schüttelte den Kopf. »Ich konnte es dort einfach nicht aushalten.« Sie zerknüllte den hässlichen pfirsichfarbenen Satinstoff mit den Händen.

»Hmm. Das schreit nach etwas Besonderem. Steh auf.«

Alice erhob sich.

»Hinten am Stuhl hängt ein Rucksack. Hol ihn mal.«

Sie tat, worum er sie gebeten hatte.

»Breite die Decke aus. Du hast uns mit deinem Tanz ja bereits einen Platz dafür geschaffen.« Er lachte.

Alice legte die Decke auf den Boden.

»Ganz unten in der Tasche ist eine Schachtel. Vorsichtig, Pond. Nein, noch nicht aufmachen. Leg sie auf die Decke.«

Sie gehorchte.

»Und jetzt komm her und hilf mir aus dem Stuhl.«

Alice starrte ihn an.

Dean winkte sie mit dem Zeigefinger zu sich heran. »Von dort aus kannst du das nicht tun.«

»Ich kann es überhaupt nicht tun.«

»Natürlich kannst du das. Ich schaffe das fast allein. Noch ein paar Monate Physiotherapie, und ich werde keine Hilfe mehr brauchen. Aber so weit bin ich noch nicht. Ein bisschen Unterstützung ist noch nötig. Und wenn du weißt, wie es geht, ist es ganz einfach.«

Alice ging zu Dean hinüber. Er sagte ihr, wie sie sich abstützen und ihr Gewicht verlagern musste. Als sie ihn auf die Decke hievte, spürte sie, dass sie ihn kaum noch halten konnte.

»Ich glaube nicht, dass ich … oh, Mist.« Er entglitt ihr und fiel die letzten Zentimeter auf den Boden.

»Oh mein Gott, es tut mir so leid. Soll ich einen Krankenwagen holen?« Alice sah, dass seine Schultern zuckten. »Meine Güte, hast du einen Anfall oder so etwas? Ich hole Hilfe.«

Sie wollte schon loslaufen, da packte er sie am Fußgelenk und hielt sie zurück.

»Es geht mir gut.«

Sie sah zu ihm hinunter. »Du … du lachst?«

»Man sollte immer das Komische an einer Situation

sehen.« Er zog so fest an Alice' Bein, dass sie neben ihm auf die Decke fiel. »Jetzt sind wir quitt.«

»Du bist immer noch so verrückt wie früher.«

»Und du bist immer noch zu schön, um es in Worten ausdrücken zu können.« Er schob ihren Pony zur Seite.

»Habe ich dir nicht wehgetan?«

»Nein.« Er schüttelte den Kopf und küsste sie zärtlich. »Ich bin hart im Nehmen. Der Doktor hat gesagt, dass ich großes Glück hatte. Wenn der Ast mich noch härter getroffen hätte, würde ich wahrscheinlich nie mehr aus diesem Ding rauskommen.«

Alice seufzte. Wenn er so fröhlich und glücklich sein konnte, sollte ihr das auch gelingen. Sie schob alle negativen Gedanken beiseite, als er die Pappschachtel öffnete.

»Das sind die besten Cupcakes, die ich jemals gegessen habe.« Er drückte Alice einen davon in die Hand. »Du wirst deinen Geschmacksknospen kaum glauben können.«

»Aus der Lieblingsbäckerei deiner Mutter?«

»Genau. Probier mal.«

Sie biss davon ab und riss die Augen weit auf.

»Ich habe es dir ja gesagt.« Er zwinkerte ihr zu und nahm sich ebenfalls einen Cupcake. »Erdbeeren mit weißer Schokolade«, erklärte er.

»Wow. Das schmeckt wirklich gut.«

»Ich weiß.« Er seufzte. »Wir ziehen wieder bei Dad ein.«

»Tatsächlich?« Sie legte ihren Kopf an seine Schulter, und er drückte ihre Hand. »Dann bleibst du nicht mehr lange in der Rehaklinik?«

»Bis nach Weihnachten. Im Moment wird Dads Haus gerade umgebaut. Ich habe noch einen weiten Weg vor mir, aber zumindest muss ich nicht mehr lange in dieser Klinik bleiben.«

»Das ist großartig. Keine Folter-Annie mehr.«

»Nein. Dann brauche ich wohl jemand anderen, der mich wäscht und dabei meinen Hintern bewundert.« Er zwinkerte ihr zu. »Du kommst ja bald nach Sydney.«

Alice schlug noch einmal spielerisch nach ihm. »Ich habe mir eigentlich vorgestellt, dass du mich in die Oper ausführst und mir das Australian Museum zeigst. Also etwas Zivilisiertes mit mir unternimmst.«

»Na klar, du kannst mich über die Harbour Bridge schieben und mir in deiner schäbigen Studentenbude köstliche Gerichte kochen.«

»Du weißt, dass ich nicht kochen kann, oder?«

»Ja, das weiß ich. Ich freue mich trotzdem schon darauf, dich in meiner Nähe zu haben. Endlich jemand, der mich nicht nur in diesem Ding kennt.« Er deutete auf seinen Rollstuhl.

»Ist es so schlimm?«

»Manchmal schon. Ich versuche, die Blicke zu ignorieren, aber es ist nicht leicht.« Mühsam drehte er sich so, dass er Alice ansehen konnte. »Was hast du da im Haar?«, fragte er und zog an dem pfirsichfarbenen

Band, mit dem sie sich einen Pferdeschwanz gebunden hatte.

»Ich hatte gehofft, dass damit das Kleid ein bisschen besser aussieht.« Ihre Wangen röteten sich.

»Du bist auch ohne diesen Firlefanz wunderschön.« Er beugte sich zu ihr vor und küsste sie. Zuerst ganz sanft, aber dann so leidenschaftlich, dass sie sich auf ihre Ellbogen stützen musste. Aus ihrem tiefsten Inneren stieg ein Stöhnen in ihr auf, und Alice ließ es entweichen, als Dean seinen Arm um ihre Taille schlang und sie näher an sich heranzog.

Alice spürte ein merkwürdiges Kribbeln zwischen ihren Beinen und presste sich an ihn. Es war ein seltsames, überwältigendes Gefühl. Er schob eine Hand unter ihr Kleid und fuhr damit über ihren Oberschenkel bis hinauf zu ihrem Höschen. Sie stöhnte wieder.

Dean fiel nach hinten und keuchte vor Schmerz, als sein Kopf auf den Boden prallte.

»Oh mein Gott. Habe ich dir wehgetan? Es tut mir leid.« Alice setzte sich auf.

»Nein.« Dean schüttelte den Kopf. »Mir tut es leid. So habe ich mir unser erstes Mal nicht vorgestellt.«

»Du hast es dir vorgestellt?«

Dean nickte. »Hundert Mal.«

Alice spürte, wie jeder Zentimeter ihrer Haut immer heißer wurde. Sie fuhr mit einem zitternden Finger über Deans Brust und knöpfte sein Hemd auf. Sie hatte keine Ahnung, woher ihr Mut dazu kam, und wusste nicht, was sie da eigentlich tat – sie wusste nur, dass sie sich wünschte, er würde sie weiter auf diese Weise begehren.

Dean griff nach dem Rucksack, der neben ihm lag, und benutzte ihn als Stütze. »Bist du dir sicher, dass du das willst, Pond?«

Natürlich war sie nervös, aber was das anbelangte, hatte sie keinerlei Zweifel. »Ja.« Sie nickte. »Wenn du …« Sie errötete.

»Komm her«, sagte er leise.

Alice kniete sich so neben ihn, dass ihr Gesicht seines beinahe berührte. Dean nahm ihren Kopf zwischen seine Hände, zog sie zu sich heran und küsste sie sanft. Er ließ seine Hände über ihren Rücken bis zu ihren Hüften gleiten und hob sie hoch, sodass sie auf ihm saß. Seine Arme waren stärker, als sie sie in Erinnerung hatte. Er streichelte sie, langsam und dann schneller, zärtlich und dann fordernder am ganzen Körper. Ihre Unterwäsche landete auf dem Boden, und sie zog den Reißverschluss seiner Jeans auf. Sie spürte, wie er unter ihr wuchs, und stöhnte bei seinem Kuss. Dean hob mit den Händen Alice' Hüften an und drang dann in sie ein. Alice schluckte.

»Alles in Ordnung?«

Sie nickte. »Ist es normal, dass es … wehtut? Ein bisschen?«

»Ich glaube schon. Wir können aufhören.«

»Nein.«

»Warte.« Er verlagerte sein Gewicht ein wenig. »Ist es so besser?«

Er schaukelte sie vor und zurück, der Schmerz verschwand, und sie spürte, wie sich an ihrem ganzen Körper jedes einzelne Härchen aufrichtete.

»Ja.« Sie seufzte und richtete den Blick nach oben zu den Sternen. »Ja.«

Sie lagen im Halbschlaf unter dem langsam heller werdenden Himmel. Alice' Kopf ruhte auf Deans nackter Brust, und das sanfte Auf und Ab seines Brustkorbs entlockte ihr ein Lächeln.

»Guten Morgen, Pond«, sagte er mit heiserer Stimme.

»Guten Morgen.« Alice errötete, als er sie auf die Wange küsste.

Sie drehte sich auf die Seite und sah ihm in die Augen. Er schob ihr die Locke, die ihr immer über das linke Auge fiel, hinters Ohr. Alice wünschte, sie könnten für immer hier unter ihrem Eukalyptusbaum bleiben und sich von Cupcakes mit Erdbeeren und weißer Schokolade ernähren.

»Ich habe dich die ganze Nacht aufgehalten.« Dean lächelte. »Glaubst du, dein Dad macht sich Sorgen?«

Alice schüttelte den Kopf. Er hatte wahrscheinlich nicht einmal bemerkt, dass sie nicht nach Hause gekommen war, und um diese Uhrzeit war er üblicherweise noch nicht wach. »Und deine Mum? Sie ist sicher außer sich.«

»Sie glaubt, ich sei bei Brian.« Er zuckte mit den Schultern.

»Dann hast du das also geplant?« Alice setzte sich auf.

»Nein. Ganz sicher nicht.«

So ernst hatte sie ihn noch nie erlebt.

»Meine Mum hat mir die Reise nur erlaubt, weil sich hier Schwester Jenkins um mich kümmern kann. Ich habe das nicht geplant, das schwöre ich. Glaub mir, hätte ich die Möglichkeit dazu gehabt, hätte ich Rosen und eine Kutsche besorgt. Und vielleicht sogar ein Bett.« Er lächelte.

»Red keinen Unsinn. Es war perfekt.« Alice sah ihm in die Augen.

Einen Moment lang sahen sie sich schweigend an.

»Mist, Brian wird sich wahrscheinlich Gedanken machen.« Dean stützte sich auf seine Ellbogen. »Komm, hilf mir.«

Es war wesentlich schwieriger, Dean wieder in den Rollstuhl zu setzen, als ihn dort herauszubefördern, aber schließlich hatten sie es, mit ein paar blauen Flecken auf beiden Seiten, geschafft.

Er seufzte und nahm Alice' Hand in seine, bevor sie die Lichtung verließen. »Ich wünschte mir, wir könnten noch bleiben.«

»Ich auch. Aber es dauert nicht mehr lange, bis ich nach Sydney komme.«

»Ich weiß. Der Gedanke daran erhält mich aufrecht. Wir werden zusammen sein. Und viele Dinge gemeinsam unternehmen.«

Am Ende der Straße, wo die Jenkins wohnten, blieben sie stehen.

»Hier.« Dean zog ein Stück Papier aus seiner Hosentasche. »Dad hat mir ein Handy besorgt. Du kannst mich jederzeit anrufen, und die Schwestern können mir nicht befehlen, das Telefonat zu beenden. Wenn ich entlassen werde, nehme ich das Handy natürlich mit.«

»Ich will mich nicht verabschieden.« Alice kämpfte gegen die aufsteigenden Tränen an.

»Das musst du auch nicht.« Dean hustete heftig. »Wir sehen uns bald wieder.« Er hob die Arme und zog sie zu sich herunter, bis ihr Gesicht seines berührte. Als er sie küsste, flüsterte er ihr leise etwas zu, dann schob er sich selbst im Rollstuhl zum Haus der Jenkins.

Der Schauer, der ihr über den Rücken lief, sein Duft, der noch in der Luft hing, und die Erinnerung an die gemeinsame Nacht mischten sich mit dem Echo seiner flüchtigen Worte.

»Ich liebe dich.«

Alice lief durch den Faraway Forest zurück und errötete, als sie an ihrem Baum vorbeikam. An ihrem gemeinsamen Baum. Alles war vorbereitet. Sie hatte genug Geld gespart, um nach Sydney zu fahren und dort das Leben zu beginnen, das sie sich wünschte. Sie würde die Universität besuchen und in Deans Nähe sein. Und irgendwann würde sie genug Geld gespart haben, um ihrem Dad die Hilfe zukommen zu lassen, die er brauchte.

Oh, und sie würde wieder in Deans Armen liegen. Die Bilder der letzten Nacht, fest in ihrem Gedächtnis verankert, waren wunderbar – die kurzen peinlichen Augenblicke hatte sie bereits ausgeblendet.

Sie schloss die Haustür auf und wurde von Stille empfangen. Kein Schnarchen aus dem Wohnzimmer. Keine Wettergebnisse aus dem Radio. Hatte Bruce vergangene Nacht nicht getrunken? War er schon auf? So früh? Bei vollem Bewusstsein? Wartete er auf sie? Alice erlaubte sich einen Funken Hoffnung. Würden sie vielleicht in diesem Jahr Weihnachten feiern?

»Dad?«, rief sie leise. »Bist du da?« Ein wenig lauter.

Sie sah in jedes Zimmer. Leer. Ihre Hoffnung verwandelte sich in nervöse Unruhe.

Als sie ihr Schlafzimmer betrat und sich die Schuhe von den Füßen streifte, sah sie, dass die Schranktür offen stand. Sie ließ ihre Tasche fallen, rannte hinüber und zog die Schubladen auf. Ihre T-Shirts und Socken waren überall auf dem Boden verstreut. Die an ihrer Schranktür befestigte Tabelle war heruntergerissen.

»Nein!«, rief sie. »Nein, nein, nein.«

Sie durchwühlte ihren Schrank und suchte. Und spürte, wie Galle aus ihrem Magen in ihre Kehle stieg. Nichts. Alice wirbelte herum und entdeckte die Schuhschachtel in einer Ecke des Zimmers. Sie ließ sich auf den Boden fallen und drehte die Schachtel um. Leer.

Ihr Erspartes war weg. Bis auf den letzten Cent. Jeder Dollar, den sie für ihre Flucht gespart hatte, war verschwunden.

Alles weg.

Und in der Schachtel lag ein Zettel.

»Tut mir leid, Schneckchen, aber es ist besser so.«

Alice lehnte sich mit dem Rücken gegen ihr Bett, Tränen strömten ihr über die Wangen. Sie streckte die Hände nach oben zu ihrem Nachttisch, aber auch das Bild ihrer Mutter war weg.

Am nächsten Morgen rief Alice Dean an. Aber er nahm nicht ab. Sie versuchte es mehrere Male, und als sie ihn am Mittag immer noch nicht erreicht hatte, begann sie sich Sorgen zu machen. Also rief sie Louise an. Vielleicht war er immer noch bei den Jenkins.

»Ich kann es nicht fassen, dass du die Frechheit besitzt, hier anzurufen«, fauchte Louise giftig.

»Was? Warum?«

»Weißt du denn nicht, was du Dean angetan hast, indem du die ganze Nacht mit ihm draußen unterwegs warst? Seine Lunge muss sich noch von dem Unfall erholen. Er ist jetzt im Krankenhaus, du egoistische Kuh. Lungenentzündung. Nur weil du ein bisschen Spaß haben wolltest.«

»Louise. Hör auf. Was sagst du denn da?« In Alice' Kopf drehte sich alles.

»Du kannst von Glück sagen, dass du ihn nicht umgebracht hast. Glücklicherweise war meine Mum zu Hause, als er gestern hier ankam. Sobald sein Zustand stabil ist, wird er nach Sydney zurückgeflogen.«

»Lou, ich hatte keine Ahnung. Wir hatten nicht vor, die ganze Nacht draußen zu bleiben. Ich wollte nicht …«

»Nun, das spielt jetzt wohl keine Rolle mehr. Der Schaden ist bereits angerichtet. Wenn du ihn wirklich lieben würdest, hättest du ihm das nicht angetan. Ich hoffe, dir geht's gut dabei.« Und dann war die Leitung tot.

Alice wusste nicht, was sie davon halten sollte. Sie hätte wissen müssen, dass ihm diese Nacht nicht guttun würde. Schließlich hatte sie genug recherchiert. Aber sie hatten ja nicht vorgehabt, dort draußen einzuschlafen. Oh Gott, was hatte sie getan?

Endlich erreichte sie Dean. Er war aus dem Krankenhaus entlassen worden und war wieder bei seinem Dad. Und es ging ihm gut. Er gab ihr keine Schuld an dem, was passiert war, und er sagte, er würde diese Nacht um nichts in der Welt missen wollen. Aber Alice machte sich Vorwürfe. Sie hatte sich dumm und gedankenlos verhalten. Jedes Mal, wenn er während ihres Gesprächs hustete, stiegen Schuldgefühle in ihr auf.

»Es hätte ganz anders ausgehen können.«

»Aber das ist es nicht, Pond. Es geht mir gut. Vergiss es einfach.«

Aber das konnte sie nicht. Sie hätte ihn beinahe umgebracht. Jedes Telefonat erinnerte sie daran. Und jeden Tag versuchte sie, sich etwas einfallen zu lassen, um das wiedergutzumachen.

Sie wünschte sich verzweifelt, mit ihm über ihren Dad reden zu können, aber das würde ihn nur beunruhigen, und sie wollte ihn nicht noch weiter belasten. Sie versuchte auch, mit Louise zu sprechen, doch sie war bereits nach Sydney abgereist, und Mrs Jenkins gab Louises neue Telefonnummer nicht weiter. Zumindest nicht an sie.

Alice war jetzt ganz allein.

Weihnachten kam und ging, und sie hörte kein Wort von Bruce. Er war wieder davongelaufen, so wie nach Sonias Tod. Damals hatte er alles Geld aus der Keksdose genommen, in der Sonia Geld für Notfälle aufbewahrt hatte, und war für fünf Wochen verschwunden.

Alice hatte niemandem etwas davon erzählt, weil sie Angst gehabt hatte, dass man sie in ein Heim stecken würde. Wenn jemand sie nach ihm gefragt hatte, hatte sie behauptet, seine Trauer sei so groß, dass er niemanden sehen wolle. Und alle hatten ihr geglaubt. Nicht, weil sie so überzeugend gelogen hatte, sondern weil es einfacher für alle war, das zu glauben. Zwei Jahre später war er wieder verschwunden, dieses Mal für drei Wochen, und sie hatte es wieder niemandem erzählt.

Aber dieses Mal war es anders. Er hatte noch nie vorher eine Notiz hinterlassen. Alice setzte sich im Wohnzimmer auf den Boden und schluchzte. Sie hatte das Sofa und den Esstisch verkauft, aber das reichte nicht.

Sie wünschte sich nur, dass Bruce durch die Tür hereinkäme und sie sich ihm in die Arme werfen und ihm vergeben könnte. Sie wollte bei seinem Schnarchen einschlafen, nachdem sie ihm eine Decke bis unters Kinn gezogen hatte. Sie wollte ihn sagen hören, dass es ein guter Tag werden würde. Sie wollte ihm das glauben und an der Hoffnung festhalten, dass alles bald besser werden würde.

Alice wollte nur, dass ihr Dad zu ihr zurückkam. Aber sie wusste, dass er dieses Mal für immer gegangen war.

Er hatte ihr Leben vollkommen zerstört – er hatte ihr den größten Teil ihrer Kindheit genommen, ihre Vergangenheit vernichtet und nun anscheinend auch noch ihre Zukunft ruiniert. Sie hatte drei Jahre gebraucht, um das Geld zusammenzusparen. Drei Jahre. Diese Ersparnisse waren ihre Hoffnung auf eine Flucht gewesen, und nun musste sie diese Hoffnung begraben.

Sie starrte auf die schriftliche Zusage der Universität, auf ihre Endnote – 99,2 Punkte – und auf den Brief vom Studentenwohnheim, der am Tag zuvor eingetroffen war. Darin wurde sie aufgefordert, in spätestens zwei Wochen ihre Anzahlung zu überweisen. Tränen liefen ihr über die Wangen, als sie die Schreiben von der Pinnwand über ihrem Schreibtisch riss und in kleine Stücke zerfetzte. Natürlich könnte sie den Beginn ihres Studiums noch um ein Jahr verschieben, aber ein Jahr reichte bei Weitem nicht aus, um die erforderliche Summe wieder zusammenzusparen.

Das Telefon klingelte. Sie nahm den Hörer schon seit Wochen nicht mehr ab. Dean stellte zu viele Fragen darüber, wann sie kommen würde, und achtete genau auf die Bedeutung jedes Wortes, weil er offensichtlich spürte, dass etwas nicht in Ordnung war. Wie sollte sie ihm nur beibringen, dass sie nicht kommen konnte? Sie hatte ihm bereits großen Schmerz zugefügt. Sie brauchte Zeit – Zeit, um sich zu überlegen, was sie ihm sagen sollte, und um sich auf seine Fragen vorzubereiten.

Und falls nicht Dean der Anrufer war, handelte es sich wahrscheinlich um den Hausverwalter, der sein Geld haben wollte. Sie war mit der Miete bereits zwei Wochen im Rückstand. In den letzten fünf Jahren hatte sie immer pünktlich gezahlt. Er würde sicher argwöhnen, dass etwas nicht in Ordnung war. Was sollte sie ihm sagen?

Nach sechs schrillen Tönen verstummte das Telefon, und Alice lief in den Gang und zog den Stecker aus der Dose. Sie brauchte Zeit, um sich einen Ausweg aus diesem Schlamassel einfallen zu lassen.

Mit schweren Schritten ging sie durch die Stadt zur Arbeit. Es hatte zwar nicht mehr viel Sinn, aber sie konnte nicht einfach wegbleiben. Sie hatte noch nie eine Schicht versäumt und sich noch nie krankgemeldet. Wenn sie nicht auftauchte, würde Mr Williams wahrscheinlich schon bald vor ihrer Tür stehen und Fragen stellen.

Sie brachte nicht mehr den Willen auf, gegen ihre Situation anzukämpfen. Zeit spielte keine Rolle mehr, während sie das tat, was von ihr erwartet wurde. Sie hatte kein Ziel mehr vor Augen, keinen Plan, keine Hoffnung. Und sie war erschöpft.

Alice ging weiter zur Arbeit. Sie lächelte bei jeder Schicht, verkaufte den Jungfern-Schwestern Sally und Sue Äpfel und ignorierte Berties Boxershorts. Niemand schöpfte Verdacht. Und die ganze Zeit über zermarterte sie sich das Gehirn, um eine Lösung zu finden.

Alice wurde immer matter. Jeden Tag fiel es ihr schwerer, alles durchzustehen. Am Ende einer langen Schicht kurz nach Silvester holte sie sich ein Vitaminprodukt aus dem Regal im Laden. Sie war zwar nicht sicher, wie lange es dort schon stand, aber es konnte sicher nicht schaden. Und sie nahm sich auch noch eine Packung Tampons mit. Bald würde es wieder so weit sein.

Moment. Sie rechnete kurz nach. Nein. Sie war schon über der Zeit.

Bevor Mr Williams aus dem Hinterzimmer zurückkam, griff sie rasch nach einem Schwangerschaftstest und schob ihn in ihre Handtasche.

»Bis morgen, Alice.« Er winkte ihr nach, als sie zur Tür hinausstürmte.

Am nächsten Morgen schleppte sich Alice durch die staubigen Straßen von Lawson's Ridge. Ihre Schicht fing erst am Nachmittag an, aber ihre rasenden Gedanken hatten sie aus dem Haus getrieben. Sie musste sich bewegen. Trotz ihrer sorgfältigen Planung war sie kläglich gescheitert. Zuerst die Sache mit ihrem Dad und nun das.

Wie hatte die Zeile in einem Gedicht gelautet, das sie im Englischunterricht gelesen hatten? *Auch die besten Pläne gehen manchmal daneben.*

Sie ging am Faraway Forest, dem Ort des Geschehens, vorbei, und als sie den verlassenen Wollschuppen am Stadtrand erreicht hatte, ließ sie sich auf den Boden sinken und lehnte sich mit dem Rücken gegen die modrige Holzwand. Sie ließ den Zorn, die Angst und den Schock heraus. Alles, was sie die ganze Zeit zurückgehalten hatte. Sie weinte. Sie schrie unverständliche Worte in den Wind. Ihre Pläne waren zerstört. Jetzt war sie wie all die anderen dummen jungen Mädchen, die aus dieser öden Stadt nicht herauskamen. Allein und schwanger.

Als ihre Tränen versiegten, erinnerte sie sich an etwas, was ihre Mutter kurz nach ihrer Diagnose gesagt hatte: »Nimm deine Zukunft selbst in die Hand.« Nun, sie wollte kein weiteres abschreckendes Beispiel werden. Aber hier konnte sie nichts dagegen unternehmen. Und in Cutter's Pass auch nicht. Eine Lösung konnte sie nur woanders finden.

Aber der Gedanke an eine Abtreibung schmerzte ebenso sehr. Sie war vollkommen durcheinander. Was sollte sie tun?

Später, als es bereits dunkel war, saß Alice in ihrem Schlafzimmer auf dem Boden. Eine kleine Lampe warf ihren kreisförmigen Schein auf die Postkarte auf dem Tisch. Der Stift in ihrer Hand schwebte über dem weißen Papier und wartete auf ihre Worte, aber er bewegte sich nicht. Keine Ideen. Keine Wörter.

Kurz nach zehn begann es zu regnen. Alice schob die unbeschriebene Postkarte zur Seite und stöpselte das Telefon wieder ein. Es hatte keinen Sinn, es noch länger hinauszuzögern. Wie bei einem Pflaster, das man abreißen musste. Sie musste es schnell tun. Es hinter sich bringen. Mit einer Notlüge. Einer notwendigen Lüge.

Sie fragte sich, ob Dean noch wach war. Er hatte ihr gesagt, sie könne ihn jederzeit auf seinem modernen neuen Telefon erreichen. Er würde es verstehen.

Mit zitternden Fingern wählte sie seine Nummer.

»Pond?« Deans Stimme klang warm.

»Woher hast du gewusst, dass ich es bin?« Alice unterdrückte ihre aufsteigenden Tränen.

»Ich weiß immer, wenn du es bist.«

Alice hörte an seiner Stimme, dass er lächelte.

»Wo warst du? Ich habe immer wieder versucht, dich anzurufen. Allmählich habe ich schon geglaubt, du willst nicht mit mir sprechen.«

Tränen rollten Alice über die Wangen. »Ich habe viel gearbeitet«, brachte sie mühsam hervor.

»Was ist los?«, fragte Dean.

»Ich …« Alice rang nach Worten. »Ich kann nicht … ich werde nicht …«

»Was? Sag mir, was los ist, Pond.«

Alice wappnete sich. »Ich kann nicht nach Sydney kommen.«

»Was? Warum nicht?«

Wie sollte sie ihm die Wahrheit sagen? Ihr ständig betrunkener Vater war mit ihrem Geld durchgebrannt, und sie war nicht schlau genug gewesen, das zu verhindern. Sie war am Ende, pleite, und es war ihr peinlich zuzugeben, dass sie versagt hatte. Sie war schwanger von ihm und wusste nicht, was sie nun tun sollte. Wenn sie es ihm sagte, würde er wollen, dass sie das Kind behielt. Und was sollte dann aus ihr werden? Aus ihrer Zukunft? Bis sie sich entschieden hatte und genau wusste, was sie tun wollte, musste sie es vor ihm geheim halten. Diesem Stress durfte sie ihn nicht aussetzen. Eine Notlüge, um ihn zu schützen.

»Ich bin nicht angenommen worden.«

»Was redest du da? Deine Noten haben doch mit Sicherheit ausgereicht.«

»Nein.«

»Du hast siebenundneunzig Punkte gebraucht, richtig? Und wie viele hast du bekommen?«

Verflixt. Alice war noch nie eine gute Lügnerin gewesen. »Na ja, ich … ähm. Das habe ich nicht gemeint.«

»Was hast du dann gemeint?«

Alice bemerkte das leichte Stocken in seiner Stimme.

»Ich meinte das College.« Ihr war bewusst, wie dumm sich das anhörte.

»Das ergibt keinen Sinn, Pond.«

»Ich weiß. Tut mir leid. Ich habe keine Unterkunft bekommen …«

»Was ist mit Louise? Du kannst doch bei ihr wohnen. Oder bei mir.«

Wenn das nur so einfach wäre, dachte sie.

»Ich kann es nächstes Jahr noch einmal versuchen.«

»Das ist doch Blödsinn. Wenn du mich schon anlügst, dann lass dir etwas Glaubwürdigeres einfallen.«

»Ich lüge nicht.«

»Natürlich lügst du. Ich kenne dich. Irgendetwas stimmt nicht.«

»Bitte, Dean. Es ist schon schwer genug für mich.«

»Ach ja? Du solltest zumindest so viel Anstand besitzen, mir die Wahrheit zu sagen. Gerade von dir hätte ich nicht erwartet, dass du Probleme mit meinem jetzigen Zustand hast. Dass du damit nicht klarkommst.«

»Was? Nein. Darum geht es nicht.« Tränen strömten ihr aus den Augen, und ihr versagte die Stimme. Sie machte alles falsch.

»Mit den mitleidigen und angewiderten Blicken anderer Menschen kann ich mich abfinden. Einige starren mich an und wenden sich rasch ab, wenn sie sich dabei ertappt fühlen. Andere senken den Blick und wagen es nicht, mir in die Augen zu schauen. Aber von dir hätte ich das nicht erwartet.«

Nein. Er verstand alles völlig falsch. »Du solltest mich besser kennen, Dean. Ich würde niemals ...«

»Ich habe geglaubt, diese Nacht wäre etwas ganz Besonderes gewesen. Das zwischen uns beiden wäre etwas ganz Besonderes.«

»Ja, das war es. Das ist es.«

»Ja, klar«, knurrte er. »Mitleidssex mit einem Krüppel. Die Jungs in der Reha haben mich davor gewarnt.«

»Was? Wovon sprichst du?«

»Deshalb hast du den Kontakt zu mir gemieden. So kannst du mich nicht behandeln«, fauchte er.

»Was? Nein.«

Deans Stimme klang jetzt so leise, dass Alice sich anstrengen musste, um ihn zu verstehen. »Offensichtlich bin ich nicht der vollwertige Mann, den du dir wünschst.«

»Dean, hör auf damit. Bitte, hör mir zu, du hast mich nicht richtig verstanden …«

»Gut. Dann erklär es mir.«

Alice suchte nach den richtigen Worten. Ihre Gedanken rasten, und ihr Herz klopfte heftig.

»Das ist deine Chance, Pond.«

»Es ist ziemlich kompliziert, Dean«, flüsterte sie.

»Ja, klar. So wie die Jungs im Rehazentrum gesagt haben. Sie haben mich gewarnt – sie haben mir erzählt, wie schnell ihre Freundinnen das Weite gesucht haben, als ihnen klar wurde, worauf sie sich eingelassen hatten. Ich war so dumm zu glauben, dass du anders bist. Dass du mich auch so akzeptieren würdest.«

»Dean, nein. So ist es nicht … Es ist schwer zu erklären …«

»Nun, dann werde ich es dir ganz einfach machen, Pond.«

Das Freizeichen drang laut an Alice' Ohr.

»Dean?«

Sie rief ihn sofort zurück. Keine Antwort.

Sie wartete fünf Minuten und versuchte es noch einmal.

Immer noch keine Antwort.

Im Morgenlicht sah Alice den Wagen des Hausverwalters vor der Tür stehen. Das überraschte sie nicht, obwohl sie gehofft hatte, das würde nicht geschehen.

Sie war überfällig.

Alice schlich sich durch die Hintertür aus dem Haus, zwängte sich durch die kaputten Zaunlatten und lief zum Faraway Forest.

Aber ihr bisheriger Zufluchtsort spendete ihr keinen Trost, nicht zuletzt deshalb, weil er schmerzliche, aber auch schöne Erinnerungen in ihr wachrief. Sie hatte in den vergangenen Nächten kaum geschlafen und war vollkommen erschöpft.

Sie wartete auf ihrem Baum, bis sie sich im Schutz der Dunkelheit wieder nach Hause wagte.

Vor der Haustür lag ein Kuvert mit dem grellroten Logo der Hausverwaltung. Sie hatte noch eine Woche Zeit, die Miete zu bezahlen. Da es keinen formellen Mietvertrag gab, hatte sie auch keine Kündigungsfrist. Entweder zahlte sie spätestens in einer Woche, oder sie flog raus.

Alice packte ihre Sachen so schnell sie konnte. Viel nahm sie ohnehin nicht mit. Ein paar Kleidungsstücke und ihr Kopfkissen, die kleine Summe, die sie in den letzten Wochen gespart hatte, einige Konservendosen und verpackte Lebensmittel.

Vor der Haustür vergewisserte sie sich, dass der Gartenzwerg Gus an seinem Platz stand. So würde niemand Verdacht schöpfen.

Sie öffnete das Garagentor so leise wie möglich und hoffte, dass keiner der Nachbarn sie hören und neugierig durch einen Spalt in den Gardinen spähen würde. Einmal im Monat fuhr Alice mit dem alten Datsun eine kleine Strecke. Sie prüfte, ob er noch lief, und füllte den Tank immer zur Hälfte auf, um für einen Notfall gerüstet zu sein. Und diese Situation war ein Notfall, wie Alice feststellte. Der Wagen war weder angemeldet noch versichert. Sie hatte Lawson's Ridge damit noch nie verlassen, also hatte sie das nicht für nötig gehalten. Wenn sie damit jedoch außerhalb der Stadtgrenze angehalten würde, hätte sie dafür keine Erklärung. Aber sie hatte jetzt keine Zeit, sich darüber Gedanken zu machen.

Sie musste weg von hier. Sofort.

Kapitel neunzehn

Kookaburra Creek, 2018

Als sie am Donnerstagnachmittag in ihrer schönsten Bluse vor dem Filialleiter in der Bank saß, konnte Alice sich gut vorstellen, wie es einer Schülerin erging, die ins Büro des Schuldirektors zitiert wurde. Sie wusste nicht, wohin sie ihren Blick richten und wie sie sich hinsetzen sollte, und sie zupfte unwillkürlich ständig am obersten Knopf ihrer Bluse.

»Nun, Alice, das sieht alles sehr gut aus. Wir geben Ihnen gern einen Kredit über dreihundertfünfzigtausend Dollar – so viel sind unserer Schätzung nach das Anwesen und Ihr Geschäft wert. Wie hört sich das an?«

»Das klingt wunderbar. Vielen Dank«, sagte sie, ohne auf das Zittern in ihrer Stimme zu achten. Einen Moment lang vergaß sie, wo sie sich befand, rannte um den Schreibtisch herum und umarmte ihn. »Danke.« Der Betrag war höher, als sie sich erhofft hatte. Was sagst du nun, Hargraves?

»Kein Problem. Lassen Sie uns wissen, wann Sie das Geld brauchen, dann leiten wir alles in die Wege.«

Auf dem Rückweg durch die Stadt fühlte Alice sich so gut wie seit Tagen nicht mehr. Sie würde ihr Café retten können. Aber noch würde sie das niemandem erzählen. Sie wollte nicht zu früh jubeln – sie würde warten, bis dieses miese Hargraves-Pack seinen Preis nannte, und dann lächelnd sagen: »Bitte schön, hier haben Sie Ihr Geld.«

Und dann würde dieser Albtraum ein Ende haben.

Alice wusste, dass ein Marktbesuch in Glensdale am Sonntag Becca nicht begeistern würde, aber sie würde sich ihren liebsten Tag des Monats nicht dadurch verderben lassen. Schon gar nicht nach allem, was geschehen war. Nicht nach ihren guten Nachrichten. Ein Spaziergang über den Markt, vorbei an den Ständen mit frischem Obst und Gemüse, den geschickt gearbeiteten kunsthandwerklichen Gegenständen und dem handgefertigten Schmuck an einem strahlenden Sonntag war immer etwas Besonderes – Vorfreude, Aufregung, Spaß, eine berauschende Mischung. Und das wollte sie sich nicht entgehen lassen.

Sie versuchte, Becca den Marktbesuch schmackhaft zu machen, indem sie ihr versprach, ihr dort etwas zu kaufen, aber Beccas Interesselosigkeit an praktisch allem nahm ihr den Schwung. Selbst die örtliche Band, die dort auf einem Hügel an der nördlichen Seite des ovalen Geländes spielen würde, ließ Becca kalt.

»Es ist zwar nicht mein Musikgeschmack«, sagte Alice und brach auf der Fahrt nach Glensdale das Schweigen. »Aber den jungen Leuten scheint die Band zu gefallen.«

Becca zuckte die Achseln.

»Jetzt habe ich mich richtig alt angehört, oder?«

»Ein bisschen schon.« Becca lachte kurz auf.

»Na ja.« Alice hob die Schultern. »Das kann ich nicht ändern. Falls wir Freddy begegnen, musst du nicht die ganze Zeit mit einem so alten Weib wie mir herumhängen.«

Becca richtete sich auf. »Freddy kommt auch?«

Alice nickte. »Normalerweise ist er immer da. Niemand lässt sich den Markt entgehen.« Auch Joey und Fiona würden sicher kommen. Leider.

Becca drehte sich ein Stück in ihre Richtung. »Wissen Sie, so alt sind Sie gar nicht.«

»Vielen Dank.« Alice fühlte sich allerdings im Moment viel älter als Anfang dreißig.

Sie fuhr auf den Parkplatz des Ausstellungsgeländes, sah sich nach einer Lücke um und fand eine neben Carsons Wagen.

Becca rutschte nervös hin und her und rückte näher an Alice heran, offensichtlich, um Carsons grünem Privatwagen nicht zu nahe zu kommen.

»Guten Morgen, meine Damen.« Der Sergeant lächelte beim Aussteigen, und Alice bemerkte, dass Becca ihre angespannten Schultern sinken ließ.

»Guten Morgen, Carson. Ein herrlicher Tag heute.«

Carson tippte sich an seinen imaginären Hut und schloss sich der Menschenmenge an, die auf den Markt strömte.

»Was ist los?«, fragte Alice und kurbelte das Fenster hoch.

»Nichts«, erwiderte Becca. Allmählich kam wieder Farbe in ihre Wangen.

»Becca, wenn du über irgendetwas reden willst, bin ich für dich da. Gleichgültig, worum es sich handelt.«

»Schon gut.«

»Dann komm. Es wird dir Spaß machen, das verspreche ich dir.« Alice lockte sie aus dem Wagen und steuerte direkt auf Claudine McCreedys Käsestand zu.

Als Claudine vor vielen Jahren vier der hiesigen Farmer für die Produktion einer örtlichen Spezialität hatte gewinnen wollen, waren alle skeptisch gewesen. Niemand in der Umgebung von Glensdale hatte jemals von Beaufort gehört, geschweige denn gewusst, wie man ihn herstellte. Und wie um alles in der Welt sollten sie ihn verkaufen? Doch sie hatten Claudine unterschätzt. Ihr Vater war Käsehersteller in Frankreich gewesen. Sie war sogar in das Land ihrer Vorfahren gereist, um das Handwerk richtig zu erlernen, und als sie zurückkam, dauerte es nicht lange, bis die Einheimischen diesen weichen, cremigen Käse zu schätzen lernten.

Wahrscheinlich war es sehr förderlich, dass sich ihr Beaufort hervorragend für Fondues eignete. Zu jedem Winteranfang, kurz nach dem ersten Markt im Juni, fanden im Kookaburra Creek Café etliche ausgelassene Treffen zum gemeinsamen Fondue-Essen statt. Alice hatte noch nicht herausgefunden, wie sie die cremige Köstlichkeit beim Backen von Cupcakes verwenden konnte, aber sie arbeitete daran.

»Möchtest du probieren?«, fragte Claudine das junge Mädchen, aber Becca sah sich in der Menge um und schien sie gar nicht zu hören.

»Da ist Hattie«, sagte sie und ging zu der alten Dame hinüber. Hattie unterhielt sich gerade mit Freddy Harris, und Alice durchschaute sofort, was Becca vorhatte.

Sie verstaute den erstandenen Laib Käse in ihrer Einkaufstasche und ging zum nächsten Stand, um sich das Gemüse anzusehen. Der Spargel sah sehr knackig aus. Konnte sie ihn vielleicht für ihre Salate verwenden? In Gedanken spielte sie mögliche Geschmackskombinationen durch, und als sie den Kopf wieder hob, um sich durch die Umgebung weiter inspirieren zu lassen, sah sie ein Stück weiter Joeys Stand.

Er musste eigentlich keinen Stand auf diesem Markt mehr betreiben. In einem Radius von hundert Kilometern wusste jeder, dass sein Brot das beste war, was es hier zu kaufen gab. Aber er hatte den Stand vor vielen Jahren zum ersten Mal aufgebaut, um sich einen Ruf zu erwerben, und war seitdem immer wieder zurückgekommen. Alice wusste, dass es ihm großen Spaß machte, alle seine Kunden in dieser Umgebung zu treffen. Seine Brote verkaufte er nur nebenher. In den letzten Jahren hatte er den Markt nur ein einziges Mal versäumt. Und das zählte nicht. Nichts, was in diesem Sommer geschehen war, zählte.

Wie immer hatte sich eine lange Schlange vor seinem Stand gebildet. Und ganz vorne stand Fiona. Sie klimperte mit ihren lächerlich langen Wimpern, ihre dummen langen roten Locken fielen ihr über die viel zu schmalen Schultern, und ihre furchtbar beneidenswerte Nase mit den Sommersprossen schimmerte im Sonnenlicht.

»Müssen wir uns über irgendetwas Sorgen machen, *ma chère*?« Claudine stellte sich neben Alice.

»Was?«

»Mrs Harris ist außer sich bei dem Gedanken, dass ihre kluge Schönheit ihr Leben an einen örtlichen Bäcker verschwenden könnte. Ihre Worte.«

»Und warum sollten wir uns deswegen Sorgen machen, Claudine?«

»Mir ist das gleichgültig, aber ich dachte, dich könnte es beunruhigen.«

»Oh, bitte. Ich habe wichtigere Dinge im Kopf als Fiona Harris' Liebesleben.« Sie ging rasch weiter, bevor Claudine noch etwas dazu sagen konnte. Es stimmte – sie hatte größere Sorgen. Viel größere. Aber das hinderte sie nicht daran, noch einmal einen verstohlenen Blick über die Schulter zu werfen, bevor sie sich auf den Weg zu den Ständen im hinteren Bereich machte.

»Alice, Schätzchen? Können wir kurz miteinander reden?«

Alice drehte sich um, als sie die leise Stimme hinter sich hörte. »Oh, Hattie. Ich habe Neuigkeiten.«

»Ich auch. Sollen wir uns setzen?« Hattie deutete auf die weißen Korbstühle unter den schlanken Eukalyptusbäumen.

Alice hatte sich die Überraschung noch aufheben wollen, aber bei Hatties Anblick konnte sie es kaum erwarten, ihr alle Details zu berichten.

»Du zuerst«, schlug sie vor. Ihre Neuigkeit würde die von Hattie mit Sicherheit schlagen. Der Gedanke, das Beste bis zum Schluss aufzuheben, bereitete Alice Freude.

Einige Freunde gingen fröhlich lachend mit ihren Einkäufen beladen an ihnen vorbei. Kinder zerrten ihre Mütter an der Hand zum Popcorn-Stand, während diese versuchten, in die entgegengesetzte Richtung zu gehen, wo es Topfpflanzen und Vintage-Kleidung zu kaufen gab. Die Väter schlenderten zum Grill hinüber, vertieft in ein Gespräch, bei dem es sicher um das letzte verlorene Spiel der Glensdale Goannas und um den Abstieg der Rugbymannschaft ging.

»Wie ist es dir bei der Bank ergangen?«, wollte Hattie wissen.

»Nun, darüber wollte ich gerade mit dir sprechen.«

»Das habe ich mir schon gedacht.«

Ein Lächeln breitete sich auf Alice' Gesicht aus. Sie konnte keinen Moment länger warten. »Sie haben eingewilligt, mir einen Kredit zu geben.«

»Das ist wunderbar.«

»Und warum lächelst du nicht? Das ist eine tolle Neuigkeit. Hattie?«

»Wie viel?«

»Wie bitte?«

»Wie viel geben sie dir?«

Alice sah Hattie in die Augen. Das war nicht die Reaktion, die sie von ihr erwartet hatte. »Harriett Brookes, was verschweigst du mir?«

»Ich habe mit den Anwälten gesprochen. Die Hargraves haben ihren Preis genannt.«

»Gut. Dann zahlen wir sie aus und beenden diese Sache.«

»Sie wollen fünfhundertfünfzigtausend.«

»Ha!« Hatties Sinn für Humor in dieser Situation war beeindruckend. »Sehr witzig.«

Hattie hielt ihrem Blick stand.

»Das war doch ein Witz, oder?«

Hattie schüttelte den Kopf.

Alice fror plötzlich, und sie fühlte sich schwach. »Das ist fast doppelt so viel.«

»Typisch Hargraves«, zischte Hattie. »Gierig und gemein. Sie wissen genau, dass sie auf dem freien Markt nicht annähernd so viel bekommen würden. Das ist nur ihre Masche, um mich fertigzumachen.«

»Aber dürfen sie das denn? Ist das nicht illegal?«

»Sie können so viel verlangen, wie sie wollen.«

»Warum? Warum wollen sie nach all den Jahren dein Leben ruinieren? Und meines mit dazu. Was ist geschehen?«

»Einiges. Vor langer Zeit. Und wer weiß, welche Geschichten ihre Mutter ihnen erzählt hat.«

»Findest du nicht, dass du mir eine Erklärung schuldest? Ich werde alles verlieren. Habe ich nicht wenigstens ein Recht darauf zu erfahren, warum?«

»Oh, mein liebes Mädchen.« Hattie griff nach Alice' Händen. »Da steckt eine Menge Dummheit dahinter. Und noch dazu ein paar grausame Tricks des Lebens.«

»Davon kann ich ein Lied singen«, erwiderte Alice heiser.

»Ich weiß.« Sie tätschelte Alice' Hand. »Und dir ist auch klar, dass man sich seines Tuns nicht immer bewusst ist, wenn man jung ist.«

Hattie hatte recht. Über Fehler in der Jugend wusste Alice sehr gut Bescheid. Und Hattie hatte sie nach ihrem großen Fehler liebevoll aufgenommen und sie durch ihre schwere Zeit begleitet. Letztendlich spielte es keine Rolle, was genau in Hatties Vergangenheit geschehen war. Es zu wissen würde nichts an der jetzigen Situation ändern.

»Oh, Hattie.« Sie streckte die Arme aus und umarmte ihre alte Freundin.

Tränen liefen über die tiefen Falten auf Hatties Wangen. »Wir werden uns etwas einfallen lassen, Alice. Irgendeinen Ausweg werden wir finden. Wir sind kluge Frauen und haben schon Schlimmeres überstanden. Du weißt ja, was man sagt: Die Oper ist nicht vorbei, bevor die dicke Frau singt. Und ich sehe noch keine korpulenten Damen ein Lied anstimmen.«

Sie mochten noch nicht auf der Bühne stehen, aber Alice konnte praktisch schon hören, wie sie sich hinter den Kulissen aufwärmten. Sie hätte nie gedacht, dass das Leben so grausam sein und sie zwingen konnte, noch einmal ganz von vorne zu beginnen. Aber da hatte sie sich offensichtlich geirrt. Alice war sich nicht sicher, ob sie die Kraft besaß, das noch einmal durchzustehen. Aber sie wusste, dass sie es versuchen musste.

Zeit für Plan B. Wie auch immer der aussehen mochte.

Kapitel zwanzig

Irgendwo auf dem Newell Highway, 2004

Bei jeder weißen Strichlinie, die verschwommen vor der Windschutzscheibe vorbeiflog, wurden Alice' Augenlider schwerer. Die Uhr am Armaturenbrett funktionierte schon seit Jahren nicht mehr, aber sie wusste, dass sie schon seit Stunden unterwegs war und es bald hell werden würde. Sie verließ den Highway an der nächsten Ausfahrt und suchte sich eine Lichtung, wo sie halten konnte. Sie brauchte nur eine Stunde Schlaf, dann würde sie weiterfahren können. Alice kletterte auf den Rücksitz und wickelte sich in ihren Mantel. Durch das Fenster konnte sie die Sterne sehen, und sie hielt Ausschau nach dem Kreuz des Südens, so wie ihr Vater es ihr beigebracht hatte, als sie zehn war. An ihrem Geburtstag hatten sie gezeltet. Bruce und Sonia hatten sich mit ihr ins Gras gelegt und ihr die Namen der Sternbilder genannt. Erst viel später hatte sie begriffen, dass es die »Teetasse« und den »Gartenzwerg« nicht wirklich gab, aber das spielte keine Rolle. Die Nacht unter den Sternen war Alice' letzte glückliche Erinnerung an ihre Familie, und daran hielt sie fest.

Das Kreuz des Südens entdeckte sie sofort. Auch die Teetasse. Aber wo war der Gartenzwerg?

Die warme Morgensonne schien ihr ins Gesicht. Alice setzte sich langsam auf und schaute sich um. Ihre Arme und ihr Nacken schmerzten. Die Lichtung sah so aus, als wäre hier einmal ein Park gewesen. Alice konnte die Stelle erkennen, wo einmal eine alte Schaukel gestanden haben musste und wo unzählige Paar Füße die Erde abgetragen hatten. Was wohl einmal ein Sandkasten gewesen war, war nun mit Müll übersät. Übrig geblieben war nur eine Wippe, deren zersplittertes Holz überall mit Graffiti bedeckt war.

Wo waren die Kinder jetzt? Alice ging um den Wagen herum und streckte ihre Beine.

Hinter dem Parkplatz stand eine verlassene Toilettenanlage, und Alice hoffte, dass es dort noch fließendes Wasser gab. Sie musste sich ein wenig frisch machen, bevor sie wieder losfuhr. Sich kaltes Wasser ins Gesicht spritzen und den Schmutz unter ihren Fingernägeln wegspülen.

Und dann weiterfahren. Ohne eine bestimmte Richtung. Ohne Plan. Einfach nur fahren, bis ihr das Benzin ausging. Dort, wo sie landete, würde sie sich einen Job suchen und sich überlegen, wie es weitergehen sollte. Sie legte eine Hand auf ihren Bauch.

Sie atmete drei Mal tief durch, bevor sie den Motor anließ. Beim Fahren begann sie zu zählen. Eins, zwei, drei, alles, um nicht darüber nachdenken zu müssen, was geschehen war. Dreihundert, dreihunderteins, alles, um nicht darüber nachdenken zu müssen, was als Nächstes geschehen würde. Sechshundertsechsundzwanzig, sechshundertsiebenundzwanzig, alles, um an gar nichts mehr denken zu müssen.

Je weiter sie fuhr, umso dunkler wurde der Himmel. Gewitterwolken bauten sich immer weiter auf, bis sie ihr eigenes Gewicht nicht mehr halten konnten und aufplatzten, um sich Erleichterung zu verschaffen.

Der strömende Regen nahm Alice die Sicht. Sie hatte keine Ahnung, wie lange sie noch weiterfuhr, ohne wirklich etwas zu erkennen. Zwanzig Minuten? Zwei Stunden? Wann hatte sie zum letzten Mal weiter als wenige Meter sehen können? Befand sie sich überhaupt noch auf einer Straße?

Das Fenster auf ihrer rechten Seite ließ sich nicht ganz schließen, und der Regen wehte in den Wagen und durchnässte ihr T-Shirt. Sie musste irgendwo anhalten, wo sie sich für eine Weile unterstellen konnte.

Vor ihr auf der linken Seite erschien irgendetwas im Scheinwerferlicht, und Alice bremste ab. Vielleicht war es nur der Blitz gewesen. Als sie langsam näher heranfuhr, glaubte sie, ein Gebäude zu erkennen. Sie bog in diese Richtung ab, und ihre Reifen schlitterten auf der weichen, rutschigen Erde. Als sie mehr Gas gab, drehten die Räder durch. Sie versuchte es noch einmal. Nun steckte sie fest.

Hinter den Fenstern des Holzhauses brannte kein Licht, es gab keine Anzeichen, dass dort jemand wohnte. Wahrscheinlich stand es leer.

Sie wartete im Wagen. Zwanzig Minuten? Zwei Stunden? Niemand kam. Niemand ging. Es brannte immer noch kein Licht.

Mit geschlossenen Augen atmete sie tief durch. Sie nahm ihre Tasche und rannte durch den strömenden Regen zum Haus und die paar Stufen zur Eingangstür hinauf.

Sie klopfte leise. Keine Antwort.

Sie klopfte lauter. Keine Antwort.

Über ihrem Kopf schwang quietschend ein Schild an Metallketten im Wind hin und her. Es war zu dunkel, um die Aufschrift zu entziffern. Vorsichtig lehnte sie sich gegen die Tür. Wenn sie sich von selbst öffnete, dann war das kein Einbruch. Die Haustür klemmte ein wenig, also drückte Alice stärker dagegen. Erschrocken sprang sie zurück, als eine laute Glocke ertönte. Sie blieb wie erstarrt stehen und rechnete damit, dass jemand kommen und sie davonscheuchen würde, doch nichts passierte.

Sie schob die Tür noch ein Stück weiter auf, und ihr Puls beschleunigte sich, als die Glocke noch einmal bimmelte. Drinnen standen Tische und Stühle in Grüppchen arrangiert, und im hinteren Teil des Raums befand sich eine Theke. Ein Café? Ein Restaurant?

Vielleicht fand sie hier etwas zu essen. Sie konnte sich bis zum Morgen ausruhen und verschwinden, bevor die Besitzer kamen und den Laden öffneten.

Alice wachte steif und mit schmerzenden Muskeln auf. Der Boden einer Speisekammer war offensichtlich kein komfortabler Schlafplatz.

Sie stand auf und rieb sich den verspannten Rücken. Vorsichtig strich sie darüber. Die Regale in der Vorratskammer waren nicht sehr gut bestückt, aber es gab einiges, was sie gebrauchen konnte. Sie schob ein paar Dosen Thunfisch und Kräcker in ihre Tasche. Alle Oberflächen waren mit einer dicken Staubschicht bedeckt, und Alice fragte sich, wann zum letzten Mal jemand hier drin gewesen war.

Aber das spielte keine Rolle. Am sichersten war es, wieder von hier zu verschwinden. So schnell wie möglich.

»Kann ich Ihnen helfen?« Alice zuckte beim Klang der Stimme zusammen und wirbelte herum.

Vor ihr stand eine ältere Frau. Sie war so elegant gekleidet, wie Alice nie jemanden in Lawson's Ridge gesehen hatte. An jedem Finger trug sie Ringe, und um ihren Hals hatte sie einen violetten Schal geschlungen – in der gleichen Farbe wie die Strähne in ihrem grauen Haar. Das großzügig aufgetragene Make-up hatte sich in ihren Falten festgesetzt. Sie musterte Alice aus scharfen grauen Augen von Kopf bis Fuß.

»Sind Sie wegen des Jobs hier?«, erkundigte sich die alte Dame misstrauisch.

Alice fragte sich, wie lange sie wohl schon hier war und ob sie gesehen hatte, dass Alice sich etwas von den Vorräten genommen hatte.

»Oh … ja.« Wie sonst hätte sie ihre Anwesenheit erklären sollen?

»Ausgezeichnet. Setzen Sie sich, damit wir uns ein bisschen unterhalten können. Ich bin Harriett Brookes.« Die Frau streckte ihre Hand aus.

Alice schüttelte sie rasch. Sie musste mitspielen. Wenn diese Frau die Polizei rief, würde man sie in ein Heim oder ein Obdachlosenasyl stecken oder sie an irgendeinen anderen schrecklichen Ort bringen.

»Wie Sie sehen, wurde das Café in letzter Zeit ein wenig vernachlässigt. Es gehört meiner Schwester. Sie ist gestürzt, und nun kann sie den Laden nicht mehr führen. Ich dachte daran, ihn zu verkaufen, aber irgendwie kommt mir das nicht richtig vor. Ich verstehe sehr wenig davon, wie man ein Café betreibt, also brauche ich einen Manager. Sie haben doch Erfahrung mit der Führung eines Cafés, oder?«

Alice nickte wortlos – sie war vor Angst wie versteinert.

»Sehr gut. Es ist eine Vollzeitstelle. Die Bezahlung ist miserabel, aber was kann man von so einem Unternehmen schon erwarten?« Sie schüttelte den Kopf. »Ich habe Genevieve immer gesagt, von einem solchen Laden könnte man recht gut leben, wenn man sein

Potenzial erkennt. Vielleicht können Sie mir dabei helfen?«

Alice nickte.

»Sie sind nicht sehr gesprächig, Schätzchen, oder?«

Alice schüttelte den Kopf.

»Sie müssen etwas für mich kochen.«

»Kochen?«

»Ja. Die Bezeichnung Manager ist hier sehr weit gefasst. Sie sind die Köchin, die Kellnerin, na ja, das Mädchen für alles. Geht es Ihnen gut? Sie sind schrecklich blass.«

»Alles in Ordnung.« Alice schluckte den Kloß in ihrem Hals hinunter.

»Gut. Nun, ich möchte ganz ehrlich mit Ihnen sein. Außer Ihnen hat sich niemand für den Job beworben, nicht einmal danach erkundigt, also wenn Sie ein paar einfache Gerichte zustande bringen, können wir über die Einzelheiten reden.«

Alice starrte sie an.

»Hier.« Die alte Dame reichte ihr einige Einkaufstüten, die sie mitgebracht hatte. »Ich besorge noch etwas und komme in einer Stunde wieder zurück, um mir anzusehen, was Sie daraus gemacht haben.« Die Frau drehte sich um und warf beim Hinausgehen den Schal über ihre Schulter. »Eine Stunde.« Sie warf Alice einen Blick zu. »Dann bin ich wieder da.«

Alice stützte die Hände auf die Knie und sank in sich zusammen. Sie konnte auf keinen Fall irgendetwas für die alte Dame kochen, aber sie würde auf jeden Fall alles mitnehmen, was sich in den Tüten befand.

Sie durchstöberte die Küche nach weiteren Sachen, die sie einpacken konnte. Als sie aus der Speisekammer trat, fiel ihr das Bild über dem Herd auf. Es war ein gerahmtes Foto von einer alten Dame mit einem Spitzenhäubchen. Die Augen kamen ihr irgendwie bekannt vor – was natürlich lächerlich war –, und auch das Lächeln erinnerte Alice an irgendjemanden. Sie streckte die Hand nach oben und berührte den alten Rahmen. Er fiel von der Wand und krachte auf die Arbeitsfläche darunter. Alice kehrte sofort die Glasscherben zusammen und versteckte die winzigen glitzernden Teilchen unter einer alten Zeitung im Mülleimer.

Als sie das Bild wieder aufhängen wollte, fiel ein Blatt Papier aus dem Rahmen. Ein Rezept für Schokoladencreme-Cupcakes. Als die Frau ihren Platz an der Wand wieder eingenommen hatte, sah Alice nach oben. Sie hätte schwören können, dass die alte Dame ihr zuzwinkerte.

Ja, anscheinend hatte sie jetzt ihren Verstand verloren.

Sie warf einen Blick auf die Zutatenliste und überprüfte Einkaufstüten und Speisekammer. Es war alles da. Obwohl sie eigentlich abhauen sollte, war es vielleicht einen Versuch wert. Es klang ziemlich einfach.

Alice schaute noch einmal nach oben auf das Foto und legte den Kopf zur Seite. Aus dem richtigen Blickwinkel betrachtet und mit zusammengekniffenen Augen sah die lustige alte Dame ein bisschen so aus wie eine der Jungfern-Schwestern. Vielleicht war es Sallys und Sues seit Langem verschollene Cousine?

»Jetzt drehst du völlig durch, Alice«, sagte sie laut und holte eine Schüssel aus dem Regal.

Die Stimme in ihrem Kopf versuchte noch einmal, sie zum Gehen zu überreden, aber als Alice die Zutaten abwog, verstummte sie. Sie schlug die Eier auf, und plötzlich waren die Vögel, die vor dem Fenster soeben noch großen Rabatz veranstaltet hatten, ganz still. Sie rührte den Teig, und das Surren des alten Kühlschranks war nicht mehr zu hören. Nur der Schneebesen und ihre Atemzüge. Sonst nichts. Teig rühren. Atmen. Stille.

»Oh, gut. Sie sind noch da.« Die alte Dame hatte ihr Wort gehalten und war nach genau einer Stunde zurückgekommen. Sie nahm sich einen der Cupcakes. »Sie … schmecken köstlich. Wenn Sie den Rest nur halb so gut hinbekommen, kann uns nichts mehr passieren.« Sie streckte ihre Hand aus. »Wie heißen Sie?«

»Alice Pond.« Verdammt. Sie hätte einen falschen Namen angeben sollen.

»Nun, Miss Pond, Sie sind ein wenig jünger, als ich es mir für die neue Managerin des Cafés vorgestellt habe.«

»Ich bin achtzehn.«

»Trotzdem.« Sie runzelte die Stirn. »Ach, warum

nicht?« Ein strahlendes Lächeln breitete sich auf ihrem Gesicht aus und vertiefte die feinen Fältchen um ihre Augen. »Ich bin zu alt, um mir über solche Dinge Gedanken zu machen. Wenn Sie bleiben wollen, bin ich dabei.«

Alice hatte einen Job. Keinen, in dem sie sehr gut war, aber das war besser als nichts. Nachdem Hattie – die alte Dame hatte sie gebeten, sie so zu nennen – gegangen war, hatte sich Alice aus dem Staub machen wollen. Sie wollte so weit wie möglich von hier weg, aber der Motor stotterte nur protestierend; sie saß hier fest.

Schweißperlen traten ihr auf die Stirn, als sie sich in dem Raum umsah. Alles war weiß: die Stühle, die Tische, der Tresen, die Wände. Klein und nett. Wie viele Besucher würden hier wohl auftauchen? Wenn sie die Leute dieser Stadt, wie immer sie auch heißen mochte, eine Zeitlang hinters Licht führen konnte, hatte sie ein Dach über dem Kopf und verdiente ein wenig Geld, bis sie ihren nächsten Schritt planen konnte.

Sie hob eine Speisekarte von einem der Tische auf, studierte sie und fragte sich, welche Gerichte man von ihr erwarten würde. Sandwiches. Das sollte ohne große Mühe zu schaffen sein. Salate. Wie schwer konnte das schon sein? Burger. Hmm, das war schon ein bisschen schwieriger. Lasagne. Ihr Brustkorb zog sich zusammen.

Alice ging durch die Küche und holte das alte Kochbuch, das sie in der Speisekammer gesehen hatte. Sie blätterte es durch und begann, die Zutaten zusammenzutragen. Eier, Mehl, Hackfleisch, Gemüse. Es war nicht viel von allem vorhanden, aber sie musste sich jetzt Kochen beibringen, und das schnell.

Als der Mond bereits weit über den Himmel gewandert war, stand Alice von Kopf bis Fuß mit Mehl, Butter und anderen Speiseresten bekleckert in der Küche des Cafés. Aber sie hatte es geschafft. Na ja, mehr oder weniger.

Von den zehn Gerichten auf der Karte hatte sie drei zubereitet. Sie stellte die Teller auf der Arbeitsplatte nebeneinander und nahm eine Gabel zur Hand. Die Soße für die Nudeln mit Tomaten und Käse war ein bisschen zu dünn, schmeckte aber ganz gut. Tatsächlich sogar sehr gut, und Alice aß die ganze Portion auf. Dem Burger fehlte es an Geschmack, und er war eindeutig zu lange in der Pfanne gewesen. Daran musste sie noch arbeiten. Wie genau, wusste sie jedoch nicht. Ihre Mum hätte ihr das sagen können. Sie wünschte, sie hätte Sonia nicht jedes Mal ignoriert, wenn sie Alice von ihren Büchern weglocken wollte, um ihr Kochen beizubringen. Es war nicht das erste Mal, dass sie sich das wünschte. Im ersten Jahr nach Sonias Tod, als Bruce begonnen hatte, seinen Schmerz in Alkohol zu ertränken, hatte sie sich jeden Tag gewünscht, sie könnte mehr als nur ein Käsesandwich zubereiten.

Das Letzte der drei Gerichte war eine Shepherd's Pie, eine Fleischpastete. Alice hob die Gabel an ihre Lippen und atmete den köstlichen Duft ein.

»Ihh!« Sie spuckte das Hackfleisch und die Kartoffeln auf die Arbeitsfläche. So etwas Widerliches hatte sie noch nie gegessen. Was auch immer sie falsch gemacht hatte, es war ungenießbar, und sie warf den Rest in den Mülleimer. Sie würde sich das Rezept noch einmal genau anschauen und die Zutaten überprüfen müssen.

»Der Anfang ist gemacht«, sagte sie sich und schaute nach oben zu dem Bild über ihrem Arbeitsplatz. »Kein großartiger Anfang, aber ein erster Schritt. Das stimmt doch … Jill, Petunia, Mabel … Sylvia?« Sylvia hörte sich richtig an.

Sie machte sich aus ihrem Kopfkissen, ihrer Decke, ihrer Tasche und ihrer Kleidung einen einigermaßen weichen Schlafplatz auf dem Boden der Speisekammer, mit der Absicht, sich die Karte noch einmal genau anzusehen. Doch sobald sie den Kopf auf das Kissen gelegt hatte, fielen ihr die Augen zu, und die Speisekarte des Kookaburra Creek Café landete auf dem Boden.

Kapitel einundzwanzig

Kookaburra Creek, 2018

Hattie saß am Fußende ihres Bettes und seufzte. Es schien keinen Ausweg zu geben – die Hargraves würden siegen. Außer, ihr fiel noch irgendetwas Geniales ein.

Sie starrte auf das Poster von *My Fair Lady* an der Wand, und plötzlich kehrte eine längst vergessene Erinnerung zurück. 1964 hatte sie Genevieve, damals vierzehn Jahre alt, zu ihrem ersten Musical mitgenommen. Oh, wie sehr ihre Schwester sich damals gefreut hatte! Sie waren nach der Aufführung noch in der Nähe der Bühne geblieben und hatten gehofft, einen Blick auf das Ensemble werfen zu können. Als Eliza Doolittle mit einem Verband um ihren Knöchel erschien, war Genevieve mit einem leisen Aufschrei auf sie zugelaufen und hatte sie umarmt.

»Was ist mit Ihrem Fuß passiert?«, hatte sie gefragt.

»Nur eine Verstauchung. Die Show muss weitergehen.«

Obwohl sie offensichtlich Schmerzen hatte, nahm sich Eliza die Zeit, ein wenig mit Genevieve zu plaudern, und Hattie hatte ihr diese freundliche Geste nie vergessen.

»Die Show muss weitergehen«, sagte Hattie laut. Ihr ganzes Leben war eine Show gewesen. Leider war es kein Musical mit Gesang und Happy End. Wenn es nur im wahren Leben so wäre. Ein Lied, mit dem man sich in ein glückliches Ende sang …

»Das ist es!«, rief sie und sprang auf. Sie warf ihren Schal über die Schulter und lief auf die Straße hinaus.

Ausnahmsweise war es sehr ruhig im Café, und das war gut so, weil sie so Freddy und Becca viel leichter im Auge behalten konnte. Alice lungerte neben den Tischen in der Nähe der Veranda herum, um einige Gesprächsfetzen aufzufangen. Wäre das Café gut besucht gewesen, wäre das weniger auffällig gewesen, aber dann hätte sie keine Zeit und keinen Platz gehabt, um die beiden zu belauschen.

Eigentlich sollten sie miteinander Englisch-Hausaufgaben machen – es ging um literarische Stilmittel in dem Roman *Catch-22*, wenn sie sich nicht irrte. Allerdings schien sich die Unterhaltung nicht um Anspielungen, Ironie oder irgendwelche anderen auf Literatur bezogenen Dinge zu drehen.

Bei viel Betrieb im Café wäre ihr jedoch Joeys Anwesenheit nicht so unangenehm gewesen. Er hatte wieder Fiona mitgebracht. Sie wusste, dass es in Kookaburra Creek keinen anderen Laden gab, der so gutes Essen anbot wie ihres, aber sie hätten doch den kurzen Weg nach Glensdale fahren können.

Sie wusste nicht recht, wohin sie blicken oder was sie sagen sollte. Natürlich freute sie sich für ihn. Wenn er damit glücklich war. Allerdings schien heute keine sehr fröhliche Stimmung zu herrschen. Worüber auch immer sie redeten, es schien etwas Ernstes zu sein, und Fionas Miene wirkte unglücklich und beinahe wie eine Gewitterwolke.

Alice hätte Joey gern alles über Hattie, die Hargraves und das Café erzählt. Sie hoffte, dass ihm eine Lösung einfiel, an die sie noch nicht gedacht hatte. Aber in letzter Zeit war Fiona ständig an seiner Seite, und in ihrer Gegenwart wollte sie sich nicht an ihn wenden.

»Hast du ein Problem, Alice?«, fragte er, als sie ihnen zwei Espressi reichte.

Ja, und ich könnte wirklich deine Hilfe gebrauchen. »Nein, alles in Ordnung.« Sie lächelte.

Er trank einen Schluck von seinem Kaffee und spuckte ihn wieder in die kleine Tasse. »Tut mir leid, aber bist du da sicher?« Er gab Alice die Tasse zurück.

»Oh. Entschuldige, ich mache dir einen frischen.«

»Ah, da sind ja die Mimen, nach denen ich Ausschau gehalten habe.« Hattie stürzte ins Café; in ihrem perfekt geföhnten Haar steckte ein Haarteil in der Farbe eines warmen Sommerhimmels.

»O nein.« Joey drehte sich um.

»Bitte nicht.« Alice schüttelte den Kopf. Hatte Hattie denn nicht schon genug Sorgen? Konnte sie das Theaterstück in diesem Jahr nicht auslassen? Nur dieses eine Mal?

»Dummes Gewäsch.« Hattie grinste.

»Kostüme.« Alice hob die linke Hand, um sich dafür zu melden.

»Requisiten.« Joey streckte die rechte Hand in die Luft.

Fiona kam näher und lächelte breit; ihre Sommersprossen schimmerten.

»Nicht in diesem Jahr, meine Lieben.«

Alice sah zu Joey hinüber und hoffte, dass er sich rasch etwas einfallen ließ, was ihnen beiden einen Ausweg bieten könnte.

Anscheinend war das nicht der Fall.

»In diesem Jahr wird alles ein wenig anders ablaufen. Ich habe über unsere Situation nachgedacht, Alice.«

»Über welche Situation?« Joey runzelte die Stirn.

Hattie platzte mit der Wahrheit heraus, bevor Alice eine Chance hatte zu protestieren. »Das Café ist in Gefahr.«

»Was?« Er wandte sich an Alice. »Warum hast du mir das nicht erzählt?«

»Du warst beschäftigt.« Schuldgefühle stiegen in ihr auf. Er hatte ein Recht darauf, es zu erfahren – viele seiner eigenen Erinnerungen stammten aus diesen vier Wänden. »Ich habe nicht gewusst, wie ich es dir sagen soll.« Sie senkte den Blick.

»Wie? Was ist passiert?«

»Die Details erzählen wir dir später. Ich habe eine geniale Idee und bereits einen perfekten Plan ausgearbeitet. Wir werden einen Fonds ins Leben rufen, um das Café zu retten, und anstelle eines Theaterstücks werden wir ein Musical aufführen.« Hattie warf ihren blauen Schal mit dem Blumenmuster über die Schulter. »Wenn wir mit dieser Spendenaktion Erfolg haben wollen, müssen wir in diesem Jahr unsere allerbeste Vorführung geben. Ich habe diesen Klatschreporter Sinclair aus Glensdale damit beauftragt, darüber zu berichten, um unseren Kartenverkauf anzukurbeln. Und ihr werdet nie erraten, welches Stück wir aufführen werden.«

»Ich wage es nicht, danach zu fragen«, murmelte Joey.

»Na los, ratet mal.«

Niemand antwortete.

»Gut, dann sag ich es euch. Cole Porters *Anything Goes*.« Hattie klatschte in die Hände.

»Und was hat das mit uns zu tun?«, fragte Joey.

»Ihr beide habt euch lange genug im Schatten der Kulissen aufgehalten. Aber in diesem Jahr wird das anders. Wenn wir eine Chance haben wollen, daraus einen Erfolg zu machen, brauche ich richtige Stars auf der Bühne. Ich kann Mrs Harris nicht noch einmal die Hauptrolle geben. Nichts für ungut, Fiona. Das gilt auch für dich, Frederick.« Sie drehte sich zu Freddy und Becca an ihrem Tisch um. »Die Stimme eurer

Mutter ist nicht so gut, wie sie glaubt. Wir alle wissen das von unseren Besuchen in der Kirche.«

»Was läuft hier ab?«, flüsterte Becca.

»Lächle einfach und dreh dich um.« Freddy nahm ihre Hand und versuchte, sie wieder nach draußen zu ziehen.

»Auf keinen Fall.« Sie grinste.

»Zu euch beiden komme ich später.« Als Hattie in ihre Richtung gestikulierte, blitzte der Schmuck an ihren Händen in den durch das Fenster fallenden Sonnenstrahlen auf.

»Wir sollten jetzt wirklich gehen.« Freddy legte Becca eine Hand auf die Schulter, aber sie schüttelte sie ab.

»Zuerst muss ich die Hauptrollen vergeben.« Hattie lächelte Joey, Alice und Fiona an.

»Aber ich kann nicht singen«, protestierte Alice.

»Unsinn. Du bist bei Weitem nicht so gut wie Betty, das stimmt, aber ich habe dich schon oft singen hören, vor allem in deiner Küche, und deine Stimme ist sehr angenehm. Und seien wir mal ehrlich – Betty ist ein paar Jahrzehnte zu alt, um Reno zu spielen.«

»Reno?«

»Reno Sweeney. Du kennst doch sicher das Stück. Du bist meine Reno.« Sie wandte sich an Joey. »Und du bist mein Billy Crocker.«

Joey öffnete den Mund, brachte aber keinen Ton hervor.

»Auch dich habe ich schon singen hören, wenn ich am frühen Morgen an der Bäckerei vorbeigegangen bin. Du bist mit Sicherheit kein Gene Kelly, aber deine Stimme ist nicht schlecht. Und du hast diesen rauen Charme, den wir brauchen.«

»Danke.« Joey runzelte die Stirn.

»Und die Zuschauer werden dich größer einschätzen, als du tatsächlich bist.«

»Nochmals danke.«

»Aber ich kann nicht schauspielern, Hattie.« Alice hatte endlich ihre Stimme wiedergefunden.

»Unsinn. Jeder Mensch kann schauspielern. Und ihr habt ja mich – ich werde euch entsprechend anleiten.«

»Aber …«

Hattie hob ihre schwer beringte Hand. »Es ist an der Zeit, dass ihr euch von mir zum Ruhm führen lasst.«

»Hattie …« Joey versuchte, sie zu unterbrechen.

»Wenn keiner von euch eine bessere Idee hat, wie wir Geld auftreiben können, dann ist das der beste Weg, den wir haben.« Sie warf ihnen einen strengen Blick zu.

Sie schwiegen.

»Und du, Fiona, würdest eine wunderbare Hope Harcourt abgeben.«

»Oh, ich liebe dieses Musical. Danke.«

»Es tut mir leid, Hattie«, sagte Alice leise. »Aber wird Mrs Harris nicht ungehalten sein, wenn sie nicht die Hauptrolle bekommt?«

»Natürlich.« Hattie klopfte mit dem Fuß auf den Boden. »Aber es geht um die Zukunft des Cafés, also wird sie sich einfach damit abfinden müssen – wie drückt ihr jungen Leute das heutzutage aus? –, dass sie sich für die Gemeinschaft opfern und sich mit einer Nebenrolle zufriedengeben muss. Eine Rolle, die ihre schauspielerischen Fähigkeiten nicht überfordert.«

»Du hast gesagt, jeder kann schauspielern.« Alice suchte nach einem Weg, um sich zu drücken.

»Ja, aber ich habe nicht gesagt, dass jeder *gut* schauspielern kann. Tut mir leid, Fiona.«

Diese schien Hatties Kritik an ihrer Mutter nicht im Geringsten zu stören. Wahrscheinlich stellte sie sich bereits vor, wie sie mit Joey einige romantische Lieder trällerte.

»Natürlich habe ich daran gedacht, Mrs Harris zu bitten, Evangeline Harcourt zu spielen, um des lieben Friedens willen, aber diese Situation ist zu ernst. Wir müssen ein viel größeres Publikum anlocken als bisher, und daher …« Sie atmete tief ein, streckte stolz die Brust heraus und verneigte sich dann. »Es ist an der Zeit.«

»Tatsächlich?« Alice konnte es kaum glauben. In all den Jahren in Kookaburra Creek hatte Hattie zwar immer die Regie bei den Aufführungen der Laienspielgruppe übernommen, aber auch stets betont, dass ihre Tage auf der Bühne der Vergangenheit angehörten. Jedes Jahr hatte irgendjemand versucht, sie zu überreden, selber eine Rolle zu übernehmen, aber sie hatte immer wieder abgelehnt.

»Wie sonst hätte ich Sinclair dazu bringen sollen, über dieses Ereignis zu berichten? Selbst er sieht die

Schlagzeilen bereits vor sich: ›Berühmte australische Schauspielerin Harriett Brookes wieder auf der Bühne.‹«

»Können wir jetzt bitte gehen?«, flüsterte Freddy Becca ins Ohr.

»Machst du Witze?« Becca grinste breit. »Jetzt wird es doch erst richtig interessant. Fehlt nur noch ein Becher Popcorn.«

Alice brauchte kein Popcorn, aber gegen eine Schaufel, mit der sie hätte ein Loch graben können, um darin zu versinken, hätte sie nichts einzuwenden gehabt. Was dachte sich Hattie nur dabei? Und wie konnte sie sie damit so überrumpeln?

»Miss Hattie, ich glaube …« Joey versuchte noch einmal, etwas einzuwerfen, aber Hattie war nicht zu bremsen.

»Weitreichende Veränderungen.« Hattie wirbelte mit einem entschlossenen Lächeln zur Tür und trennte dabei Freddy und Becca voneinander. »Alles für einen guten Zweck.« Sie fuhr mit ihrem Seidenschal durch die Luft und schwebte hinaus.

»Was war das?« Becca konnte sich nicht mehr zurückhalten und prustete vor Lachen.

»Das war Hattie, der Hurrikan.« Freddy lachte. »Ein ruhender Sturm, der gewaltige Ausmaße annimmt, wenn er einmal losgebrochen ist.«

Joey ließ sich auf einen Stuhl sinken und starrte Alice an. »Anscheinend gibt es einiges, was du mir erzählen solltest.«

Aber Alice blieb wie erstarrt stehen. Wie hatte Hattie das tun können? Nun würde jeder in der Stadt von dieser schrecklichen Sache erfahren und wissen, in welcher Notlage sie sich befanden. Und auch Becca wusste jetzt Bescheid. Und Hatties Idee, Alice und Joey an die vorderste Front dieses albernen Plans zu stellen, war … nun, einfach lächerlich.

Kapitel zweiundzwanzig

Kookaburra Creek Café, 2004

Alice versteckte ihr Bettzeug im hinteren Teil der Speisekammer und begann noch vor sieben Uhr mit der Zubereitung der Gerichte. Wenn der Tag nicht in einer totalen Katastrophe enden sollte, brauchte sie mehr Übung. Ihr war bewusst, dass sie das Angebot einfach halten musste – Burger, Sandwiches, Cupcakes –, dann konnte sie es vielleicht schaffen.

Um halb zwölf kündigte die alte Messingglocke die ersten Gäste an. Alice spähte über die Schwingtüren, die die Küche vom Gastraum trennten. Ein alter Mann mit grauem Bart und ungekämmtem Haar zog einer alten Frau einen Stuhl zurecht. Die Frau war sehr klein, aber sie hielt sich so aufrecht und selbstbewusst, dass man sie für über einen Meter achtzig hätte halten können. Sie nahm langsam Platz und sah sich gründlich in dem Gastraum um. Eine dritte Person, viel jünger als die beiden, setzte sich zu ihnen.

»Viel wird einem hier nicht geboten.« Die scharfe

Stimme der kleinen Frau hallte durch den fast leeren Raum und drang an Alice' Ohren.

»*Non, non*, Betty.« Die junge Frau sprach mit einem ausgeprägten französischen Akzent. »Sei nett.«

»Auf jeden Fall sieht es hier viel besser aus als in dem Drecksladen, in den du uns letzte Woche geschleift hast, Claudine«, brummte der alte Mann.

»Hattie hat mir versichert, dass alles den Anforderungen entspricht, und falls das nicht stimmen sollte, habe ich keine Skrupel, ihr das zu sagen.« Betty wandte sich an Claudine. »Aber ich werde dem Mädchen zumindest eine Chance geben.«

Alice' Knie gaben nach, und sie stützte sich an der Wand ab, um nicht hinzufallen. Rasch warf sie einen Blick auf die Hintertür, aber ihre Beine wollten sich nicht bewegen.

»Falls hier mal jemand unsere Bestellung aufnimmt«, fuhr Betty mit erhobener Stimme fort.

»Nun, was haben wir schon zu verlieren?«, flüsterte Alice mit einem Blick auf Sylvia, die sie von der Wand aus anschaute. »Wir sitzen so oder so in der Tinte, richtig?«

Sie betrat den Gastraum.

»Ah, da sind Sie ja.« Betty schenkte ihr ein Lächeln, das gezwungen wirkte.

»Guten Morgen. Mein Name ist Alice. Was darf ich Ihnen heute bringen?« Alice spürte, wie sich drei Augenpaare forschend auf sie richteten.

»Claudine nimmt den Salat, und Clive und ich probieren den Burger. Sehr viel mehr gibt es hier wohl nicht, oder?«

»Ich hätte außerdem gern eine Tasse Kaffee. *Merci.*« Claudines Lächeln schien echt zu sein.

Alice nickte. »Kommt sofort.«

»Das hoffe ich«, erwiderte Betty laut.

Alice hastete in die Küche zurück. Der Salat war leicht zuzubereiten und sah in der Schüssel angerichtet tatsächlich sehr lecker aus. Die ersten beiden Frikadellen verbrannten ihr jedoch, und Alice musste sie wegwerfen. Die beiden nächsten gelangen ihr besser, aber eine von beiden fiel auseinander. Sie fügte sie mit ein wenig geschmolzenem Käse zusammen und versteckte die Stelle unter einem Salatblatt und einer Tomatenscheibe. Diesen Burger servierte sie Clive.

Sie wartete darauf, dass die Stühle zurückgeschoben wurden und ihre Gäste zornig zur Tür stapften, doch stattdessen hörte sie nur das Klirren der Gläser und das Klappern des Bestecks. Alice hatte zu große Angst, einen Blick in den beinahe leeren Raum zu werfen, und lauschte nur den hallenden Geräuschen.

»Sehr mutig von Hattie, einer Fremden eine solche Chance zu geben. Immerhin ist es die Hinterlassenschaft ihrer Schwester.« Alice hörte Claudines Akzent.

»Hattie ist eine sentimentale alte Närrin.« Betty hielt anscheinend nie mit ihrer Meinung hinter dem Berg. »Aber das Essen ist nicht schlecht.«

»Was?«, brüllte Clive. »Sprich lauter, Frau. Du bist hier nicht in der Kirche.«

Alice lächelte und sah zu Sylvia hinauf. Als diese ihr zuzwinkerte, wusste sie, was sie zu tun hatte.

Nachdem sie den Tisch abgeräumt hatte und erleichtert feststellte, dass alle Teller leer waren, brachte sie jedem von ihren Gästen einen Cupcake.

»Das haben wir nicht bestellt.« Betty runzelte die Stirn.

»Sie gehen aufs Haus.« Alice lächelte. »Ein kleines Dankeschön für meine ersten Gäste. Sie dürfen sie gern mitnehmen, wenn Sie möchten.«

»Nicht nötig.« Betty biss in ihren Cupcake.

»Oh, *mon dieu*. Woraus sind sie gemacht? Sie schmecken absolut himmlisch«, schwärmte Claudine.

Alice lächelte, legte die Rechnung auf den Tisch und zog sich wieder in die Küche zurück.

»Was hat sie gesagt?«, rief Clive.

»Mach dein Hörgerät an, alter Mann.« Betty seufzte.

Als sie wieder allein war, setzte sich Alice in der Speisekammer auf den Boden und hoffte verzweifelt, dass die Messingglocke nicht mehr klingeln würde.

»So.« Hatties scharfe Stimme ließ Alice herumfahren. Die alte Frau stand vor der Speisekammer. Sie musste durch die Hintertür hereingekommen sein. Ihr kurzer grauer Pagenkopf war frisch geföhnt und auf der rechten Seite mit einer pinkfarbenen Strähne geschmückt. Um den Hals hatte sie einen pink- und pfirsichfarbenen Schal geschlungen. Ihre Miene war schwer zu deuten.

»Wann wollten Sie mir sagen, dass Sie nicht nur meine Geschäftsführerin, sondern auch meine Mieterin sind, meine Liebe?«

Alice stand langsam auf und verwünschte sich dafür, dass sie ihre Sachen nicht gut genug versteckt hatte. Sie sah sich rasch nach einer Fluchtmöglichkeit um, aber dazu musste sie durch die Tür der Speisekammer.

»Nun?« Hattie stieß mit dem Fuß gegen Alice' Bettzeug.

Alice seufzte. »Es tut mir leid. Ich wollte nicht … Ich packe meine Sachen und gehe.«

»Nicht so schnell, junge Dame. Anscheinend haben wir hier ein Problem zu lösen.«

»Bitte rufen Sie nicht die Polizei.« Das war es doch, was die Leute in solchen Situationen taten, oder? Sie riefen die Polizei.

»Unsinn.« Hattie fuhr mit der Hand durch die Luft. »Ich nehme an, Sie haben keine Unterkunft?«

»Nein.«

»Ich habe heute Nachmittag zufällig Betty getroffen. Sie fand Ihre Cupcakes hervorragend. Wahrscheinlich wird sie nächste Woche mit ein paar Freunden wieder vorbeikommen.«

Alice rührte sich nicht, aber ihr Herz raste. Sie wagte es nicht, etwas zu sagen. Oder sich zu bewegen.

»Sie bringen mir doch keinen Ärger ins Haus, oder?«

»Nein.« Alice schüttelte rasch den Kopf.

»Und Sie sind wirklich schon achtzehn?«

»Ja.«

Hattie zog eine Augenbraue nach oben.

»Seit letztem Monat.«

»Dann können wir uns anscheinend gegenseitig helfen, Miss Pond. Ich brauche jemanden, der aus diesem Laden wieder etwas macht und ihn gut führt. Betty ist manchmal eine streitsüchtige alte Kuh, aber wenn sie jemandem ein Kompliment macht, ist das ehrlich gemeint. Also haben Sie hier schon einiges richtig gemacht. Und Sie brauchen … na ja, wahrscheinlich viel mehr, als ich Ihnen geben kann, aber fangen wir doch einfach mal mit dem Job an.«

»Tatsächlich?« Alice' Stimme klang tränenerstickt.

»Aber nur, wenn Sie mir versprechen, dass Sie nicht auf der Flucht vor schlimmen Problemen sind.«

»Das bin ich nicht.« Ihr Problem wuchs in ihr heran, aber ihr war niemand auf den Fersen. Und sie hatte noch Zeit, sich zu überlegen, wie sie damit umgehen würde.

»Und Sie können nicht hier auf dem Boden schlafen. Gütiger Himmel, Kind. Was haben Sie sich dabei gedacht? Sie werden bei mir wohnen. Probeweise. Ein oder zwei Monate, und dann sehen wir weiter.«

Alice konnte ihre Tränen nicht mehr zurückhalten. »Danke.«

»Schon gut. Das ist eine geschäftliche Vereinbarung, schlicht und einfach. Und nun wartet Arbeit auf Sie.«

Alice glaubte, den Hauch eines Lächelns auf Hatties

von feinen Falten durchzogenem Gesicht zu sehen, bevor sie die Küche verließ, aber sie war sich nicht sicher.

Sie wusste nicht, wo sie beginnen sollte, aber ihr war klar, dass sie sich mit der schweren Aufgabe auseinandersetzen musste, eine annehmbare Lasagne zuzubereiten.

»Riecht gut.«

Alice drehte sich im langsam schwindenden Licht um und sah einen Mann im Abendschatten stehen. Sie griff nach dem Messer, das neben ihr auf der Arbeitsfläche lag.

»Tut mir leid.« Der Mann trat einen Schritt vor und knipste das Licht an. »Miss Hattie meinte, Sie bräuchten vielleicht Hilfe. Ich bin Joey. Joey Moretti.« Er streckte ihr seine Hand entgegen.

Alice warf einen Blick darauf und ließ sie eine Weile in der Luft schweben. Joey. Joseph? Hattie hatte einen Joseph erwähnt. Schließlich nahm sie seine Hand und schüttelte sie. »Freut mich, Sie kennenzulernen. Ich bin Alice.«

»Ja, ich weiß, wer Sie sind. Die ganze Stadt weiß es.«

Alice' Wangen röteten sich.

»Die Stadt ist sehr klein. Und Betty hat eine große Klappe.«

»Oh Gott.« Alice runzelte die Stirn.

»Nein, das ist schon in Ordnung. Zumindest dieses Mal. Sie hat von Ihren Cupcakes geschwärmt. Und wenn Sie Betty glücklich gemacht haben, haben Sie etwas Gutes vollbracht.«

»Das hoffe ich. Ich möchte Hattie nicht im Stich lassen.«

»Dann sollten Sie mich das besser probieren lassen.« Er lächelte verschmitzt und deutete mit einer Kopfbewegung auf die leicht angebrannte Lasagne, die Alice zum Abkühlen auf die Arbeitsfläche gestellt hatte.

»Oh. Okay, aber ich habe so etwas vorher noch nie gemacht.«

Joey hob eine Gabel voll Lasagne an den Mund und schnupperte daran, bevor er kostete. »Nicht schlecht. Sie hätten sie nur fünf Minuten eher aus dem Ofen nehmen sollen. Und ich würde eine Prise Zimt vorschlagen.«

»Zimt?«

Joey nickte. »Die geheime Zutat meiner Großmutter.«

Alice lächelte. »Okay. Aber wenn es schrecklich schmeckt, gebe ich Ihnen die Schuld.«

»Nur zu.« Er neigte den Kopf und deutete eine Verbeugung an.

»Danke, Joseph.«

»Joey, Alice. Nennen Sie mich Joey. Versuchen Sie es mit Zimt, und wenn das kein großer Erfolg wird, bringe ich Ihnen als Entschädigung einen meiner besten Laibe vorbei.«

»Wie bitte?« Alice trat einen Schritt zurück.

»Brot. Ich bin der Bäcker. Morettis Bäckerei.«

Ja. Das war es. Hattie hatte etwas von einem Joseph erzählt, der Brot backte. Sie war überrascht, denn er war viel jünger, als sie ihn sich vorgestellt hatte. Nicht so jung wie sie, aber doch noch sehr jung. Sie schätzte ihn auf Mitte zwanzig und musterte sein offenes Gesicht mit den Lachfältchen um die dunklen Augen und seine kräftige Figur.

»Oh. Ja.« Sie nickte.

»Kommen Sie, Alice. Wir räumen auf, und dann begleite ich Sie zu Miss Hatties Haus.«

»Was?«

»Sie hat mich darum gebeten. Ich zitiere: ›Schau nach, wie es Miss Pond geht, und bring das Kind nach Hause.‹« Er tat so, als würde er sich einen Schal über die Schulter werfen.

Alice lachte, und Joey begann, die Schüsseln wegzuräumen.

Kapitel dreiundzwanzig

Kookaburra Creek Café, 2018

Harriett Brookes, ich befürchte, dass du jetzt vollkommen übergeschnappt bist.« Betty schüttelte den Kopf.

»Es ist eine verrückte Idee, *oui*, aber vielleicht …« Claudine zuckte mit den Schultern.

»Nun, irgendetwas müssen wir unternehmen.« Hattie richtete sich zu ihrer vollen Größe auf. »Und da es keine anderen Vorschläge gibt, bleibt uns keine Wahl.«

Alice hatte dieses kleine Treffen einberufen und alle wichtigen Leute dazu eingeladen, die ihnen vielleicht helfen konnten. Sie saßen an einem Tisch in der Mitte des Cafés.

»Der Gedanke daran, dass ich mich auf die Bühne stellen muss, jagt mir mehr Angst ein, als ihr euch vorstellen könnt. Das müsst ihr mir glauben. Aber ich bin bereit, alles zu tun, um das Café zu retten.«

»Ich auch.« Joey nickte, aber in seinen Augen lag Furcht.

»Damit werdet ihr niemals genügend Geld zusammenbekommen«, brummte Clive in seinen Bart. Er war zwar nicht direkt zu diesem Treffen eingeladen worden, aber er, Betty und Claudine bildeten sozusagen eine Einheit.

»Deshalb sind wir hier.« Alice ließ sich nicht aus der Fassung bringen. »Wir müssen nicht die gesamte Summe aufbringen. Nur das Defizit, das der Kredit nicht abdeckt.«

»Wir können doch mehr für die Eintrittskarten verlangen – schließlich ist es Hatties *retour triomphant*«, meinte Claudine.

»Nun, ich zahle auf jeden Fall den Höchstpreis, um mir ansehen zu können, wie du dich zum Narren machst«, warf Betty lachend ein.

»Das sehen wir bei dir jeden Tag und müssen dafür keinen Cent bezahlen.« Hattie grinste.

»Bitte, meine Damen.« Noch hatten die beiden sich nicht auf gefährliches Terrain begeben, aber Alice wollte nichts riskieren.

»Die Kirche könnte ein Barbecue oder so etwas veranstalten«, schlug Freddy vor. Er und Becca hatten bisher am Tresen gestanden und gelauscht.

Joey nickte. »Claudine und ich könnten alle Restaurants in der Stadt abklappern und um Sachspenden bitten. Dann könnten wir einen Bazar oder so etwas abhalten.«

»Das hört sich schon sehr gut an. Hattie, hast du noch Erinnerungsstücke aus den alten … aus deiner

Zeit beim Film und Theater? Ich weiß, dass du ein Foto mit Autogramm von Chips Rafferty hast«, sagte Alice, während neue Ideen in ihrem Kopf Gestalt annahmen.

»Natürlich. Ich habe einige Andenken, die für Sammler von Interesse sein könnten.«

»Dieser Vorschlag gefällt mir. Ich habe mir schon immer gewünscht, mal als Auktionator den Hammer schwingen zu können.« Carson schlug mit der Faust auf den Tisch. »Ich könnte vielleicht den Stadtrat davon überzeugen, uns die Miete für den Saal im Rathaus zu erlassen. Sie schulden mir noch einen Gefallen.«

»Das könnte tatsächlich klappen«, sagte Alice hoffnungsvoll.

»Claudine, schreib das auf.« Betty begann, Listen, Zeitpläne und Anweisungen zu diktieren, und Claudine machte gehorsam Notizen.

Alice warf Joey einen Blick zu. Sein Lächeln war nicht ganz überzeugend – sie nahm an, dass er noch viel mehr Angst vor einem Auftritt vor Publikum hatte als sie –, aber es tröstete sie zumindest so weit, dass sie ein wenig Hoffnung verspürte.

Die erste Probe der neuen Laienspielgruppe in Kookaburra Creek lief ganz und gar nicht nach Plan. Alice war sich nicht sicher, ob Hattie schlicht nicht damit gerechnet hatte, wie viel Aufruhr es verursachen würde, alle Rollen neu zu verteilen, oder ob sie sich einfach nicht darum geschert hatte. Allerdings war sie sich sicher, dass die arme alte Lady mittlerweile ihre Entscheidung bereits bedauerte.

Clive beschwerte sich lautstark, während hinter den Kulissen geräuschvoll neue Requisiten gezimmert oder alte zerstört wurden, und wollte wissen, wo er stehen musste und warum er überhaupt auf die Bühne sollte, obwohl er doch sonst immer hinter der Bühne gewesen war. Und warum Hattie darauf bestand, dass er diesen Quatsch mitmachte, obwohl doch ein Blinder sehen konnte, dass er kein Schauspieler war.

»Diese Treppe muss neu gestrichen werden. Und dieses Teil hier sieht schrecklich aus. Wir dürfen Hattie und Alice nicht im Stich lassen.« Reverend Harris brüllte der Mannschaft hinter der Bühne Kommandos zu. Anscheinend war dem sonst so sanftmütigen Mann die Ernennung zum Inspizienten zu Kopf gestiegen. Oder es lag einfach daran, dass er seit langer Zeit zum ersten Mal tatsächlich für etwas verantwortlich war. Er mochte zwar der Reverend sein, aber jeder wusste, dass eigentlich Mrs Harris seine Kirche leitete.

Und seine Frau beschwerte sich soeben lauthals darüber, dass sie nicht mehr die Hauptrolle spielen durfte, und wollte wissen, was sie denn getan habe, um eine so ungerechte Behandlung verdient zu haben.

Betty saß in einer Ecke des Saals auf einem der alten Stühle aus der Schule, häkelte eine Decke in violetten und blaugrünen Farbtönen, kicherte leise vor sich hin und sah ab und zu auf, um dann den Kopf zu schütteln.

Aus Gewohnheit sah Alice zu Joey hinüber. Fiona hatte ihre schlanken Finger auf seine Schultern gelegt. Er kam nicht gut mit seiner neuen Rolle in der Truppe zurecht, und das blieb niemandem verborgen. Aber er wollte die anderen nicht im Stich lassen.

Inmitten des Lärms hörte sie, wie Becca und Freddy sich neben der Bühne miteinander unterhielten.

»Das schaffen sie doch nie«, flüsterte Becca.

Alice beugte sich leicht vor, um sie besser hören zu können.

»Da kennst du Hattie aber schlecht.« Freddy grinste. »Siehst du nicht, was ich sehe? Ich wette, dass die Aufführung ein absolutes Desaster wird.«

»Was ist dein Einsatz?«

»Was meinst du?«, fragte Becca.

»Dein Einsatz für die Wette.«

»Denk dir etwas aus. Du gewinnst sowieso nicht.« Becca grinste breit.

»Okay. Wenn die Aufführung ein Erfolg wird, gehst du mit mir aus.«

Beccas Wangen röteten sich. Alice unterdrückte rasch die Versuchung, sich einzumischen. Sie wollte hören, wohin das führte.

»Meinetwegen.« Becca zuckte mit den Schultern. »Das wird ohnehin nicht der Fall sein.«

»Und wenn du gewinnst? Was natürlich höchst unwahrscheinlich ist ...«

»Wenn ich gewinne, übernimmst du eine Woche meine Schichten im Café.«

»Das ist alles? Das würde ich auch ohne diese Wette für dich tun.«

Becca kratzte sich am Ohr. »Und du musst mir beibringen, deine Harley zu fahren.«

Freddy wirkte ungerührt.

»Und du musst sie mir eine Woche lang leihen.«

Alice beobachtete, wie Freddy blass wurde. Aber er nahm vorsichtig Beccas Hand und schüttelte sie.

Klopf, klopf, klopf.

Der Krach, den die missmutigen Mitglieder der Truppe machten, ließ nicht nach.

Rumms, rumms, rumms.

Hattie stieß ihren Gehstock so heftig auf den Holzboden, dass alle innehielten und in ihre Richtung sahen.

Der Stock war nur ein Requisit, keine Notwendigkeit. Hattie war noch erstaunlich rüstig für ihr Alter. Aber hin und wieder holte sie das antike Stück ihres Vaters hervor, um damit einen dramatischen Effekt zu erzielen. Mit Vorliebe bei Stadtratssitzungen oder jedem anderen Treffen mit einer Person aus Glensdale.

Der Gehstock aus Mahagoni mit goldenem Knauf wirkte in Kombination mit Hatties dunkelrotem Schal, der ihr von der Schulter auf den Arm gerutscht war und bei jeder Bewegung flatterte, sehr beeindruckend. Alice war davon überzeugt, dass es kein Zufall war, dass der Schal in der Luft schwebte, denn normalerweise hatte Hattie ihre Schals fest um die Schultern geschlungen.

»Das reicht einfach nicht. Versteht ihr denn nicht, wie ernst die Situation ist und was für uns auf dem Spiel steht?«

»Schon, Miss Hattie, aber …«

»Joseph, bitte.« Hattie klopfte wieder mit dem Stock auf den Boden. »Keine Unterbrechung. Ich werde dafür sorgen, dass das ein Erfolg wird.«

Joey sah Alice hilfesuchend an, aber sie hatte keine Antwort darauf. Ihnen allen war bewusst, was hier in Gefahr war, und sie gaben ihr Bestes. Alice war sich allerdings nicht sicher, ob das ausreichen würde. Sie waren alle keine Schauspieler, das stand fest, und dieser Druck würde ihnen nicht helfen. Gäbe es irgendeine Chance, diese lächerliche Aufführung zu verhindern, würde sie sie sofort ergreifen. Aber ihr waren keine anderen großartigen Ideen zugeflogen, und da die Hargraves in spätestens vier Wochen ihr Geld haben wollten, blieb ihr keine andere Wahl.

»Hattie, wir bemühen uns alle wirklich sehr.« Sie sah ihre alte Freundin an und hoffte, erkennen zu können, ob sie damit nicht zu weit ging.

»Ich weiß, ich weiß.« Hattie nickte. »Mir ist klar, dass ich die meisten von euch aus ihrer Komfortzone herausgeholt habe, aber als ich noch auf der Bühne stand, wurden wir ständig dazu gezwungen, etwas zu tun, wovon wir dachten, dass wir es nicht könnten, und die Ergebnisse waren immer spektakulär. Vertraut mir, ihr Lieben. Wir schaffen das. Für das Café, für unsere Freunde, für unsere Stadt.«

Zustimmendes Gemurmel wurde laut.

»Ich sehe in jedem von euch ein gewisses Potenzial, und wenn ihr meinen Anweisungen folgt, werde ich euch zur schauspielerischen Höchstleistung bringen.«

»Mir wäre es lieber, ich müsste keinen Narren aus mir machen«, murmelte Clive.

»Was war das?« Hattie trat einen Schritt nach vorne und stützte sich auf ihren Stock.

»Nichts.«

»Na gut, dann lasst uns Ordnung in dieses Chaos bringen und etwas Magisches erschaffen.« Sie wirbelte herum und ließ ihren Schal hinter sich durch die Luft flattern.

»Clive, du musst dir vorstellen, wie es war, als du damals dein Regiment kommandiert hast.« Clive wirkte sofort viel größer.

»Claudine …«

Joey stellte sich neben Alice. »Glaubst du, wir können das schaffen?«, fragte er.

»Die Spendenaktion? Ich hoffe es. Das Musical ist eine andere Sache. Wenn wir nicht unser Bestes geben, wird Hattie ihren Stock wahrscheinlich nicht nur einsetzen, um sich Gehör und Ansehen zu verschaffen.«

Joey nickte. »Vielleicht sollten wir ein paar zusätzliche Proben einschieben.«

Alice legte den Kopf zur Seite.

»Ich denke dabei nur an unsere körperliche Sicherheit.« Er deutete mit einer Kopfbewegung auf Hattie, die vor Sergeant Carson ihren Gehstock schwang, weil er nicht dort stand, wo sein eigentlicher Platz war.

Alice mochte es, wenn Joey seine Lippen zu einem schiefen Lächeln verzog. »Wahrscheinlich sollten wir uns vorerst darauf konzentrieren, was unsere Regisseurin von uns erwartet.«

»Vorerst.« Er zwinkerte ihr zu, und dann rief Fiona ihn zu sich.

Er war ein guter Mann. Der beste. Und er hatte etwas Besseres verdient als sie. Er verdiente alles. Vielleicht konnte Fiona ihm ja alles geben.

»Ich sagte, von Anfang an, Alice. Hörst du mir zu?«

Alice konzentrierte sich rasch wieder auf Hattie. »Tut mir leid.«

Joey drohte Alice scherzhaft hinter Hatties Rücken mit dem Finger, und Alice bemühte sich verzweifelt, das Lachen zu unterdrücken, das in ihr aufstieg. Doch dann wandte er sich wieder Fiona zu, um mit ihr die nächsten Zeilen des Textes zu üben, und Alice seufzte.

Kapitel vierundzwanzig

Kookaburra Creek Café, 2004

Nach zwei Monaten bediente Alice jeden Tag etwa zwanzig Gäste im Café. Hattie kümmerte sich um den Nachschub an Lebensmitteln und sah jeden Mittag vorbei, um sich zu versichern, dass alles reibungslos ablief. Alice konnte inzwischen Thunfischburger zubereiten, und allmählich gelang ihr sogar die Spinatpastete. Aber was ihr zu ihrer Überraschung am meisten Freude bereitete, war das Backen von Cupcakes. Jeden Morgen, wenn sie das Café betrat, ertönte die Messingglocke, und Alice ging auf direktem Weg in die Küche und schaute zu Sylvia hinauf. Sylvia verriet ihr, welche Geschmacksrichtung sie wählen sollte. Dann machte Alice sich ans Werk, und es dauerte nicht lange, bis Stille sie erfüllte. In den wenigen glückseligen Momenten, in denen sie täglich ihre Cupcakes backte, war Alice sorgenfrei. Sie machte sich keine Gedanken darüber, wie gut oder schlecht sie ihren Job im Café erledigte. Und sie sorgte sich nicht darum, dass Hattie ihr Geheimnis entdecken könnte. Sie spürte keinen Druck, entscheiden zu müssen, was zu tun war, bevor es zu spät sein würde.

Am Ende jedes Tages waren ihre Füße so angeschwollen, dass sie kaum noch zu erkennen waren. Hattie ließ ihr oft ein wohltuendes Bad ein. Das Gästezimmer in Hatties Haus war klein, aber gemütlich, und Alice dankte jede Nacht den Sternen für Hatties Liebenswürdigkeit.

»Heute war sehr viel los«, stellte Hattie fest, als sie am Fluss entlang nach Hause gingen.

»Ja, aber es ist alles gut gelaufen.« Von den fünfzehn Mittagessen, die sie serviert hatte, waren ihr nur zwei angebrannt.

»Du machst deine Sache gut, das muss ich schon sagen.« Hattie hakte sich bei Alice unter, während sie auf die weiße Holzbrücke zugingen, die in die Stadt führte. »Aber wie geht es dir?«

»Warum?«

»Ich habe es bemerkt.«

»Was?«

»Wie müde du oft bist. Und ich habe gehört, wie du dich heute Morgen übergeben hast. Schon wieder.«

»Das lag bestimmt an dem Rest der Fischpastete.« In Alice stieg Panik auf. Hattie wusste es.

Hattie blieb stehen und nahm Alice' Hand in ihre. »Willst du mir tatsächlich weismachen, dass du nicht weißt, was mit dir los ist?«

Alice schüttelte den Kopf. Was würde Hattie jetzt tun? Sie hinauswerfen?

»Schätzchen, kann es sein, dass du ... nun ja, dass du schwanger bist?«

»Was? Nein.« Alice schüttelte wieder den Kopf. »Nein, ich bin nicht ... ich ...« Sie sah in Hatties warme graue Augen. »Ja.« Sie senkte den Blick. »Ich bin schwanger.«

Sie brach in Tränen aus.

Später am Abend saß Alice auf ihrem Bett – chaotische und unzusammenhängende Gedanken rasten ihr durch den Kopf. Hattie hatte nichts weiter gesagt, sie nur in die Arme genommen, kurz an sich gedrückt und dann wieder losgelassen. Alice hatte den ganzen Abend darauf gewartet, dass die alte Dame zu ihr kommen und ihr befehlen würde, ihre Sachen zu packen.

»Darf ich hereinkommen?« Hattie schob die Tür auf und reichte ihr eine Tasse Tee. »Ich dachte, den könntest du jetzt gebrauchen.«

Warum glaubten die Leute immer, dass man mit einer Tasse Tee alles beheben konnte? Ein gebrochenes Herz? Trink eine Tasse Tee. Du bist durch deine Prüfung gefallen? Trink eine Tasse Tee. Du bist achtzehn, allein und schwanger? Trink eine Tasse Tee. Alice schüttelte den Kopf.

»Ich weiß nicht, wie ich diese Frage feinfühlig formulieren soll. Weißt du, wer der Vater ist?«

Alice nickte. Die Frage war verständlich. Schließlich wusste Hattie nichts über Alice' Leben vor Kookaburra Creek.

»Solltest du es ihm nicht sagen?«

»Nein.« Sie schüttelte den Kopf. »Ich bin mir noch nicht sicher, ob ich es überhaupt …« Alice brachte es nicht fertig, die Worte laut auszusprechen, und in diesem Moment wurde ihr klar, dass sie bereits eine Entscheidung getroffen hatte.

»Doch, ich bin mir sicher. Möchten Sie, dass ich gehe? Mich aufzunehmen war eine Sache, aber ein Baby … Damit konnten Sie nicht rechnen.«

Jetzt, da sie wusste, dass sie das Baby behalten wollte, war ihr Hatties Antwort umso wichtiger.

»Ich konnte nicht damit rechnen? Ich nehme an, bei dir verhielt es sich ebenso.« Hattie schenkte Alice ein Lächeln. »Ich habe es schon seit einer Weile vermutet. Wenn ich dich hätte hinauswerfen wollen, hätte ich das schon längst getan. Du kannst hierbleiben, bis das Baby auf die Welt kommt. Und dann überlegen wir uns, wie es weitergehen soll.«

Alice lächelte und umarmte Hattie. »Vielen Dank.«

Alice war froh darüber, dass Hattie ihr im letzten Monat keine einzige Frage mehr über den Vater des Babys gestellt hatte. Und auch sehr froh, dass sie ihr Zeit gab, in Ruhe nachzudenken. Und genau das tat Alice nun seit vier Wochen. Sie dachte über das winzige Lebewesen nach, das in ihrem Bauch heranwuchs und sie immer dicker machen würde. Und darüber, wie dieses kleine Wesen alles verändern würde.

Sie dachte an Dean.

Alice saß unter der kleinen weißen Brücke, die sich über das Flüsschen spannte, und sah zu, wie die Herbstblätter auf den kleinen Wellen schaukelten. Der Tag im Café war anstrengend gewesen, und sie war erschöpft. Ihr wachsender Bauch juckte, und sie kratzte ihn vorsichtig. Sie war sich nicht sicher, ob sie sich jemals an den Gedanken gewöhnen würde, tatsächlich ein Baby zu bekommen – in viereinhalb Monaten –, und hatte immer noch Probleme damit, sich das Leben danach vorzustellen. Inzwischen hatte es sich herumgesprochen. Alle wussten Bescheid. Also sollte sie sich schnell daran gewöhnen.

»Hey, Alice. Wie geht's dir?« Joey tauchte neben ihr auf.

»Hey, Joey. Machst du einen Abendspaziergang?«

Er setzte sich neben sie. »Ja. Und du?«

»Ich nehme mir nur eine kleine Auszeit.«

»Oh.« Er stand auf. »Soll ich lieber gehen?«

»Nein.« Alice lächelte. »Ich freue mich über Gesellschaft.«

Joey setzte sich wieder. »Hattest du einen anstrengenden Tag?«

»Na ja, sagen wir mal so: Solange du nicht vorhast, mit Bibelzitaten über meine Sünden um dich zu werfen, bist du die beste Gesellschaft, die ich heute hatte.«

»Hat Mrs Harris dir das Leben schwergemacht?«

Alice seufzte. »Ich verstehe das ja. Offensichtlich beleidige ich ihre religiösen Gefühle. Aber wenn ich sie so sehr aufrege, warum kommt sie dann in das Café?«

»Was? Wenn sie nicht käme, würde sie sich doch um die Gelegenheit bringen, ihre moralische Überlegenheit zu beweisen. Du musst noch viel über die Leute in dieser Stadt lernen«, erklärte er. Alice ließ sich von seinem Lachen anstecken.

»Da hast du wohl recht.«

»Lass dich von dieser alten Wichtigtuerin nicht einschüchtern. Wir waren alle schon irgendwann Ziel ihrer moralischen Entrüstung. Sieh es einfach als Aufnahmeritual an.«

»Okay. Und wie lange wird dieses Ritual dauern?«

»Hmm.« Er kratzte sich am Kinn. »Wahrscheinlich bis sich irgendjemand anders einen moralischen Fehltritt erlaubt.«

»Ich nehme an, ich kann dich nicht dazu überreden, eine Bank zu überfallen oder so etwas? Um mich damit aus der Schusslinie zu bringen?«

»Tut mir leid, Alice. Für Freunde tue ich normalerweise alles, aber nicht, wenn ich mich dabei mit Mrs Harris anlegen muss.«

Alice lächelte. »Dann kannst du mir vielleicht bei einer anderen Sache helfen?«

»Selbstverständlich.«

»Im Café habe ich gehört, dass Hattie Pläne für die Laienspielgruppe hat.«

»Du meinst, dass sie nach neuen Mitgliedern sucht?«

»Ja, das meine ich.«

Joey sprang auf und streckte die Arme aus. »Lauf, Alice.« Er grinste schief.

Alice nahm seine Hände in ihre und ließ sich von ihm hochhelfen.

»Bring dich und dein Baby in Sicherheit, solange du noch kannst.«

»So schlimm wird es wohl nicht werden.«

»Du kennst Hurrikan-Hattie noch nicht. Wenn sie nach frischem Blut sucht, ist niemand vor ihr sicher. Ich werde der Erste sein – ich muss mich um die Requisiten kümmern.«

»Tatsächlich? Steckt da kein Hugh Jackman drin?« Sie pikte ihn in die Brust. »Ein kleinerer, italienischer Hugh Jackman?«

Joey ließ sich auf ein Knie fallen und sang sehr laut etwas in schnellem Italienisch. Da er die Sache ins Lächerliche zog, konnte sie seinen Gesang schlecht beurteilen, aber seine Stimme klang nicht übel.

»Okay, du bist aus dem Schneider. Und was ist mit mir?«

»Nun, ich habe dir geraten, schnell wegzulaufen, aber das willst du ja nicht. Also bist du auf dich allein gestellt.«

»Du willst also keine Bank für mich ausrauben und mich nicht vor Hattie retten. Was für eine Art Freund bist du dann?«

»Ein Freund, der dich nach Hause begleitet?« Seine Augen funkelten, und seine Lippen verzogen sich wieder zu einem schiefen Lächeln. Er stemmte eine Hand in die Hüfte und bedeutete Alice, sich bei ihm einzuhaken.

Gemeinsam überquerten sie die Brücke und machten sich auf den Weg in die Stadt.

»Ich bin froh, dass du nicht vorhast, wieder wegzugehen«, sagte Joey, als sie die High Street entlanggingen. »Du machst verdammt gute Cupcakes.«

»Nun, ich bin ja hierher geflüchtet, also weiß ich nicht, wohin ich jetzt gehen sollte.« Alice' Wangen wurden heiß, als sie begriff, was sie soeben verraten hatte.

»Wovor bist du davongelaufen?« Joey hielt den Blick nach vorne gerichtet, und seine Stimme klang leise und ruhig. Plötzlich verspürte Alice das Bedürfnis, sich ihm anzuvertrauen.

»Vor meinem Leben. Vor meinem Dad … er ist ein Trinker.« Diese Worte hatte sie noch nie zuvor ausgesprochen. »Vor ein paar Wochen hat er sich aus dem Staub gemacht. Meine Mum ist gestorben, als ich zwölf war. Und da, wo ich herkomme, gibt es nicht viele Möglichkeiten für einen schwangeren Teenager.«

»Also bist du einfach abgehauen?«

»Kann man so sagen.«

»Nun.« Joey blieb stehen und sah sie an. »Damit du nicht noch einmal davonlaufen musst, und ich nicht auf die süchtig machenden Cupcakes verzichten muss, werde ich versuchen, dir bei Hatties Suche nach neuen Darstellern den Rücken frei zu halten. Zumindest für diese Saison.«

Alice lachte. »Ich habe doch gewusst, dass in dir ein Kavalier steckt. Und wie war das mit dem Banküberfall …?«

»Bringst du mir Cupcakes, wenn ich im Knast sitze?«

»Selbstverständlich.«

Joey legte ihr den Arm um die Schultern, und sie gingen weiter die Straße entlang. »Dann könnten wir vielleicht ins Geschäft kommen.«

Kapitel fünfundzwanzig

Balmain (Sydney), 2004

Nach drei Stunden Fahrt hatte Alice Sydney erreicht. So hatte sie sich ihre erste Reise in die Hauptstadt nicht vorgestellt, aber vieles in ihrem Leben war anders gelaufen, als sie es sich erträumt hatte. Sie war immer noch nicht davon überzeugt, dass es eine gute Idee war, aber Hattie hatte ihr praktisch keine andere Wahl gelassen.

»Guten Morgen, Schätzchen.« Sie hatte Alice umarmt. »Heute wird wohl nicht viel los sein.«

Alice hatte genickt. Die meisten der Stammgäste würden wegen der legendären Winter-Show in Glensdale ausbleiben.

»Ich denke, ich schaffe das heute hier allein. Falls du vielleicht etwas anderes vorhast.« Hattie legte eine Pause ein. »Es ist ein herrlicher Tag für eine lange Fahrt, findest du nicht?«

»Nein, Hattie. Ich kann nicht nach Sydney fahren.«

»Warum nicht? Wenn du mittags losfährst, kommst

du vor der Hauptverkehrszeit dort an. Es wird allmählich Zeit.« Hattie hatte ihr ein Kuvert mit Geld in die Hand gedrückt. »Fürs Benzin. Falls du dich doch dazu entscheiden solltest zu fahren.«

Alice bog in eine enge Straße ein und manövrierte ihren Wagen nur wenige Häuser von seiner Adresse entfernt in eine Parklücke. Dann wartete sie und versuchte, den Mut aufzubringen, aus dem Auto zu steigen.

Die Tür zu Deans Haus ging auf.

Als sie die Hand an den Türgriff legte, sah sie Dean in seinem Rollstuhl aus dem Haus kommen. Sein Haar war lang und hinter die Ohren gesteckt. Seine Wangen waren rund, und seine Augen wirkten hart. Ihr Herz begann zu rasen. Direkt vor ihr lag ihre Zukunft.

Aber es gelang ihr nicht, aus dem Wagen zu steigen. Sie konnte sich nicht bewegen.

Der Ausdruck in Deans Augen wurde ein wenig weicher, als eine junge Frau auf dem Treppenabsatz erschien und seinen Rollstuhl ein Stück nach vorne schob. Louise? Was machte sie hier?

Alice beobachtete schockiert, wie Louise sich hinunterbeugte und Dean küsste. Nicht auf die Wange, sondern auf den Mund. Sie gab ihm einen langen, zärtlichen Kuss.

Gemeinsam machten sie sich auf den Weg, und

Louise legte eine Hand zärtlich auf Deans Schulter. Alice traute ihren Augen kaum. Schließlich verschwanden die beiden aus ihrem Blickfeld und tauchten in die langen Nachmittagsschatten ein.

Alice schaffte es gerade noch rechtzeitig, die Wagentür zu öffnen, bevor sie sich übergeben musste. Sie wischte sich den Mund ab und starrte eine Weile ins Leere, während ihr Tränen über die Wangen liefen. Wie konnte er ihr das antun? Mit Louise? Hatte er denn nicht gespürt, dass sie den Weg zurück zu ihm finden würde?

In Alice' Kopf drehte sich alles. Eigentlich sollte sie ihm hinterherfahren. Eine Erklärung fordern. Aber stand ihr das überhaupt zu? Sie war im sechsten Monat schwanger, erwartete sein Kind und hatte es ihm nicht gesagt. Also war sie nicht in der Position, Forderungen zu stellen. Aber eine leise Stimme in ihrem Inneren flüsterte ihr zu, dass er zu ihr zurückkommen würde, wenn sie ihm die Wahrheit sagte. Oder wäre er wütend? Schließlich war er jetzt mit einem anderen Mädchen zusammen. Er hatte sich sehr schnell dazu entschlossen. Vielleicht hatte er sie nie wirklich geliebt. Möglicherweise würde er Alice und sein Kind ablehnen.

Sie saß im Wagen, eine Hand am Lenkrad und die andere auf ihren Bauch gepresst, und blickte durch die Windschutzscheibe, ohne etwas zu sehen.

»Alles in Ordnung?« Ein alter Mann klopfte ans Fenster, und Alice wandte sich ihm zu. »Brauchen Sie Hilfe?«, rief er.

Alice blinzelte. Sie nickte, ließ den Motor an und fuhr langsam los. Dann gab sie Gas.

Auf der Hauptstraße herrschte dichter Verkehr; sie ließ sich davon treiben und folgte jeweils dem Fahrzeug, das sich vor ihr befand. Der blaue Kombi bog links ab, also tat sie das auch. Die rote Limousine fuhr nach rechts, und sie folgte ihr. Die Straßen verliefen nun gerade, und der Verkehr lichtete sich. Nur noch selten leuchteten Ampeln vor ihrer Windschutzscheibe auf.

In der Ferne ertönte ein tiefes Grollen. Alice beschleunigte und folgte dem Donner.

Kapitel sechsundzwanzig

Kookaburra Creek Café, 2018

Joey? Was für eine Überraschung, dich hier zu sehen«, sagte Alice, als Joey zur Mittagszeit das Café betrat. Ohne Fiona. Sie schenkte ihm ein Lächeln, aber Joey erwiderte es nicht.

»Was ist los?« Ihr Puls beschleunigte sich, und das fühlte sich nicht gut an.

»Hattie. Sie ist gestürzt.«

Alice ließ die Kaffeetassen, die sie in der Hand hielt, fallen. Sie krachten auf den Boden und zerbrachen.

»Man hat sie nach Glensdale gebracht. Becca und ich übernehmen hier, und du kannst zu ihr fahren.«

Alice warf einen Blick zu Becca hinüber, die gerade die Bestellung von Betty und ihren Freundinnen aufnahm.

»Wir kommen schon klar«, erklärte Becca.

Alice stürmte zur Tür, aber Joey hielt sie am Handgelenk fest. »Sie ist eine Kämpferin – mach dir keine allzu großen Sorgen.«

Sie nickte und rannte hinaus, begleitet von dem lauten Klang der Glocke des Kookaburra Creek Cafés.

Sie erkundigte sich bei der Schwester an der Rezeption des Krankenhauses nach Hattie und seufzte erleichtert auf, als ihr die junge Frau mitteilte, dass Hattie in Zimmer 203 liege. Wäre sie ernsthaft verletzt, hätte man sie nach Sydney geflogen.

Noch bevor sie die Nummer an der Tür sah, wusste sie bereits, dass Hattie in diesem Zimmer lag. Der Arzt stand blass und mit zitternden Händen vor der Tür. Sie ging lächelnd auf ihn zu.

»Sind Sie sicher, dass Sie dort hineingehen wollen?«, fragte er sie.

Alice warf einen Blick auf sein Namensschild. »Machen Sie sich keine Sorgen, Dr. Kumar. Sie ist eigentlich eine sehr sanfte Person.« Sie lächelte, aber Dr. Kumar wirkte nicht überzeugt. Alice beugte sich zu ihm vor. »Sie hat eine Schwäche für Erdnusskrokant.«

»Okay.«

»Wie geht es ihr?«

»Für eine Frau ihres Alters nicht schlecht. Sie hatte Glück, dass nichts Schlimmeres passiert ist. Aber aus ihrem herrischen Verhalten schließe ich, dass sie größere Schmerzen hat, als sie zugibt.«

»Vielleicht.« Alice lächelte wieder. »Aber die herrische Art hat sie immer an sich.«

»Und ist sie auch immer unhöflich?«

Alice runzelte die Stirn. »Nein.«

»Ich wollte ihr stärkere Schmerzmittel geben, aber sie behauptet, sie würde sie nicht brauchen. Vielleicht können Sie mit ihr reden.«

»Ich werde es versuchen.«

Dr. Kumar nickte und steuerte auf den Geschenkeladen am Eingang zu, in dem es Zeitungen, Kreuzworträtselhefte, Plüschtiere und köstlichen, hausgemachten Erdnusskrokant zu kaufen gab.

»Ich hoffe, du veranstaltest das alles nicht, nur um Aufmerksamkeit zu bekommen«, sagte Alice laut und betrat das Zimmer. Sie blieb abrupt stehen, als ihr Blick auf Hattie fiel.

Aus ihrem Gesicht war alle Farbe gewichen, und Alice musste mehrmals blinzeln, um sich davon zu überzeugen, dass in diesem Bett tatsächlich Hattie lag. In ihrer Nase steckte ein Schlauch, und ihre linke Schulter, die aus dem zu knappen Krankenhaushemd ragte, war blutverschmiert und mit blauen Flecken übersät.

»Hör auf, mich anzustarren, Alice Pond, und komm näher, damit ich nicht schreien muss.« Obwohl Hattie versuchte, ihre übliche bestimmende Art an den Tag zu legen, war sie eindeutig geschwächt, und das schockierte Alice.

»Schon besser«, sagte Hattie, als Alice an ihr Bett trat. »Nimm dir einen Stift und Papier.« Sie verzog das Gesicht und deutete auf den kleinen Tisch neben ihrem Bett. »Du musst dich um ein paar Dinge für die Aufführung kümmern.«

»Vergiss das doch jetzt erstmal.«

»Auf keinen Fall. Das ist viel zu wichtig für mich, als dass ich mich wegen einer Kleinigkeit davon abhalten lassen würde.«

Alice trat noch näher und ignorierte Hatties Blick.

»Was soll das?«

Alice lächelte. »Ich möchte nur sehen, wie es meiner Freundin wirklich geht.«

»Unfug. Mir geht es gut.«

Alice nahm sanft Hatties Hand in ihre und bemerkte, dass ihre Freundin mit den Tränen kämpfte. »Ich befürchte, du wirst deinen Gehstock nun nicht mehr nur dazu benutzen, uns allen Angst und Schrecken einzujagen.«

Hattie lachte leise.

»Was meinen die Ärzte?« Alice war sich nicht sicher, ob Hattie ihr die Wahrheit sagen würde.

»Sie haben gesagt, ich sei eine dumme alte Kuh, die nicht hätte versuchen sollen, allein einen neuen Lampenschirm an der Decke anzubringen.«

»Hattie, das hast du doch nicht getan?!«

»Natürlich. Ich habe noch nie Hilfe bei irgendetwas gebraucht.«

»Aber Hattie …«

»Kein Aber. So viel Getue und Aufhebens. Ich bin gestürzt. Und jetzt flicken sie mich wieder zusammen. Keine bleibenden Schäden. Außer vielleicht, was meinen Stolz betrifft.«

»Keine bleibenden Schäden?«

Hattie schüttelte den Kopf. »Der Arm ist lädiert, aber er wird schnell wieder heilen. Beim Bein wird das ein wenig länger dauern.« Sie strich vorsichtig mit der Hand über ihr Bein. »Aber von so etwas lässt sich ein altes Mädchen wie ich nicht unterkriegen.«

Alice lächelte. Sie durchschaute Hatties gespielte Tapferkeit trotz all ihrer Bemühungen. Hattie hatte Angst, das sah sie an ihren Augen. Und das lag nicht nur an ihrem Sturz. Genevieve war erst Anfang fünfzig gewesen, als sie vor all den Jahren ebenfalls gestürzt war und sich nie wieder richtig davon erholt hatte. Noch vor ihrem sechzigsten Geburtstag war sie in Kookaburra Cottage gelandet. Und mit fünfundsechzig war ihr Verstand nicht mehr klar gewesen. Hattie war fast sechsundsiebzig und dachte jetzt sicher sehr häufig an ihre jüngere Schwester.

»Was kann ich für dich tun, Hattie?« Alice wusste, dass sie ihr am besten helfen konnte, wenn sie Hatties Gedanken auf praktische Dinge lenkte.

»Nun«, begann Hattie. »Wir müssen weiterkämpfen – wir haben keine Zeit zu verlieren. Die Show muss weitergehen.«

Als Alice ins Café zurückkam, hatte Becca bereits abgeschlossen und die Lichter gelöscht. Auf dem kleinen Holzsteg saß eine vertraute Gestalt mit einem Hund – ein Anblick, der Alice ein wenig Erleichterung verschaffte.

»Du bist noch hier?« Sie setzte sich neben Joey.

Shadow schob seine Schnauze unter ihren Arm, aber sie ignorierte den alten Hund.

»Kusch«, befahl Joey, und Shadow hinkte zum Ende des Stegs und setzte sich dorthin.

»Wie geht es ihr?«, fragte Joey und runzelte die Stirn.

»Sie scheucht das Personal herum«, erwiderte Alice lächelnd.

»Das ist ein gutes Zeichen.«

»Sie ist ziemlich angeschlagen, aber sie scheint sich wieder zu erholen.« Alice' Stimme schwankte. »Du weißt, wie stark sie ist …«

Joey legte einen Arm um Alice' Schultern, als sie verstummte. Er zog sie an sich und strich ihr mit der Hand über den Hinterkopf.

»Allein der Gedanke, dass ihr irgendetwas zustoßen könnte …« Alice sah ihm in die Augen.

»Ich weiß.« Er drückte sie an sich. »Ich weiß. Aber ein Sturz wird diese Frau nicht aufhalten.«

Alice legte den Kopf an seine Schulter. In all den Jahren war er wie ein Fels in der Brandung für sie gewesen. Sie atmete seinen Geruch nach Brot und Schweiß ein und fühlte sich in seiner Umarmung geborgen.

»Alles in Ordnung?«

Alice nickte.

»Ich sollte besser gehen.« Er ließ sie vorsichtig los. »Muss morgen wieder früh raus.« Er half Alice auf die Beine.

»Danke«, flüsterte sie und legte eine Hand an seine Brust.

Joey trat einen Schritt zurück. »Ich werde morgen nach ihr sehen.«

»Ja.« Alice nickte, und er wandte sich zum Gehen. »Joey?«

Er blieb stehen und drehte sich um.

»Es fällt mir schwer, das zu sagen, aber ich brauche vielleicht deine Hilfe.«

»Ich kann mich nicht daran erinnern, dass du mich jemals direkt um Hilfe gebeten hast, also muss es sich wohl um etwas Ernstes handeln.«

»Nichts Ernstes. Aber etwas Wichtiges.«

»Was immer es auch sein mag.«

»Es geht um die Aufführung.«

»Oh. In dem Fall bin ich vorsichtig.« Er schenkte ihr ein schiefes Lächeln.

»Hattie behauptet, sie sei bis zur Vorstellung wieder fit, aber uns bleiben nur noch zwei Wochen. Wir müssen weiterproben, und ich weiß nicht, ob ich es schaffe, das alleine zu organisieren.«

Joey trat einen Schritt auf sie zu. »Du musst das nicht allein machen, Alice. Du musst gar nichts allein machen. Die ganze Stadt steht hinter dir.«

Alice nickte.

»Und du hast mich. Worum es auch geht. Was immer du brauchst. Ich bin immer für dich da.«

»Danke.«

Leider stimmte das nicht ganz. Natürlich würde er ihr bei dem Theaterstück helfen und wahrscheinlich auch bei allem anderen, worum sie ihn bat. Aber Alice hatte mit eigenen Augen gesehen, wie nahe er und Fiona sich gekommen waren.

Sie sah ihm nach, wie er am Flussufer entlangging und wie seine breitschultrige Silhouette mit jedem langen Schritt tiefer in der Nacht verschwand.

All diese Jahre war er für sie da gewesen, hatte sie durch gute und schlechte Zeiten begleitet. Es hatte so viele Möglichkeiten gegeben, die sie aus Angst nicht ergriffen hatte. Weil sie zu verletzt gewesen war. Und nun war das Café in Gefahr, Hattie war gestürzt, und Becca war auf sie angewiesen. Alle diese Schicksale lasteten auf ihren Schultern und zeigten ihr Leben in einer neuen Perspektive.

Alice begriff endlich, wie sehr sie sich wünschte, mit Joey zusammen zu sein, und dass es dafür zu spät war.

Kapitel siebenundzwanzig

Kookaburra Creek Café, 2004

Alice krümmte sich vor Schmerzen und presste die Hände auf den Bauch.

»Alice, was ist los?«

»Oh … mein … ahhh.« Der Schmerz ließ nach. Sie richtete sich auf und sah, dass Hattie lächelte. »Was?«, stieß sie zwischen zwei tiefen Atemzügen hervor.

Hattie deutete auf die Pfütze, in der Alice stand.

»Es ist so weit.« Hatties Lächeln wurde noch breiter.

»Was? Nein, das kann nicht sein. Ich habe doch noch …«

»Mein liebes Mädchen, Babys haben die Angewohnheit, auf die Welt zu kommen, wenn sie dazu bereit sind, nicht dann, wenn es uns in den Kram passt. Und anscheinend ist dein Baby jetzt bereit.«

»Jetzt?«

»Ja. Wir sollten nach Glensdale fahren.«

»Aber ich bin noch nicht … ich …«

Alice schrie laut auf. Sie hatte das Gefühl, als würde sie jemand von innen aufschlitzen.

»Atmen.« Eine Stimme schwebte von irgendwoher durch den Raum.

»Ich atme doch! Was glauben Sie denn, was ich tue?«

Der Schmerz war so stark, dass es dafür ein anderes Wort geben musste. Ja – Folter. Die schreckliche Qual ließ nach, und Alice warf den Kopf zurück auf das Kissen.

»Tut mir leid«, sagte sie schluchzend und sah die Hebamme an, die sie soeben angeschrien hatte.

»Kein Problem«, erwiderte die Frau. »Das haben wir hier alles schon gehört und gesehen.«

»Wie lange wird es noch dauern?«, seufzte Alice.

»Sie sind schon sehr weit. Tatsächlich glaube ich, dass ich jetzt den Arzt holen sollte.«

»Ich schaffe das nicht.« Alice wandte sich an Hattie, die ihre Hand seit ihrer Aufnahme in der Klinik nicht losgelassen hatte, so fest Alice sie auch drückte.

»Natürlich schaffst du das. Du hast dich bisher tapfer geschlagen, und nun hast du es bald hinter dir.«

»Ich kann nicht mehr.« Alice traten wieder Tränen in die Augen.

»Aber ja. Und wir sind alle hier, um dir zu helfen.«

Alice sah in Hatties graue Augen und dankte Gott, dass sie bei ihr war.

»Nun, anscheinend sollten wir jetzt anfangen zu pressen«, meinte der Arzt, als er zur Tür hereinkam.

»Wir?« Alice fand das belustigend.

»Wir.« Hattie drückte ihr die Hand.

»Noch einmal pressen«, hörte Alice jemanden sagen, aber sie schaffte es nicht. Nicht noch einmal. Sie hatte genug davon. Es war drei Uhr morgens, und das verdammte Baby konnte bleiben, wo es war. Es war ihr egal. Ihretwegen konnte sich die Erde auftun und sie hier und jetzt verschlingen. Das wünschte sie sich sogar. Dann wäre endlich alles vorbei.

»Miss Pond?«

Alice schloss die Augen und hoffte, dass alle um sie herum verschwinden würden.

»Alice, noch einmal pressen, und dann wird Ihr wunderschönes Baby zur Welt kommen.«

Nein. Nicht heute, beschloss Alice. Sie zwang sich in Gedanken dazu, das Krankenhaus zu verlassen und zu ihrem Eukalyptusbaum zu schweben. Dort wollte sie sich auf ihren Ast setzen und sich ausruhen. Vielleicht würde sie morgen zurückkommen und die Sache zu Ende bringen. Vielleicht.

Hattie drückte Alice' Hand. »Komm, Schätzchen. Ein letztes Mal.«

Alice spürte einen Drang, den sie nicht ignorieren konnte, und schlug die Augen auf. Sie sah Hattie an und presste noch einmal, stärker, als sie es für möglich gehalten hätte.

Dann hörte sie Schreie vom Bettende.

»Glückwunsch, Alice. Es ist ein Mädchen.«

Es fühlte sich an wie eine Ewigkeit, bis man ihr das Baby in die Arme legte, und doch war es viel zu früh.

Sie war noch nicht bereit dafür. Bereit für dieses winzige Lebewesen. Wie konnte ein so kleines Ding so große Schmerzen verursachen? Und was sollte sie nun damit anfangen?

Sie hielt ihr Baby in den Armen und betrachtete das fremde Wesen.

»Oh, sie ist ganz entzückend«, schwärmte Hattie. »Hast du dir schon einen Namen ausgesucht? Ich habe gehört, Harriett ist jetzt wieder in Mode gekommen.«

Das war das Einzige in diesem ganzen Schlamassel, bei dem Alice sich ganz sicher war. Schon an dem Tag, als ihr klar geworden war, dass sie schwanger war, hatte sie einen Namen für das Kind gehabt, falls es ein Mädchen werden würde. Den Namen, den ihre Mutter so sehr gemocht hatte. Sie hatte Alice eigentlich so nennen wollen, aber Bruce war dagegen gewesen.

»Du wirst immer meine kleine Tammy sein«, hatte Sonia oft gesagt, wenn sie ihr einen Gute-Nacht-Kuss gegeben hatte.

Alice strich sanft mit den Fingern über die Stirn des Babys.

»Tammy Sonia Pond«, sagte sie.

»Sehr schön.« Hattie seufzte. »Willkommen auf der Welt, kleine Tammy.«

Mit Hilfe der Hebamme kehrte Alice vom Bad in ihr Zimmer zurück.

»Danke«, murmelte sie, als die Hebamme den Raum verließ.

Sie blieb an der Tür stehen und beobachtete, wie Hattie Tammy in den Armen wiegte und ihr leise etwas vorsang. Ein Gefühl der Angst stieg in ihr auf. Was wusste sie denn davon, wie man ein Kind großzog? Wenn Tammy nun krank werden würde und Alice nicht wusste, was sie tun sollte? Wenn sie sich einen Bleistift in die Nase steckte? Oder wenn es Alice nicht gelang, sie nachts zum Einschlafen zu bringen? Wie brachte man einem Kind das Laufen bei? Und wenn sie das nun alles nicht allein schaffte? Noch nie in ihrem Leben hatte sie ihre Mutter so sehr vermisst. Was sollte sie tun, wenn Hattie sie vor die Tür setzte? Wohin sollte sie dann gehen? Was sollte sie tun? Oh Gott. Wenn sie sich nun als schreckliche Mutter entpuppte? Sie wusste nichts über Kinder. Wenn sie nun so wurde wie ihr Vater?

Alice hatte plötzlich das Bedürfnis wegzulaufen – sich aus dem Krankenhaus zu schleichen und sich so weit wie möglich von Glensdale und Kookaburra Creek zu entfernen. Einfach immer weiterzulaufen. Hattie würde sich um Tammy kümmern und das viel besser machen als sie, da war sie sich sicher. Sie trat einen Schritt von der Türschwelle zurück.

Hattie drehte sich um. »Da bist du ja.« Sie ging auf sie zu und legte ihr Tammy in die Arme. »Alles in Ordnung?«

Alice blickte auf das Baby hinunter. Ihre Arme zitterten. Das kleine Mädchen sah sich mit geweiteten Augen um, als suchte es etwas, was es noch nicht so recht begreifen konnte. Und dann richtete es den Blick auf Alice' Augen und schien ihr direkt ins Herz zu schauen. Das war natürlich lächerlich. Alice hatte das Buch über Babys, das Betty ihr nicht sehr diskret auf den Tresen im Café gelegt hatte, von der ersten bis zur letzten Seite gelesen, also wusste sie, dass das unmöglich war. Aber nun lag Tammy in ihren Armen, starrte sie an und bat sie, ihre Mutter zu sein.

Alice strömten Tränen über die Wangen. »Mir geht es gut«, erwiderte sie und drückte Tammy an ihre Brust.

Die erste Woche zurück im Café war arbeitsreich, aber glücklicherweise nicht aufreibend. Betty war wieder mit ihrem Bowling-Team erschienen, und alle älteren Damen hatten Tammy gebührend bewundert und Alice das Gefühl gegeben, dass ihr kleines Mädchen im Café akzeptiert wurde. Joey brachte jeden Morgen frisches Brot vorbei, und Hattie half ihr am Abend, alles aufzuräumen.

Alice lehnte sich gegen den großen weißen Pfosten am Ende des Stegs hinter dem Café und summte Tammy leise das Schlaflied vor, das ihre Mum ihr immer vorgesungen hatte. Sie blickte auf die Papiere in ihrer Hand. Die Seiten waren zerknickt, schmutzig und an den Ecken abgestoßen. Wie oft hatte sie sie in den letzten Monaten hervorgeholt und auf Deans Telefonnummer gestarrt? Aber er hatte sich entschieden – gegen sie.

Während sie die Worte von »Hushabye Mountain« sang, betrachtete sie im sanften Abendwind ihre entzückende Tochter und fragte sich, was ihr wohl alles bevorstand. War es richtig, sie ohne ihren Vater großzuziehen? Würde Dean sie anerkennen, wenn sie ihm von ihr erzählte?

»Du hast eine sehr hübsche Stimme.«

Alice zuckte zusammen und blickte zu Hattie auf.

Die alte Dame ließ sich stöhnend neben ihr nieder. »Es steht mir nicht zu, etwas dazu zu sagen, aber meinst du nicht, du solltest es noch einmal versuchen?« Sie richtete den Blick auf das Blatt Papier in Alice' Hand.

»Das Lied?« Alice versuchte, den Zettel zu verstecken.

»Bitte, Schätzchen, ich bin alt, aber nicht dumm.«

Alice seufzte. »Er hat seine Wahl getroffen.«

»Aber ohne die entscheidenden Informationen zu haben.« Hattie schüttelte den Kopf. »Ich möchte mir kein Urteil anmaßen, aber du klammerst dich schon sehr lange an diesem Stück Papier fest. Eigentlich seit unserer ersten Begegnung. Vielleicht musst du es ihm sagen – um deiner selbst willen.«

Alice riss die Augen auf. »Das hast du gesehen?«

»Schau nicht so überrascht. Diesen alten Augen entgeht nicht viel. Als ich dich in meiner Speisekammer gefunden habe, hast du den Zettel in der Hand gehalten, als hinge dein Leben davon ab. Und du hast sehr verängstigt gewirkt.«

»Das war ich auch.«

»Weißt du, ich wollte den Laden eigentlich verkaufen. Aber dann habe ich dich beim Plündern der Regale gesehen und mir etwas anderes einfallen lassen.«

»Es war gar kein Job frei?«

Hattie lächelte.

»Woher hast du gewusst, dass es funktionieren würde?«

»Das konnte ich nicht wissen.« Sie zuckte mit den Schultern. »Eigentlich habe ich an diesem Morgen damit gerechnet, dass du türmen würdest. Aber meine Vermutung hat sich glücklicherweise nicht bestätigt. So, also Tammys Vater schwirrt dir immer noch im Kopf herum. Solltest du nicht noch einmal versuchen, mit ihm zu reden?«

Alice brach in Tränen aus. »Oh, Hattie.«

Die ältere Frau legte den Arm um Alice' Schultern. »Vielleicht wird er es verstehen. Wenn du ihm eine Chance gibst.«

»Er hat bereits einen anderen Weg eingeschlagen. Welchen Sinn hätte das?«

»Es geht um sie.« Hattie deutete mit einer Kopfbewegung auf Tammy. »Und auch um dich. Wenn du es ihm erzählst und der Junge so dumm ist, es nicht zu begreifen, kannst du diesen alten Papierfetzen wegwerfen und deinen Weg gehen.«

Tammy wachte auf und gluckste zufrieden. Alice hob sie hoch.

Würde Dean es verstehen, dass sie sein Kind zur Welt gebracht hatte, ohne ihm etwas davon zu sagen? Tammy wand sich in ihren Armen. Vielleicht konnte er ihr verzeihen. Tammys Nase zuckte. Vielleicht.

»Deine Entscheidung.« Hattie stand auf und drückte Alice' Schulter, bevor sie ging.

Im Dunkel der Nacht, während Tammy schlief, holte Alice die letzte unbeschriebene Postkarte aus Lawson's Ridge hervor.

Lieber Dean, begann sie. *Diese Nachricht wird dich sicher überraschen, aber ich kann sie nicht länger vor dir geheim halten*.

Bei jedem Wort, das sie schrieb, schoss Alice ein scharfer Schmerz durch die Brust.

Ich weiß, dass du jetzt mit Louise zusammen bist, und ich hoffe, du bist glücklich. Das meine ich ernst. Du hast es verdient. Alice riss ein Blatt aus ihrem Notizheft und schrieb darauf weiter. *Aber du sollst auch wissen, dass du Vater geworden bist. Wir haben ein wunderschönes Mädchen bekommen. Ihr Name ist Tammy. Sie hat dein Lächeln. Und deine Augen.*

Es tut mir leid, dass ich es dir nicht gesagt habe. Ich stelle keine Forderungen an dich, das wäre nicht fair. Ich bin nur der Meinung, dass du es wissen solltest. Anbei meine Adresse, falls du mehr über Tammy wissen möchtest. Du kannst mir jederzeit schreiben. Natürlich nur, wenn du willst. Falls du dich nicht melden möchtest, verstehe ich das. Es tut mir wirklich leid.

Sie unterzeichnete den Brief und schrieb Hatties Adresse und Telefonnummer darunter. Mit Tränen in den Augen klebte sie den Briefumschlag zu. Sie würde ihn am nächsten Morgen abschicken und dann abwarten.

Kapitel achtundzwanzig

Kookaburra Creek Café, 2018

Joseph Moretti, was tust du hier? Wir schließen jetzt.« Alice stellte die letzten Stühle auf die Tische.

»Ich hab mir gedacht, wir sollten diese verflixte Nummer *The Top* nochmal üben. Jetzt, da Hattie aus dem Krankenhaus entlassen wurde, ist keiner mehr sicher vor ihr. Vielleicht klappt das Üben besser, wenn wir uns nicht durch ihr ständiges Geklopfe mit dem Stock bedroht fühlen. Was meinst du?«

Alice hatte bereits Albträume, in denen Hatties verdammter Gehstock eine entscheidende Rolle spielte. In den ersten beiden Wochen hatte sie die Proben geleitet, doch in der dritten Woche hatte Hattie das Zepter wieder übernommen und niemanden geschont. Und Alice und Joey hatten es immer noch nicht geschafft, diese spezielle Nummer fehlerfrei aufzuführen.

»Es könnte uns sicher nicht schaden«, erklärte Alice schließlich.

Joey lachte leise. »Schlechter können wir kaum noch werden.«

»Das trifft vielleicht auf dich zu.« Alice vollführte eine Drehung und wäre beinahe gestürzt. »Ähm, ich räume das hier zuerst weg.« Sie nahm den Wischmopp und den Eimer in die Hand. »Dann können wir anfangen.«

»Lass mich dir helfen.« Joey nahm Alice den Mopp aus der Hand und berührte dabei ihre Finger. Es fühlte sich an wie ein Blitzschlag, und sie trat rasch einen Schritt zurück. Alice hatte kein Recht, Joey solche Gefühle entgegenzubringen. Er war jetzt mit Fiona zusammen. Rasch räumte sie das gespülte Besteck weg.

Joey schaltete die Stereoanlage an, und Alice ging auf die Veranda und versuchte, sich an die komplizierten Schritte zu erinnern. Und an den Text. Und daran, wie beides zusammenpasste.

»Fangen wir von vorne an?« Er kam zu ihr und nahm ihre Hände in seine. »Das sollte keine Anspielung sein.«

»Ja, klingt gut.« Alice zuckte mit den Schultern.

Zu Beginn lief alles gut. Sogar besser als je zuvor. Aber dann kam Joey aus dem Rhythmus und machte einen Schritt nach rechts anstatt nach links. Sie stießen zusammen und landeten auf dem Boden.

»So war das nicht geplant.« Joey reichte Alice seine Hand, um ihr aufzuhelfen. Sie war auf ihren Po gefallen, und das tat weh.

»Das gibt sicher einige blaue Flecken.« Alice lachte, als er sie hochzog.

»Tut mir sehr leid.« Joey hielt ihre Hand fest.

»Daran war ich ebenso schuld wie du.« Sie lächelte ihn an. »Aber wir sind einfach noch nicht gut genug.«

Joey hob die Hand und strich ihr eine Haarsträhne aus dem Gesicht. »Wie geht es dir wirklich? Mit dieser Café-Geschichte?«

Alice seufzte. »Wenn ich diesen Laden verliere, weiß ich nicht, was ich tun soll.« Sie ließ die Schultern sinken und starrte auf die Veranda.

»Wir werden eine Lösung finden.« Joey hob mit seiner Hand ihr Kinn an. »Du wirst das schon schaffen.« Er sah ihr in die Augen.

Seine Lippen berührten beinahe ihre, als er sich zu ihr vorbeugte. Es wäre schön, sich jetzt einfach an ihn zu schmiegen.

»Joey?«

»Ja?« Er atmete heftig.

Die Vergangenheit lastete auf ihren Schultern.

»Alice?« Er legte seine Hand auf ihre Wange.

»Ich muss dir etwas sagen«, flüsterte sie.

»Was?«

»Es tut mir leid.«

»Was tut dir leid?« Er runzelte die Stirn.

Alles, was ich dir angetan habe. Ihr lag so viel auf der Zunge, aber alle ihre Worte schienen nicht angemessen zu sein. Er war jetzt gut aufgehoben. Sie musste ihn gehen lassen.

»Alice?« Sein Blick war durchdringend. Er wartete und sah sie gespannt an.

Alice schüttelte den Kopf, schloss die Augen und trat einen Schritt zurück. »Es tut mir leid.«

Joey ließ die Hand sinken. Er machte einen halben Schritt nach vorne, zog sich aber dann wieder zurück. »Mir tut es auch leid.« Er drehte sich um und überquerte mit großen Schritten die Lichtung.

Alice seufzte tief, ließ die Schultern wieder fallen und lehnte sich gegen das Holzgeländer, das um die Veranda lief.

»Mögen Sie ihn nicht?«, fragte Becca leise und kam aus dem Café zu ihr auf die Veranda.

»Oh doch«, erwiderte Alice. »Ich mag ihn sogar sehr. Er ist einer der besten Männer, die ich kenne. Der Beste.«

Becca setzte sich mit einem Sprung auf das Geländer. »Und wo liegt dann das Problem?«

»Zum Beispiel bei Fiona Harris.«

»Und?«

»Reicht das nicht?«

»Nein.« Becca schüttelte den Kopf.

»Und wir haben in der Vergangenheit gemeinsam einiges erlebt.« Becca war noch zu jung, um das zu verstehen.

»Sie wissen doch, dass da nichts dahintersteckt, oder?«

»Was meinst du damit?«

»Diese Sache mit Fiona.«

»Was?« Alice runzelte die Stirn.

»Ich weiß, was Sie denken. Dass Fiona Ihnen ganz schnell Ihren Mann gestohlen hat, während Sie noch nachgedacht und versucht haben, sich über Ihre Gefühle klar zu werden.«

»Er ist nicht mein Mann.«

»Aber das hätten Sie gern.«

Becca verstand mehr von Liebesdingen, als Alice ihr zugetraut hatte, aber das würde sie niemals zugeben. »Ich glaube, deine Fantasie geht mit dir durch«, erwiderte sie.

»Das glaube ich nicht. Außerdem sehe ich doch, wie er Sie anschaut.«

»Anscheinend hat dich Amors Pfeil direkt ins rechte Auge getroffen, so wie du den ganzen Abend mit Freddy Harris in einer Ecke gesessen und gekichert hast. Glaub ja nicht, dass ich das nicht bemerkt hätte.«

Becca lächelte verschmitzt. Sie sprang vom Geländer, hakte sich bei Alice unter und führte sie die Stufen der Veranda hinunter und zum Fluss. Alice liebte diese gemeinsamen Spaziergänge am Ende des Tages. Sie erinnerten sie daran, wie sie in der ersten Zeit nach ihrer Ankunft in Kookaburra Creek regelmäßig mit Hattie unterwegs gewesen war. Seltsam, wie sich das Leben wiederholte – nun war sie diejenige, die einem verängstigten, einsamen Mädchen Zuflucht und ein wenig Trost gab.

»Hier geht es doch nicht um mich«, meinte Becca. »Sondern um euch beide, und ihr habt etwas miteinander zu klären. Sie wollen mir doch nicht weismachen, dass Sie nichts füreinander empfinden.«

Alice öffnete den Mund, brachte aber keinen Ton heraus.

»Ich persönlich finde ihn ja nicht so toll, aber er steht total auf Sie. Für einen älteren Mann ist er nicht übel. Und seien wir mal ehrlich – in dieser Stadt wimmelt es nicht gerade vor heißen Junggesellen.«

Eines musste Alice ihr lassen: Becca hatte eine ganz besondere Art, die Dinge zu betrachten.

Bei Sonnenuntergang schlenderten Alice und Becca durch die Stadt. An der weißen Bank am Dandelion Dell machten sie eine Pause. Sie setzten sich, und Becca zog zwei Cupcakes und eine Thermoskanne mit Tee aus ihrer Tasche.

»Meine Damen«, erklang eine Stimme hinter ihnen. Sie drehten sich um und sahen Sergeant Carson aus seinem grünen Wagen winken.

Alice winkte zurück. »Freust du dich schon auf die Probe morgen?«, rief sie.

»Na klar.« Er salutierte und fuhr weiter.

Becca seufzte hörbar auf.

»Er ist ein guter Mensch. Es gibt keinen besseren Landpolizisten als Bob Carson. Und er ist ein netter Kerl«, erklärte Alice.

»Es liegt nicht an ihm.« Becca zuckte mit den Schultern. »Sondern an seinem Wagen.«

»Seinem Wagen?«

»Er sieht genauso aus.«

»Genau wie was?«

Alice wartete auf ihre Antwort.

»Wie SEIN Wagen. Der Wagen, der dem Freund meiner Mutter gehörte.«

»Hat er dir wehgetan?«

Becca starrte in die Ferne.

»Schon gut, Becca. Du kannst mir alles erzählen.«

»Er … er hat mich geschlagen.« Becca zuckte wieder mit den Schultern. »Sehr oft. Und nach Grandmas Tod hat mich niemand mehr vor ihm beschützt.«

Alice griff nach Beccas Hand und drückte sie, und das Mädchen ließ es sich gefallen.

»Und …« Becca sah sie aus ihren blauen Augen an, die einen Ausdruck der Verzweiflung und Furcht trugen. Der Anblick war ihr so vertraut, dass Alice von einer Welle der Trauer überspült wurde.

»Hier bist du in Sicherheit, Becca. Du kannst mir alles sagen.«

»Aber dann werden Sie glauben, dass ich …«

»Ich weiß, dass du eine tapfere junge Frau bist, die diese Last lange genug allein getragen hat.«

»Er … er hat mich angefasst … und mich dazu gezwungen …« Becca brach in Tränen aus. »Das erste Mal passierte es in seinem grünen Wagen.«

»Oh, Schätzchen.« Alice zog sie in ihre Arme, und Becca schluchzte an ihrer Schulter. »Schon gut«, flüsterte sie. Ihre eigenen Probleme verloren mit einem Mal an Bedeutung. »Hier wird er dich nicht finden.«

»Und wenn doch?«, erwiderte Becca mit tränenerstickter Stimme.

»Das wird er nicht. Und sollte er tatsächlich hier auftauchen, werden wir dich beschützen. Wir alle. Du gehörst jetzt zur Familie, Becca, und in Kookaburra Creek zählt nichts mehr als das.«

Becca schniefte und nickte. Sie blieben sitzen, bis die Nacht hereinbrach und Alice vorschlug zurückzugehen.

Ich laufe.

So schnell ich kann, aber das ist nicht schnell genug. Ich schreie, aber niemand hört mich. Er ist hinter mir. Er ist vor mir. Er ist auf mir. Er brüllt. Ich schreie. Er lacht leise.

Er schlägt mir ins Gesicht und streichelt meine Brust. Er rammt seine Faust in meinen Magen.

Ich renne wieder los.

Er packt mich.

Ich schreie. Er leckt sich über die Lippen und schmatzt. Ich laufe.

Es ist dunkel. Ich höre ihn atmen, überall um mich herum. Ich kann sein billiges Aftershave riechen. Ein helles Licht. Ein Schmerz in meinem Kopf.

Er steht unter meinem Fenster vor dem Café und blickt zu mir herauf. Ich verstecke mich hinter dem Vorhang, aber er sieht mich.

Ich schreie.

»Alles in Ordnung.«

Eine Stimme.

»Du bist in Sicherheit.« Ich höre genauer hin. Es ist Alice' Stimme.

»Es war nur ein Traum.«

Ich schlage die Augen auf. Sie hält mich in ihren Armen.

»Ganz ruhig. Du hast nur geträumt. Es ist alles gut.«

Alice streicht mir das Haar aus der Stirn. Ich bin schweißgebadet.

»Er ist hier«, stoße ich hervor.

»Niemand ist hier.«

»Er war hier.«

Sie drückt mich an sich. »Hier sind nur du und ich.«

»Er hat mich gefunden«, schluchze ich.

»Scht, alles ist gut. Er wird dich hier nicht finden.«

Sie streicht mir über den Rücken.

»Vor dem Fenster. Schau doch nach«, rufe ich.

Sie steht auf, aber ich kann sie nicht loslassen. Gemeinsam gehen wir zum Fenster.

»Dort draußen ist niemand.«

Mir ist schwindlig, und meine Beine geben nach.

Alice hilft mir zum Bett zurück. Sie legt sich neben mich und streicht mir übers Haar. Mein Atem beruhigt sich.

Sie bleibt. Ein oder zwei Stunden vergehen, aber sie weicht nicht von meiner Seite.

Kapitel neunundzwanzig

Kookaburra Creek Café, 2005

Alice schrubbte in der Küche des Kookaburra Creek Cafés die Töpfe und Pfannen, die sie am Tag zuvor stehengelassen hatte, und räumte die Speisekammer auf. Sie schrieb eine Liste der Zutaten und Vorräte, die sie brauchte. Es war nur noch wenig Zucker da, und sie benötigte dringend Kräuter und Gewürze. Sie entfernte die leeren Reissäcke und wischte die Regale aus. Die kleine Blechdose mit dem Geld stellte sie hinter einen großen Tontopf, nachdem sie sich vergewissert hatte, dass die Plastiktüte mit dem Geld darin noch sicher verstaut war.

Als alles sauber war, trank Alice ein Glas kaltes Wasser und sah sich in der Küche um. Jetzt, da sie sich einen gewissen Ruf erworben hatte, war es nicht immer leicht, das Café erfolgreich zu führen. Und es machte es nicht leichter, dass Tammy ständig im Weg war. Sie wollte sich aber nicht beklagen, auf keinen Fall – sie wusste, wie viel Glück sie hatte.

Der Plan, den Betty aufgestellt hatte, half ihr enorm. Die Zeit, in der Tammy betreut wurde, war unbezahlbar, wenn viel Arbeit zu erledigen war. Alice konnte es kaum fassen, wie viele Leute sich bereit erklärt hatten, ihr zu helfen und sich um Tammy zu kümmern. Joey nahm sie an den Montagnachmittagen zu sich, Claudine und Hattie wechselten sich mittwochs ab, und selbst Clive betreute sie hin und wieder eine Stunde lang, wenn Betty etwas zu erledigen hatte.

Was konnte sie für den nächsten Tag vorbereiten? Am Montag kam Mrs Harris immer mit ihrer Kirchengruppe, und das hieß Burger, Salate und Cupcakes. Der Bus, der von Glensdale nach Sydney fuhr, hatte seinen Fahrplan geändert und würde ebenfalls am Vormittag eintreffen, also brauchte sie noch mehr Cupcakes. Um diese Menge zu backen, würde die Zeit am nächsten Morgen nicht ausreichen.

Sie schaute zu Sylvia nach oben.

Rocky-Road-Cupcakes.

Alice mischte Marshmallows, Kokosraspeln und Cashewnüsse unter den Schokoladenteig und summte dabei leise vor sich hin. Sie bestreute die Himbeeren mit Zucker, damit sie das Fruchtpüree später zur Schokoladenglasur geben konnte. Zumindest war sie jetzt schon einen halben Schritt voraus und nicht drei Schritte hinterher, wie üblicherweise am Morgen.

Ihre Füße schmerzten, als sie Hatties Haus erreichte und ins Gästezimmer ging. Sie zog sich rasch um und belud die Waschmaschine, bevor sie gleich wieder los musste, um ihre Tochter abzuholen. Überall im Flur hingen Fotos von Tammy. Hattie liebte das Mädchen, als wäre es ihre leibliche Enkelin.

Alice berührte kurz das letzte Foto am Treppenabsatz. Darauf war Tammy zu sehen, wie sie am Fluss inmitten von Pusteblumen saß. Es war Alice' Lieblingsfoto. Tammy trug ein hübsches weißes Kleid, das Grübchen auf ihrer linken Wange zeigte, dass sie sich freute, und ihre Augen waren so strahlend blau, als hätte man sie gemalt. Ihre Ähnlichkeit mit Dean war nicht immer leicht zu ertragen, aber meistens gelang es Alice, sich dumme Gedanken aus dem Kopf zu schlagen. Außer, wenn er ihr in ihren Träumen erschien. Glücklicherweise kam das nicht mehr so oft vor wie früher.

Alice ging in ihr Zimmer und sah die Post auf ihrem kleinen Schreibtisch durch. Nur Rechnungen von verschiedenen Lieferanten – das Übliche. Sie kontrollierte alles noch einmal genau. Es war dumm zu denken, dass sie etwas übersehen haben könnte, dass sich vielleicht ein Brief hinter einem anderen versteckte oder auf den Boden gefallen war und jetzt wieder auftauchte. Trotzdem war die Hoffnung immer noch da. Auch nach all der langen Zeit.

Sie setzte sich aufs Bett. Tief in ihrem Inneren wusste sie, dass er ihr nicht antworten würde. Auch wenn sie sich das nicht eingestehen wollte. Dean hatte seine Entscheidung getroffen.

Alice legte die Post aus der Hand.

Oktober 2006

Irgendwie hatte Alice es geschafft, für sich und Tammy ein Leben in Kookaburra Creek aufzubauen.

Ausgerechnet hier. Sie hätte nie gedacht, dass sie einmal so leben würde, aber die Zeit verging, sie führte ein erfolgreiches Café, und Tammy war bereits zwei Jahre alt.

»Guten Morgen.« Hattie brachte ihr eine Tasse Tee und ein dickes Kuvert ans Bett.

»Was ist das?« Alice riss die Augen weit auf.

»Schau es dir an.«

Nervös riss Alice das Kuvert auf, und ihre Hände zitterten noch stärker, als sie die ersten Worte auf dem inliegenden Schriftstück las.

»Ich … du kannst doch nicht … das verstehe ich nicht.« Sie starrte Hattie an, und ihre Unterlippe bebte.

»Nur keine unnötige Aufregung, Schätzchen. Das ist eine rein geschäftliche Abmachung. Ich kann es mir nicht leisten, dich an irgendeinen Headhunter aus der Großstadt zu verlieren, der Interesse an deinen Cupcakes hat und dir bessere Konditionen anbietet. Und ich kann es mir auch nicht leisten, dir mehr zu bezahlen als im Moment. Also ist das die perfekte Lösung, findest du nicht?«

»Du gibst mir das Café?«

»Nein, ich verpachte es an dich. Zugegeben, zu einem sehr günstigen Preis, aber wenn du dir die Unterlagen durchliest, wirst du feststellen, dass daran strenge Bedingungen geknüpft sind. Zum Beispiel müssen bestimmte Gewinnspannen eingehalten werden. Du hast allerdings freie Hand, was die Gestaltung des Cafés und die Speisekarte betrifft – du kannst den Laden so führen, wie du es möchtest. Solange du ihn nicht in einen Massagesalon oder Ähnliches verwandelst. Das würde ich nicht dulden. Und nun lies weiter.«

Alice las das gesamte Dokument drei Mal.

»Du gibst mir auch die Wohnung?«

»Das gehört zu dieser Vereinbarung.«

»Das ist zu viel.«

»Unsinn. Du brauchst dein eigenes Zuhause. Mit einer alten Schachtel wie mir zusammenzuleben macht keinen großen Spaß. Wenn du in die Wohnung über dem Café ziehst, kannst du die ganze Nacht backen und danach praktisch direkt ins Bett fallen. Na ja, ein paar Stufen musst du noch nach oben steigen. Nicht so angenehm, wenn es regnet, aber du …«

»Oh, Hattie.« Alice umarmte die alte Frau. Nun hatte sie ein eigenes Geschäft. »Vielen, vielen Dank.«

»Lass den Unsinn, sonst könnte ich meine Meinung wieder ändern.« Hattie lachte leise und drückte Alice an sich.

August 2007

Es war merkwürdig, wie das Leben manchmal Entscheidungen für einen traf. Alice stand oft im Gastraum des Cafés und konnte es immer noch nicht glauben, dass der Laden tatsächlich ihr gehörte. Wenn sie morgens aufwachte, glaubte sie immer noch, sie hätte das alles nur geträumt. Aber es war die Realität. Ihre Zukunft und die ihrer Tochter war gesichert. Und das war viel mehr, als sie sich in den letzten Jahren gewünscht hatte.

Betty hatte sie dazu überredet, bei TAFE in Glensdale einen Kurs in Wirtschaftslehre und Marketing zu belegen. Sie war begeistert – sie lernte alles über Buchhaltung und Steuern. Das Kookaburra Creek Café brauchte zwar kein Marketing – es lief auch so sehr gut –, aber der Kurs machte ihr Spaß.

»Will mitbacken, Mummy.« Tammy zupfte an der Schleife von Alice' Schürze und sah sie aus ihren großen blauen Augen an. Manchmal glich sie Dean aufs Haar.

»Ja, mein Schätzchen.«

Alice bereitete in der Küche die Zutaten und die Küchengeräte vor.

»Will auch.« Tammy griff nach Alice' Hand und hielt sie davon ab, den Zucker abzumessen.

»Okay, Tammy. So macht man das.« Sie zeigte ihr, wie sie die richtige Menge in eine Tasse füllte.

Tammy leckte sich die Finger ab. »Köss-lich.«

»Köss-lich?«

Tammy nickte, und sie bereiteten gemeinsam ein Dutzend Schokoladencreme-Cupcakes zu.

Während Tammy unter der Arbeitsfläche mit ihren Buntstiften ein Bild malte, räumte Alice auf.

Die Türglocke klingelte, und Alice fragte sich seufzend, wer das jetzt sein konnte.

»Jo-jo, Jo-jo!«, rief Tammy, sprang auf und rannte in den Gastraum.

»Er kommt erst in ein paar Tagen wieder, Schätzchen.« Alice folgte Tammy. Es war doch Joey, der da im Café vor ihnen stand.

»Wie geht es meinem Lieblingsmädchen?« Joey hob Tammy hoch und wirbelte sie herum. »Meine Güte, du bist aber groß geworden.«

»Jo-jo.« Tammy schlang die Arme um seinen Hals und küsste ihn drei Mal auf die Wange.

»Irgendetwas riecht hier köstlich. Hast du etwas gebacken?«

»Köss-lich.« Tammy nickte. »Was ist das?« Sie deutete auf den Korb, den Joey neben sich abgestellt hatte.

»Ich würde gern ein Picknick mit euch machen«, erwiderte er lächelnd. »Wenn deine Mum damit einverstanden ist.«

Tammy klatschte in die Hände.

»Willkommen zu Hause«, sagte Alice.

»Schön, wieder hier zu sein.« Er zwinkerte ihr zu.

»Picknick.« Tammy klatschte wieder in die Hände, und Joey warf Alice einen Blick zu.

»Gerne.«

Bevor sie die Brücke, die in die Stadt führte, erreicht hatten, hob Joey Tammy von seinen Schultern. Dandelion Dell, dieser schmale Landstreifen mit seinen vielen Pusteblumen, verlief eng am Ufer des Flusses entlang. Tammy zog ihre Schuhe aus, setzte sich in die Mitte und sprach lächelnd auf die Pflanzen mit den zarten weißen Sporen ein. Joey setzte sich neben sie und spielte mit ihr.

Alice lehnte sich gegen die Brücke und überlegte, wie oft sie sich an ihren gemeinsamen Montagen schon Geschichten über Pusteblumen ausgedacht hatten. Diese Stelle war Tammys Lieblingsort in Kookaburra Creek.

Die Kleine stand auf und sammelte einige Zweige, um sie auf dem Gras zu stapeln. In ihrer Fantasie wurde daraus das Schloss einer Prinzessin oder vielleicht einer Fee.

Joey ging zu Alice hinüber.

»Was gibt's Neues in der großen Stadt?«

»Also bitte, die Antwort darauf kennst du doch.«

Joey lachte und goss ihnen beiden ein Glas Mineralwasser ein.

»Wie war es in Italien?«, fragte Alice.

»Dieses Mal etwas schwierig. Meinem Großvater geht es nicht sehr gut.«

»Das tut mir leid.« Alice nahm seine Hand und drückte sie.

Joey zuckte mit den Schultern. »Er ist zweiundachtzig und hatte ein gutes Leben.«

»Und deine Großmutter?«

»Sie ist die stärkste Frau, die ich kenne. Na ja, eine der stärksten. Mum macht viel Aufhebens um sie, aber das lehnt sie strikt ab. Am Schluss hatte ich das Gefühl, allen nur noch im Weg zu stehen.«

»Denkst du jemals daran, nach Italien zurückzukehren?«

»Eigentlich hat man das von mir erwartet.«

»Wann?«

»Kurz nachdem Mum und Dad zurückgegangen sind. Als sie mit uns hierherkamen, war ich erst sechs Jahre alt. Sie wollten hier ein neues Leben beginnen. Als ich zwölf war, schickte mich mein Dad in die Backstube. Das sollte unsere Zukunft sein. Backen für den Rest unseres Lebens.«

»Aber dann wurde dein Großvater krank?«

Joey nickte. »Nonno wurde krank. Ungefähr sechs Monate, bevor du hier aufgetaucht bist, sind Mum und Dad hingeflogen, um ihm zu helfen. Eigentlich wollten sie schon bald wieder zurückkommen, aber dann stellte sich heraus, dass sich Nonnos Zustand nicht bessern würde. Also beschlossen sie, in Italien zu bleiben.«

»Und du bist hiergeblieben.«

Er seufzte. »Etwa ein Jahr später wollte Dad, dass ich den Laden verkaufe und zu ihnen komme.«

»Und warum hast du das nicht getan?«

»Na ja, zu dem Zeitpunkt hatte ich das Gefühl, dass es hier in Kookaburra Creek etwas gibt, wofür es sich zu bleiben lohnt.«

Er sah ihr tief in die Augen, und Alice' Wangen röteten sich.

Joey wandte den Blick ab. »Das hier ist mein Zuhause. Ich kann mich kaum noch an unser Leben in Italien erinnern.«

»Das verstehe ich.« Alice lächelte. »Ich freue mich, dass du wieder hier bist. Niemand wird das miserable Brot aus Glensdale vermissen, da bin ich sicher.«

»Ja, ihr habt mich alle nur wegen meiner Backwaren gern.«

Alice nickte. »Und wegen der Picknicks.«

»Schon verstanden.«

»Die Wahrheit ist manchmal schwer zu ertragen, mein Freund.« Sie zuckte mit den Schultern. »Trotzdem freue ich mich sehr, dass du wieder hier bist.«

»Ich habe dir etwas mitgebracht.« Er zog ein kleines Päckchen aus einer Tasche, die Alice vorher nicht bemerkt hatte, und reichte es ihr. »Ich habe mir gedacht … Es macht nichts, wenn es dir nicht gefällt. Wie auch immer …« Er zuckte mit den Schultern.

Alice verkniff sich ein Lächeln und zog das rote Band auf. In dem Päckchen befanden sich zwei kleine Gefäße in Form des Schiefen Turms von Pisa. Eines für Salz, das andere für Pfeffer.

»Sehr hübsch. Vielen Dank.« Alice beugte sich vor und umarmte ihn. »Wie lieb von dir.« Sie sah ihm in die Augen und konnte den Blick kaum abwenden.

»Wenn du sie nicht verwenden willst, kann ich das verstehen. Ich habe nur gedacht, dass sie, jetzt, seit du mehr Farbe in das Café bringst, ganz gut dazu passen würden.«

»Sie sind wunderschön. Natürlich werde ich sie benutzen.«

Zum ersten Mal, seit sie Joey kannte, herrschte peinliches Schweigen zwischen ihnen. Die Stimmung war plötzlich nicht mehr so unbefangen wie zu Beginn des Picknicks.

»Jo-jo, komm spielen.« Tammy kam herbei und zupfte ihn am Arm.

»Für dich habe ich auch etwas.« Joey gab ihr ein kleines Päckchen.

Tammy riss das Geschenkpapier auf und holte ein elastisches Haarband in allen Farben des Regenbogens heraus. Ein metallischer Faden fing das Sonnenlicht ein. Joey half ihr, es in ihrem Haar zu befestigen, und sie lief wieder zu ihren Pusteblumen zurück.

»Du verstehst dich so gut mit ihr. Wie machst du das?« Alice legte ihm eine Hand auf die Schulter.

»Das ist ganz einfach. Sie macht es mir leicht.« Er seufzte. »Ich wollte eigentlich immer irgendwann Vater werden.«

»Jo-jo, komm!«, rief Tammy.

»Eine Prinzessin darf man nicht warten lassen.« Er lächelte, und Alice lächelte zurück.

Tammy lief mit drei Pusteblumen in der Hand auf sie zu, gefolgt von Joey, der nur ein paar lange Schritte brauchte, um sie einzuholen.

»Mummy wünscht sich was.« Sie reichte Alice die Blume mit dem längsten Stiel. »Jo-jo wünscht sich was. Tammy wünscht sich was.«

Alle drei blickten auf den Fluss und pusteten gleichzeitig die kleinen weißen Samen in den Wind, der sie über das Wasser trug.

»Ich habe mir ein Regenbogen-Einhorn gewünscht«, verkündete Tammy lächelnd. »Und du, Jo-jo?«

»Wenn ich dir das sage, geht mein Wunsch nicht in Erfüllung.« Er sah zu Alice hinüber, und sie senkte rasch den Blick.

»Aber ...« Tammys Miene verdüsterte sich.

»Oh, nein. Das gilt nur für Erwachsene.« Joey kniete sich neben sie. »Kinder dürfen ihre Wünsche verraten.«

Tammy akzeptierte Joeys Erklärung und ging zurück zu den Pusteblumen, während Alice und Joey das Picknick vorbereiteten.

»Mummy, Mummy, Mummy, können wir ihn behalten?«, rief Tammy.

Neben ihr saß ein verängstigter kleiner Welpe. Er starrte Tammy an, die ihm ein Stück Brot vor die Nase hielt.

Als Alice ein paar Schritte auf sie zuging, wich der Hund zurück. »Er gehört vielleicht schon jemandem, Schätzchen.«

Der schwarz-weiß gefleckte Welpe sah sauber aus, aber Alice war sich trotzdem nicht sicher, ob sie ihn in der Nähe ihrer kleinen Tochter haben wollte.

»Bitte, Mummy.« Tammy presste die Hände an die Brust.

Alice sah sich um, konnte aber niemanden entdecken. Und der Hund trug kein Halsband. »Ich weiß nicht, Schätzchen.«

Der kleine Hund legte den Kopf auf die Vorderpfoten und kroch auf dem Bauch nach vorne.

»Ich werde nachher den Tierarzt in Glensdale anrufen und ihn fragen, ob jemand einen Welpen vermisst. Er scheint recht zahm zu sein«, meinte Joey. Er schüttete ein wenig Wasser in eine Schüssel aus dem Picknickkorb und stellte sie auf den Boden. Der Welpe trank gierig.

»Bis dahin können wir uns um ihn kümmern.« Alice nickte.

Den restlichen Nachmittag wich der kleine Hund nicht mehr von Tammys Seite. Wenn sie aufstand, tat er es auch. Wenn sie sich im Gras wälzte, machte er mit.

»Wie sollen wir ihn nennen, Mummy?« Tammy hopste zu ihnen herüber, als Alice und Joey die Picknicksachen einpackten.

»Es ist nicht nötig, ihm einen Namen zu geben.« Alice lächelte.

»Doch, Mummy. Irgendwie müssen wir ihn doch nennen.«

»Sie hat recht.« Joey bückte sich und streichelte den Hund. »Warum nennen wir ihn nicht vorerst Shadow?«

Obwohl die Spätsommersonne allmählich am Horizont verschwand, herrschte immer noch drückende

Hitze. Tammy hüpfte um Alice und Joey herum, als sie zum Café zurückgingen. Shadow sprang zwischen ihren Beinen hin und her und leckte immer wieder ihre Hand. Um Tammy und ihrem neuen Freund mehr Platz zum Spielen zu geben, rückten Alice und Joey näher zusammen, und Alice fühlte Joeys Hand an ihrer. Überrascht spürte sie, wie ihr ein Schauer über den Rücken lief und ihre Wangen sich röteten.

»La la-la la«, trällerte Tammy und ruderte mit den Armen. »Kommt mit ins Schlumpfenland.«

Vor den Stufen zum Café warf Tammy sich in Joeys Arme.

»Ich hab dich lieb, Jo-jo«, sagte sie und gab ihm drei Küsschen auf die Wange.

»Ich hab dich auch lieb. Aber wenn du weiter so schnell wächst, werde ich dich bald nicht mehr hochheben können.« Tammy tätschelte seine Wange und sprang dann die Treppe hinauf, dicht gefolgt von Shadow.

»Vielen Dank für diesen Tag«, sagte Joey leise. »Es ist immer schlimm für mich, wenn ich meine Familie wieder verlassen muss, aber die Zeit mit euch hilft mir, den Abschied zu verdauen.«

»Wir freuen uns, dass du wieder hier bist.« Alice lächelte.

Joey zog ihre Hand an seine Lippen.

»Baden, Mummy, baden.« Tammy hüpfte zurück ins Gras, und Joey ließ Alice' Hand los.

»Ich bringe sie besser ins Haus.«

»Ich lasse dich wissen, was der Tierarzt sagt.« Joey nickte. »Gute Nacht, Prinzessin.« Er bückte sich und küsste Tammy. Er trat einen Schritt nach vorne und wieder zurück. »Gute Nacht, *bella*.« Rasch drückte er Alice einen Kuss auf die Wange.

An diesem Abend musste Alice Tammy drei Mal »Hushabye Mountain« vorsingen. Die Kleine weinte, als Alice ihr sagte, dass Shadow draußen schlafen müsse, beruhigte sich aber, als sie dem Hund ihre Lieblingsdecke auf einen der Verandastühle legen durfte, um ihm dort ein Bettchen zu machen.

Alice küsste ihre Tochter auf die Stirn, auf die Nase und das Kinn und wünschte ihr eine gute Nacht.

»Gute Nacht, Mummy.«

»Ich liebe dich bis zum Mond.«

»Und ich dich von dort zurück.«

Alice lehnte sich gegen den Türpfosten und wartete, bis Tammys Brustkorb sich langsam und gleichmäßig hob und senkte.

In ihrem Bett lehnte sie sich in die Kissen und dachte über den Pusteblumen-Wunsch nach. Sie hatte sich Klarheit über ihr Verhältnis zu Joey gewünscht, aber auch nach diesem gemeinsam verbrachten Tag gab es keine neuen Erkenntnisse. Sie konnte nicht leugnen, dass sie ihn sehr mochte, aber eine neue Beziehung war für sie schwer vorstellbar. Die Erinnerung an Dean war tief in einem Teil ihres Herzens versteckt, den sie nicht mehr zu öffnen wagte. Aber er war noch da. Und was würde es mit sich bringen, wenn sie noch einmal jemanden so nahe an sich heranließ? Sie dachte daran, was bei ihr und Dean geschehen war. Und bei ihrer Mum und ihrem Dad. Alles hatte nur Schmerz mit sich gebracht.

Ihre Augenlider wurden schwer. Zumindest gab es keinen Schmerz, was Tammy betraf. Müdigkeit und Frustration, ja, aber keinen Schmerz. Und was Joey anbelangte, herrschte noch Verwirrung. Die Vergangenheit war noch nicht geklärt, also konnte die Zukunft noch nicht beginnen. Ihre Gedanken überschlugen sich und bereiteten ihr Kopfschmerzen. Sie schloss die Augen und sah Pusteblumensamen im Sommerwind tanzen.

Kapitel dreißig

Kookaburra Creek Café, 2018

Die Mitglieder der Laienspielgruppe von Kookaburra Creek hatten sich auf der Veranda des Cafés versammelt, und Freddy und Becca servierten Kaffee und Eier mit Speck.

Sie hatten noch einige Stunden Zeit bis zur Premiere, und Hattie hatte beschlossen, dass sie vorher alle ein herzhaftes Frühstück brauchten. Alice brachte jedoch keinen Bissen hinunter. Sie legte die Hände um ihre Teetasse, konnte sie aber nicht an die Lippen führen, weil sie so nervös war. Und sie machte sich Sorgen um Becca. Sie beobachtete das Mädchen genau. Solange sie in Freddys Nähe war, schien sie entspannt zu sein, aber sobald er ihr von der Seite wich, begann sie, mit ihrem Pony zu spielen und sich unruhig im Raum umzusehen.

Die Albträume wurden immer schlimmer. Alice blieb oft die ganze Nacht bei ihr, aber das schien nicht zu helfen. Sie war erschöpft. Wie sollte sie die Aufführrung am Abend durchstehen? Vielleicht würde Freddy aushelfen, sodass sie sich am Nachmittag ein wenig hinlegen konnte. Sie würde ihn gleich darum bitten.

»Gute Idee, Fiona«, sagte Betty und übertönte das Geplauder der anderen. »Was hältst du davon, Alice? Wir kommen nach der Aufführung alle hierher und stoßen auf unseren Erfolg an.«

»Natürlich«, stimmte Alice ihr zu.

»Dann ist das beschlossene Sache.« Fiona legte eine Hand auf Joeys Arm. »Eine Party nach unserer Vorstellung. Ich gehe jetzt und bereite mich auf den großen Abend vor.« Sie stand auf und tippte Joey auf die Schulter. »Bringst du mich nach Hause?«

Verdammt, dachte Alice.

»Die Idee ist nicht schlecht.« Clive stand auf, ging die Stufen hinunter und schwang sich auf sein Fahrrad. Und alle außer Freddy und Carson folgten seinem Beispiel.

»Bis heute Abend.« Alice winkte ihnen nach. Ihre Wangen fühlten sich wesentlich heißer an, als sie sollten, während sie der Gruppe nachblickte. Joey ging neben Fiona.

»Carson?« Sie griff rasch nach dem Arm des Sergeants, bevor auch er sich auf den Weg machen konnte.

»Was gibt's, Alice?«

»Ich weiß es nicht so genau. Ich frage mich nur …« Sie überlegte, wie sie das Thema ansprechen konnte, ohne zu viel zu verraten. »Glaubst du, dass du …«

»Raus mit der Sprache.« Er lächelte sie an.

»Könntest du die Augen nach einem grünen Wagen aufhalten. Außer deinem eigenen natürlich.« Sie lachte und hoffte, er würde ihr die Nervosität nicht anmerken, die sie in sich spürte.

»Na klar. Warum?«

»Wahrscheinlich ist es nicht wichtig.« Sie schüttelte den Kopf.

»Meiner Erfahrung nach handelt es sich meistens um etwas Wichtiges, wenn mir jemand sagt, es sei nicht wichtig.«

Alice zuckte mit den Schultern.

»Okay.« Carson seufzte. »Ich werde die Augen offen halten. Und wenn es doch wichtig wird, dann gibst du mir bitte Bescheid.«

»Danke. Und ich wollte dich noch bitten, mir die Telefonnummer deines Cousins Andrew zu geben.«

»Andrew? Du meinst den Schlosser?«

Alice nickte.

»Sollten wir uns nicht ausführlicher darüber unterhalten?«, fragte er ernst, straffte die Schultern und sah Alice streng an. Wenn er wollte, konnte er sehr einschüchternd wirken.

Sie schüttelte den Kopf. »Ich bin sicher, es ist nicht so wichtig.«

Carson schrieb ihr die Telefonnummer auf einen Zettel und gab ihn ihr. Bei seinem Blick fühlte sie sich wie ein Teenager, der beim Alkoholtrinken erwischt worden war. Sie hätte wissen müssen, dass sie Carson nichts vormachen konnte. Er besaß einen ausgeprägten Instinkt. Aber die Wahrheit hätte sich lächerlich angehört.

»Vielen Dank.« Sie begleitete Carson die Verandatreppe hinunter.

Alice glaubte nicht an Magie, aber daran, dass sich im Leben manchmal Dinge ereigneten, die sich nicht erklären ließen. Und dass solche Dinge hin und wieder auf unerklärliche Weise miteinander verknüpft waren.

Natürlich war es reiner Zufall, dass ein verängstigtes Mädchen in ihrem Café aufgetaucht war, aber dieses Mädchen hatte Dean McRaes Augen. Sie wusste, dass Sylvia nur ein altes Foto war, aber dieses alte Foto hatte im Laufe der Jahre so oft zu ihr gesprochen und ihr immer gute Ratschläge gegeben. Sie wusste auch, dass Beccas Träume nur Träume waren, aber sie wurde das Gefühl nicht los, dass mehr dahintersteckte. Und sie war fest entschlossen, kein Risiko einzugehen.

Sie drehte sich um und beobachtete, wie Freddy und Becca die Tische für das Abendessen deckten. Viel würde heute nicht los sein, denn alle bereiteten sich auf die Aufführung vor. Selbst die Zuschauer hatten Termine beim Friseur und zur Maniküre in Glensdale. Und alle wussten, dass das Café früh schließen würde. Vielleicht sollte sie sich jetzt eine Pause gönnen. Nur ein wenig Ruhe.

»Alice, Schätzchen, begleitest du mich nach Hause?« Hattie tauchte neben ihr auf.

So viel zu einer Erholungspause.

Sie gingen langsam am Fluss entlang zur Brücke.

»Ich muss mich kurz ausruhen.« Hattie ließ sich auf die Bank sinken.

Alice setzte sich neben sie.

»Becca und der junge Freddy verstehen sich recht gut.«

»Es tut ihr gut, jemanden in ihrem Alter zu haben, mit dem sie sich unterhalten kann. Ich bin in ihren Augen wohl manchmal fast hundert Jahre alt.«

»Erinnert dich das an jemand?«, fragte Hattie.

»So habe ich nie über dich gedacht«, erwiderte Alice. »Das hätte ich nie gewagt.«

»Und das zu Recht.« Hattie nickte und lächelte verhalten; um ihre blassgrauen Augen bildeten sich Fältchen. »Du hast es weit gebracht seit damals. Sehr weit.«

Alice schwieg. Meistens hatte sie das Gefühl, in Kookaburra Creek nicht vorangekommen zu sein. Sie hatte nicht vorgehabt hierzubleiben. Es war einfach so geschehen. Und nun wünschte sie sich verzweifelt, nicht gehen zu müssen.

»Das habe ich dir zu verdanken«, sagte sie schließlich. »Wer weiß, was aus mir geworden wäre, wenn du nicht gewesen wärst.« Sie zuckte mit den Schultern.

»Das stimmt.« Hattie nickte. »Und deshalb wäre es dumm von dir, meinen Rat nicht anzunehmen.«

Alice lächelte. »Welchen Rat?«

»Bring endlich die Sache mit Joey in Ordnung.«

»Hattie, bitte.«

»Ich bin noch nicht fertig. Hat man dir noch nie gesagt, dass es gefährlich ist, eine Frau meines Alters zu unterbrechen? Ich könnte mitten im Satz tot umfallen. Nun, ich habe keine Ahnung, was da zwischen ihm und Fiona Harris läuft, und ehrlich gesagt interessiert es mich auch nicht. Aber sie verbringen sehr viel Zeit miteinander, und das macht mich nervös. Unabhängig davon, was mit dem Café passiert – und wir werden es natürlich retten –, solltest du dir die Frage stellen, ob du Joey auch noch verlieren willst.«

»Es ist zu spät«, meinte Alice.

»Unsinn. Du hast schon einmal eine Liebe verloren, und, weiß der Himmel, ich verstehe, wie weh das tut. Aber du hast eine zweite Chance. Und die bekommen wir nicht alle. Du solltest es dir gut überlegen, ob du sie wirklich wegwerfen willst.«

Alice fand keine Worte.

»Gut. Also Schluss mit dem Unfug. Den Rest des Wegs schaffe ich allein. Und heute Abend möchte ich stolz auf dich sein.«

Sie ließ Alice' Hände los, schob sich die lila Haarsträhne hinter das Ohr und stand auf. Mit einer schwungvollen Armbewegung bückte sie sich, pflückte eine Pusteblume und reichte sie Alice ohne ein weiteres Wort. Dann drehte sie sich auf dem Absatz um und stolzierte davon, so gut ihr das mit Hilfe ihres Gehstocks gelang, und ließ Alice mit ihren Gedanken allein.

Die Atmosphäre hinter der Bühne war aufgeheizt. Hattie strahlte; ihr Pagenkopf war perfekt frisiert und auf der linken Seite mit einer zitronengelben Haarsträhne geschmückt. Sie ging von einem zum anderen, versicherte allen, dass sie gut vorbereitet waren und dass sie nicht daran zweifelte, dass sie sie stolz machen würden. Alice konnte nicht beurteilen, ob Hattie das tatsächlich glaubte. Aber sie klang sehr überzeugend, und nur das zählte. Als sie bei Alice angekommen war, tauschten sie ein Lächeln aus und reichten sich die Hände.

Von ihrem Aussichtspunkt hinter dem Bühnenvorhang beobachtete Alice, wie Betty den mageren Reporter Mr Sinclair zu seinem Platz in der ersten Reihe führte. Er setzte eine Miene auf, die zeigte, dass er nicht viel von diesem Abend erwartete. Betty bemerkte Alice' Blick und streckte beide Daumen in die Luft. Alice hatte sie das noch nie zuvor tun sehen. Den Mann, der auf Bettys anderer Seite Platz genommen hatte, kannte sie nicht, aber es gab viele Leute im Publikum, die ihr fremd waren. Anscheinend hatte sich die Ankündigung, dass die legendäre Harriett Brookes noch einmal auf die Bühne zurückkehrte, tatsächlich als Besuchermagnet erwiesen – der Saal war ausverkauft.

»Nun gut, ihr Lieben.« Harriett versammelte das Ensemble um sich. »Mr Sinclair hat einen Platz mit freier Sicht, also geben wir jetzt unser Bestes.«

»Wir haben hart gearbeitet«, warf Joey ein. »Wir sind bereit. Und nun machen wir alle stolz auf uns.«

Er streckte seine Hände in die Mitte, und alle aus

dem Kreis der Laiendarsteller aus Kookaburra Creek folgten seinem Beispiel. »Los geht's!«

Sie jubelten sich ermutigend zu, und schon wurden die Lichter im Saal gedämpft und die Ouvertüre ertönte.

Alice' Hände begannen zu zittern.

»Du wirst das großartig machen«, flüsterte Joey ihr ins Ohr, als sie ihre Plätze einnahmen.

Der Pausenvorhang fiel. Alles war gut gelaufen, nur Mrs Harris hatte einmal ihren Einsatz verpasst, weil sie zu sehr damit beschäftigt gewesen war, hinter den Kulissen den Kopf durch einen Spalt zu stecken, um die Reaktion des Publikums zu beobachten. Na ja, und die Treppe hatte sich nicht ganz so gedreht, wie es hätte sein sollen, aber das schien niemand bemerkt zu haben. Zumindest erklärte das Joey allen, während sie die Kostüme wechselten.

»Es läuft prima«, sagte Becca zu Alice. Sie und Freddy waren in der Pause hinter die Bühne gekommen.

»Könnt ihr uns dort hinten hören?«

»Klar und deutlich«, erwiderte Freddy und nahm seine mittlerweile bereits übliche Position hinter Beccas linker Schulter ein.

»Und Mr Sinclair?«

»Er scheint sich gut zu unterhalten«, meinte Becca. »Aber bei seinem blasierten Gesichtsausdruck ist es schwer zu beurteilen, ob er gute oder schlechte Laune hat.« Sie zuckte mit den Schultern.

Alice hörte, wie Carson auf der Bühne mit der Auktion begann. Er verstand es hervorragend, mit dem Publikum umzugehen, und schon wurden begeistert die ersten Gebote in den Saal gerufen.

Das Ensemble wechselte die Kostüme, und die Bühnenmannschaft bereitete alles für den nächsten Akt vor.

Während sich die Auktion dem Ende näherte, versammelte Hattie die Darsteller um sich und klopfte mit ihrem Stock auf den Boden. »Nicht schlecht. Gar nicht übel.«

Alle blieben stehen und hielten den Atem an.

»Bisher habt ihr alles sehr gut gemacht, aber vergesst nicht, dass die Schlussnummer das Wichtigste ist. An sie werden sich die Zuschauer erinnern. Joey, ein wenig mehr stimmlicher Einsatz.«

»Ja, Ma'am.«

»Mrs Harris, etwas mehr Zurückhaltung. Alice, achte auf deine Atmung, sonst schaffst du die hohen Töne nicht.«

Alice nickte.

»Lasst mich nicht im Stich.« Hattie pochte wieder mit ihrem Stock auf den Boden, und Becca und Freddy stützten sie links und rechts an den Armen und halfen ihr zurück auf die Bühne.

»Ihr habt Hattie gehört.« Alice klatschte in die Hände, und das erstarrte Ensemble erwachte wieder zum Leben. Je schneller sie weitermachten, umso eher würden sie fertig sein.

Die Musik ertönte, der Vorhang hob sich, und der letzte Akt begann.

In der Schlussnummer schmetterten alle inbrünstig die letzten wunderbaren Zeilen von Cole Porters Werk.

Das Publikum applaudierte begeistert, als der Vorhang fiel. Als er wieder aufging, sah Alice, dass sich alle Zuschauer erhoben hatten. Selbst Mr Sinclair war aufgestanden, und Betty neben ihm wirkte sehr stolz, falls Alice das richtig sah.

Durch den Saal schallten die Rufe »Bravo!« und »Zugabe!«.

Hattie bedeutete ihnen mit einer Geste, eine weitere Nummer aufzuführen. Alice sah entsetzt zu Joey hinüber. Sie hatten alle nur gehofft, sich nicht zu blamieren und ausgebuht zu werden. Niemand hatte an eine Zugabe gedacht.

Es wurde weiter geklatscht und gejubelt, und Joey deutete mit den Händen eine Trompete an.

Alice zuckte mit den Schultern und nickte. Das Ensemble nahm die entsprechende Position ein.

Hattie begann mit den ersten Zeilen von »Blow, Gabriel Blow«, und der Rest der Gruppe stimmte mit ein, bis der Saal von ihren stolzen Stimmen erfüllt war.

Der Chor erhielt wieder großen Beifall, aber nicht so viel wie Clive, als er sich langsam verbeugte, wieder aufrichtete und sich dabei an den Rücken fasste, um, wie Alice vermutete, noch mehr Applaus zu erheischen. Mrs Harris sonnte sich in der Bewunderung des Publikums und warf allen Kusshände zu und knickste. Sechs Mal.

Joey, Fiona und Alice verbeugten sich gemeinsam. Die beiden Frauen nahmen Joey in die Mitte und hoben die Hände in die Höhe.

Aber den größten Applaus erhielt Miss Harriett Brookes. Blumen flogen auf die Bühne, als sie sich verneigte, und Alice glaubte, ein oder zwei Tränen auf den Wangen der Schauspielerin glitzern zu sehen.

Das gesamte Ensemble und die Bühnenhelfer saßen dicht gedrängt auf der Veranda des Kookaburra Creek Cafés und feierten eine Aftershowparty. Sie schlugen sich gegenseitig auf den Rücken und tranken Wein, Bier und Champagner.

Hattie hatte erschöpft neben der Tür Platz genommen und war umgeben von Betty und ihren Freundinnen aus dem Kegelverein. Freddy und Becca waren für die Getränke zuständig und sorgten dafür, dass kein Glas lange leer blieb. Mr Sinclair lächelte, war aber anscheinend gleichzeitig ein wenig abgeschreckt von den vielen Menschen um ihn herum.

Und alle schienen eine Rede halten zu wollen. Sie wollten Hattie und Alice danken, Joey fragen, ob er sie demnächst verlassen würde, um nach Hollywood zu gehen, die Bühnenmannschaft loben, das Ensemble beglückwünschen, ihrer Großmutter danken, die ihnen

Cole Porter nahegebracht hatte, Cole Porter selbst einen Dank aussprechen …

Schließlich erhob sich Hattie, und alle verstummten und wandten sich ihr zu.

»Ich bin sehr stolz auf euch alle«, brachte sie mühsam hervor und ignorierte die Träne, die sich in ihrem Augenwinkel bildete. »Nächstes Jahr erwarte ich noch mehr von euch.«

Alle jubelten.

»Mr Sinclair?« Sie wartete auf seine Kritik.

»Das war die beste hiesige Produktion, die ich jemals gesehen habe«, murmelte er.

Wieder wurde Jubel laut.

»Wir haben zwar die genauen Zahlen noch nicht«, fuhr Hattie fort. »Aber ich freue mich, euch mitteilen zu können, dass die Einnahmen des Abends durch den Ticketverkauf, den Verkauf von Snacks und die wunderbare Auktion ausreichen könnten, um das Café zu retten.«

Ein Korken flog in die Nacht hinein, und ein platschendes Geräusch in der Dunkelheit deutete darauf hin, dass er im Fluss gelandet war.

Alle strahlten, als Joey Champagner in die Gläser einschenkte.

Sie hatten es geschafft. Es war ihnen tatsächlich gelungen.

Alice fing Joeys Blick von der anderen Seite der Veranda auf. In diesem Moment hätte sie sich am liebsten in seine Arme geworfen, um mit ihm zu feiern. Aber Fiona stand direkt neben ihm und lachte fröhlich mit den anderen.

Alice zwang sich zu einem Lächeln, als Freunde und Fremde ihr auf den Rücken klopften.

Kapitel einunddreißig

Kookaburra Creek Café, 2009

Es war nicht leicht gewesen, den Zeitungshändler in Glensdale dazu zu überreden, sich den *Courier* aus Cutter's Pass schicken zu lassen, aber drei Tüten voll Cupcakes und die Aussicht auf Nachschub hatten ihn schließlich umgestimmt.

Natürlich war es dumm, dass sie nach all dieser Zeit immer noch die Nachrichten aus Lawson's Ridge lesen wollte. Alice hatte schon lange aufgehört, es als ihr Zuhause zu betrachten, aber ein Teil von ihr – ein Teil, dessen Existenz sie eigentlich nicht wahrhaben wollte – sehnte sich danach zu erfahren, ob ihr Dad jemals wieder zurückgekommen war. Sie durchforstete jeden Artikel aus jeder Rubrik gründlich nach einer Erwähnung darüber, dass Bruce Pond zu seiner Tochter zurückgekehrt war, aber sein Name wurde nie erwähnt.

Auch in der heutigen Ausgabe wurde sie nicht fündig. Nichts in den Artikeln auf den ersten Seiten über die Dürre, nichts auf den Sportseiten – die Fußballmannschaften schienen dieses Jahr große Erfolge zu feiern –, keine Anzeigen für Ponds Klempnerdienste.

Sie las die Geburtsanzeigen. Keine Namen, die ihr bekannt vorkamen. Und dann die Todesanzeigen. Bertie war gestorben. Eine Welle der Traurigkeit überrollte sie, als sie an seine sonntäglichen Besuche im Laden in Boxershorts und im Morgenmantel dachte. Wahrscheinlich war er sehr einsam von dieser Welt gegangen.

Und dann spuckte sie einen Schluck heißen Tee über den Tisch.

Ein bekannter Name. Nicht der Name, nach dem sie seit beinahe sechs Jahren suchte, aber einer, bei dem ihr ein Schauer über den Rücken lief.

Mr und Mrs Jenkins freuten sich, bekannt zu geben, dass ihre einzige Tochter Louise am kommenden Samstag Dean McRae heiraten würde.

Alice lief in der Küche auf und ab. Sie konnte es nicht begreifen, obwohl sie es schwarz auf weiß vor sich sah.

Wie dumm war sie gewesen, all die Zeit über zu glauben, dass er irgendwann seine Meinung ändern und beschließen würde, Anteil an Tammys Leben zu nehmen.

Das war also seine endgültige Entscheidung. Seine Bekanntgabe an die Welt. Aber es ergab keinen Sinn für sie.

Alice holte einige Schüsseln und Messbecher hervor

und begann, einen Vanilleteig zuzubereiten. Sie schlug das erste Ei auf, und einige Stückchen Schale fielen in die Schüssel. Verdammt. Sie warf das Ei weg.

Ein Abschluss. Das war es, was sie brauchte. Sie nahm sich eine andere Schüssel und begann noch einmal von vorne. Wenn sie es mit eigenen Augen sah, würde sie es glauben können.

Sie hatte hier in Kookaburra Creek alles, was sie für ein neues Leben brauchte: Tammy, das Café, Freunde. Sogar ein verwaister Hund war ihr zugelaufen. Und trotzdem war sie immer noch zögerlich, sich auf ein neues Leben einzulassen. Vielleicht half es ihr, wenn sie sich endgültig verabschiedete.

Sie sah zu Sylvia hinauf. »Ich werde Abstand halten und ihn nicht ansprechen. Nur zusehen.«

Sylvia starrte zurück.

»Ganz bestimmt. Es geht nur darum, dieses Kapitel meines Lebens ein für alle Mal abzuschließen.«

Der vertraute Anblick von Pips weitläufiger Farm erstreckte sich vor ihr, nachdem Alice das Hochwasserschild kurz vor Lawson's Ridge passiert hatte – es war nur ein einziges Mal nötig gewesen.

Alice drosselte das Tempo, als sie in den Ort hineinfuhr. Sie bog in ihre Straße ein. Der Lattenzaun vor dem Haus mit der Nummer zwei stand noch und war mit gelber Farbe frisch gestrichen. Mr Jones hatte schon immer großen Wert auf den guten Zustand seines Hauses gelegt. Das Haus Nummer vier sah aus wie immer, außer dass ein neuer Briefkasten davor angebracht war. Aber der Laternenpfahl – Deans Laternenpfahl – war verschwunden. Der Stumpf aus Metall ragte noch aus dem Boden, also war er wahrscheinlich umgefahren und nie ersetzt worden. Sie fuhr weiter zur Nummer zehn und hielt den Wagen an. Dort, wo früher Rasen gewesen war, wucherte nun braunes Unkraut. Die billigen weißen Vorhänge waren nicht mehr zu sehen, da die Fensterscheiben mit Zeitungspapier zugeklebt waren. In der Mitte des Vorgartens, wo früher einmal Gus so stolz gestanden hatte, war ein Holzpfosten aufgestellt. Daran hing ein mit Schmutz bedecktes, an einer Ecke schiefes Schild mit der Aufschrift »Zu vermieten«.

Alice stieg aus ihrem Wagen und schlich zum Wohnzimmerfenster. Die Zeitungen waren vergilbt, aber sie konnte die Artikel noch lesen. Es ging um die Dürre, um Traktorverkäufe und Gewinne und Verluste bei Sportwetten. Und die Zeitungen waren vier Wochen nach ihrer Flucht gedruckt worden. Stand das Haus tatsächlich schon so lange leer?

Alice ging zu ihrem Wagen zurück und fuhr weiter, vorbei am Gemischtwarenladen bis zum Friedhof.

Sie kniete sich am Grab ihrer Mutter auf den Boden und legte ein paar Margeriten am Grabstein nieder.

»Hi, Mum. Tut mir leid, dass ich so lange nicht hier war.« Tränen rollten ihr über die Wangen und fielen auf die Erde. Sie fuhr mit einem Finger über die Gravur von Sonias Namen. Was sollte sie sonst sagen? Sie hatte ihre Mutter all diese Jahre im Staub allein gelassen. »Es tut mir so leid«, wiederholte sie schluchzend. Das war der einzige Grund, warum sie bedauerte, Lawson's Ridge verlassen zu haben.

»Ich habe ein kleines Mädchen.« Sie schniefte. »Na ja, so klein ist sie nicht mehr. Tammy Sonia Pond ist schon fast fünf Jahre alt. Du würdest sie lieben ...«

Nachdem sie den Grabstein gesäubert, das braune Unkraut ausgerupft und den Schmutz der letzten Jahre beseitigt hatte, stand Alice auf und ging langsam davon.

Sie packte das mitgebrachte Sandwich aus und sah sich um. Es war nicht so einfach wie früher gewesen, auf ihren alten Eukalyptusbaum zu klettern, aber sie hatte es geschafft. Der Pfad unter ihr war überwuchert, und die Lichtung war nicht mehr so grün, wie sie sie in Erinnerung hatte. Und sie war kleiner. Viel kleiner.

Sie lehnte sich an den Baumstamm und wurde von Erinnerungen überflutet, die sie vergeblich zu verdrängen versuchte. All die Küsse, die sie sich geschenkt hatten. Jene Nacht. Wie wohl sie sich bei ihm gefühlt hatte, wie er sie zum Lachen gebracht hatte. Sinnlose Erinnerungen, verschwendete Zeit. Er heiratete Louise. Das musste sie akzeptieren, um ihrer selbst willen und für Tammys Wohl. Sie kletterte vom Baum und machte sich auf den Weg in die Stadt, während sie einen neuen Plan schmiedete. In der Hauptstraße waren nun viel mehr Läden mit Brettern vernagelt als damals.

»Was machst du hier?«

Alice drehte sich um und sah eine bekannte Gestalt vor sich. »Louise? Hallo.« Sie stand direkt vor ihrer Freundin, mit der sie einmal ihr Leben geteilt hatte.

Louises langes blondes Haar war auf Lockenwickler gedreht, und Alice stellte fest, dass sie vor dem Friseurladen standen.

Louise trat einen Schritt nach vorne. »Was willst du hier?«

»Ich … ich habe davon gehört. Ich wollte euch beiden alles Gute wünschen.«

»Tatsächlich? Erwartest du, dass ich dir das glaube? Weißt du eigentlich, wie sehr du ihn verletzt hast, als du von hier weggegangen bist? Er war deinetwegen am Boden zerstört. Du kannst jetzt nicht hier auftauchen und glauben, alles wiedergutmachen zu können.«

»Das ist nicht, was ich …«

»Ich lasse es nicht zu, dass du ihn noch einmal verletzt. Wenn du etwas für ihn tun willst, dann lass ihn in Ruhe und verschwinde. Sofort.«

»Ich bin nicht hier, um jemandem wehzutun.«

»Das werde ich dir auch nicht erlauben. Er heiratet mich. Und wir werden ein schönes Leben miteinander haben.« Sie schüttelte den Kopf. »Es hat so lange gedauert, bis er darüber hinweggekommen ist, Alice. Über dich. Ich werde es nicht zulassen, dass du den Frieden störst, den er endlich gefunden hat.«

Alice sah, dass Louises Hände zitterten – das bekannte, verräterische Zeichen dafür, dass sie unsicher war, obwohl sie sich selbstbewusst gab.

»Ich bin nicht hier, um irgendjemandem Ärger zu machen.«

»Dann tu es auch nicht.« Louises Augen waren geweitet. »Bitte geh«, bat sie. »Falls du jemals etwas für ihn empfunden hast, dann lass ihn jetzt in Ruhe.« Sie drehte sich um und ging in den Friseursalon zurück.

Alice wusste nicht, was sie denken und fühlen sollte. Warum war sie wirklich hier? Was erhoffte sie sich davon? Sie krümmte sich unwillkürlich zusammen, richtete sich aber rasch wieder auf und ging weiter.

Die kleine Holzkirche schimmerte im Licht der Nachmittagssonne; die weiß getünchten Wände waren immer noch so strahlend sauber, wie Alice sie aus ihrer Kindheit in Erinnerung hatte.

Hinter einem großen Eukalyptusbaum verborgen konnte sie die ankommenden Hochzeitsgäste beobachten, ohne selbst gesehen zu werden. Als Kind hatte sie sich hier oft versteckt, wenn sie nicht zur Sonntagsschule hatte gehen wollen. Ihre Initialen A. P., umgeben von einem schiefen Herz, die sie mit zwölf Jahren in die helle Baumrinde geritzt hatte, waren als dunkler Schatten immer noch zu sehen. Damals hatte sie sich vorgenommen, zurückzukehren und die Initialen ihrer wahren Liebe hinzuzufügen, wenn sie sie gefunden hätte und den Mann in dieser Kirche heiraten würde.

Mit einem Finger zeichnete sie die Buchstaben

D.M. unter ihre Initialen und wischte dann mit der Handfläche über die imaginäre Schrift.

Die Jungfern-Schwestern Sally und Sue erschienen in leuchtend violetten Kleidern; auf ihren grauen Haaren saßen hellgrüne kleine Hüte. Sie blickten in die Richtung des alten Eukalyptusbaums, aber Alice war sich sicher, dass sie sie nicht sahen. Lächelnd gingen sie in die Kirche hinein.

Mr Jones kam in demselben braunen Anzug, den er bei Sonias Beerdigung und danach bei jeder Hochzeit und jedem Begräbnis getragen hatte. Mrs Jones schwankte leicht auf ihren offensichtlich neuen Stöckelschuhen, die ein wenig merkwürdig an ihr aussahen, da sie sonst immer Gummistiefel trug. Mr Williams half Donna Dobson aus seinem Wagen und betrat Arm in Arm mit ihr die Kirche. Alice fragte sich, seit wann sie öffentlich zugaben, was ohnehin schon alle gewusst hatten. Pip humpelte am Stock herbei. Das war neu, und Alice fragte sich, wie er es mit seiner offensichtlichen Behinderung schaffte, sein großes Anwesen zu versorgen. Wie hatte er in den Jahren seit Alice' Abreise so stark altern können?

»Pond? Bist du das?«

Alice wirbelte herum, und ein vertrauter Schauer lief ihr über den Rücken. Vor ihr stand Dean in einem eleganten schwarzen Anzug, eine stahlblaue Krawatte locker um den Hals geschlungen. Sein Haar war kürzer als früher und von einigen grauen Strähnen durchzogen. Obwohl er noch so jung war. Seine Brust und auch sein Bauch wirkten kräftiger. In der linken Hand hielt er einen Gehstock. Der Blick aus seinen blauen Augen war immer noch so intensiv, wie sie ihn in ihren Träumen so oft gesehen hatte.

»Kein Rollstuhl mehr?« Ihr brach die Stimme. Bei seinem Anblick stiegen ihr Tränen in die Augen.

»Ich kann schon seit einer Weile wieder laufen.«

Alice' Gedanken überschlugen sich. Nun stand er vor ihr. Gesund. Attraktiv. Sie wünschte sich verzweifelt, ihn umarmen zu können.

»Was tust du hier?« Dean starrte sie an. »Das soll keine Beschwerde sein.« Er lächelte, und das Grübchen an seiner linken Wange vertiefte sich. »Ich bin nur überrascht.«

Alice seufzte und schüttelte den Kopf.

»Es tut mir leid. Ich hätte nicht kommen sollen.«

»Nein, das ist schon okay. Ich freue mich, dich zu sehen.«

Er trat einen Schritt näher, streckte die Hand aus und berührte Alice' Wange. Sie drehte den Kopf zur Seite, um ihre Tränen zu verbergen.

Mit seiner freien Hand hob er ihr Gesicht an und wischte ihr die Tränen weg. Alice nahm seine Hand in ihre, hielt sie fest und atmete tief ein.

»Du heiratest also.« Sie zwang sich zu einem Lächeln.

»Ja.«

»Louise.«

Er trat von einem Bein auf das andere. »Sie hat sich wunderbar verhalten …«

»Du musst mir keine Erklärung dafür geben. Glückwunsch.«

»Pond.« Dean beugte sich so weit zu ihr vor, dass Alice seinen Atem auf ihrem Gesicht spüren konnte. »Es gibt so viel, was ...«

»Das zählt jetzt alles nicht mehr.«

»Pond.«

Eine weiße Limousine fuhr vor und hielt vor dem Kirchenportal. Zwei Mädchen, die Alice nicht erkannte, stiegen aus; sie trugen himmelblaue Kleider mit Nackenträgern, genau so, wie Louise und sie es sich für ihre Brautjungfern immer vorgestellt hatten. Sie halfen der Braut aus dem Wagen. Louise sah in ihrem schlichten, eleganten Kleid wunderschön aus. Sie schaute sich um, aber Alice und Dean waren außerhalb ihrer Sichtweite.

Alice schloss die Augen und stellte sich Dean in zwei verschiedenen Leben vor. In dem einen war er bei ihr und Tammy, hatte viel Zeit verloren, die Vergangenheit versäumt und war bemüht, alles aufzuholen. In dem anderen war er bei Louise, der Verkörperung der Hoffnung auf eine Zukunft. Seine Zukunft.

Die Vergangenheit zählte jetzt nicht mehr.

»Geh jetzt. Heirate Louise, Dean. Es soll so sein.«

»Ich habe nie aufgehört, dich zu lieben«, stellte er so nüchtern fest, dass es sie mehr schmerzte, als wenn seine Stimme seine Gefühle verraten hätte.

Alice senkte den Blick. »Aber jetzt liebst du Louise.«

»Wir haben ein gutes Leben zusammen.«

Mit einem Mal fühlte Alice sich unglaublich dumm. Töricht, weil sie hier war und gedacht hatte, dass sich alles ändern würde. Weil sie all die Jahre die Hoffnung nicht verloren und geglaubt hatte, dass seine Liebe für sie stark genug war. Sie spürte, wie ihr Herz in winzige Stücke zersprang und wie alle ihre sinnlosen Hoffnungen sie zu erdrücken schienen. Und sie wusste, dass sie so schnell wie möglich von hier wegmusste.

»Geh. Sie warten auf dich«, flüsterte sie.

Sie hob den Kopf und sah ihm in die Augen. Während diese winzigen Stücke ihres Herzens eines nach dem anderen implodierten, gelang es ihr, sich überzeugter zu geben, als sie es für möglich gehalten hätte.

»Auf Wiedersehen, Alice.«

Er drückte kurz ihre Schulter und ging mit langsamen, aber festen Schritten zur Kirche zurück. An der Seitentür blieb er mit hängenden Schultern stehen und warf noch einmal einen Blick zurück.

Alice wartete.

Dean richtete sich auf und zog die schwere Holztür auf.

Alice atmete tief durch und drehte der Kirche den Rücken zu. Sie hob das Kinn, straffte die Schultern und machte sich auf den Weg über das Feld.

»Leb wohl«, sagte sie laut, und eine einzige Träne rollte ihr über die Wange.

Kapitel zweiunddreißig

Kookaburra Creek Café, 2010

»Nicht so schnell, Schätzchen.« Alice führte Tammys Hand, während sie mit einem Holzlöffel den Teig rührte. »So ist es besser. Ein bisschen langsamer.«

Mit ihrer freien Hand warf Tammy ein paar geraspelte Karotten in die Schüssel und ließ dabei absichtlich etwas auf den Boden fallen. Unter der Arbeitsfläche saß Shadow und wartete.

Der Hund liebte es, wenn sie Cupcakes backten, und das war nicht verwunderlich. Alice musste von den besonderen Zutaten – Blaubeeren, Kokosnussfleisch, Karotten – immer die doppelte Menge vorbereiten, denn Tammy schaffte es jedes Mal, einiges davon unter den Tisch fallen zu lassen. Allerdings hatte sie begreifen müssen, dass sie ihm keine Schokolade geben durfte, auch wenn er sie noch so flehend anblickte. Er hatte im vergangenen Monat deswegen einige Tage beim Tierarzt verbringen müssen, und so hatte sie ihre Lektion gelernt. Weder Tammy noch Shadow waren gut damit zurechtgekommen, zum ersten Mal, seit sie beste Freunde geworden waren, getrennt zu sein. Tammy war jetzt sehr vorsichtig im Umgang mit Schokolade, wenn ihr Hund bei ihr war.

Alice schob die Backbleche mit den Karotten-Ingwer-Cupcakes in den Ofen, und Tammy und Shadow rannten hinaus, um am Fluss zu spielen.

Es war ihr Lieblingsspiel. Tammy warf einen Stock ins Wasser, und Shadow stürzte sich in den Fluss, um ihn zu holen. Wenn Tammy ihn zu sich rief, kam Shadow ans Ufer, schüttelte sich und bespritzte Tammy, die fröhlich lachte. Und dann warf sie den Stock wieder in den Fluss.

Alice lächelte. Ihr Besuch in Lawson's Ridge lag nun sechs Monate zurück, aber es war leider nicht der »Abschluss« gewesen, den sie sich erhofft hatte. Sie hatte geglaubt, vielleicht eine Art überwältigender Freude empfinden zu können, eine Art Offenbarung, so, als wäre ihr die Last des Universums von den Schultern genommen. Und sie hatte gehofft, ihr Leben danach mit einer neuen Beschwingtheit in Angriff nehmen zu können.

Aber so war es ganz und gar nicht.

Stattdessen spürte sie, dass sie die Situation allmählich akzeptierte. Sie ließ langsam das los, was sie nie würde haben können, und gab sich zufrieden mit dem, was sie hatte. Tammy, ihr Café, ihre Freunde. Das war genug. Mehr als genug. Und irgendwo darin lag ihr Glück.

Während sie die bunt bemalten Stühle im Café an die Tische stellte, kam, wie jeden Morgen, Joey herein. Irgendetwas an ihm war anders als sonst. War es sein Haar? Sein Hemd? Sie servierte ihm einen Espresso und einen Cupcake, und er sah sie zögernd an.

»Ich wollte dich fragen …« Er drehte die Kaffeetasse in den Händen. »Möchtest du mit mir ausgehen?«

Alice spürte, wie sich ihre Wangen röteten, und wusste nicht, wo sie hinschauen sollte. Eigentlich gab es keinen Grund, warum sie nein sagen sollte. Keinen rationalen. Nicht mehr. Aber sie wusste nicht, ob sie schon bereit dafür war. Oder ob sie jemals bereit dafür sein würde.

»Kein Druck.« Er lächelte. »Nur zwei Freunde, die ein wenig Zeit miteinander verbringen.«

Nur zwei Freunde. »Ich … ähm … ja, sehr gern.« Als sie die Worte aussprach, wurde Alice klar, dass sie sich das tatsächlich wünschte.

»Freitag um sieben Uhr? Ich hole dich ab.«

»Und was ist mit Tammy?«

»Hattie hat sich bereit erklärt, auf sie aufzupassen.«

»Oh, hat sie das?« Alice zog eine Augenbraue nach oben. »Du warst dir scheinbar sehr sicher, dass ich ja sagen würde.«

Joey grinste und verbeugte sich, bevor er das Café verließ.

Was zog eine alleinerziehende Mutter zu einem Date an? Alice hatte keine Ahnung. Nichts in ihrem Kleiderschrank schien dafür geeignet zu sein. Allerdings hatte sie auch keine Ahnung, wohin er mit ihr gehen würde. Es war heiß, also vielleicht ein Sommerkleid. Sie zog aufs Geratewohl eines heraus, zog es an und betrachtete sich im Spiegel. Das würde genügen müssen.

»Mummy sieht hübsch aus.« Tammy stand an der Tür und tätschelte Shadows Kopf. »Dürfen wir mitkommen?«

»Wir haben heute Abend schon etwas anderes vor«, erklärte Hattie hinter ihr. Sie zog das kleine Mädchen in ihre Arme. »Er ist da, Alice. Du solltest jetzt gehen.«

»Unter einem Date habe ich mir etwas anderes vorgestellt.« Alice sah sich in der Backstube von Morettis Bäckerei um. Na gut, sie hatte nicht viel Erfahrung mit Dates – eigentlich gar keine –, aber ging es dabei nicht eher um Rosen und ein Abendessen bei Kerzenlicht? Und nicht um Mehl und Butter und Arbeitsflächen aus Edelstahl. Joey band Alice eine Schürze um und berührte dabei leicht ihren Rücken. »Ich habe mir gedacht, hier hätten wir mehr Spaß«, sagte er, als hätte er ihre Gedanken gelesen.

»Wirf den Teig ruhig richtig fest auf die Fläche.« Joey zeigte Alice, wie sie die Teigmasse auseinanderziehen musste. »So ist es besser.«

»Das macht tatsächlich Spaß.«

»Ich habe mir gedacht, dass dir das gefällt.« Er schnippte mit den Fingern ein wenig Mehl in ihre Richtung.

Sie schnippte ein wenig Mehl zurück. »Woher weißt du, wann du den Teig lange genug geknetet hast?«

»Das ist Erfahrungssache. Mit der Zeit bekommt man ein Gefühl dafür.«

»Ah, ich wusste, dass es einen Haken an der Sache gibt. Du verrätst mir nicht alles, weil du nicht willst, dass ich so gut werde wie du.«

»Es tut mir leid, dir das sagen zu müssen, Alice.« Er zuckte mit den Schultern. »Beim Brotbacken wirst du nie so gut sein wie ich.« Er warf einen kleinen Teigklumpen nach ihr, und die klebrige Masse landete in ihrem Haar.

»Ach ja, Joseph Moretti? Ich nehme die Herausforderung an.« Sie bewarf ihn mit einem größeren Klumpen und traf ihn direkt zwischen den Augen. Er taumelte nach hinten, stolperte und fiel hin.

»Es tut mir leid.« Sie unterdrückte ein Kichern und ging rasch zu ihm hinüber.

»Schon gut. Aber wenn ich diese Geschichte erzähle, werde ich behaupten, dass du mich mit einem Nudelholz und nicht mit einem Teigklumpen zu Fall gebracht hast.«

Alice streckte eine Hand aus, um ihm aufzuhelfen, und brach gegen ihren Willen in Gelächter aus.

»Oh, sehr nett.«

»T-tut mir leid.« Sie beugte sich nach vorne und konnte einfach nicht aufhören zu lachen.

Joey ergriff ihre Hand, zog sie zu sich nach unten auf den Boden und rieb Mehl in ihr Haar.

»Na toll. Jetzt sehe ich aus wie eine alte Frau mit weißem Haar.« Sie grinste.

»Du siehst sehr hübsch aus.« Joey berührte ihre Wange. »Du bist schön.« Er legte eine Hand an ihren Kopf und zog sie näher zu sich heran. »Und eine fantastische Frau«, flüsterte er. Seine Lippen kamen immer näher. Sie neigte den Kopf zur Seite, und er küsste sie sanft. Ganz behutsam öffnete er ihre Lippen mit seinen und beendete den Kuss ebenso behutsam wieder.

Alice lief ein Schauer über den Rücken, und sie schmiegte sich an ihn.

Er küsste sie noch einmal, nahm ihr Kinn in die Hand und atmete tief durch.

»Wir sollten besser die Brötchen in den Ofen schieben, bevor ich die Situation ausnutze.«

»Glaubst du denn, das würde dir gelingen?«

»Oh, das weiß ich nicht.« Er küsste sie wieder.

Seine Hand glitt an ihrem Rücken immer weiter nach unten, bis sie fest auf ihrem Po lag. Er zog sie in seine Arme.

Alice' Haut kribbelte vor Verlangen, als sie sich an ihn presste. Doch ganz plötzlich verwandelten sich ihr Vergnügen und ihre Lust in Angst, und sie versteifte sich in seinen Armen.

»Es tut mir leid.«

»Dafür gibt es keinen Grund.«

»Es ist nur, weil …«

»Weil was, Alice?« Joey streichelte ihr die Hand.

»Nun ja … der einzige Junge, den ich jemals geküsst habe, ist Tammys Vater. Und das endete nicht so wie im Märchen.«

»Was ist geschehen?«

»Langer Rede kurzer Sinn? In Deans Leben war kein Platz für Tammy.«

»Ein Verlust für ihn.«

»Nun …« Alice erzählte ihm die ganze Geschichte. Zumindest fast alles.

»Es tut mir so leid, Alice.« Er drückte sie an sich. »Ich kann dir kein Märchen versprechen, aber eines kann ich dir sagen: Du und Tammy bedeutet mir sehr viel. Und wenn du noch Zeit brauchst, ist das in Ordnung. Ich bin für euch da.«

Alice schmiegte sich an ihn. »Du bist vielleicht einer der guten Männer, Joseph Moretti.«

»Vielleicht?«

Er gab ihr einen leidenschaftlichen Kuss, und Alice spürte wieder Verlangen in sich aufsteigen.

Sie wich zurück. »Ich glaube, du hast recht.«

»Womit?«, fragte Joey atemlos.

»Wir müssen die Brötchen in den Ofen schieben.«

»Natürlich.« Er nickte und erhob sich langsam. »Die harte Arbeit lohnt sich nur, wenn man anschließend die teigigen Früchte ernten kann.«

Alice lächelte, beruhigt durch seine Reaktion.

Sie hätte ihn gern noch länger geküsst, aber sie wusste, dass sie nicht weiter gehen konnte. Noch nicht. Nicht so schnell. Was auch immer sich zwischen Joey und ihr entwickelt hatte, musste richtig sein. Echt. Wenn sie nur einfach auf dem Boden hätten liegen bleiben und sich umarmen können.

Er half ihr auf die Beine, und sie schoben die Brötchen in den Backofen. Während sie darauf warteten, dass der Wecker klingelte, räumten sie gemeinsam die Arbeitsfläche auf und unterhielten sich über belanglose Dinge.

Die Brötchen auf dem ersten Blech waren sehr gut gelungen, aber das Früchtebrot, das sie als Nachtisch gebacken hatten, war eine Katastrophe. Das mochte etwas damit zu tun haben, dass sie sich beide nicht richtig auf das Backen konzentrieren konnten, weil sie sich ständig verzweifelt bemühten, sich nicht wieder in die Arme zu fallen. Alice war fest entschlossen, dieses Mal alles richtig zu machen. Langsam. Vorsichtig etwas aufzubauen, was es wert war, daran festzuhalten.

»Ich weiß, sie entsprechen nicht der Tradition.« Joey griff unter die Arbeitsfläche. »Aber ich hoffe, sie gefallen dir.« Er reichte ihr einige Brötchen in Form von Rosen, die wie ein Blumenstrauß mit einem rotkarierten Baumwollband zusammengebunden waren.

»Wie hast du das gemacht? Sie sind wundervoll.« Sie hob das Gebinde an ihr Gesicht. »Und sie riechen köstlich.«

»Normale Rosen wären nicht gut genug gewesen. Darf ich dich nach Hause bringen?«

Alice streckte die Hand aus, und der Mond begleitete sie, als sie durch die stillen Straßen schlenderten.

Kapitel dreiunddreißig

Kookaburra Creek Café, 2018

Alice hatte noch nie erlebt, dass Becca so lange brauchte, um sich zurechtzumachen. Offensichtlich war sie sehr aufgeregt, auch wenn sie das nie zugegeben hätte. Und nervös. Freddy hatte die Wette eindeutig gewonnen, und Becca hatte tagelang gestöhnt, dass sie sich vor dem Date nun nicht drücken konnte. Alice wusste, dass Freddy nicht darauf bestanden hätte, aber sie nahm an, dass Becca gar nicht darauf verzichten wollte.

Das Mädchen kam ins Wohnzimmer. Sie trug eine neue rote Bluse zu ihrer Jeans und hatte ihr Haar zu einem ordentlichen Pferdeschwanz zusammengebunden, der den Blick auf ihre strahlend blauen Augen freigab.

»Ich sehe furchtbar aus, oder?« Sie zupfte an ihrer Bluse.

»Du siehst großartig aus.« Alice lächelte, und Stolz stieg in ihr auf. »Außerdem ist es zum Umziehen ohnehin zu spät«, fügte sie hinzu, als Freddy an der Türschwelle auftauchte.

»Viel Spaß.« Sie schob Becca nach draußen.

Alice warf einen Blick auf die Uhr. Erst neun – viel zu früh, um Becca schon zu erwarten. Sie öffnete das gelbe Kuvert, das sie auf ihren Nachttisch gelegt hatte. In letzter Zeit hatte sie sich die Fotos jeden Abend angesehen. Glückliche Erinnerungen wiederaufleben lassen. Und auch die traurigen hervorgeholt. Sie zog eines ihrer Lieblingsfotos heraus. Es zeigte Tammy und Shadow beim Spielen am Fluss. Sie sahen beide so glücklich und sorglos aus.

Sie starrte eine Weile darauf und lächelte.

Neben ihrem Bett lag auch ein Foto von Becca. Alice hatte es heimlich aufgenommen, als sie am Bootssteg saß. Sie nahm die beiden Bilder und steckte sie nebeneinander in einen Rahmen.

»Alice, Schätzchen? Bist du da?« Hatties Stimme ertönte auf den oberen Stufen der Außentreppe.

»Es ist kalt hier draußen, Mädchen. Lass uns zwei alte Schachteln ins Haus, bevor wir uns noch den Tod holen«, forderte Betty laut.

Draußen herrschten milde vierundzwanzig Grad im Schatten.

Alice öffnete die Tür. »Guten Abend, die Damen. Was verschafft mir das Vergnügen?« Sie bat sie hinein.

»Hattie war der Meinung, wir sollten dir diese Papiere sofort vorbeibringen.« Betty reichte Alice ein dickes Bündel von der Bank. »Aber du und ich wissen, dass sie immer ihre Nase in alles stecken muss. Ich habe ihr gesagt, dass die beiden Jungverliebten sicher noch nicht wieder zurück sind. Warum sie mich da hineinzieht, weiß ich nicht.«

»Wir brauchen einen Zeugen bei der Unterzeichnung der Dokumente.« Hattie schüttelte den Kopf. »Selbst dir sollte das klar sein, Betty.«

»Natürlich weiß ich das, Harriett Brookes.«

»Möchte jemand eine Tasse Tee?« Alice bemühte sich, nicht zu lachen.

»Ich dachte schon, du würdest niemals fragen.« Hattie schlenderte zum Sofa hinüber, und Betty folgte ihr.

Das war merkwürdig.

Es war nett, aber auch eigenartig. Und ich war total neben der Spur.

Ich dachte, Dates wären romantisch und so. Aber wenn du stolperst, wenn dir dein Begleiter den Stuhl zurechtrückt, ist das nicht romantisch. Und wenn du bemerkst, dass dir nach deinem Besuch auf der Toilette Klopapier am Schuh klebt, oder wenn du dich mit deiner Nachspeise bekleckerst, ist das auch nicht romantisch. Aber er hat so getan, als hätte er es nicht bemerkt. Und das finde ich irgendwie süß.

Und dann hat er mich vor dem Café im Mondlicht auf die Wange geküsst. Das war sehr romantisch.

Aber als ich dann sah, dass Alice uns vom Fenster aus beobachtete, und als sie mir anschließend hundert Fragen stellte …

Das war nicht romantisch, sondern peinlich.

Aber alles in allem war es trotzdem ein schöner Abend.

Doch jetzt kann ich nicht einschlafen. Und das liegt nicht an dem Date oder an dem Kuss, obwohl ich ständig daran denken muss. Freddy hat mir beim Abendessen Alice' Geschichte erzählt. Er war noch sehr klein, als das alles passiert ist, aber es ist anscheinend Teil der Geschichte dieser Stadt. Ein schrecklicher Teil, den die Menschen nie vergessen. Auch wenn sie nicht darüber sprechen.

Ich meine, heiliger Strohsack! Kein Wunder, dass die Frau Joey nicht an sich heranlässt.

Das ist alles viel komplizierter, als ich zuerst gedacht habe. Fiona Harris spielt keine Rolle. Selbst ich sehe das, doch Alice erkennt das anscheinend nicht. Aber was ich jetzt erfahren habe … Ich verstehe nun, warum sie und Joey auf diese Weise miteinander umgehen.

Also habe ich jetzt einen besseren Überblick, aber was soll ich damit anfangen? Die Vergangenheit kann ich nicht ändern, das ist mir klar. Und es hilft nichts, sich zu wünschen, dass alles anders wäre.

Vielleicht gibt es aber einen anderen Weg, wie ich Alice irgendwie helfen kann.

Freddy und ich haben uns eine Weile darüber unterhalten, und ich glaube, gemeinsam können wir uns etwas einfallen lassen. Solange man weiß, dass sich jemand um dich sorgt, gibt es Hoffnung. Zumindest hat Freddy das gesagt, und ich glaube, er hat recht. Da ist irgendetwas in seinen Augen. Wenn er mich ansieht, dann … konzentriert er sich auf mich.

Er könnte der beste Freund werden, den ich jemals hatte.

Kapitel vierunddreißig

Kookaburra Creek Café, 2018

Alice wachte auf und hustete. In ihrem Kopf hämmerte es, und ihr Mund war trocken. Sie hustete wieder. Warum fiel es ihr so schwer zu atmen? Ihre Augen brannten. Und plötzlich kam ihr das alles bekannt vor. Der scharfe Geschmack in ihrem Mund. Der bittere Geruch in ihrer Nase. Panik ergriff sie, und sie setzte sich ruckartig auf.

»Becca?«, schrie sie und rannte in das Schlafzimmer des Mädchens. Leer. »Wo bist du?« Ihre Stimme war heiser.

Dichter schwarzer Rauch zog durch das Wohnzimmer. Sie blinzelte und konnte nichts sehen. »Becca!«

Unter ihr zischte und knackte es, und sie hörte, dass etwas zerbrach.

Sie musste nach draußen und die Treppe hinunter. Rasch presste sie sich den Saum ihres Nachthemds vor den Mund. Das half nicht viel, war aber besser als nichts. Sie stürzte und kroch auf allen vieren über den

Boden. Sie tastete sich mit den Händen den Gang entlang, vorbei am Wohnzimmer und an der Küche. Die Dielen verströmten eine enorme Hitze. Die Tür war rechts von ihr. Nein, links. Halt. Denk nach.

Sie hustete wieder. Links.

Ihre Knie rutschten über die Bretter, trugen sie aber nicht schnell genug voran. Direkt vor ihr war der Ausgang. Sie tastete nach der Klinke, zog sich daran hoch und warf sich mit aller Kraft gegen die Tür. Rauch quoll hinter ihr aus dem Haus, als sie ins Morgenlicht taumelte. Die Treppe war feucht vom Morgentau. Sie rutschte aus, landete unsanft auf der Veranda und rappelte sich wieder hoch. Wo war Becca? Vielleicht holte sie Hilfe. Nein, ihr Fahrrad lehnte an dem alten Eukalyptusbaum.

Ein Schrei zerriss die Stille, und Alice wirbelte herum.

Schwarzer Rauch und orangefarbene Flammen führten hinter den Fenstern des Cafés einen bedrohlichen Tanz auf.

Und dann zerbarsten die Fenster.

Alice hob die Arme vors Gesicht, als Glasscherben ihre Haut durchbohrten und Blut auf ihr Nachthemd tropfte.

Nein, nein, nein. Das durfte nicht geschehen.

»Becca!« Dicke Tränen liefen ihr über die mit Asche verschmierten Wangen.

Hinter ihr kam ein Wagen schleudernd zum Stehen. Joey sprang heraus und presste sein Handy ans

Ohr. »Komm schnell hierher, Carson«, rief er und ließ die Brote fallen, die er bei sich hatte.

»Bist du verletzt?« Er packte Alice an den Schultern. »Wo ist Becca?« Er schüttelte sie. Sie starrte auf das Gebäude.

Ein Teil des Dachs stürzte ein und krachte in das Café.

»Ist sie noch drin?«

Alice nickte.

»Verdammt.« Er raste zu seinem Wagen zurück und streifte sich seine Feuerwehrschutzjacke über.

»Ich hole sie raus, das verspreche ich dir.« Er drückte Alice einen Kuss auf den Scheitel.

»Halt!«, rief sie, aber ihre Stimme war nicht mehr als ein Flüstern.

Shadow sprang von der Ladefläche des Wagens und blieb neben Alice stehen. Sie beobachtete, wie Joey durch die Öffnung ins Haus sprang, wo noch vor einigen Minuten ein Fenster gewesen war, und ließ sich auf die Knie sinken. Shadow legte seinen Kopf auf ihren Schoß.

Tief aus ihrer Brust stieg ein Schluchzen auf.

»Ist er hineingegangen?« Carson tauchte in seinem Wagen hinter ihr auf. Er zog die Handbremse an und sprang hinaus, ohne den Motor abzustellen.

»Alice, alles in Ordnung? Da ist überall Blut.«

Sie brachte kein Wort hervor.

»Hörst du mich?«

Sie nickte.

»Ist Joey ins Haus gegangen?«

Sie nickte wieder.

»Dieser Idiot!« Er schüttelte den Kopf.

Sirenen heulten, ein Feuerwehrwagen hielt mit quietschenden Reifen vor dem Haus, und die Männer von der freiwilligen Feuerwehr sprangen heraus.

»Sam, du holst den Schlauch. Reverend Harris, Sie benachrichtigen Glensdale und fordern Verstärkung an.« Carson bellte weitere Befehle, während die Männer Wasser auf das Haus spritzten.

Alice starrte vor sich hin. Sie fühlte sich an diesen schrecklichen Tag zurückversetzt, an dem ihr Leben schon einmal zum Stillstand gekommen war.

Nein. Sie schüttelte den Kopf. Nicht Becca. Nicht Joey. Sie erhob sich langsam. Nicht dieses Mal.

Im Feuerwehrwagen hing noch eine Schutzjacke. Sie zog sie über ihr blutbeflecktes Nachthemd und zurrte die Riemen fest. Langsam setzte sie einen Fuß vor den anderen und ging auf das Café zu.

»Nein, Alice.« Carson packte sie am Arm.

Sie drehte sich zu ihm um und starrte ihn an. »Das ist meine Familie.« Ihre Stimme klang so fremd, dass sie sie selbst kaum erkannte.

»Ich sagte nein.« Er verstärkte seinen Griff.

Shadow bellte, und Becca taumelte durch den Sprühregen des Löschwassers aus dem Haus. Sie hustete, stolperte die Verandastufen hinunter und fiel auf die Erde.

Alice rannte zu ihr hinüber und nahm sie in die Arme. »Bist du in Ordnung? Wo ist Joey?«

»Er war direkt hinter mir. Ich war eingeschlossen«, keuchte sie. »Er hat mich befreit und zur Tür hinausgestoßen.«

Alice blickte auf, aber von Joey war keine Spur zu sehen.

Becca begann zu weinen, und Alice drückte sie an ihre Brust.

Carson rannte auf das Gebäude zu, und Alice und Becca klammerten sich aneinander, starrten in die Flammen und warteten darauf, dass Joeys Silhouette auftauchte.

Jede Sekunde kam ihnen vor wie Stunden.

Carson verschwand hinter einer Wand aus dichtem schwarzem Rauch. Alles in Alice schrie danach, ihm nachzulaufen und ihm zu helfen, Joey zu finden, aber das verstörte, schluchzende Mädchen in ihren Armen ließ sie nicht los.

Carson kam rückwärts aus dem Café und zog Joey durch den Rauch auf die Veranda. Er stolperte mit hängenden Schultern die Treppe hinunter und zerrte Joey mit sich.

»Er atmet nicht mehr«, rief er.

Der Reverend und Sam rannten zu Joeys leblosem Körper hinüber, und Alice sah hilflos zu, wie sie versuchten, ihn wiederzubeleben.

Kapitel fünfunddreißig

Kookaburra Creek Café, 2010

Shadows unaufhörliches Gebell riss Alice aus ihrem tiefen Schlaf. Was war nur los mit ihm?

»Ruhig, Shadow«, rief sie. Als sie richtig wach wurde, stieg ihr beißender Geruch in die Nase. Sie kletterte mühsam aus dem Bett und ging zum Fenster. In der Ferne sah sie ein bernsteinfarbenes Glühen.

Es dauerte einen Moment, bis sie es begriffen hatte. Ein Buschfeuer. Im Norden, nicht weit entfernt von hier. Sie rannte in Tammys Zimmer und zog dem kleinen Mädchen schnell ein paar Kleidungsstücke an, die ihr als Erstes in die Finger fielen.

»Ich will mich nicht anziehen«, protestierte Tammy weinerlich.

»Wir haben keine Zeit.« Alice schob sie die Treppe hinunter. Shadow lief voran.

Als sie in der Mitte des Cafés standen, wusste Alice nicht, was sie nun tun sollte. Sie hatte schon oft in den Nachrichten Buschfeuer gesehen und auch viel darüber gelesen, aber sie waren immer so weit entfernt und deshalb nie real für sie gewesen. In Lawson's Ridge hatte es nicht genügend Buschwerk für ein Feuer gegeben.

Joey. Sie würde ihn anrufen. Er würde wissen, was zu tun war. Als sie das Telefon in die Hand nahm, ertönte die Türglocke.

»Guten Morgen. Wie geht es meinen beiden Lieblingsmädchen?«

Alice wirbelte herum. Joeys Stimme klang drängend, und in seinen Augen lag ein besorgter Ausdruck, der nicht zu seiner fröhlichen Begrüßung passte.

»Ist es nah dran?«, fragte Alice.

»Ziemlich nah, und es breitet sich schnell aus.« Er beugte sich zu ihr vor und flüsterte, damit Tammy es nicht hören konnte. »Wir müssen weg von hier.«

Er wandte sich Tammy zu. »Wie wäre es mit einem kleinen Abenteuer?«

Tammy runzelte die Stirn. »Ich bin kein Baby mehr. Irgendetwas stimmt nicht.«

»Du warst schon immer zu schlau für mich.« Joey tätschelte ihr den Kopf. »Ein kleines Feuer ist ausgebrochen, und wir müssen zur Schule fahren, um zu überprüfen, ob alle in Sicherheit sind.«

»Ich will aber nicht zur Schule fahren.«

»Alle treffen sich dort. Es wird nicht lange dauern.« Alice zwang sich zu einem Lächeln und sah Joey an. »Was soll ich tun?«

»Du hast nur eine Minute Zeit. Pack ein paar

Sachen ein, dann fahren wir los. Ich lasse schon mal den Motor an.« Er drehte sich um und ging nach draußen.

Alice steckte die Dose mit dem Mehl und ihren darin versteckten Ersparnissen in eine Plastiktüte. Was sonst noch? Hatte sie noch Zeit, nach oben zu laufen? Als sie Joey ihren Namen rufen hörte, entschied sie sich dagegen. Sie lief hinaus und verschloss die Tür des Cafés. »Wo ist Tammy?«, fragte sie.

Joey sah sich um und rief nach Tammy.

Alice rannte zurück ins Café und fand die Kleine vor Shadows Wassernapf.

»Ich habe ihm Wasser hingestellt. Shadow!«, rief sie ihren Hund. »Wo ist er, Mummy?«

»Shadow! Hierher!«

Joey kam zu ihnen. »Wahrscheinlich ist er schon vorausgelaufen. Hunde sind sehr klug, und Shadow ist sogar noch schlauer als die meisten.«

Tammy stemmte die Hände in die Hüften. »Er würde nie ohne mich weggehen.«

Der Wind frischte auf und wehte Rauch um das Café.

»Wahrscheinlich will er sich nur vergewissern, dass es dort draußen sicher für dich ist. Komm, wir steigen in den Wagen.« Er griff nach Tammys Hand, aber sie rührte sich nicht von der Stelle. »Wir müssen fahren. Sofort.« Er hob sie hoch und trug sie zum Auto.

»In der Schule sind wir in Sicherheit. Sie liegt auf der anderen Seite des Flusses, und der Wind wird sich voraussichtlich westwärts drehen und das Feuer in die andere Richtung treiben.«

Alice warf einen Blick zurück auf das Café, während Joey den Motor anließ.

»Mach dir keine Sorgen. Die Jungs verstehen ihr Geschäft.« Er tippte auf das Logo der freiwilligen Feuerwehr auf seinem orangefarbenen T-Shirt. »Und jetzt fahren wir los, okay?«

Tammy kurbelte ein Fenster herunter und rief immer wieder nach Shadow, und von Mal zu Mal klang ihre Stimme verzweifelter. Alice warf Joey einen Blick zu. Er runzelte die Stirn, und das half nicht gerade, ihre aufsteigende Panik zu unterdrücken.

Die Schule am Stadtrand war bereits voller Menschen, als sie dort eintrafen, und es herrschte gespenstisches Schweigen. Die Leute saßen in kleinen Gruppen zusammen und unterhielten sich flüsternd. Selbst Mrs Harris, die den Damen aus ihrer Kirchengruppe Anweisungen beim Verteilen von Getränken gab, wirkte gedämpft.

Tammy blieb stehen, als sie den Raum betraten. »Shadow ist nicht hier.«

Alice ging vor ihr in die Hocke. »Joey hat recht. Hunde sind klug. Klüger als Menschen. Sie wissen, was man in solchen Situationen tun muss. Wahrscheinlich hat er irgendwo ein hübsches Plätzchen gefunden, den sichersten Ort in Kookaburra Creek.«

»Und warum sind wir dann nicht mit ihm gegangen?«

Auf diese Frage hatte Alice keine Antwort.

»Du musst jetzt ein liebes Mädchen sein. Für deine Mummy. Glaubst du, du schaffst das?«

Tammy runzelte die Stirn, nickte aber.

»Liebes Mädchen. Wir suchen Shadow, wenn das hier vorbei ist.«

Clive und Betty saßen auf alten Holzstühlen an der Eingangstür und schrieben die Namen aller Eintreffenden auf. Alice sah sich um, konnte aber Hattie nirgendwo entdecken.

»Aua, Mummy.« Tammy zog ihren Arm zurück, und Alice begriff, wie fest sie ihre Hand gedrückt hatte.

»Tut mir leid, Schätzchen. Du bleibst bei Mummy, okay?«

Sergeant Carson betrat die Bühne und tippte mit einem Finger gegen das Mikrophon.

»Zwei Mannschaften sind bereits unterwegs, und Glensdale schickt uns so viel Verstärkung wie möglich. Moretti, deine Mannschaft nimmt die North Road. Sam, deine Jungs fahren zum unteren Pass. Rev, du bist für die erste Ablösung eingeteilt, also ruh dich ein wenig aus. Mrs Harris, gegen sechs Uhr werden zwanzig hungrige und durstige Männer hier eintreffen.«

Mrs Harris nickte. Carson fuhr mit der Einteilung der Freiwilligen fort, und Alice sah sich noch einmal um.

»Hast du Hattie gesehen?«, fragte sie Betty.

Betty warf einen Blick auf ihre Liste. »Sie ist noch nicht gekommen.«

»Setz dich hier hin«, befahl Alice ihrer Tochter und führte sie zu einem Stuhl neben Clives und Bettys Tisch. »Und vergiss nicht, du musst brav sein. Warte hier auf Mummy.«

»Die störrische alte Frau glaubt wahrscheinlich, sie sei immun gegen den Rauch. Ich werde den Reverend nach ihr fragen.« Betty schüttelte den Kopf. »Möglicherweise ist sie im Kirchgarten beim Blumenpflücken.«

»Fehlt sonst noch jemand?«, fragte Joey.

»Die Smiths sind noch nicht hier.« Clive überprüfte seine Liste. »Aber sie sind im Urlaub, da bin ich ziemlich sicher. Und wir warten noch auf Peter Albert.«

Betty kam zu ihnen zurück. »Der Reverend hat Hattie nicht gesehen.«

»Mummy.« Tammy zupfte an Alice' Hemd. »Gehen wir jetzt los und suchen Shadow?«

»Gleich.« Sie schob Tammys Hand weg. Peter Albert kam hustend herein. »Hast du Hattie gesehen?«, fragte Alice ihn. Er schüttelte den Kopf.

»Mummy?«

»Schätzchen, Mummy hat etwas Wichtiges zu erledigen. Sei lieb und bleib hier, bis ich zurückkomme. Dann suchen wir Shadow.« Sie ließ den Blick durch den Raum schweifen. Vielleicht hatte sie Hattie bei all dieser Aufregung übersehen. »Schaffst du das?«

Tammy nickte. »Na klar, Mummy.«

Alice ging in den hinteren Teil des Saals und tippte der ersten Person, der sie dort begegnete, auf die Schulter.

»Haben Sie Hattie gesehen?«

Nein. Sie schob sich weiter durch die Menge.

»Hattie?« Ihr Mund war trocken.

Wieder ein Nein.

Alice bahnte sich einen Weg zwischen den sich leise unterhaltenden Menschen, ging von Gruppe zu Gruppe und stellte immer wieder die gleiche Frage. Bei jedem Nein beschleunigte sich ihr Herzschlag.

Wo konnte Hattie nur sein?

Oh Gott, wenn ihr nun etwas zugestoßen war …

Als sie ganz hinten im Saal angelangt war, drehte sie sich um und drängte sich zurück durch die Menge.

»Das hast du mich eben schon gefragt, Alice.«

Sie wandte sich in die andere Richtung.

»Tut mir leid, Alice, die Antwort lautet immer noch nein.«

Ein Blick nach links.

Nur ein leichtes Kopfschütteln.

»Alice?« Joey tippte ihr auf die Schulter, und sie wirbelte herum.

»Was soll denn das Tamtam?« Hattie stand vor Alice, zog ihren violetten Schal zurecht und war anscheinend völlig unbekümmert.

Alice stieß einen Schrei aus und umarmte ihre alte Freundin. »Oh, Gott sei Dank. Wo warst du?«

»Ich bin nur nicht mehr so schnell wie früher, das ist alles.«

»Ich muss zu meiner Mannschaft.« Joey strich Alice über den Arm. »Du solltest mal nachschauen, ob Mrs

Harris Hilfe braucht. Sicher hat sie auch eine kleine Aufgabe für Tammy.«

Alice nickte. Sie warf einen Blick zu dem Tisch hinüber, an dem Betty und Clive gesessen hatten. Nachdem sie alle Ankommenden registriert hatten, machten sie sich anscheinend irgendwo anders nützlich. Der Stuhl, auf dem sie Tammy zurückgelassen hatte, war leer.

Alice' Herzschlag setzte für einen Moment aus.

Sie drängte sich durch die Menge und suchte nach ihrem kleinen Mädchen.

»Tammy?«, rief sie.

Alice sah unter die provisorischen Tische. Sie durchsuchte die Toiletten und dann den ganzen Saal, aber von Tammy war keine Spur zu sehen.

Oh Gott, wo war sie? Panik schoss durch ihren ganzen Körper.

Alice lief zu Joey hinüber, der seiner Mannschaft Anweisungen gab. »Ich kann Tammy nicht finden.« Sie packte ihn am Hemd.

»Wahrscheinlich hat sie sich irgendwo ein ruhiges Plätzchen zum Malen gesucht.« Er tätschelte ihr die Schultern.

Gemeinsam gingen sie noch einmal durch den Raum.

»Sie ist nicht bei dir?«, fragte Mrs Harris, und Joey sah sie besorgt an. »Nein, ich habe sie leider nicht gesehen.«

Alice' Atmung beschleunigte sich.

Eines der kleinen Schulkinder deutete auf die Eingangstür.

Joey bückte sich und hielt den Jungen an der Schulter fest. »Hast du Tammy gesehen?«

Der schüchterne Junge nickte und zeigte wieder auf die Tür. Joey richtete sich auf und sah Alice an.

»Shadow«, sagten sie beide gleichzeitig und liefen los.

»Du bleibst hier.« Joey hielt Alice auf. »Für den Fall, dass sie zurückkommt.«

»Nein, das kann ich nicht.«

»Bleib«, befahl Joey mit so scharfer Stimme, dass Alice einen Schritt zurückwich.

»Er hat recht, Schätzchen.« Hattie kam zu ihr herüber und legte ihr einen Arm um die Taille. »Falls sie dort draußen herumläuft, solltest du das den Fachleuten überlassen.«

Alice schüttelte ihren Arm ab. »Nein«, fauchte sie. »Wenn meine Kleine dort draußen ist, werde ich sie suchen.«

»Alice, ich glaube wirklich …«

Joey hielt inne, als sie ihm einen wütenden Blick zuwarf.

»Hol ihr eine Weste, Kirk.«

»Was?« Alice wich zurück.

»Wenn du mitkommen willst, dann auf keinen Fall ungeschützt.« Joey streifte ihr eine Feuerschutzweste über und zurrte sie fest. »Du bleibst dicht neben mir.«

Joey und Kirk gingen voran, und Alice und Sam

folgten ihnen zum Stadtrand, wo ein dichter Eukalyptushain stand.

Schwere Schritte. Schnelle Schritte. Vertraute Wahrzeichen auf dem Weg zum Dandelion Dell waren in grauen Schwaden verschwunden. Dichter schwarzer Rauch stieg in den Himmel und färbte ihn dunkel.

Alice nahm eine Bewegung an ihrer rechten Seite wahr.

»Dort drüben.« Sie rannte los. Neben ihr ging ein Ast in Flammen auf, und sie stürzte.

Sie versuchte aufzustehen, doch es gelang ihr nicht. Ein sengender Schmerz schoss ihr durch das Bein.

»Dort drüben!«, rief sie noch einmal. »Sie ist dort drüben!«

Kirk rannte an ihr vorbei, und Joey bückte sich, um ihr aufzuhelfen. »Kannst du laufen?«

»Nein.«

Kirk kam keuchend und hustend zurück. »Dort drüben ist niemand.«

»Aber ich habe sie gesehen.« Alice schluckte.

»Der Rauch verzerrt manchmal die Sicht.«

Joeys ruhige Stimme machte sie wütend.

»Ich habe sie gesehen.«

»Lass uns weitergehen. Diese Flammenwand gefällt mir nicht.« Er deutete in die Ferne.

Alice versuchte weiterzulaufen und stürzte wieder.

»Sam, du musst sie zurückbringen. Sie kann nicht länger hierbleiben.«

»Nein!«, schrie Alice.

»Alice.« Joey packte sie mit hartem Griff an den Schultern. »Es ist zu gefährlich. Du kannst nicht laufen. Du musst weg von hier.«

»Tu mir das nicht an, Joey.«

»Ich bringe sie zurück, das verspreche ich dir.«

Er drückte ihr einen Kuss auf die Stirn.

»Bring sie hier raus«, rief er Sam zu.

Sam hob Alice auf seine Schulter und stapfte mit ihr in die entgegengesetzte Richtung.

»Tammy!«, rief Alice immer wieder, während sie zur Schule zurückkehrten.

Sam setzte Alice auf den Stufen zum Eingang ab, und Hattie eilte mit Wasser für beide herbei.

Einige Männer in Feuerwehranzügen stiegen in Trucks, und Carson sorgte dafür, dass jeder wusste, was er zu tun hatte. Clive brummte vor sich hin, während er Mrs Harris' Anweisung befolgte, sich durch die Menge schob und alle mit Wasser versorgte. Im Saal kümmerte sich Betty um die Kinder. Die Kleinkinder hielten das alles für ein großes Abenteuer, aber die Älteren waren sehr still – offensichtlich spürten sie den Ernst der Lage, auch wenn sie nicht wirklich verstanden, was vor sich ging.

Alice saß auf der Treppe und beobachtete jede Bewegung im Rauch in der Ferne. Dann tauchten aus dem Dunst einige orangefarbene Figuren auf und kamen die Straße entlang.

Sie wandte sich an Hattie. »Hilf mir.« Die alte Frau

schlang ihre Arme um Alice' Taille, und gemeinsam gingen sie den Gestalten entgegen.

Alice sah Tammy in Joeys Armen. Ihr Kopf lag an seiner Brust, und ihr Haarband glitzerte. Hinter ihm tauchte Kirk auf. Er trug Shadow.

»Tammy!« Ihr kleines Mädchen war in Sicherheit. Als sie näher kam, sah sie in Tammys winziger Faust einen Strauß Pusteblumen. »Schätzchen?«

Sobald sie dem dichten Rauch entkommen waren, sank Joey auf den Boden. Kirk setzte den winselnden Hund ab, riss sich seine Schutzjacke vom Leib und legte sie auf die Straße. Joey ließ Tammy auf die Jacke gleiten und legte eine Hand auf ihre Brust.

»Eins, zwei …«, zählte er.

»Beatmung.« Kirk legte seine Hände an Tammys Gesicht.

»Was machen sie da?«, rief Alice.

»Vielleicht sollten wir hier warten«, sagte Hattie leise.

»Nein.« Alice befreite sich aus Hatties Griff und versuchte, zu ihrem Mädchen hinüberzulaufen. Sie stürzte erneut und kroch auf allen vieren weiter.

Joey und Kirk fuhren mit ihren routinierten Bewegungen fort und tauschten einige Worte aus, die Alice nicht verstehen konnte.

Reverend Harris tauchte neben Alice auf und hielt behutsam ihre Hand, während Dr. Knight herbeirannte und neben Tammy stehen blieb. Kirk ließ sich zurückfallen und schüttelte den Kopf. Der Arzt beugte sich über Tammys Gesicht.

Gemeinsam versuchten sie weiter, sie wiederzubeleben. Herzdruckmassage, Beatmung.

Immer wieder und wieder, bis sie schließlich aufgaben.

Joey ließ sich auf die Fersen fallen, und Dr. Knight fuhr Tammy mit der Hand über die Stirn und schloss dann ihre Augen.

»Nein!«, schrie Alice. »Versucht es weiter!«

Joey hob Tammy hoch und nahm sie in die Arme.

»Nein«, flüsterte sie.

»Es tut mir leid. Ich bin zu spät gekommen. Sie war bereits … Der Rauch war zu dick.«

»Nein.« Alice' Tränen fielen auf Tammys entspanntes Gesicht. »Wach auf, Schätzchen. Wach auf. Bitte.« Sie streichelte Tammys von Asche bedeckte Wangen und hinterließ graue Spuren auf dem Gesicht ihres wunderschönen Mädchens.

»Es tut mir so leid.« Joeys Stimme schien von weither zu kommen.

»Nein.« Alice schüttelte den Kopf. »Wach auf, Tammy. Wach auf!«, schrie sie und schüttelte Tammys kleinen Körper. Die Pusteblumen fielen auf die Straße. »Nein, nein, nein, nein.«

Alice presste Tammy an ihre Brust und schaukelte sie hin und her. Sie versuchte, den Vanilleduft ihres Haars einzuatmen, doch ihr stieg nur der beißende Gestank des Rauchs in die Nase.

Und die Zeit blieb stehen.

Kapitel sechsunddreißig

Kookaburra Creek, 2010

Die Einwohner von Kookaburra Creek versammelten sich am Fluss; alle waren in Regenbogenfarben gekleidet und hielten eine Pusteblume in der Hand. Reverend Harris sprach leise einige Worte über Verlust und Hoffnung, die Alice nicht wahrnahm.

Sie wurde von Hattie und Carson gestützt. Alice war sich sicher, dass sie auf den Boden sinken würde, wenn die beiden sie losließen. Sie schloss die Augen, öffnete sie aber rasch wieder, denn das quälende Bild von Tammys leblosem Körper tauchte sofort hinter ihren geschlossenen Lidern auf. Und dabei hatte sie immer den Gestank des Rauchs in der Nase, der ihr ihr kleines Mädchen gestohlen hatte.

Worte wie »ein süßer Schatz«, »sie rettete ihren Shadow, Gott segne sie« und »beste Freunde bis zum Ende« wurden hörbar, als ein Trauergast nach dem anderen einen Schritt nach vorne trat und eine Pusteblume in den Fluss warf. Manche schwiegen dabei, andere beteten.

Hattie führte Alice zum Ufer und reichte ihr eine Pusteblume. Alice wusste, dass sie Hattie dankbar für diese kleine Geste sein sollte und auch dafür, dass sie die Organisation dieses Tages übernommen hatte, aber sie empfand keine Dankbarkeit. In ihrem Herzen war nur Schmerz. Sie drehte sich um und hinkte durch die Menge, die ihr bereitwillig Platz machte. Nur Joey blieb ganz hinten direkt vor ihr stehen. Shadow lag zu seinen Füßen und blickte sie aus dunklen Augen an.

»Alice?« Joey versuchte nicht, seine Tränen zu verbergen. »Es tut mir so leid, dass ich sie nicht rechtzeitig gefunden habe. Ich …«

Alice sah ihn an, schüttelte den Kopf und ging um ihn herum, wobei sie die Pusteblume fallen ließ.

Der Klang der Glocke über der Tür des Cafés hallte in dem leeren Gastraum wider. Das Café war diese Woche geschlossen gewesen, und die Luft darin war kalt und abgestanden. Alice konnte es nicht ertragen, länger dort zu bleiben, also ging sie wieder nach draußen und schleppte sich die Treppe zu ihrer Wohnung hinauf. Sie zog das Kleid aus, das Hattie ihr für die Beerdigung aufgezwungen hatte, schlüpfte in ihren Schlafanzug und legte sich auf Tammys Bett. Das Kopfkissen verströmte noch den süßen Vanilleduft ihres Haars, und Alice vergrub ihr Gesicht tief darin und versuchte, dadurch ein wenig Trost zu finden.

Hattie klopfte an Tammys Tür, bevor sie sie öffnete. »Ich dachte, ich bleibe über Nacht hier. Nur für den Fall, dass du etwas brauchst.« Sie wartete auf eine Antwort. »Das Sofa reicht mir«, fuhr sie fort. »Ich habe schon unbequemer übernachtet.«

Alice drehte sich so, dass sie Hattie den Rücken zuwandte.

»Also gut. Lass es mich wissen, wenn ich dir mit etwas helfen kann.« Sie zog die Tür zu, ohne sie ganz zu schließen.

Später hörte Alice Hatties leises, rhythmisches Schnarchen aus dem Wohnzimmer. Sie setzte sich im Bett auf, zog die Knie an die Brust und sah auf die Uhr. Hattie hatte eine Stunde und siebenundzwanzig Minuten gebraucht, um endlich einzuschlafen.

In der Ferne grollte Donner. Das Geräusch wurde immer lauter.

Klopf, klopf, klopf. Tropfen fielen lautstark auf das Blechdach.

Ein Blitz.

Ein Donner.

Und dann begann es zu regnen, aber es war zu spät. Für Sam, der seinen Schuppen verloren hatte. Für die Helfer der freiwilligen Feuerwehr, die beim Kampf gegen das Feuer zwei Wagen eingebüßt hatten. Für Bettys Neffen, der jetzt mit Verbrennungen ersten Grades an dreißig Prozent seines Körpers im Krankenhaus lag, nachdem er versucht hatte, die Trucks zu retten.

Zu spät für Tammy.

Zuckende Blitze erhellten den Himmel. Alice stand auf, zog sich ihren Morgenmantel über und nahm aus Tammys Elefanten-Sparbüchse ein paar Münzen. Auf Zehenspitzen schlich sie sich an Hattie vorbei und ging hinaus in die verregnete Nacht.

Vor dem Postamt stand eine alte Telefonzelle. Alice kramte ein paar von Tammys Münzen aus der Tasche ihres durchtränkten Morgenmantels.

Durch die Löcher im Dach der Telefonzelle fiel Regen auf ihre Schultern. Sie wählte die Nummer, unsicher, ob er sich melden würde.

»Hallo?« Seine tiefe, vertraute Stimme raubte Alice für einen Moment den Atem. »Hallo?«

»Dean?«, brachte sie heiser hervor.

»Pond? Bist du das?«

Alice schluchzte in den Hörer.

»Pond? Was ist los? Wo bist du?«

Sie konnte nicht aufhören zu weinen. Es gab keine angemessenen Worte, um ihm zu sagen, dass seine Tochter tot war.

»Meine Güte, Pond. Du machst mir Angst. Was ist los?«

»Es tut mir leid«, schluchzte sie. »Sie ist tot.«

»Was? Wer? Rede mit mir, Pond.«

»Es tut mir so schrecklich leid.« Sie presste den Hörer an ihre bebende Brust und versuchte vergeblich, ihr Schluchzen zu dämpfen.

»Sag mir, wo du bist, und ich komme zu dir.« Seine Worte klangen aus der Ferne an ihr Ohr.

Sie hob den Hörer wieder.

»Es tut mir so leid«, wiederholte sie nach einer Pause.

»Pond!«, rief er. Sie legte auf.

Alice ließ sich mit dem Rücken an der Glaswand nach unten gleiten und landete in einer schmutzigen Pfütze. Sie schloss die Augen und ließ sich in das weite leere Nichts tragen, wohin sie nun gehörte.

Kapitel siebenunddreißig

Glensdale Hospital, 2018

Alice atmete vor der Intensivstation ein paar Mal tief durch und schloss kurz die Augen, bevor sie hineinging. An diesen Anblick würde sie sich nie gewöhnen. Der Raum war dunkel, bis auf den Schein einer Lampe in der Ecke und die blinkenden Lichter an den vielen Maschinen.

Joeys Augen waren mit einem Verband bedeckt, und sein linker Arm, seine linke Schulter und sein Oberkörper waren bandagiert. Die Ärzte hatten sich zuversichtlich geäußert, dass seine Verbrennungen bald heilen würden. Natürlich würden Narben zurückbleiben, aber es hätte viel schlimmer ausgehen können. Und auch seine Sehfähigkeit würde sich wieder verbessern.

Grund zur Sorge gab jedoch sein Herz. Die Anstrengung der Rettungsaktion, der Rauch, die Verbrennungen – das war zu viel für ihn gewesen. Joey hatte einen Herzinfarkt erlitten. Alles andere würde heilen, wenn sich sein Herz wieder erholte.

Alice trat näher an sein Bett und rückte den Sauerstoffschlauch zurecht, der ihm aus der Nase gerutscht war. Der Herzmonitor piepste leise, und sie warf einen Blick auf die Werte. Sie hatte sehr schnell gelernt, was sie bedeuteten, und die Krankenschwestern so lange ausgefragt, bis sie beinahe so viel wusste wie sie.

Da am nächsten Tag ein Spezialist in Glensdale erwartet wurde, hatten sich die Ärzte dagegen entschieden, Joey nach Sydney zu bringen. Sie waren der Meinung, dass es wichtiger für ihn war, von Menschen umgeben zu sein, die ihn liebten. Alice war sich nicht sicher, ob sie das gutheißen sollte. Wenn der Spezialist kam, würde sie auf jeden Fall hier sein und versuchen, die Wahrheit von ihm zu erfahren.

Alice beobachtete, wie sich Joeys Brustkorb hob und senkte, und griff sanft nach seiner rechten Hand.

»Hey, Joey«, flüsterte sie leise, um ihn wissen zu lassen, dass sie hier war. »Ich bin's.«

Vielleicht würde morgen alles schon viel besser aussehen. Vielleicht würde er morgen aufwachen und etwas sagen. Vielleicht würde sie ihn morgen lächeln sehen, und ihre Welt wäre wieder in Ordnung. Niemals zuvor hatte sie sich so sehr gewünscht, ihn sagen zu hören, dass ihr Brot nie so gut sein würde wie seines. Sie setzte sich auf den Stuhl neben dem Bett und beobachtete ihn aufmerksam.

Ein leises Husten riss Alice aus dem Schlaf. Hattie war gekommen. Alice setzte sich auf, massierte sich die

Schultern und verwünschte den harten, unbequemen Krankenhausstuhl.

»Hey.«

»Gibt es schon eine Veränderung?«

Alice schüttelte den Kopf. Hattie drückte ihr beide Hände und gab ihr einen Kuss auf die Stirn.

»Wie spät ist es?«

»Kurz nach sieben. Ich habe keine Ahnung, wie es dir gelungen ist, die Schwestern zu überreden, aber du hast tatsächlich die ganze Nacht hier verbracht. Becca hat nach dir gefragt.«

»Wie geht es ihr?«

»Körperlich recht gut.« Hattie zuckte mit den Schultern. »Aber sie macht sich Sorgen. Geh zu ihr. Ich bleibe bei ihm.«

»Nein, du solltest nicht …«

»Wage es ja nicht, mir zu sagen, dass ich zu alt sei, um hier Krankenwache zu halten. Ich kannte Joey schon, als er noch ein Dreikäsehoch war, und ich bleibe verdammt nochmal hier, wenn ich will.«

»Danke. Wie machst du das, Hattie?«

»Was?«

»Woher nimmst du die Kraft?«

Hattie lächelte ein wenig traurig. »Frauen wie wir neigen dazu, Kraft zu entwickeln, wenn wir glauben, dass wir sie nicht haben. Das wird uns auch dieses Mal gelingen. Irgendwie schaffen wir es immer.«

Alice nickte und ging leise den Flur hinunter. Trotz Hatties beruhigender Worte wusste sie nicht, woher sie die Kraft zum Weitermachen nehmen sollte. Es war nichts mehr übrig. Das Café. Die Wohnung. Alles war in Flammen aufgegangen.

Sie straffte die Schultern und betrat Beccas Zimmer.

Das Mädchen saß auf einige Kissen gestützt in ihrem Bett und zerrte an der Infusionsnadel an ihrer Hand.

»Wozu brauche ich das?«, beschwerte sie sich. »Mir geht es gut.«

»Die Ärzte wollen nur sicherstellen, dass du genügend Flüssigkeit bekommst. Das ist nur noch für kurze Zeit nötig.« Alice zog das Laken über Beccas Beine.

»Hör auf. Mir geht's wirklich gut.« Becca lächelte.

»Du hast mir einen Riesenschreck eingejagt.« Alice seufzte.

»Ich weiß. Es tut mir leid.« Sie zupfte wieder an dem Schlauch an ihrer Hand. »Ich habe nur versucht, das Feuer zu löschen. Ich wollte nicht, dass Joey verletzt wird.«

»Schon gut. Wichtig ist nur, dass es dir gut geht.«

Tränen rollten über Beccas Wangen. »Es tut mir so leid – es ist alles meine Schuld.«

»Was redest du da? Die Untersuchung hat ergeben, dass es sich um einen elektrischen Kurzschluss gehandelt hat. Das Haus ist alt. Niemand konnte etwas dafür.«

»Ich meine nicht das Feuer, sondern Joey. Wenn Joey nicht durchkommt, bin ich schuld daran.«

»Das darfst du nicht einmal eine Sekunde lang denken. Joey ist noch nie vor einer gefährlichen Situation davongelaufen und hat sich immer um die Menschen gekümmert, die ihm etwas bedeuten.«

Alice nahm das schluchzende Mädchen in die Arme. »Hör auf damit. Dich trifft keine Schuld.«

»Doch, natürlich. Ich bin ein schlechter Mensch und tue schlimme Dinge. Auch wenn ich es nicht wirklich will.«

»Du hast in deinem Leben schon schlimme Dinge erlebt, aber das macht dich nicht zu einem schlechten Menschen.«

»Du kennst die ganze Geschichte noch nicht.« Becca setzte sich auf. »Als ich davongelaufen bin, habe ich dem Freund meiner Mutter ein ziemlich dickes Bündel Bargeld gestohlen.« Ihr Geständnis sprudelte aus ihr hervor. »Ich habe ihm das Geld geklaut, das er seinem Dealer schuldete, damit ich abhauen konnte. Und deshalb sucht er mich, da bin ich mir sicher. Und dann bist auch du in Gefahr. Das ist Karma. Schlechte Menschen wie ich haben es verdient, dass ihnen schlimme Dinge zustoßen.«

»Hör sofort auf damit. Dieses Scheusal hat dir Schreckliches angetan, und du hast nichts Böses verdient.«

»Aber …« Becca wischte sich die Tränen ab und sprach so leise weiter, dass Alice sich zu ihr vorbeugen musste, um sie zu verstehen. »Ich habe gewusst, dass der Dealer hinter ihm her sein würde, um das Geld zurückzubekommen, das ich gestohlen hatte. Und genau das habe ich mir gewünscht. Ich wollte, dass er geschnappt … und getötet wird. Gute Menschen haben keine solchen Gedanken.«

»Oh, Becca.« Alice drückte sie an sich.

»Das ist Karma.« Becca begann wieder zu weinen. »Ich wollte, dass er stirbt, und jetzt habe ich Joey umgebracht.«

»Joey ist nicht tot. Und dieser miese Kerl von Stiefvater verdient nichts Besseres.«

»Aber wenn Joey …«

»Scht.« Alice wiegte sie in ihren Armen und strich ihr übers Haar. »Es wird alles wieder gut.«

Sie hielt Becca fest, bis ihre Tränen versiegten und das arme Mädchen vor Erschöpfung einschlief. Es würde alles wieder gut werden. Daran musste sie glauben. Es musste einfach so sein.

Als die nächste Nacht hereinbrach, bestand Hattie darauf, dass Alice zu ihrem Haus fuhr und sich ein wenig Schlaf gönnte. Sie sollte sich keine Sorgen um Becca und Joey machen. Betty hatte Beziehungen zum Krankenhauspersonal, deshalb wagte es niemand, Einspruch dagegen zu erheben, dass Joey und Becca entgegen der üblichen Bestimmungen rund um die Uhr Besuch erhalten durften. Alice befolgte Hatties Anweisung und machte sich auf den Weg, doch auf dem Parkplatz des Krankenhauses blieb sie stehen, schloss die Augen und atmete die kalte Nachtluft ein. Eigentlich wollte sie nicht in Hatties Haus gehen und dort die Nacht allein verbringen. Sie hatte Angst davor, die Augen zu schließen und dann das Feuer vor sich zu sehen. Und Becca, die erschöpft um Atem rang. Und Joey, der bewegungslos auf der Erde lag. Ihr graute auch davor, Tammys süßes, mit Asche bedecktes Gesicht wieder vor sich zu sehen, ein Bild, das sie seit einiger Zeit wieder verfolgte.

»Alice?«

Als sie sich umdrehte, sah sie Fiona neben einem Laternenpfahl stehen.

»Wie geht es ihnen?«

»Becca wird sich schnell erholen. Joey ist noch nicht über den Berg. Im Augenblick ist keine Besuchszeit, aber morgen Vormittag … Warst du schon bei ihnen?«

»Nein, das wollte ich der Familie überlassen. Ich möchte mich nur erkundigen, wie es den beiden geht. Du weißt ja, dass es in dieser Stadt nicht immer einfach ist, Gerüchte und Wahrheit zu unterscheiden.«

Alice nickte.

»Dad betet ständig für sie.«

»Er ist ein guter Mensch.« Alice taumelte leicht.

»Alice?«

»Ich bin nur müde.« Aber Alice bemerkte, dass ihre Hände so stark zitterten, dass ihre Autoschlüssel laut klimperten.

»Vielleicht sollte ich dich besser nach Hause fahren.«

»Ja, das wäre gut.« Alice spürte, dass ihre Knie gleich nachgeben würden.

Fiona brachte Alice in Hatties Haus und führte sie

in ihr altes Zimmer. Hattie hatte seit Alice' Auszug vor einem Jahrzehnt nichts daran geändert. Auf dem Bett lag immer noch derselbe Überwurf. Und auf der Kommode stand immer noch der kleine Fotorahmen aus Kupfer mit dem Bild von Tammy und Joey, aufgenommen am Dandelion Dell.

»Ich mache dir eine Tasse Tee, okay?«, sagte Fiona, während Alice sich auf das Bett setzte.

»Vielen Dank.« Shadow drückte seine Schnauze unter Alice' Arm, als sie sich gegen die Kissen lehnte.

Dieselben Kissen, die ihr Trost gespendet hatten, als sie in Kookaburra Creek angekommen war. Seitdem hatte sich viel ereignet. Doch jetzt war sie wieder an dem Punkt angelangt, an dem sie hier angefangen hatte – sie war allein, obdachlos und verängstigt.

Sie drückte das Foto von Tammy und Joey an ihre Brust und begann zu weinen.

Alles war verloren. Jede Erinnerung, jede Hoffnung. Sie kannte diesen lähmenden Schmerz, wenn das Leben stillstand und nur noch schwarze Leere übrig blieb. Wie sollte sich jemals all das, was in ihr in Trümmern lag, wieder zusammenfügen?

Kapitel achtunddreißig

Kookaburra Creek Café, 2010

Alice hörte sie unten reden, hin und her laufen, lachen. Leben.

Sie kamen seit Tagen ins Haus. Sie wusste nicht genau, seit wann. Es war ihr auch gleichgültig. Vielleicht ging das auch schon seit Wochen so. Reden, hin und her laufen, lachen, leben. Sie erkannte ihre Stimmen. Am Anfang sprachen sie leise und gedämpft, doch mittlerweile redeten sie in einer grausamen Lautstärke, sodass sie sie nicht überhören konnte.

Obwohl sie nicht genau wusste, wie viele kamen, war ihr klar, dass Joey und Hattie immer dabei waren. Manchmal auch Betty. Und Clive oder Claudine. Hin und wieder auch Reverend Harris oder Carson. Aber immer Joey. Und immer Hattie.

Wenn sie sich auf den Boden legte und ein Ohr an die Balken presste, konnte sie Gesprächsfetzen aufschnappen.

»Sie wird runterkommen, wenn sie bereit dazu ist.«

»Sollen wir ihr etwas zu essen bringen?«

»Das ist sicher nicht gesund, *n'est-ce pas*?«

Sie klopften an ihre Tür, aber Alice antwortete nicht. Hattie kam hin und wieder trotzdem herein, ungebeten, unerwünscht. Sie zwang Alice dazu, etwas zu essen. Und alle paar Tage – sie wusste es nicht genau – ließ Hattie ihr ein Bad ein und kämmte ihr das Haar.

Und jeden Tag belauschte Alice ihre Gespräche.

»Das ist nicht richtig.«

»Es braucht eben seine Zeit.«

»Wie lange noch?«

Alice' Beine schmerzten. Jeder Schritt war eine Qual. Fünf schmerzhafte Schritte von Tammys Bett bis zum Sofa. Acht qualvolle Schritte vom Sofa zum Badezimmer. Ein Schritt vom Sofa zum Vorleger. Zu Tammys weichem, warmem Lieblingsteppich.

»Ich mache mir Sorgen.«

»Sie hat viel durchgemacht.«

»*Mon Dieu*, das ist zu viel.«

Sie kamen immer wieder. Redeten, liefen auf und ab, lachten, lebten.

Die Sonne ging immer wieder auf und unter. Die Vögel stimmten immer wieder ihren Gesang an.

»Ich glaube, wir sollten Hilfe holen.«

»Geht es ihr besser?«

»Das geht zu weit.«

»Scht«, flüsterte Alice, schaukelte auf dem kleinen Teppich hin und her und umklammerte dabei Tammys regenbogenfarbenes Haarband.

Alice wachte auf. Wie lange hatte sie geschlafen? Drei Stunden? Drei Wochen? Manchmal driftete sie im Schlaf in eine andere Welt, in der die Farben noch leuchteten und Lachen noch Freude versprach, bis sie aufwachte und sich daran erinnerte, dass es diese Welt nicht mehr gab.

Manchmal döste sie nur. Dämmerte immer wieder weg, schaffte es aber nie, das Grau und die Kälte hinter sich zu lassen. Manchmal schlief sie gar nicht.

Ein Krachen. Ein lautes Piepsen, das nicht aufhörte. War das in ihrem Kopf? Oder kam es von unten? *Piep, piep, piep*.

Sie sah zur Tür. Zehn Schritte, die sie mühsam bewältigte.

Die Treppe. Fünfzehn Schritte.

Die Glocke des Cafés klingelte fröhlich, grausam.

Zwölf Schritte zur Küche, zu dem Piepton.

Alice blieb stehen und sah sich um.

Auf der Arbeitsfläche in der Mitte der Küche sah sie Glasschüsseln, Teigschaber, Rührbesen, Behälter mit Mehl und Zucker, Eier, einige Päckchen Butter, Papierförmchen, Cupcake-Bleche. Alles sorgfältig um einen Küchenwecker gestellt, an dem ein Zettel befestigt war.

»Es wird Zeit«, hatte Joey geschrieben. »Sie würde es so wollen.«

Alice warf einen Blick zu Sylvia hinauf.

Schokoladencreme-Cupcakes. Tammys Lieblingssorte.

Mit zitternden Händen wog Alice die Butter ab und legte sie in eine Schüssel. Wie viel Zucker? Sie zögerte. Dann stellte sie sich vor, wie Tammy einen Messbecher in der Hand hielt. Eineinhalb von Tammys Löffeln. Sie glättete den Zucker mit einem flachen Spachtelmesser, so wie Tammy es immer getan hatte, und ließ ihren Tränen freien Lauf. Als sie nach dem Mehl griff, erinnerte sie sich nach und nach wieder an jeden Schritt.

Sie füllte den Teig in die Förmchen und ließ dabei etwas davon auf den Boden fallen. Keine kleinen Finger fuhren in die Schüssel, kein mit Schokolade verschmierter Mund lächelte sie scheinbar unschuldig an. Sie rührte noch eine Schüssel Teig an.

Als sie die Backbleche aus dem Ofen zog, stieg ihr heiße Luft und der Duft nach Schokolade in die Nase. Sie stellte die Cupcakes zum Auskühlen auf ein Kuchengitter und seufzte.

»Köss-lich«, sagte sie, und wieder strömten ihr Tränen über die Wangen. Sie ließ sich auf den Boden sinken, legte den Kopf auf die Arme und schlief schließlich ein.

»Alice?« Eine tiefe Stimme riss sie aus dem Schlaf. Sie lag auf dem Boden und hatte ihre Topflappen als Kopfkissen verwendet.

»Joey?« Sie stand auf und sah sechs Dutzend Schokoladencreme-Cupcakes auf der Arbeitsfläche vor sich.

»Ich wollte das Café jetzt aufschließen.«

»Oh.«

Alice begann damit, die Cupcakes auf Tabletts und Tellern anzurichten. Joey trat an ihre Seite, um ihr dabei zu helfen, und Shadow hinkte neben ihm her.

»Raus!«, brüllte sie den Hund an. Shadow ließ den Kopf hängen und trottete auf die Veranda.

»Er wollte doch nur …«, begann Joey.

»Hör auf damit.«

»Es tut mir leid, Alice. Ich habe alles getan, was ich …«

»Nein, bitte nicht.« Sie weigerte sich, ihn anzusehen, obwohl sie seinen bohrenden Blick spürte.

»Soll ich mit den Salaten anfangen?«, fragte er leise.

»Danke, aber ich glaube, ich schaffe das heute allein.«

»Gut.« Joey blieb neben der Arbeitsfläche stehen, während Alice sich in der Küche zu schaffen machte und den Blickkontakt zu ihm vermied. Sie wusste, dass sie, wenn sie ihn ansehen würde, das Bild ihres kleinen Mädchens vor Augen haben würde, schlaff und leblos in seinen Armen.

»Nun, dann gehe ich jetzt.«

Alice sah ihm nach, wie er das Café verließ und am Fluss entlangging, bis er außer Sichtweite war. Shadow schlich langsam hinter ihm her. Sie fiel auf die Knie und holte keuchend Luft.

Nach einer Weile rappelte sie sich hoch und deckte mit zitternden Händen die Tische, einen nach dem anderen.

»Es ist wunderbar, dich wieder an Bord zu haben«, sagte Hattie, als sie das Café betrat. »Der Laden fühlt sich viel besser an, wenn du hier bist.« Sie umarmte Alice und drückte sie an sich. »Wir haben lange genug ohne dich auskommen müssen. Wo ist Joey?«

»Er ist gegangen.«

»Du weißt, dass er das Café allein geführt hat?«

»Ich habe gedacht, du hättest das getan.«

Hattie schüttelte den Kopf. »Er hat jede Nacht in der Bäckerei gearbeitet, bis Betty und Mrs Harris ihn morgens abgelöst haben, und ist dann hierhergekommen. Jeden Tag.«

»Tatsächlich?«

»Natürlich. Überrascht dich das etwa?«

Alice wünschte, sie hätte sich ihm gegenüber vorhin nicht so ablehnend verhalten. Sie wünschte, sie könnte sich bei ihm bedanken. Aber vor allem wünschte sie sich, sie könnte ihm wieder in die Augen sehen.

»Wie kann ich dir helfen?« Hattie band sich eine karierte Schürze um, die farblich perfekt zu der pinkfarbenen Strähne in ihrem Haar passte.

Carson war an diesem Tag der erste Gast und bestellte ein Truthahnsandwich und einen Cupcake.

»Schön, dich wieder hierzuhaben.« Er umarmte sie, bevor er sich setzte.

Alice spürte, wie sich ihre Brust zusammenzog, und zwang sich zu einem Lächeln. Ein kleiner Teil von ihr war froh, dass an diesem Tag nicht viel los war und sie Zeit hatte, sich wieder an alles zu gewöhnen. Aber der

Rest von ihr wünschte sich so viel Betrieb, dass sie nicht zum Nachdenken kam.

»*Mais oui!*« Claudine trippelte herein und küsste Alice auf beide Wangen. »Wie schön, dich zu sehen.«

»Danke, Claudine. Kaffee?«

Sie wusste, dass Hattie sie genau beobachtete, also zwang sie sich dazu, sich ganz normal zu geben, so zu tun, als hätte sie alles unter Kontrolle. Und das war sehr anstrengend.

Am Ende des Tages war der Schmerz in Alice' Beinen verschwunden, aber stattdessen pochten sie heftig. Aber es war erträglich. Körperlicher Schmerz war viel besser auszuhalten als der dumpfe emotionale Schmerz, der sie ständig quälte.

Alice versuchte, nicht an die Wochen zu denken, die sie versäumt hatte. Sie bemühte sich, über nichts nachzudenken, sondern jeden ihrer Schritte von ihrer jahrelangen Routine lenken zu lassen. Und es fühlte sich gut an, sich einer eher urzeitlichen Macht zu ergeben. Einfach zu funktionieren, ohne nachzudenken, ohne sich zu erinnern.

»Was sollen wir damit machen?«, fragte Hattie und deutete auf die fünf Dutzend Cupcakes, die übrig geblieben waren.

Alice zuckte mit den Schultern.

»Morgen findet eine Benefizveranstaltung statt, auf der Geld für einen neuen Feuerwehrwagen gesammelt werden soll. Ich könnte sie dorthin bringen.«

»Ich mache das.«

»Das wäre nett. Sicher werden sich alle freuen, dich wiederzusehen.«

Bei dem Gedanken daran, all diesen Leuten gegenübertreten zu müssen, beschleunigte sich Alice' Puls.

Hattie nahm sie in die Arme. »Alles wird gut.«

Alice war zwar nicht davon überzeugt, aber sie hatte die ersten unsicheren Schritte zurück in ihr Leben getan – zumindest in das, was davon noch übrig geblieben war. Und obwohl es sich für sie so angefühlt hatte, hatte sie keinen kompletten Zusammenbruch erlitten. Vielleicht schaffte sie noch ein paar weitere vorsichtige Schritte.

Kapitel neununddreißig

Glensdale Hospital, 2018

Becca weigerte sich, ihr Zimmer im Krankenhaus zu verlassen.

»Ich gehe erst, wenn Joey auch gehen darf. Wir sind zusammen hierhergekommen, also gehen wir auch zusammen.«

Freddy warf ihr einen Blick zu, unsicher, ob er Beccas Tasche wieder abstellen sollte.

»Ich verstehe dich.« Alice legte Becca ihre Hände auf die Schultern und drückte sie sanft auf die Bettkante. »Aber das Beste, was du jetzt für Joey tun kannst, ist, ihm zu zeigen, dass du auf dem Weg der Besserung bist. Und das beweist du ihm, indem du nach Hause kommst.« Alice wünschte sich das auch. Sie brauchte etwas, um sich selbst am Laufen zu halten.

»Warum ist er noch nicht zu sich gekommen?«

»Er ist nicht mehr so jung wie du, Schätzchen. Sein Körper braucht ein wenig mehr Zeit«, erklärte Hattie.

»Es ist alles meine Schuld.« Becca begann zu weinen.

»Nein, das ist es nicht.« Alice strich ihr über den Rücken.

Hattie trat einen Schritt näher. »Es war ein Unfall. Schlicht und einfach. Ich weiß, dass heutzutage niemand mehr an Unfälle glaubt, aber sie passieren, und manchmal gehen sie schlimm aus. Aber niemand trägt Schuld daran. Diesen Unsinn will ich nicht mehr hören. Wir sollten unsere Kraft lieber darauf verwenden, uns zu überlegen, wie wir Joey helfen können«, sagte sie.

Alice hob den Kopf.

»Ihr habt mich gehört.« Hattie klopfte mit ihrem Stock auf den Boden. »Die Ärzte tun alles, was in ihrer Macht steht. Joey ist nie allein. Wir müssen jetzt praktisch denken.«

»Ich habe eine Idee«, sagte Alice leise.

»Raus damit.« Hattie schnippte mit den Fingern.

»Die Bäckerei. Wir könnten sie für ihn weiterführen, damit er etwas hat, worauf er sich freuen kann, wenn es ihm wieder gut geht.«

»Das gefällt mir«, erwiderte Hattie.

»Er hat für mich das Gleiche getan.«

»Kann ich ihn sehen, bevor wir gehen?«, fragte Becca schüchtern.

Alice nickte und führte sie den Gang hinunter zu Joeys Zimmer.

Das Bild hat sich in meinen Kopf eingebrannt.

Joey, wie er dort liegt. So still, als wäre er gar nicht da. Überall bandagiert. Alles wegen mir.

Warum hat er auch etwas so Dummes getan? Sein Leben riskiert, um mich zu retten.

Ich spüre immer noch seine Arme, als er mich vom Küchenboden hochgehoben und mit seinem Körper geschützt hat. Wie in einem Traum. Ich war nicht wach. Aber ich habe auch nicht geschlafen. Ich war da. Ich erinnere mich daran. Aber es war so, als würde ich aus der Ferne zusehen.

Alice' Plan, ihm zu helfen, ist sehr gut. Ich habe sie letzte Nacht weinen gehört. Sie gibt sich immer sehr tapfer, und alle nehmen ihr das ab. Nur ich nicht. Ich weiß, dass sie Angst um ihn hat. Und mir geht es auch so.

Aber ihr Plan wird ihr helfen, sich zu beschäftigen. Und mich auch. Früher habe ich nie verstanden, wie wichtig es ist, sich in schlimmen Zeiten mit irgendetwas zu beschäftigen. Jetzt begreife ich das. Alles ist besser, als neben seinem Bett zu sitzen und darauf zu warten, dass er zu sich kommt.

Ich kann es nicht glauben, dass Alice mich immer noch hier haben will, nach allem, was geschehen ist, nachdem sie jetzt alles weiß. Ich habe fest damit gerechnet, dass sie nichts mehr mit mir zu tun haben will, wenn sie erfährt, dass ich eine Diebin bin. Aber ich habe mich getäuscht.

Ich freue mich auf morgen. Nicht auf das frühe Aufstehen, aber auf alles andere. Und ich kann es kaum erwarten, Joey alles zu erzählen. Wenn er wieder aufwacht.

Falls er …

Nein.

Wenn er wieder aufwacht.

Kookaburra Creek, 2018

Da sie kein Café mehr führen musste, war es nur selbstverständlich, dass sie die Bäckerei am Laufen hielt. Eine langjährige Schuld, die Alice nun endlich begleichen konnte. Sie würde alles in ihrer Macht Stehende tun, damit Joey einen gut laufenden Laden vorfinden würde, sobald es ihm besser ging. Wann immer das auch sein mochte.

Alice zeigte Becca, wie sie den Teig kneten musste – so, wie Joey es ihr beigebracht hatte – und dann in Strängen auf die Arbeitsplatte legen sollte. Becca gähnte pausenlos. Vier Uhr morgens war nicht ihre Zeit, aber sie beklagte sich kein einziges Mal. Und allmählich begriff sie die Kunst des traditionellen Brotbackens in Moretti's Backstube.

Alice war nicht mit den großen Backöfen in Joeys Laden vertraut, also verbrannte das erste Dutzend Brötchen. Sie machte sich auch keine Illusionen, das Sortiment an Broten und Backwaren herstellen zu können, das Joey normalerweise anbot, aber das Basisangebot gelang ihr. Und nach drei Wochen Übung war das Resultat alles in allem gar nicht so schlecht.

Mit Mehl bestäubt öffnete Becca um neun Uhr die Tür. Hattie brachte den lang ersehnten Kaffee, und um zehn übernahmen Claudine und Sam den Service. Betty war anscheinend anderweitig beschäftigt.

An diesem Abend schlenderte Alice durch die Stadt, bis sie schließlich an die weiße Bank kam. Tammys weiße Bank. Sie setzte sich und sah eine Weile lang zu, wie das Mondlicht über das sich kräuselnde Flusswasser tanzte.

Schließlich pflückte sie eine der Pusteblumen, die neben der Bank wuchsen, und ging damit ans Ufer. Das letzte Mal, als sie sich hier etwas gewünscht hatte, hatte ihr Leben noch ganz anders ausgesehen. Sie hatten ein Picknick gemacht. Tammy war drei Jahre alt gewesen, Shadow war aufgetaucht, und sie hatte sich Klarheit über ihre Gefühle für Joey gewünscht. Nun, diese Klarheit hatte sie jetzt, aber es hatte Jahre gedauert, bis sie sie erlangt hatte.

Sie schloss die Augen, atmete tief durch und blies die winzigen Samen in den Abendwind. Dabei wünschte sie sich mit all ihrer Kraft, dass es Joey bald besser gehen würde.

Und sie wünschte sich noch etwas. Sie wusste nicht, ob das erlaubt war, aber schaden konnte es sicher nicht.

»Meine süße Tammy, die Schlacht ist noch nicht geschlagen.« Sie ließ sich wieder auf der Bank nieder und seufzte tief. »Aber ich werde weiter um unser Heim kämpfen.«

»Alice? Alles in Ordnung?«

Als sie aufblickte, stand Becca vor ihr. »Natürlich.«

»Ganz ehrlich? Ich habe das Gefühl, dass du mir etwas verschweigst.« Becca setzte sich neben sie.

Ja, sie hatte es Becca bewusst vorenthalten. Bis sie eine Lösung gefunden hätte. Das arme Mädchen war ohnehin schon mit Schuldgefühlen belastet.

»Geht es um Joey?« Beccas Stimme zitterte vor Angst.

»Nein. Es gibt noch keine Veränderung.«

»Was ist es dann? Du machst mir Angst. Sag mir bitte sofort, was los ist.«

Alice konnte kaum glauben, wie sehr Becca sich plötzlich wie Hattie anhörte.

»Es geht um das Café. Um die Bank. Jetzt, da es … kein Café mehr gibt, werden sie mir den Kredit nicht geben. Ich habe nicht genug Eigenkapital. Nicht einmal so viel, wie das Grundstück wert ist.«

Eine einzelne Träne rollte über Beccas Wange. »Und was machen wir jetzt?«

»Na ja, ich arbeite noch daran. Wir brauchen einen Plan C. Dazu muss ich alle zusammentrommeln. Und dann finden wir hoffentlich eine Lösung.«

»Wenn das jemand schafft, dann bist du es.« Becca griff nach Alice' Hand und drückte sie.

Ja, Alice würde noch einmal von vorne beginnen. Sie hatte noch nicht alles verloren – sie hatte immer noch Becca und Joey.

Irgendeinen Weg würde sie finden.

Kapitel vierzig

Kookaburra Creek, 2018

Hattie schlich sich ganz leise in Genevieves Zimmer, um sie nicht zu erschrecken. Ihre Schwester saß vor dem Fenster; die Sonne schien ihr auf den Rücken und wärmte sie an diesem kalten Morgen.

»Hi, Schätzchen.« Hattie setzte sich neben sie. »Wie geht es dir?«

Genevieve starrte in die Ferne.

»Soll ich dir dein Haar machen?« Hattie stand auf und holte die Haarbürste aus der Kommode. Der Spiegel war, wie immer, mit einem grünen Schal verhängt, und das vertraute Schuldgefühl durchfuhr sie wieder.

»Es ist vorbei.« Sie bürstete Genevieves weiches, dünnes Haar, das zu einem Pagenkopf geschnitten war. Fünfzig Bürstenstriche auf jeder Seite, wobei sie darauf achtete, dass die längeren grauen Strähnen über die großen Narben auf Genevieves linker Wange fielen. Die Pfleger machten das nie richtig, auch wenn sie es ihnen immer wieder zeigte.

»Ich habe es Alice noch nicht gesagt. Ich weiß einfach nicht, wie …« Was für ein schrecklicher Schlamassel.

Sie legte die Haarbürste an ihren Platz zurück und setzte sich wieder. »Ich wünschte, du wärst hier, Gen.« Sie zog die fliederfarbene Wolldecke über Genevieves Beine. »Warm genug? Lass uns einen Spaziergang machen.«

Sie schob Genevieves Rollstuhl aus dem winzigen Zimmer durch den Aufenthaltsraum und hinaus in den Garten.

Immer, wenn Hattie Zeit mit ihrer Schwester verbracht hatte, fühlte sie sich innerlich wesentlich ruhiger, und als sie nach Hause zurückgekehrt war, ging es ihr ein klein wenig besser. Sie streifte ihre Schuhe von den Füßen und ließ sich auf das alte geblümte Sofa fallen. Auch wenn sie immer noch nicht wusste, wie sie Alice die Neuigkeiten beibringen sollte, hatte sie das Gefühl, jetzt besser damit umgehen zu können. Seit einer Woche wusste sie es und hatte immer noch nicht den Mut aufgebracht, es ihr zu sagen. Sie nahm den Brief von Smythe und Smythe in die Hand und las noch einmal die Worte, die alles verändern würden:

»Sehr geehrte Miss Brookes, hiermit teilen wir Ihnen mit, dass trotz der erheblichen Brandschäden für das Anwesen in 1 Mini Creek Lane ein Kaufangebot eingegangen ist, das die Familie Hargraves angenommen hat. Der neue Besitzer, der vorläufig noch anonym bleiben möchte, wird das Anwesen in vierzehn Tagen übernehmen …«

Buckley Hargraves hatte es geschafft. Vom Grab aus hatte er ihr noch einmal einen Strich durch die Rechnung gemacht. Aber sie würde es nicht zulassen, dass er Alice' Leben ruinierte. Sie würde herausfinden, wer der neue Besitzer war, und mit ihm eine Vereinbarung treffen. Hattie konnte sehr überzeugend sein, wenn sie wollte.

Kapitel einundvierzig

Kookaburra Creek Café, 2011

Als Alice zum ersten Mal nach dem Feuer Tammys Zimmer ganz bewusst betrat und sich dort umsah, wurde ihr klar, wie es dort aussah. Kleidungsstücke und Spielzeug waren auf dem Boden verstreut, auf dem Bett lagen zerknüllte Laken. Alice hatte sich seit Tammys Beerdigung nur in diesem Zimmer aufgehalten, und nun konnte sie das Ergebnis davon sehen und riechen.

Es war höchste Zeit, hier aufzuräumen. Und sich so liebevoll um diesen Raum zu kümmern, wie Tammy es verdient hatte.

Sie begann damit, ihre Kleidungsstücke wegzuräumen. Dann sammelte sie Tammys Spielsachen ein, die genauso dalagen wie an dem Tag, bevor das Feuer sie getrennt hatte. Bei jedem Teddybären und jeder nur halb bekleideten Puppe sah Alice Tammys fröhliches Lächeln vor sich, das beim Spielen mit ihren Lieblingssachen immer auf ihrem Gesicht gelegen hatte.

Der leere Behälter unter Tammys Bett hatte genau die richtige Größe für alles. Und in dem Koffer auf dem Schrank, der für Notfälle vorgesehen war, hatten sämtliche von Tammys Kleidungsstücken Platz. Alice atmete tief durch und machte sich an die Arbeit.

Als das Zimmer aufgeräumt war, setzte sie sich auf das Bett. Neben ihr lag Tammys liebstes Malbuch, eine Schachtel Buntstifte und ihr Regenbogen-Haarband. Alice sah sich in Tammys Zimmer um. Ihr Leben war zerstört.

Sie nahm Tammys Lieblingspullover in die Hand und drückte ihn an ihre Nase. Er roch nach dem Weichspüler mit Lavendelduft, den Claudine ihr empfohlen hatte. Sie vergrub schluchzend ihr Gesicht in den weichen Falten. Schließlich packte sie einige wenige Dinge in eine bunt gestreifte Schachtel und beschloss, einen Schritt nach dem anderen in Angriff zu nehmen.

Die Routine des Alltags hielt Alice in den folgenden Tagen am Laufen. Sie backte, kochte, führte das Café und hatte dabei meist ein gezwungenes Lächeln auf den Lippen und eine sorgfältig aufgesetzte Maske auf ihrem Gesicht, die ihre wahren Gefühle und Gedanken verbarg.

»Sie hält sich wirklich gut.«

»So ein tapferes Mädchen.«

Wenn sie nur wüssten. Alice widmete sich ihren täglichen Aufgaben so vehement, dass sie befürchtete, sofort zusammenzubrechen, wenn sie damit aufhörte.

Und irgendwann in diesem sich ständig wiederholenden Geschehen, das wie vom Nebel verschleiert ablief, fiel es ihr nicht mehr so schwer, jeden Morgen aus dem Bett zu steigen.

»Sie geht ihren Weg, Gott sei Dank.«

Alice hasste diesen Ausdruck. Seinen Weg gehen. Das klang für sie so, als würde man etwas, jemanden hinter sich zurücklassen. Die Vergangenheit hinter sich lassen. Sich von der Vergangenheit abwenden. Aber das wollte Alice nicht. Sie war nicht einfach ihren Weg weitergegangen – sie hatte dabei jeden Tag ihrer Vergangenheit mitgenommen und sie nie vergessen.

»Bist du da?«, rief Joey. Er brachte zwei Laibe Brot mit.

»Hi«, begrüßte Alice ihn kurz angebunden und betrat den Gastraum. »Danke.« Sie fragte sich wieder einmal, wie lange es wohl noch dauern würde, bis sie ihn wieder ansehen konnte, ohne dass Tammys Bild in Gedanken vor ihr auftauchte. Einen Monat? Ein Jahr? Für immer?

»Wie ich gehört habe, läuft das Geschäft jetzt wieder richtig gut.« Joey wippte auf den Fersen auf und ab.

»Die Stammgäste sind alle wieder da.« Sie beschäftigte sich mit dem Besteck und polierte, was sie schon vor einer halben Stunde auf Hochglanz gebracht hatte.

»Würdest du … ähm, glaubst du, du könntest nächste Woche zum Markt kommen?«

Alice wollte ihm antworten, die richtigen Worte

finden und ihm das Lächeln schenken, das seinen Schmerz lindern und alles wiedergutmachen würde.

»Ich ... ich weiß es noch nicht, Joey.«

»Alice ...«

»Bitte nicht.« Sie zwang sich dazu, ihm in die Augen zu sehen. »Ich kann nicht. Wir können nicht.« Sie kämpfte mit den aufsteigenden Tränen und sah wieder Tammys leblosen Körper in seinen Armen. »Wir können einfach nicht.«

Er griff nach ihrer Hand. »Ich möchte dich nicht auch noch verlieren, Alice.«

Sie sah Tränen in seinen Augen.

»Das werde ich nicht zulassen.« Er trat einen Schritt näher.

Alice schüttelte den Kopf. »Ich bin bereits verloren.«

Sie ging auf die andere Seite des Cafés und begann, die Tische zu decken.

Hattie schneite herein. »Ah! Ich freue mich, euch beide hier zu sehen. Ich hatte eine geniale Idee. Tut mir leid, störe ich etwa?«

»Nein«, erwiderte Alice und warf Joey einen Blick zu. »Wir haben unser Gespräch soeben beendet.«

Joey drehte sich um und legte ein paar Speisekarten auf die Tische. Alice sah, dass er sich mit der Hand über die Wangen fuhr und versuchte, seine Tränen zu verbergen.

»Na gut. Die Spendenaktion für die freiwillige Feuerwehr hat nicht viel gebracht, also habe ich mir den Kopf zerbrochen, was wir sonst noch tun könnten.

Ich möchte ein Picknick veranstalten. Wer daran teilnehmen möchte, muss dafür bezahlen. Sonntag ist Frühlingsbeginn – einen besseren Tag dafür kann es kaum geben. Kann ich damit rechnen, dass ihr für mich einiges backt?«

Alice wusste, dass das eher eine Forderung als eine Frage war.

»Am Sonntag soll es angeblich regnen.« Alice runzelte die Stirn.

»Wen stört's? Dann treffen wir uns eben hier.«

»Na ja, ich …«

»Großartig.« Hattie küsste sie auf beide Wangen. »Ich trommle die Mannschaft zusammen. Joey, du sagst allen Bescheid. Wir kommen um Punkt elf.« Sie drehte sich auf dem Absatz um und schlang sich ihren violetten Schal so schwungvoll um den Hals, dass sie Joey damit am Auge traf.

»Hurrikan-Hattie schlägt wieder zu.« Joey warf Alice einen hoffnungsvollen Blick zu. Als sie darauf nicht reagierte, zog er sein Hemd zurecht und räusperte sich. »Nun gut, ich gehe dann.«

»Joey, es tut mir leid. Ich wünschte …« Ihr blieben die Worte im Hals stecken.

»Schon gut, Alice.« Er streckte die Hand aus und strich ihr über die Wange. »Ich verstehe das«, sagte er heiser und stürzte zur Tür hinaus.

»Es tut mir so leid«, flüsterte sie in den leeren Raum hinein.

Die Tage flogen vorbei, Wochen und Monate verstrichen, und irgendwie fand Alice einen Weg, um von einer Jahreszeit zur nächsten zu gelangen. Irgendwann – sie wusste nicht, wann genau – nahm ihr neues Leben ohne Tammy eine gewisse Normalität an, obwohl ihr Schmerz nicht verschwand.

Oft ertappte sie sich dabei, dass sie mit ihrem kleinen Mädchen redete, wenn sie noch spät am Abend etwas backte oder wenn sie in Tammys Zimmer ging, um nach ihr zu sehen, und ihr erst dann wieder bewusst wurde, dass sie nicht mehr da war.

Tagsüber bei der Arbeit ließ sich der Schmerz gut in Schach halten, und wenn die aschgrauen Bilder vor ihr auftauchten, backte sie bis spät in die Nacht hinein.

Sie dachte daran, aus Kookaburra Creek wegzugehen, aber es war Tammys Zuhause, und wenn sie ganz ruhig war und in sich ging, konnte sie ihr Kind noch bei sich spüren.

In der Abenddämmerung einer milden Dezembernacht spazierten Alice und Joey zum Fluss. Zwischen ihnen würde es niemals mehr so sein wie früher, das war ihr bewusst. Aber sie hatten einen Weg gefunden, ihr Leben zu meistern, zusammen, aber doch getrennt, zwei Schatten, die sich niemals berührten.

»Was ist die Überraschung, die du mir zeigen wolltest?« Alice warf ihm von der Seite einen Blick zu.

»Na ja, wenn ich dir das jetzt sage, ist es ja keine Überraschung mehr.«

Sie gingen in die Richtung, in der Dandelion Dell lag, und Alice zögerte. Sie war nicht mehr dorthin zurückgekehrt. Kein einziges Mal.

»Schon gut«, flüsterte Joey ihr ins Ohr.

Als sie den Blick auf das Grasstück mit den Pusteblumen richtete, wo Tammy so gern gespielt hatte, sah sie zuerst, dass Mutter Natur es wieder sehr gekonnt bestückt hatte. Und dann konnte sie ihren Augen kaum trauen.

»Was ist das?« Sie starrte auf die neue weiße Bank inmitten des Meers aus flaumigen weißen Pusteblumen.

»Ich … wir wollten etwas aufstellen, was für immer an sie erinnert.«

Alice presste eine Hand an die Brust. Sie hatte versucht, den Jahrestag des Feuers zu verdrängen. »Das kann ich nicht fassen.«

»Die ganze Stadt hat sich daran beteiligt. Sie hat uns allen viel bedeutet.«

»Ihr seid großartig. Dieser Ort ist wundervoll. Und das habt ihr alles für sie getan?« Sie schüttelte den Kopf.

»Und für dich.« Er nahm ihre Hand in seine und drückte sie an seine Brust. »Du liegst uns allen sehr am Herzen.«

»Joey.« Alice schüttelte wieder den Kopf.

»Ich weiß, dass du noch Zeit brauchst, Alice. Und das ist in Ordnung.« Er küsste ihre Handfläche. »Die Entscheidung bleibt dir überlassen.« Er bückte sich, pflückte eine Pusteblume und reichte sie ihr, bevor er ging und in den Schatten verschwand.

Alice setzte sich auf die neue Bank, an Tammys besonderen Ort. Dort, wo das Leben so plötzlich eine grausame Wendung genommen hatte.

Sie hörte Tammys Lachen, laut und ansteckend. Ihr war nach Weinen zumute, aber stattdessen lächelte sie.

Mit Joeys zartem Geschenk in der Hand stand sie auf und ging zum Flussufer. »Es tut mir leid, dass ich erst so spät komme, mein Schätzchen«, sagte sie. Sie bückte sich, legte die Pflanze auf das Wasser und sah zu, wie sie an ihren Füßen vorbeitrieb.

Kapitel zweiundvierzig

Kookaburra Creek, 2018

Alice und Becca gingen Arm in Arm am Fluss entlang. Shadow trottete langsam neben ihnen her. Seit dem Feuer waren sie nicht mehr zu Hause gewesen. Zuerst hatte Hattie es ihnen nicht erlaubt. Sie hatte einige Kleidungsstücke aus dem Haus holen lassen und darauf bestanden, dass sie bei ihr wohnten, bis sich eine dauerhafte Lösung gefunden hatte. Insgeheim war Alice erleichtert. Sie war sich nicht sicher, ob sie den Anblick verkraften würde. Und außerdem hatte es keinen Sinn, zum Café zu gehen, jetzt, da es ihr nicht mehr gehörte. Das würde nur Salz in die Wunde streuen.

Als Hattie ihr davon erzählt hatte, war sie in Tränen ausgebrochen. Aber sie rief sich ins Gedächtnis, dass ja Becca noch bei ihr war, und Joey war zwar noch nicht aufgewacht, aber sein Zustand hatte sich auch nicht verschlimmert. Für beides war sie dankbar, obwohl ihr Leben im Augenblick ein einziges Chaos war. Sie würde einen anderen Ort für ihr Café finden. Und ein anderes Zuhause für sich und Becca.

»Plan C ist also vom Tisch«, meinte Becca. »Und was machen wir nun?«

»Na ja, es gibt noch dreiundzwanzig weitere Buchstaben im Alphabet, also denken wir weiter nach.«

»Weiß man, wer der neue Besitzer ist?«

Alice schüttelte den Kopf. »Nein. Und das ist sehr ungewöhnlich, denn normalerweise verbreiten sich Neuigkeiten hier sehr schnell. Merkwürdig, dass noch niemand aufgetaucht ist.«

In der Stadt wurden einige Vermutungen angestellt, und die Gerüchteküche kochte. Es hieß, dass Hattie möglicherweise die ganze Geschichte mit Buckley Hargraves nur aus Publicitygründen erfunden hatte und immer noch Besitzerin des Cafés war. Andere meinten, dass eine berühmte Persönlichkeit das Anwesen gekauft hatte, um daraus einen schicken Landsitz zu machen. Und das waren nur zwei der weniger lächerlichen Gerüchte.

»Rätselhaft«, stimmte Becca ihr zu und versuchte, ein Lächeln zu unterdrücken.

»Was weißt du?«

»Nichts.«

Als sie um die Kurve bogen, hinter der das Café lag, sah Alice einige Autos, die davor parkten. Ein Dutzend Männer, darunter auch Reverend Harris und Clive, standen in Arbeitsoveralls vor dem Gebäude, und irgendjemand in der Mitte der Gruppe rief laut Befehle.

»Hallo.« Freddy lief auf sie zu. »Wie schön, dass ihr vorbeikommt.« Er zwinkerte Becca zu. »Phase zwei wird gleich beginnen.«

»Phase zwei?«, fragte Alice.

»Ja. ›Operation Neubeginn des Cafés.‹« Er drehte sich um und breitete die Arme aus. »Wir wollen das Café wieder zum Leben erwecken. Der neue Besitzer ist hier, und der Bauleiter hat seine Zustimmung für den Wiederaufbau gegeben.«

»Was? Der neue Besitzer? Das soll eine gute Nachricht sein? Warum lächelt ihr alle?«

»Weil sie etwas wissen, was du noch nicht weißt.« Betty trat aus der Mitte der Gruppe.

»Und was ist das?«

»Ich bin die neue Besitzerin.«

Alice starrte sie an. »Das verstehe ich nicht.«

»Da gibt es nichts zu verstehen. Wir hatten ein Problem, und ich bin eingesprungen.«

»Aber wie? Sie wollten so viel Geld haben.«

»Oh, ich bin reich. Stinkreich, um ehrlich zu sein. Aktien und andere Wertpapiere.« Sie fuhr mit der Hand durch die Luft und deutete dann auf einen Mann, der ein Handy an sein Ohr presste. »Mein Anwalt Jim hat einige Nebenfonds lockergemacht, und ich habe das Anwesen gekauft.«

Alice erkannte den Mann. Er hatte bei der Premiere im Publikum gesessen.

»Du hast das Café gekauft?«

»Ja. Ich wollte nicht zulassen, dass uns jemand unser

Stadtcafé wegnimmt. Also habe ich den Leuten ein Angebot gemacht, und sie haben es angenommen.«

»Und alle haben davon gewusst?«

»Fast alle.« Freddy grinste und trat einen Schritt zur Seite, als Hattie sich zu der Gruppe gesellte. »Außer euch beiden.« Er lachte.

Hattie griff nach Alice' Hand. »Danke für den Anruf, Becca.«

»Du hast es gewusst?« Alice sah das Mädchen an, das sich mit einem süffisanten Lächeln neben Freddy gestellt hatte.

Becca zuckte mit den Schultern.

»So etwas macht nur Sinn, wenn man dabei ein bisschen Spaß haben kann, richtig?« Betty lächelte. »Harriett Brookes ist nicht die Einzige in dieser Stadt mit einem Hang zum Dramatischen.«

»Also gehört das Café nun Betty?« Alice wollte sich vergewissern, dass sie alles richtig verstanden hatte.

»Oh, gut, du hast es endlich kapiert. Aber wenn du den Laden weiterhin führen möchtest, musst du noch ein bisschen mehr darüber wissen. Ich bin nur auf dem Papier die Besitzerin. Ihr beide habt immer noch die Leitung. Die Details besprechen wir später. Vielleicht können wir uns auch auf einen Mietkaufplan einigen, Alice. Wie ich gehört habe, bietet der Markt wegen der derzeitigen Rezession eine günstige Gelegenheit dafür.« Betty zwinkerte ihr zu. »Aber jetzt liegt noch ein tüchtiges Stück Arbeit vor uns. Hattie, mach den Mund zu. Einer Frau deines Alters steht es nicht, wenn ihr der Mund offen steht.« Sie wandte sich um, und Hattie und Alice starrten ihr hinterher.

Fiona, Mrs Harris und die Damen der Kirchengruppe hatten Sandwiches und Wasserbehälter mitgebracht und stellten einen Tisch auf.

Alice hörte hinter sich ein wiederholtes Klicken, und als sie sich umdrehte, sah sie Mr Sinclair im Schatten stehen. Er schoss Fotos und machte sich Notizen.

Kurz darauf kam er auf sie zu. »Ich habe gehört, dass die Gemeinde sich hier trifft, um das Café wieder aufzubauen. Das könnte eine gute Story werden. Falls Sie damit einverstanden sind.« Er ließ seine Kamera sinken.

»Ich glaube, das ist in Ordnung.« Sie kämpfte mit den aufsteigenden Tränen, als sie den Blick über ihre Freunde schweifen ließ. Sie hatten sich zusammengetan, um das Café zu erhalten. Alle machten mit, hatten diesen Plan geschmiedet und ihn vor ihr geheim gehalten. Sie taten das für sie und für Hattie. Sie wischte sich die Tränen von den Wangen und sah auf ihre Familie, ihr Zuhause.

»Ich weiß, Schätzchen, ich weiß.« Hattie drückte sie an sich.

Reverend Harris kam zu ihnen und umarmte sie beide. »Ich hoffe, ihr wisst, wie viel ihr uns allen bedeutet.« Er rückte seinen Kragen zurecht und ging zurück zu Clive und den anderen Männern, die darauf warteten, endlich loslegen zu können.

»Wie können wir euch helfen?«, fragten Hattie und

Alice wie aus einem Mund und rollten beide die Ärmel auf.

Betty kam noch einmal vorbei und flüsterte Alice ins Ohr: »Ich wollte euch nicht gehen lassen. Keine von euch beiden.«

Hattie bürstete sanft Genevieves Haar. »Tja, ich hätte niemals gedacht, dass Betty uns retten würde, aber das hat sie verdammt nochmal getan. Ich wünschte, sie hätte uns vorher eingeweiht. Das hätte uns viel Kummer erspart. Aber auf lange Sicht gesehen spielt das keine Rolle, solange wir das Café behalten können.«

Sie legte die Bürste zur Seite und zog die Strickjacke um Genevieves Schultern zurecht. Ihr war immer kalt.

»Alice wird es ihr abkaufen. Sobald alles erledigt ist und das Geschäft wieder läuft.« Sie beugte sich vor. »Unser Heim wird in guten Händen sein, auch dann noch, wenn wir beide schon lange gegangen sind«, flüsterte sie ihrer Schwester ins Ohr. Sie wischte sich eine Träne aus dem Augenwinkel und drückte Genevieves Hand.

Und wenn sie nicht gewusst hätte, dass das sehr unwahrscheinlich war, hätte sie geglaubt, dass Genevieve den Druck ihrer Hand erwiderte.

Hattie stieg die Treppe in ihrem kleinen Haus hinauf und setzte sich auf das Bettende. Alice und Becca würden so schnell noch nicht zurückkommen, und sie genoss die Stille. Natürlich war es schön, die beiden hier zu haben, aber manchmal war es ihr zu laut. Sie war nicht mehr die Jüngste und seit langer Zeit daran gewöhnt, allein zu leben.

Aber das Café war in Sicherheit; ihr Heim, ihr Vermächtnis war gerettet. Wenn jetzt noch Joey gesund aus dem Krankenhaus kam, war in Kookaburra Creek wieder alles so, wie es vorher gewesen war. Und jedermanns Zukunft konnte beginnen.

Selbst ihre. Auch wenn sie in ihrem Alter keine große Zukunft mehr hatte. Aber selbst wenn ihr nur noch wenig Zeit blieb, würde sie keinen Tag davon verschwenden. Das war etwas, was das Feuer sie gelehrt hatte. Sie warf einen Blick auf die Truhe vor ihrem Bett.

Schließlich öffnete sie die Holzkiste und nahm all die alten Zeitungsartikel und Berichte heraus. Auch alle Fotos und Erinnerungsstücke an Buckley Hargraves. Sie trug alles nach draußen in den kleinen Garten und warf es kurzerhand in die Mülltonne aus Blech.

»Leb wohl«, sagte sie leise, während sie ein Streichholz anzündete und es auf den Stapel warf. Das vergilbte Papier ging sofort in Flammen auf, die Fotos verzogen sich an den Ecken und schmolzen langsam. Lächelnd schaute sie in die Flammen. »Leb wohl«, wiederholte sie.

»Hattie, was tust du da?« Alice lief auf sie zu.

»Nichts. Ich feiere nur eine kleine Abschiedsparty.« Sie freute sich über Alice' verwirrten Gesichtsausdruck.

»Es ist an der Zeit, dass wir uns alle auf die Zukunft konzentrieren.« Sie klopfte sich die Hände ab. »Ich finde, wir sollten eine richtige Party feiern. Ich habe bald Geburtstag, und wir werden das Café wieder eröffnen. Außerdem könnte die ganze Stadt eine Aufmunterung gebrauchen.«

Alice starrte sie an. »Wie kannst du an eine Party denken, wenn Joey noch im Krankenhaus liegt?«

»Noch ein Grund dafür. Der Junge muss sich auf etwas freuen können. Viele Menschen, die im Koma liegen, hören alles. Darüber gibt es einige Studien. Er wird es nicht wagen, meine Geburtstagsfeier zu verpassen. Vielleicht ist das der Anstoß, den er braucht, um zu uns zurückzukommen. Das gehört alles zu meinem schlauen Plan.«

Alice schloss den Mund.

»Braves Mädchen. Du organisierst das für mich, oder?« Sie klopfte Alice auf die Schulter, drehte dem kleinen Feuer in der Tonne den Rücken zu und ging ins Haus. Sie fühlte sich so befreit wie seit Jahren nicht mehr.

Kapitel dreiundvierzig

Kookaburra Creek, 2018

Bei Sonnenuntergang betraten Alice und Becca das Krankenhaus.

Fiona kam ihnen entgegen. »Hi.«

»Wie geht es ihm?«, fragte Alice. Sie wusste, dass Betty Fiona für die Nachmittage eingeteilt hatte, aber normalerweise blieb sie nicht so lange.

Fiona streckte die Arme aus und griff nach Alice' Händen. Sie strahlte, und in ihren Augen spiegelte sich Erleichterung wider.

Alice und Becca hasteten zu Joeys Zimmer.

An der Türschwelle blieb Alice stehen, und Becca sauste an ihr vorbei zu Joey, der aufrecht im Bett saß. Er trug keinen Verband mehr über den Augen und lächelte, als er sie sah.

»Hi.« Alice kämpfte mit den Tränen.

»Hey«, erwiderte er.

Becca fing an, ihm zu erzählen, dass sie an diesem Morgen einen Hefezopf gebacken hatte.

»Er war ein bisschen wabbelig.« Sie zuckte mit den Schultern. »Aber Mrs Wie-heißt-sie-gleich-noch mit dem flauschigen Pudel hat das anscheinend nicht gestört.«

Joey lachte und hielt sofort wieder inne, da ihm das offensichtlich Schmerzen bereitete. Die rechte Seite seines Gesichts war noch immer bandagiert, sodass er sie nicht bewegen konnte.

»Alice hat Vollkornbrötchen gebacken, als hätte sie noch nie etwas anderes getan.«

»Aber sie schmecken sicher nicht so gut wie meine, oder?« Er zwinkerte Becca zu.

Alice betrat das Zimmer.

»Du bist wach«, sagte sie.

»Anscheinend sediert man mich seit heute Nacht nicht mehr. Ich bin vor etwa einer Stunde zu mir gekommen.«

»Du bist wach«, wiederholte sie.

Becca warf einen Blick auf ihr Handy, das jedoch keinen Ton von sich gegeben hatte, und stand auf. »Das ist Hattie. Wir müssen die Party vorbereiten. Oh, stell dir vor, Betty ist die neue Besitzerin des Cafés. Alice wird dir alles erzählen.« Sie beugte sich vor, küsste Joey auf die Wange und verließ rasch das Zimmer.

»Du bist jetzt ihr Held«, erklärte Alice.

»Wenn ich gewusst hätte, dass ich sie damit für mich gewinnen kann …«

»Joseph Moretti, du dummer alter Narr.« Sie konnte die Tränen nicht länger zurückhalten. »Wage es nicht noch einmal, auf diese Weise dein Leben aufs Spiel zu setzen.« Sie schlug ihm auf die unverletzte Schulter. Mit aller Kraft.

»Ich konnte nicht anders … nicht noch einmal …«

»Bitte nicht.«

»Alice, bitte …«

»Nein.« Sie ließ sich schluchzend auf sein Kissen fallen, und er legte seinen unverletzten Arm um sie und weinte mit ihr.

Ohne ein weiteres Wort blieben sie so liegen, bis es Abend wurde, und Alice wusste, dass sie jetzt an keinem anderen Ort der Welt sein wollte.

Schließlich half Joey ihr hoch. »Sie werden wahrscheinlich bald kommen und dich rauswerfen.«

»Das können sie gern versuchen.«

Joey lächelte. »Ich bin froh, dass du hier bist.« Er seufzte, schob Alice' Pony zur Seite und verzog das Gesicht, als seine Muskeln bei dieser Anstrengung schmerzten.

»Und ich bin froh, dass du wieder hier bist.« Sie nahm lächelnd seine Hand in ihre. »Als ich gekommen bin, habe ich Fiona gesehen. Sie hat dich jeden Tag besucht.«

»Sie ist eine gute Freundin.«

In den vergangenen Wochen hatte Alice gelernt, dass sie für das, was sie haben wollte, kämpfen musste.

»Ist das alles?«

»Wie meinst du das?«

»Ihr beide habt euch oft getroffen, seit sie wieder in

der Stadt ist. Ich dachte, ihr seid vielleicht ... Du weißt schon.«

»Nein, ich weiß nicht, was du meinst.« Er wirkte leicht amüsiert.

»Heißt das, ihr seid nicht ...?«

Joeys Lächeln wurde breiter. Offensichtlich belustigte ihn ihre Frage.

»Alice Pond, wer ist hier nun der Narr? Fiona ist eine Freundin. Das ist alles. Sie ist zurückgekommen, weil sie Schwierigkeiten in ihrem Beruf hatte. Und Mrs Harris hat ihr das Leben schwergemacht. Auf ihr herumgehackt. Sie hat einen Freund gebraucht, eine Stütze. Jemanden, der die Sache aus einem anderen Blickwinkel betrachtet und ihr ehrlich seine Meinung sagt.«

»Auf dem Markt sagte Claudine ...«

»Alice, du solltest eigentlich wissen, dass man auf diesen dummen Klatsch nichts geben darf.«

»Also bist du nicht ...«

Er schüttelte den Kopf.

»Du und Fiona seid nicht ...«

Er schüttelte wieder den Kopf.

»Es freut mich, das zu hören.«

»Und ich freue mich, dass du gefragt hast.« Er drückte ihre Hand.

Sechs lange Wochen nach dem Brand wurde Joey entlassen, und sein erster Tag nach dem Krankenhausaufenthalt wurde mit einer Party im *Cow and Boot* gefeiert. Alice war in besonders guter Stimmung, und das nicht nur, weil Joey wieder bei ihnen war. Der Wiederaufbau des Cafés war fast abgeschlossen; es mussten nur noch ein paar Feinarbeiten ausgeführt werden. Dann konnten Becca und sie wieder einziehen. Sie musste einen Weg finden, allen zu danken, die dabei geholfen hatten, alles so schnell wieder herzurichten. Aber wie bedankte man sich bei einer Gruppe von Leuten, die dafür gesorgt hatte, dass man wieder ein Zuhause besaß?

Worte waren dafür nicht genug. Sie musste sich etwas anderes einfallen lassen. Aber nicht heute. An diesem Abend ging es nur um Joey.

Freddy brachte die dritte Runde Drinks und lächelte Becca an, als er ihr eine Limonade reichte. Sie nahm das Glas entgegen, brummte etwas Unverständliches und runzelte die Stirn.

»Was ist denn bei den beiden los?«, flüsterte Hattie Alice zu.

»Oh, sie ist beleidigt, weil er gestern nicht zum Lunch in der Bäckerei erschienen ist.« Alice lachte.

»Ich war auch nicht da, aber auf mich ist sie nicht böse«, meinte Hattie.

»In dich ist sie auch nicht verliebt.«

Mr Sinclair stürmte durch die Tür herein.

»Howdy, ihr Leute von Kookaburra Creek.« Er strengte sich an, sich mit seiner dünnen Stimme im Lärm des Pubs verständlich zu machen. »Hier ist die landesweite Ausgabe von gestern.« Er hielt den Artikel hoch, den er über die Rettung des Cafés geschrieben hatte.

BEHERZTE GEMEINDE AM FLUSS lautete die Überschrift in fettgedruckten schwarzen Buchstaben über einem Foto, das die Mannschaft beim Wiederaufbau des abgebrannten Cafés zeigte. Im Hintergrund sah man Alice und Becca, die dabei zuschauten. Im Pub wurde es still.

»Im *Herald* ist eine Serie über Kleinstädte erschienen. Es ging eigentlich um den Trend, wieder aufs Land zu ziehen, und sie fanden, dass dieser Artikel dazu passt. Auch in *The Age* ist er erschienen. Ich bin … wir sind berühmt.«

In dem gut besuchten Pub wurde Jubel laut. Kookaburra Creek hatte es bisher nur einmal in die Schlagzeilen geschafft. Vor fünfzig Jahren, als hier eine damals berühmte Schauspielerin in einem von einem damals ebenfalls berühmten Schauspieler geliehenen Wagen am Stadtrand einen Unfall verursacht hatte.

»Gebt dem Mann etwas zu trinken«, rief Reverend Harris, und Mrs Harris warf ihrem Mann einen strengen Blick zu.

Schließlich legte sich die Aufregung, und die Gäste versammelten sich wieder in kleinen Gruppen und unterhielten sich leise, aber angeregt. Mrs Harris und Betty sprachen über den bevorstehenden Ausflug des Kegelvereins nach Wollongong und darüber, wie sehr sich die Mannschaft darauf freute, das Team aus Kiama endlich zu schlagen. Hattie erzählte Joey alles über die großartige Party, die sie für die Wiedereröffnung des Cafés plante. Und im hinteren Teil des Pubs fiel Clive

Mr Sinclair auf die Nerven, indem er ihm vorschlug, eine Serie über örtliche Vietnam-Veteranen herauszubringen. Freddy und Becca liefen in entgegengesetzter Richtung durch den Raum, räumten leere Gläser ab und servierten frische Drinks. Becca bemühte sich, eine zornige Miene aufzusetzen, und Freddy, der ihr Spiel durchschaute, grinste fröhlich.

Die Pubtür öffnete sich langsam, und Alice drehte sich um und sah nach, wer jetzt noch kam, um Joeys Rückkehr mit ihnen zu feiern. Ein Blick auf das Gesicht des Mannes, der hereinkam, genügte ihr, um zu wissen, dass er nicht in freundlicher Absicht kam. Ihr Herzschlag beschleunigte sich. Durch das große Panoramafenster sah sie einen grünen Wagen, der schief vor dem Pub parkte. Carson parkte sein Auto nie auf diese Weise.

Sie drehte sich zu Becca um, die gerade Clives übertriebenen Geschichten lauschte und dabei die Augen verdrehte. Und dann fiel Beccas Blick auf den Mann, und sie wurde leichenblass.

Alice sah noch einmal zu dem Fremden hinüber, der sich im Pub umsah, und richtete den Blick dann wieder auf Becca. Sie stand auf.

Freddy hatte anscheinend ebenfalls alles beobachtet, und auch wenn er nicht genau wusste, was hier vor sich ging, spürte er, dass es nichts Gutes war. Er legte eine Hand auf Beccas Rücken und schob sie hinter die Bar, bevor er in die Mitte des Raums ging.

»Kann ich Ihnen helfen?«, fragte er so laut, dass alle

es hörten. Er kannte die Leute in seiner Stadt sehr gut. »Sie sehen aus, als hätten Sie sich verlaufen.« Er setzte ein falsches Lächeln auf, das Alice ein wenig beunruhigte, aber auch stolz machte.

»Ich suche nach Bianca«, sagte der Mann.

»Hier gibt es niemanden mit diesem Namen. Tut mir leid.«

Alice bemerkte, dass Hattie sich vor die Theke gestellt hatte, um ihm den Blick zu versperren. Alle anderen versammelten sich davor, bereit für alles, was nun kommen würde.

»Verarsch mich nicht, Junge.« Der Mann richtete sich zu seiner vollen und sehr beeindruckenden Größe auf. »Ich weiß, dass sie hier ist.« Er zog den Zeitungsartikel aus seiner Hosentasche. »Bin die ganze Nacht gefahren, um mein heißgeliebtes Mädchen zu finden«, sagte er spöttisch und trat einen Schritt auf Freddy zu, der sich jedoch nicht von der Stelle rührte.

»Du!« Der Mann deutete auf Alice und ging auf sie zu. »Du bist auf diesem Foto mit ihr zu sehen. Diese dürre kleine Schlampe hat mir mein Geld geklaut, und das will ich zurückhaben.«

Joey stand auf, stellte sich zwischen den Mann und Alice und verschränkte seine muskulösen Arme vor der Brust. Mit seinen noch nicht ganz verheilten Narben wirkte er sehr bedrohlich.

Der Mann blieb stehen und versuchte, die Lage abzuschätzen.

»Sie ist eine Diebin und Lügnerin«, sagte er. »Ich

will nur wiederhaben, was mir gehört. Sie macht nur Ärger. Falls sie tatsächlich hier ist, solltet ihr sie so schnell wie möglich wieder loswerden.«

Alice sah, dass er sich immer mehr in Rage redete, und trat einen Schritt hinter Joey hervor.

»Lassen Sie mich mal sehen.« Sie nahm ihm den Zeitungsartikel aus der Hand und hoffte, dass er nicht bemerkte, wie sehr sie zitterte. »Ach ja. Das Feuer liegt schon über einen Monat zurück.« Sie hielt kurz inne. »Ich erinnere mich an sie. Aber ihr Name war nicht Bianca, sondern … Simone.« Sie gab vor, sich das Bild genauer anzuschauen. »Ja, das ist sie. Sie hat nach Arbeit gesucht.«

»Wo ist sie jetzt?«, fragte er. Der Mann bemühte sich, ruhig zu bleiben. Anscheinend war ihm klar, dass er sich unter Kontrolle halten musste.

»Tut mir leid, sie ist verschwunden. Ich hatte keine Arbeit für sie, also ist sie weitergezogen. Danach habe ich sie nicht mehr gesehen.« Alice gab ihm den Zeitungsausschnitt wieder zurück.

»Wohin zum Teufel ist sie gegangen?«

Alice zuckte mit den Schultern.

»Simone?«, fragte Freddy.

Alice nickte.

»Ich bin sicher, dass sie etwas von Brisbane gesagt hat. Dort gibt es einige Hotels, wo immer Arbeitskräfte gesucht werden.«

»Brisbane?«

»Ich glaube, das hat sie gesagt.«

Beccas Peiniger ließ nicht locker. »Brisbane? Wie zum Teufel komme ich von hier nach Brisbane?«

»Ich zeige Ihnen den Weg«, bot Sergeant Carson, heute in Zivil, ihm an. Alice hatte gesehen, dass er sich zwar entspannt gegen die Bar gelehnt, aber alles genau verfolgt hatte. Nur die pochende Vene an seinem Hals zeigte, dass er als Polizist in Alarmbereitschaft war.

»Es ist kaum zu verfehlen.« Mit einem Lächeln führte er den Mann aus dem Pub.

Alice atmete erleichtert auf. Freddy sprang hinter die Theke und nahm Becca in die Arme, die zitterte und weinte.

Die beiden kauerten auf dem Boden, und im Pub wurden Gerüchte laut, bis Carson nach einer gefühlten Ewigkeit zurückkam.

»Er ist weg«, verkündete er und ging zur Theke.

»Sicher?«

Er nickte. »Ich habe ihn zum Highway gebracht und mich vergewissert, dass er nicht zurückkommt. Und ich habe ihm gesagt, dass ich Simone gesehen habe, wie sie in einen Bus Richtung Norden gestiegen ist.« Er kreuzte die Finger. »Mein alter Kumpel Reggie ist ein paar hundert Kilometer von hier entfernt auf Patrouille, und ich habe ihn gebeten, mir Bescheid zu geben, wenn ein grüner Wagen an ihm vorbeifährt.«

»Danke.« Alice seufzte und half Becca auf die Beine. Das Mädchen weinte nicht mehr, war aber immer noch sehr blass.

»Sollten wir uns jetzt nicht darüber unterhalten?«,

flüsterte Carson Alice zu. Sie nahm an, dass er sich bereits einiges zusammengereimt hatte, was der Wahrheit sehr nahe kam.

»Nicht jetzt.« Sie zog Becca an sich.

Sergeant Carson nickte verständnisvoll.

»Ihr wollt sicher nicht schon heute Abend wieder ins Café einziehen, oder?« Hattie reichte Alice einen Drink. »Nicht nach diesem Vorfall.«

Alice zuckte mit den Schultern. »Becca fühlt sich vielleicht in ihrer vertrauten Umgebung besser aufgehoben.« Sie warf einen Blick auf ihren Schützling, und Becca nickte.

»Ich bleibe bei ihnen, Miss Hattie«, erklärte Joey.

»Du bist nicht in der Verfassung, um …«

»Ich bleibe auch bei ihnen«, warf Freddy rasch ein, und Alice sah, dass sich Beccas Mundwinkel leicht nach oben zogen.

»Und ich würde mir gern ansehen, wie das Café jetzt aussieht.« Claudine klatschte in die Hände.

»Ich habe mein Geld investiert, damit es weiterbesteht.« Betty trat einen Schritt nach vorne. »Also glaubt ja nicht, dass ihr ohne mich dorthin gehen könnt.«

»Ich bin auch dabei«, brummte Clive. »Jemand muss die ganze Bande ja beaufsichtigen.«

»Meine Güte!« Hattie warf die Hände in die Luft. »Dann bleibe ich eben auch.«

»Eine Pyjamaparty!«, rief Freddy, und Alice spürte, wie Beccas Schultern zuckten.

Auf dem Weg nach draußen reichte Carson Alice

einen Zettel mit seiner Handynummer, die sie natürlich bereits hatte. Darunter hatte er geschrieben: »Jederzeit«. Sie nickte ihm dankbar zu.

Eine neue Messingglocke klingelte, als Alice die Tür zum Kookaburra Creek Café öffnete. Claudine klatschte in die Hände, und Hattie jubelte.

»Sieht gar nicht so übel aus«, murmelte Clive, als er den weiß gestrichenen Holzboden betrat.

Dort, wo sich früher der alte blaue Tresen befunden hatte, stand nun eine mit Holz verkleidete Theke. Jedes der Bretter war in einer anderen Farbe gestrichen – blassgrün, hellblau, zartgelb und rosarot. Alles war im Country Chic gehalten. Alice ließ den Blick über die Sammlung unterschiedlicher Tische und Stühle gleiten – alle gebraucht und mit weißer Kreidefarbe gestrichen – und war begeistert.

Auf dem neuen Tresen stand eine fünfstöckige Cupcake-Etagere aus Glas. Alice berührte sie vorsichtig.

»Ein neuer Anfang«, sagte Betty. Die alte Etagere, die Alice seit ihrer Ankunft in Kookaburra Creek verwendet hatte, hatte das Feuer nicht überstanden. »Und ich erwarte, dass ich die Geschmacksrichtung aussuchen darf, die als erste auf diesen hübschen Glastellern drapiert wird.«

Alice war der Ansicht, dass Betty sich noch viel mehr aussuchen durfte.

An den Fenstern befanden sich Läden aus Holz, passend zur Theke. An der hinteren Wand hing eine schwarze Schiefertafel, auf der die Tagesgerichte angeschrieben werden sollten, und Alice konnte es kaum erwarten, sie einzuweihen.

»Très chic«, sagte Claudine und fuhr mit den Händen über den langen Gemeinschaftstisch vor den Fenstertüren. Auf der einfachen Tischplatte war mit zartgrauer Schönschrift eingraviert: »Versammelt euch an unserem Tisch: Familie, Freunde, gutes Essen.«

»Die Lampen werden morgen installiert«, erklärte Betty, und ihre Stimme klang stolz.

»Ein paar Probeläufe in der Küche, und dann kann es losgehen.« Alice strahlte.

Joey kam zu ihr und legte ihr eine Hand auf den Rücken. »Es ist fantastisch.«

Sie sah ihm in die Augen. »Das habe ich alles euch zu verdanken.« Als sie sich zu ihren Freunden umdrehte, schossen ihr Tränen in die Augen.

»Nun gut. Genug davon. Lasst uns jetzt die Wohnung inspizieren.« Hattie hüstelte.

Beim Umbau des Cafés war die Treppe nach innen verlegt worden. Nun musste Alice nicht mehr im Regen zur Arbeit und wieder nach Hause gehen.

Die Wohnung war weiß gestrichen. In der Mitte des Wohnzimmers lag ein großer roter Teppich; ein neues weiches Sofa in Grau stand an einer Wand. In einer Ecke befand sich ein Fernseher. Die jetzt offene Küche sah doppelt so groß aus, wie sie tatsächlich war. Aber was Alice am meisten beeindruckte, war der Flur.

»Wir wissen, was du alles verloren hast, also haben

wir unsere Sachen durchstöbert. Ich hoffe, es gefällt dir.« Betty drückte ihre Schulter, und Alice blieb der Mund offen stehen. Jetzt konnte sie ihre Tränen nicht mehr zurückhalten, und sie strömten ihr ungehindert über die Wangen.

Eine ganze Wand des Flurs war mit einer Fotosammlung und gemalten Bildern bedeckt, einige groß, andere klein. Sie zeigten Tammy und Alice, Joey und Tammy, Hattie und Tammy, Claudine, Betty, Clive und Tammy und Alice, wie sie, damals schwanger, bei einem Sonntagsbrunch mit der ganzen Gruppe hinter dem Tresen stand. Alles war in geschmackvolle schwarze Rahmen gefasst.

»Danke«, flüsterte Alice. Sie drehte sich um und sah an der gegenüberliegenden Wand ein Foto von sich und Becca, das offensichtlich aufgenommen worden war, ohne dass sie es bemerkt hatten. Es zeigte sie, wie sie am Bootssteg saßen und ihre Zehen in den Fluss tauchten.

»Diese Wand kannst du weiter mit Bildern schmücken.« Hattie zog sie in ihre Arme und drückte sie an sich.

»Also gut.« Clives Stimme klang ein wenig höher als sonst. »Wo sollen wir schlafen?« Und alle sahen sich gegenseitig ratlos an.

Um Mitternacht saß Alice auf der Veranda und sah hinauf zu dem samtenen Himmel und den vielen Sternen. Die Lichter im Café hinter ihr waren erloschen, ebenso wie die Lampen auf der neuen Terrasse. Sie zählte die weißen funkelnden Punkte dort oben, geriet durcheinander und begann von vorne.

»Kannst du nicht schlafen?« Joey tauchte neben ihr auf, und sie zuckte zusammen. »Tut mir leid.«

»Hi. Du wohl auch nicht, oder?«

Joey schüttelte den Kopf. »Der bunte Haufen in deinem Wohnzimmer besteht aus ziemlich lauten Bettgenossen.«

»Vor allem Clive«, sagten sie beide wie aus einem Mund.

Und wie auf ein Stichwort ertönte ein Schrei: »Rein in die Gräben!« Clives Stimme klang durch die Nacht, und Alice und Joey lachten.

»Tut mir leid, das war nicht die Willkommensparty, die wir für dich geplant hatten.«

»Ach so? Das war kein sorgfältig ausgeklügelter Plan, damit ich hier übernachte?«

»Nein, eigentlich nicht.«

Joey setzte sich neben sie. »Wie geht es dir?«

Alice dachte kurz daran, ihm nicht die Wahrheit zu sagen. Ihm zu sagen, dass es ihr hervorragend gehe. Aber sie hatte Joey noch nie angelogen. Sie hatte ihm ein paar Dinge verheimlicht, ja, aber ihn noch nie wissentlich belogen. Und damit wollte sie auch nicht anfangen. Jetzt, da sie eine zweite Chance bekommen hatten.

»Wenn er nun zurückkommt?« Sie sah ihm in die Augen.

»Dann sind wir darauf vorbereitet.« Er beugte sich zu ihr. »Ich mache mir mehr Sorgen darüber, dass sie abhauen könnte.«

»Darüber denke ich auch nach.«

»Wie auch immer. Wir sollten das neue Schloss an deiner Tür benutzen. Nur um sicherzugehen.«

»Bin ich damit auch vor euch allen sicher?« Alice deutete mit einer Kopfbewegung auf ihre Wohnung im Obergeschoss.

»Wohl kaum.« Er lachte.

»Freddy ist harmlos, glaube ich. Und Claudine auch«, sagte Alice lächelnd.

»Ja, nur bei Miss Hattie musst du vorsichtig sein.« Joey beugte sich noch weiter zu ihr, bis sein warmer Atem ihre Wange streifte.

Shadow, der auf einer Decke in der Ecke lag, bellte im Schlaf, und Alice zuckte zusammen. »Träumt er öfter?«

»Fast jede Nacht.« Joey lächelte. »Alles wird wieder gut.« Er legte seine Hände auf Alice' bebende Schultern. »Du und Becca habt genug durchgemacht. Jetzt kommt eine Erholungspause für euch.«

»Das hoffe ich.«

»Ich weiß es.« Er zog sie in seine Arme.

»Wenn du mich so hältst, glaube ich, dass alles möglich ist.«

»Dann sollte ich dich besser nicht mehr loslassen.« Joey neigte den Kopf, und Alice konnte beinahe seine Lippen spüren.

»Ich habe etwas für dich.« Er griff in seine Tasche und zog eine kleine weiße Schachtel, verpackt in gelb-weiß-karierten Stoff, hervor. »Ich wollte dir das schon seit Langem geben, aber irgendwie schien der Zeitpunkt nie der richtige zu sein. Die Ereignisse in der letzten Zeit haben mich gelehrt, dass es so etwas nicht gibt. Der richtige Zeitpunkt ist immer das Jetzt.«

Alice öffnete die Geschenkschatulle und zog eine lange Silberkette heraus. An ihrem Ende baumelte ein runder durchsichtiger Anhänger, in dem sich einige Löwenzahnsamen befanden.

»Das ist wunderschön. Sind die echt?«

Joey rutschte verlegen hin und her. »Ja. Sie sind von … Ich habe sie aufgehoben, als du die Pusteblume hast fallen lassen. Und sie in Harz legen lassen.«

Tränen rollten Alice über die Wangen, als sie begriff, dass es sich um die Blume handelte, die sie ihm vor all den Jahren vor die Füße geworfen hatte. »Von Tammys Beerdigung?« Sie sah ihm in die Augen.

Er nickte.

Alice brachte kein Wort heraus. Sie reichte Joey die Halskette und drehte sich um, damit er sie ihr umlegen konnte. Als seine Finger ihren Nacken berührten, lief ihr ein Schauer über den Rücken.

»Ich weiß nicht, was ich sagen soll.« Sie wandte sich ihm wieder zu und war ihm nun ganz nah. »Danke.«

Er lächelte und schob ihr eine Haarsträhne aus der Stirn.

»Heißt das, dass du mir verzeihst?«

»Dir verzeihen? Was um alles in der Welt soll ich dir verzeihen?«

Joey senkte den Blick. »Dass ich Tammy nicht retten konnte«, flüsterte er.

»Oh, Joey.« Sie legte eine Hand auf seine Brust. »Glaubst du denn … Meine Güte, nein. Ich habe dir nie die Schuld daran gegeben.«

»Aber in all der Zeit, in der du Abstand zu mir gehalten hast, habe ich geglaubt, dass du mir nicht vergeben konntest.«

Alice war bestürzt, dass sie ihm so lange einen solchen Schmerz zugefügt hatte. »Mein lieber, lieber Joey, du hast in meinen Augen nie Schuld daran getragen. Aber viele Jahre lang sah ich immer ihr lächelndes Gesicht, wenn ich dich anschaute, und das konnte ich nicht ertragen. Oh Gott, es tut mir so leid, dass du gedacht hast … Oh, Joey, ich glaube, du bist derjenige, der mir vergeben muss.«

»Dann hat uns das in all der Zeit getrennt? Dass ich dich an Tammy erinnert habe? Nicht dass du mir nicht verzeihen konntest?«

Alice schüttelte den Kopf. »Im Laufe der Zeit wurde es leichter für mich. Aber es gab immer noch so viele ungeklärte Dinge zwischen uns.«

»Unsere Vergangenheit können wir nicht ändern, Alice. Weder unsere eigene noch die der anderen. Wichtig für mich ist nur, was du jetzt für mich empfindest.«

Sie strich Joey über die Wange. »In all der Zeit, im

Dunklen und im Licht, warst du, Joseph Moretti, der Grund, warum ich weiteratmen konnte. Auf mehr als nur eine Weise. Am Anfang habe ich das nicht begriffen, und dann habe ich geglaubt, es sei zu spät für uns. Du hast mich in all dieser Zeit geliebt, und ich habe nicht gewusst, wie ich diese Liebe erwidern konnte. Ich dachte, dass ich das zumindest nicht so konnte, wie du es verdienst.«

»Es ist ganz einfach: indem du du selbst bist.«

»Es hat eine Weile gedauert, bis ich das verstanden habe.«

»Und jetzt?«

Alice legte eine Hand auf seinen Nacken. »Und jetzt …« Sie beugte sich vor und drückte ihre Lippen auf seine.

Die Vögel in den Bäumen verstummten, und keine Brise ließ die Blätter über ihrem Kopf rauschen. Es gab nur Joey, seine Arme um ihre Taille und seine weichen Lippen auf ihren.

Ich habe Freddy alles erzählt.

Er hat sich zu mir gesetzt, nachdem alle gut untergebracht waren. Hattie war in Alice' Zimmer, Clive lag auf dem Sofa und Betty auf der Luftmatratze. Claudine meinte, ihr würde der Teppich genügen, aber ich befürchte, dass sie das morgen bereuen wird. Joey sagte, dass der Lehnstuhl für seine Brandwunden besser geeignet sei als ein Bett, aber ich glaube, das hat er nur erfunden. Aber das ist schon okay.

Freddy hat sich auf den Stuhl an meinem Schreibtisch gesetzt und mir erklärt, dass er die ganze Nacht Wache halten werde. Das klang zwar ein bisschen gruselig, war aber auch sehr nett von ihm. Ich dachte mir, dass er eigentlich ein Recht darauf hat zu wissen, was auf ihn zukommt, wenn er sich mit mir abgibt, und dann sprudelte die ganze verdammte Geschichte aus mir heraus.

Er ist einfach nur sitzen geblieben und hat mir zugehört. Falls er schockiert oder erschrocken war, hat er sich das nicht anmerken lassen. Er hat einfach nur zugehört.

Als ich fertig war, ist er zu mir herübergekommen und hat mir die Tränen von den Wangen gewischt. Er ist nicht ausgeflippt. Hat nichts gesagt. Er hat mich ins Bett gebracht und sich wieder auf den Stuhl gesetzt.

Jetzt schläft er. Er schnarcht. Nur ganz leise. Irgendwie süß.

Jedes Mal, wenn ich die Augen zumache, sehe ich SEIN Gesicht vor mir, also habe ich beschlossen, heute Nacht nicht zu schlafen.

Ich weiß, dass er mich finden kann, wohin ich auch gehe. Ich weiß, dass ich fliehen kann, wann auch immer, wohin auch immer. Egal, wohin ich gehe, er wird mich finden.

Also kann ich auch hierbleiben. Ich weiß, dass die Leute hier mich beschützen werden.

Ich weiß jetzt, was es bedeutet, eine Familie zu haben.

Kapitel vierundvierzig

Kookaburra Creek Café, 2018

Alice lag im Gras und streckte die Arme über den Kopf. Eine leichte Brise wehte, und der Sonnenschein wärmte sie. Der Geruch nach zertretenen Eukalyptusblättern war vertraut, aber weit entfernt.

Sie lächelte, als sein Gesicht näher kam und sein Atem ihre Wange streifte. Seine Lippen schmeckten nach Kaffee, und sein Hals roch nach Nelken und Honig, als er sie küsste. Zärtlich, aber nur kurz.

Er erhob sich, und die Konturen seines Gesichts verschwammen wie im Nebel.

»Zu klug«, flüsterte er und tippte ihr an die Stirn. »Nicht klug genug.« Er berührte seine Brust und sah sie so traurig an, dass sie zu weinen begann.

»Leb wohl«, flüsterte sie.

Das Scheppern von Töpfen und Pfannen weckte Alice, und sie stellte fest, dass sie auf der Veranda saß, den Kopf an Joeys Schulter gelehnt. Offensichtlich waren sie beide irgendwann in den frühen Morgenstunden eingeschlafen.

Sie rieb sich die Augen. Ihre Wangen waren feucht. Auf ihren Lippen lag der Geschmack von Kaffee, und sie hatte den Geruch nach Nelken und Honig in der Nase. Rasch setzte sie sich auf und schüttelte den Traum ab.

Sie streckte sich und berührte Joey leicht am Arm.

»Was? Wer?« Er fuhr hoch.

»Schon gut. Wir sind eingeschlafen. Ich glaube, alle anderen sind in der Küche.«

Hand in Hand gingen sie durch die offenen Schiebetüren ins Café.

»Guten Morgen.« Freddy kam durch die Schwingtür in den Gastraum.

Joey griff sich an die Brust. »Meine Güte. Du weißt schon, dass ich vor Kurzem einen Herzinfarkt hatte, oder?«

»Tut mir leid, Schätzchen.« Hattie tänzelte mit einem großen Teller voll Spiegeleier herein. »Ihr habt beide so friedlich ausgesehen, dass wir euch nicht wecken wollten.« Sie zwinkerte Joey zu und tätschelte seine Wange. »Becca macht Frühstück. Für uns alle.« Sie stellte den Teller mit den Eiern auf den langen Tisch in der Mitte des Raums.

Clive und Betty kamen herein und hoben beide ihre Kaffeebecher zum Gruß.

»Bonjour, *mes amours*.« Claudine brachte lächelnd eine große Platte mit Pfannkuchen herein.

Alice lehnte sich an Joeys unverletzte Schulter und lachte.

Rühreier, Speck, Bananenshakes – mehr und mehr Essen wurde aus der Küche herbeigetragen. Becca hatte sogar einen herzschonenden Obstsalat und ein Müsli für Joey zubereitet.

Joey ließ den Salat jedoch links liegen und stürzte sich stattdessen auf die Waffeln.

»Sieh mal einer an!« Carson tauchte auf der Veranda auf. »Was ist denn hier los?« Er ging mit großen Schritten auf Alice zu und setzte sich neben sie.

»Frühstück«, erwiderte Alice und runzelte leicht die Stirn. Was machte er so früh hier? War etwas schiefgelaufen?

»Ich habe mir gedacht, ich schaue mal vorbei, um zu sehen, wie die Pyjamaparty gelaufen ist«, sagte er und grinste breit.

»Ganz hervorragend, mein Lieber.« Hattie reichte ihm einen Teller mit Eiern und Speck. »Du hast das wohl vom Auto aus gerochen, was?« Sie lächelte, und Carson zwinkerte ihr zu. Anscheinend hatte auch er die Nacht hier verbracht. Hattie entging einfach nichts.

Er beugte sich zu Alice hinüber. »Er wurde in Queensland angehalten«, flüsterte er ihr ins Ohr. »Anscheinend hat jemand den Leuten dort oben im Norden den Tipp gegeben, mal seinen Wagen zu durchsuchen. Und der Tipp war wohl nicht schlecht. Er wurde verhaftet. Drogenbesitz.«

Sie seufzte und ließ die Schultern sinken. »Vielen Dank.«

Nach dem Frühstück begannen alle gemeinsam aufzuräumen, und Alice sah, dass Becca am Steg saß und ihre Füße ins Wasser tauchte. Sie ging zu ihr.

»Was ist los?«, fragte sie.

Becca zuckte mit den Schultern. »Ich habe Angst, dass er zurückkommt.«

Alice legte ihr einen Arm um die Schultern und freute sich, dass das Mädchen sich nicht von ihr zurückzog. »Möglich wäre es, auch wenn ich es nicht glaube. Ich kann dir nur versprechen, dass wir immer für dich da sein werden. Wir werden dich immer beschützen.«

»Das weiß ich.« Becca nickte.

»Und falls du jemals deine Mutter oder deinen leiblichen Vater suchen willst, dann helfe ich dir dabei. Aber das hier ist dein Zuhause. Für immer.«

Becca lächelte. »Ich weiß. Meine Eltern haben ihre Entscheidung getroffen, Alice, und nun ist es wohl an der Zeit, dass auch ich meine Entscheidung treffe.«

Sie umarmte Alice, und Alice drückte sie an sich.

Kapitel fünfundvierzig

Kookaburra Creek Café, 2018

Alice fegte die Veranda und wischte die Tische ab. Der Probelauf war gutgegangen, und in ein paar Tagen würden sie das Café wieder öffnen können. In der Woche, seit sie und Becca wieder eingezogen waren, hatten sie einige Feinarbeiten erledigt – hier ein bisschen Farbe aufgetragen, dort ein wackliges Tischbein repariert –, und nun musste das Café nur noch geputzt und auf Hochglanz gebracht werden. Und das wollte Alice selbst erledigen.

Sie hatte Becca und Freddy nach Glensdale geschickt, um Servietten und Cupcake-Bleche zu kaufen, und Joey hatte einen anstrengenden Tag in der Bäckerei vor sich. Eigentlich war sie froh, nach den letzten Tagen endlich ein wenig Ruhe zu haben.

Alice ging hinein, hob die Stühle von den Tischen und stellte sie auf den mittlerweile trockenen Boden. Sie summte leise vor sich hin, während sie den Gastraum vorbereitete.

Die neue Glocke des Kookaburra Creek Cafés ertönte laut, und Alice drehte sich um.

Eine Frau kam zur Tür herein. Ihr blondes Haar war kürzer, ihr Gesicht wirkte eingefallen, und ihre Körperhaltung war nicht mehr ganz so aufrecht wie früher. Aber Alice erkannte ihre alte Freundin sofort wieder, auch wenn viel Zeit vergangen war.

»Alice«, sagte die Frau.

»Louise.«

»Ich war mir nicht sicher, ob du noch hier wohnst.« Louise hielt ein Kuvert hoch – den Brief, in dem Alice Dean vor all den Jahren mitgeteilt hatte, dass er eine Tochter hatte. »Aber ich musste es einfach versuchen. In der Stadt hat man mir gesagt, dass ich dich hier finde.«

»Es ist lange her.« Etwas anderes fiel Alice nicht ein.

»Gehen wir irgendwohin, wo wir uns unterhalten können?«

Schweigend gingen Alice und Louise am Fluss entlang, bis sie zu Tammys Bank kamen. Sie setzten sich und starrten ins Wasser.

»Es geht um Dean«, begann Louise. »Er ist tot. In den letzten Jahren hat er immer größere Risiken gesucht – Fallschirmspringen, Sporttauchen, Autorennen. Und nun ist er an einer Lungenentzündung gestorben. Seine Lunge hat sich nie richtig von dem Unfall erholt.« Louises Stimme war tränenerstickt.

»Wann?«, fragte Alice und versuchte, sich ihre Gefühle nicht anmerken zu lassen.

»Vor sieben Tagen.«

In der Nacht der Pyjamaparty. In der Nacht, in der Alice diesen Traum gehabt hatte. Sie senkte den Kopf.

»Ich habe das in einer Schublade gefunden.« Sie reichte Alice ein Bündel Postkarten, das mit einer pfirsichfarbenen Schleife zusammengebunden war. »Ich hatte keine Ahnung, dass du ihn so sehr geliebt hast.«

Alice schluckte.

»Ich musste einfach kommen und dir sagen, wie leid es mir tut.«

»Was tut dir leid?«

»Ich habe nur versucht, ihn zu beschützen. Du musst das verstehen.«

»Was?«

Louise gab Alice den Umschlag. »Ich … ich habe gedacht, dass du dir nicht wirklich etwas aus ihm machst. Ich habe angenommen, dass …« Sie schüttelte den Kopf. »Ich habe ihm diesen Brief nie gezeigt.«

Alice versuchte zu begreifen, was Louise gesagt hatte. Er hatte den Brief nie bekommen. Er hatte es nie erfahren. Und sie hatte in all den Jahren geglaubt, dass er von seiner Tochter nichts wissen wollte. In all diesen Jahren hatte sie wegen seiner Ablehnung heiße Tränen vergossen, aber er hatte es gar nicht gewusst. Er war gestorben, ohne von Tammys Existenz erfahren zu haben.

Alice wandte sich Louise zu. »Aber du hast den Brief gelesen, oder? Und Bescheid gewusst.«

Aus Louises Kehle drang ein verhaltenes Schluchzen. »Ich habe ihn sehr geliebt. Schon von Anfang an. Der Tag an dem Aussichtspunkt. Er hat mich behandelt, als würde er … nun ja, als wäre er tatsächlich an mir interessiert. So war vorher noch nie ein Junge mit mir umgegangen. Ich habe versucht, meine Gefühle für ihn zu unterdrücken. Wegen dir. Aber als du dann einfach verschwunden bist, war ich wütend auf dich. Ich habe nicht verstanden, wie du ihm das antun konntest. Und dann habe ich versucht, eine gute Freundin für ihn zu sein.«

Alice verschlug es die Sprache. Sie versuchte zu begreifen, was Louise ihr gerade gesagt hatte.

»Warum hast du es ihm nicht gesagt, als du es bemerkt hast, Alice?«

»Ich habe nicht gewusst, wie.« Alice' Kopf schmerzte. »Hätte es etwas geändert?«

»Das weiß ich nicht. Aber ich weiß, dass er am Boden zerstört war, als du plötzlich weg warst. Er hat dich gesucht. Sehr lange. Bis er es schließlich aufgegeben hat. Und mich in sein Herz gelassen hat. Er war gerade dabei, darüber hinwegzukommen, als dieser Brief kam.« Sie warf einen Blick auf das Kuvert in Alice' Schoß. »Ich musste ihn schützen.«

»Hat er dich geliebt?«, fragte Alice leise.

»Ich glaube schon. Auf eine bestimmte Weise. Wir hatten ein gutes Leben zusammen.«

»Kinder?«

»Nein. Wir haben es versucht. Nach dem Unfall standen die Chancen jedoch nicht sehr gut.«

Alice schüttelte den Kopf. So viel unnötiger Schmerz.

»Ich erwarte nicht, dass du mir verzeihst, Alice. Oder verstehst, warum ich das alles getan habe. Aber ich wollte dir von Deans Tod erzählen. Die Sache abschließen.«

Alice schloss für einen Moment die Augen. Ein Abschluss.

»Vor allem wollte ich Tammy wissen lassen, dass ihr Vater sie nicht im Stich gelassen hat. Nicht wissentlich. Es war meine Schuld. Und es tut mir leid.«

Viel zu viele Gefühle stürmten auf Alice' Verstand und ihre Seele ein.

»Wenn du es mir erlaubst, würde ich mich gern bei ihr entschuldigen. Ihr erzählen, wie ihr Dad war.«

»Und dein Gewissen erleichtern?«

»Vielleicht.«

»Das kannst du nicht.«

»Ich verstehe. Das ist deine Entscheidung.« Louise nickte.

»Nein, ich meinte, du kannst nicht mit Tammy sprechen – niemand kann das. Sie ist vor acht Jahren gestorben.«

»Oh, Alice.« Louise zog sie an sich.

Alice versteifte sich zuerst bei ihrer Umarmung, entspannte sich dann aber. Louise war nicht die Einzige, die Schuld trug – das alles war eine verworrene Mischung aus Geheimnissen, Lügen und Fehlern.

Sie blieben eine Weile sitzen und beobachteten, wie die Sonne hinter den Bäumen verschwand.

»Fährst du heute Abend noch nach Sydney zurück?« Alice brach schließlich das Schweigen.

»Ja. Ich sollte mich auf den Weg machen. Hier ist meine Telefonnummer. Falls du … Ich weiß nicht.«

»Gute Fahrt.«

»Es tut mir leid, Alice.«

»Mir auch.«

Alice sah Louise hinterher, als sie über die Brücke zurück in die Stadt ging, und wartete darauf, dass Hass in ihr aufstieg. Aber sie spürte nur Bedauern und Mitleid. So vieles war verloren gegangen. Hass schien jetzt vollkommen sinnlos zu sein.

Als Alice zum Café zurückkam, war es bereits Abend geworden. Alles war ruhig und dunkel, bis auf zwei Lichter hinter den Fenstern der Wohnung. Kein Grund zur Eile. Sie würde sich noch ein wenig Zeit nehmen.

Alice ließ auf dem Bootssteg ihre Füße ins Wasser baumeln und blätterte durch das Bündel Postkarten. Jede Nachricht, die sie Dean geschickt hatte, jedes Wort, das sie ihm geschrieben hatte, war sorgfältig mit dem Band zusammengehalten, mit dem sie am Abend des Schulballs ihren Pferdeschwanz gebunden hatte. Sie hatte geglaubt, dass sie es an diesem Abend auf dem Heimweg verloren hatte.

Sie hatte nicht gedacht, dass es so enden würde. Oft hatte sie sich vorgestellt, dass sie sich zufällig wiederbegegnen würden, vielleicht in Sydney, auf einer belebten Straße. Und dass sie Kaffee trinken und sich auf den neusten Stand der Dinge bringen würden. Manchmal waren sie in ihrer Fantasie sogar beim Abendessen und später in seiner Wohnung, wo sie sich in den Armen lagen. Und manchmal begegneten sie sich in ihren Tagträumen in Sydney in einer Menschenmenge, lächelten sich nur zu und gingen einfach weiter.

Aber das alles hatte nicht stattgefunden. Und jetzt blieben nur noch Erinnerungen.

Sie hörte Schritte hinter sich, und als sie sich umdrehte, sah sie Joey mit Shadow im Schlepptau auf sich zukommen.

»Nicht viel los heute?« Joey setzte sich neben sie, und Shadow legte seinen Kopf auf Alice' Schoß. »Was ist das?« Er deutete auf das Bündel Postkarten in Alice' Hand.

»Ich hatte Besuch. Dean ist gestorben.«

Joey sah sie aus großen Augen an.

»Er hat nie von Tammy erfahren.«

»Oh, Alice.« Er schlang seine kräftigen Arme um sie und strich ihr übers Haar, während sie ihm von Louises Besuch erzählte.

So, das habe ich also in den siebzehn Jahren meines Lebens gelernt.

Je älter die Bande sind, die zwischen uns bestehen, umso schwerer ist es, sie zu lösen. Und manchmal funktioniert es auch gar nicht. Ich nehme an, das Thema ist für mich nicht so wichtig, denn ich habe keine alten Verbindungen. Nur weiß ich nicht, ob solche alten Bande gut oder schlecht sind. Manchmal scheinen sie im Weg zu sein, wenn man neue Verbindungen knüpfen möchte. Neue Bande können zu alten Verbindungen werden und genauso stark sein, wenn wir das zulassen. Vielleicht ist das etwas, was ich jetzt herausfinden muss – die Möglichkeit dazu habe ich.

Je älter man wird, umso schwerer fällt es einem, sein Leben neu zu ordnen. Aber irgendwann schafft man es dann doch. Wahrscheinlich wird es immer schwieriger, sein Gepäck auszusortieren, also sollte ich das lieber jetzt schon tun. Einiges hinter mir lassen. Noch bin ich nicht alt, also vierzig oder so, und kann noch alles auf die Reihe bekommen, bevor mir das nicht mehr gelingt.

Kookaburra Creek ist kein schlechter Ort, um sich niederzulassen. Ich meine, wenn man schon irgendwo festhängt, ist es nicht schlecht, wenn man einen Ort erwischt hat, wo die Leute sich wirklich um dich kümmern, oder?

Kapitel sechsundvierzig

Kookaburra Creek Café, 2018

Alice wachte auf, als ein Kissen sie am Kopf traf. »Wir dürfen heute nicht zu spät kommen«, trällerte Becca.

Es war der Morgen von Hatties Geburtstagsfeier und der großen Wiedereröffnung des Cafés.

»Autsch! Ich komme gleich«, murmelte Alice unter der Bettdecke.

Bevor sie nach unten gingen, hielt Becca sie auf. »Ich habe etwas für dich.« Sie reichte Alice eine kleine Schachtel mit einem grünen Band. »Ich weiß, es ist nicht genau das, was du verloren hast, aber vielleicht…« Sie zuckte mit den Schultern. »Du weißt schon, ein Neubeginn und so.«

Alice öffnete die Schachtel.

»Oh, Becca.« Sie zog das Mädchen in ihre Arme. »Ich kann es kaum fassen, dass du daran gedacht hast.«

Sie betrachtete die Salz- und Pfefferstreuer – ein kleiner Gartenzwerg in einem blauen Overall und ein weiblicher Zwerg in einem rotgepunkteten Kleid. »Sonia und Bruce.« Sie seufzte.

»Wer?« Becca verzog das Gesicht.

»Meine Eltern.« Alice zuckte mit den Schultern. »Sie hatten eine Gartenzwergsammlung. Dad hat Mum den ersten Zwerg geschenkt, und sie hat dann alle weiteren hinzugefügt.«

»Aha. Na ja, wie ich sagte, es ist nicht ganz dasselbe, aber … Oh, nein, du wirst doch jetzt nicht etwa rührselig!« Becca wandte sich ab, als sie sah, dass Alice Tränen in die Augen stiegen.

»Nein, tut mir leid. Gehen wir?« Sie stiegen die Treppe zum Café hinunter.

Alice platzierte lächelnd die Salz- und Pfefferstreuer, die Becca ihr soeben geschenkt hatte, auf dem Tisch in der Mitte des Gastraums. Sie waren sicher nur der Anfang einer neuen Sammlung. Betty hatte ihr bereits versprochen, dass sie ihr von ihrer Reise nach Portugal im nächsten Monat welche mitbringen würde. Ganz sicher.

Alice hatte gewusst, dass die Wiedereröffnung des Cafés in Kombination mit der Geburtstagsfeier keine ruhige Angelegenheit werden würde, aber selbst in ihren kühnsten Träumen hatte sie sich nicht vorstellen können, was Hattie alles auf die Beine stellen wollte. Ihre Pläne hatten Alice fast die ganze Woche auf Trab gehalten. Sie musste Bestellungen aufgeben, Lieferungen abstimmen, an der Speisekarte feilen, zusätzliches Personal suchen und einiges im Voraus backen. Alice war bereits erschöpft, bevor der Tag begonnen hatte.

Freddy kam wie gerufen und salutierte vor Alice. »Wo werde ich gebraucht, Boss?«

»Hier hinten«, antwortete Becca aus der Küche. »Ich habe dir deine Schürze schon hingelegt.«

Alice hatte bis Mitternacht Cupcakes in verschiedenen Geschmacksrichtungen gebacken: Limette, Schokolade mit Chili und Schokoladencreme, was immer gefragt war.

»Hier kommt die Kavallerie!« Hattie betrat schwungvoll das Café, dicht gefolgt von Carson in Zivilkleidung.

»Bereit zum Dienst.« Er salutierte.

»Gib mir auch eine Aufgabe«, forderte Hattie. »Ich will hier nicht herumstehen und Staub ansetzen.«

Alice drückte Hattie einen Block und einen Stift in die Hand und ging mit ihr die Tischnummern durch. Schließlich war es ihre Schuld, dass an diesem Tag so viel los sein würde. Sie hatte Flugblätter verteilt und den *Herald* informiert, weil sie sich sicher war, dass man dort an einem Folgeartikel über den Wiederaufbau des Cafés interessiert war.

Als Alice erfahren hatte, dass Reporter vom *Herald* kommen würden, hatte sie die ganze Sache abblasen wollen, aber Becca hatte sie davon abgehalten. Sie würde in der Küche bleiben und darauf achten, dass sie nicht fotografiert wurde. Und Hattie hatte sich vorbehalten, vor der Veröffentlichung ihre Zustimmung zu dem Artikel zu geben, also fühlte Becca sich sicher.

Wenn Fotos über dieses Ereignis in der Presse veröffentlicht wurden und sie nicht darauf zu sehen war, würde *ihn* das sogar davon überzeugen, dass sie sich nicht hier aufhielt. Und falls alle Stricke reißen sollten, würden alle auf sie aufpassen.

»Wo soll das hin?« Joey trug mit einer Hand einen großen Korb mit Broten, Brötchen und Gebäck herein und salutierte scherzhaft in Richtung der anderen.

»Gott sei Dank.« Alice seufzte. »Du bist wieder da, Joey. Freddy wartet schon auf dich.«

»Tief durchatmen.« Joey lächelte, stellte den Korb ab und nahm Alice' Hände in seine.

»Es tut mir leid, aber diese Woche ist wirklich verrückt.«

»Durchatmen, Alice.«

Sie befolgte seinen Rat.

»Wenn wir das geschafft haben, bleibt uns viel Zeit für uns.« Er gab ihr einen zärtlichen Kuss und trug das Brot in die Küche.

Auf dem Kiesweg vor dem Haus hörte man große Reifen knirschen. Alice schüttelte den Kopf, als einer der ersten Busse ankam.

Was hatte Hattie ihr da nur angetan?

»Showtime!« Hattie stellte sich in Pose.

Die geborgten Tische auf dem Rasen vor der Veranda reichten gerade aus, um die zusätzlichen Gäste unterzubringen, und Alice machte sich in Gedanken eine Notiz, dem Reverend dafür zu danken, dass er sie ihr geliehen hatte. Und Alice durfte auch einige andere

Dinge nicht vergessen. Sie musste Claudine McCreedy für die Blumen auf jedem Tisch entschädigen. Mrs Harris ein Geschenk dafür besorgen, dass sie sich bereit erklärt hatte, beim Abräumen der Tische zu helfen. Und Becca eine Lohnerhöhung geben. Wenn sie nur ein wenig Zeit hätte, um sich das alles schriftlich zu notieren.

Immer wieder zuckten Blitze von Kameras und Smartphones auf. Wenn jemand ein Foto schoss, folgten ihm andere, dann herrschte wieder eine Weile Ruhe, bevor der Sturm wieder losbrach. Fotos vor dem neuen Schild, das an Ketten befestigt über der Veranda hing, Fotos vor der Cupcake-Etagere, Gruppenfotos, Selfies mit Alice.

Als Alice den gefühlt tausendsten Rote-Bete-Burger nach draußen trug, fiel ihr Blick auf Joey, der an den Tischen bediente. Noch eine Notiz in Gedanken: *Joey ein tolles Geschenk als Dankeschön für diesen Tag kaufen.*

Hattie genoss jeden Moment ihrer Party, mischte sich unter die Besucher und vermittelte, wie nur sie es konnte, jeder Person das Gefühl, dass sie nur wegen ihrer Anwesenheit so glücklich war. Die rote Strähne in ihrem Haar war im Farbton genau auf die Rosen auf ihrem Chiffonschal abgestimmt, und sie blühte bei der Aufmerksamkeit, die ihr zuteilwurde, sichtlich auf.

In einer Ecke des Cafés saß der wahre Grund für Hatties Freude – Genevieve mit einer Decke auf den Knien. Betty kümmerte sich um sie und vergewisserte sich, dass sie es bequem hatte. Jedes Mal, wenn Hattie an ihr vorbeischwebte, glaubte Alice in Genevieves Augen ein leichtes Aufflackern zu sehen, beinahe so, als würde sie ihre Schwester wiedererkennen.

Die Sonne stand tief am Himmel, und leise Stimmen klangen durch die Abendluft. Der lange Tisch auf der Veranda war mit Gläsern übersät, einige halb voll, andere leer und ein paar umgekippt, sodass sich klebrige Flüssigkeit auf die weiße Tischdecke ergossen hatte. Die meisten Gäste waren gegangen, nur Alice' und Hatties enge Freunde waren noch da. Der Reverend unterhielt sich an einem Ende des Tisches mit Betty. Am anderen Ende saß Fiona mit ihrer Mutter und hörte sich geduldig ihre Klagen darüber an, dass ihre Tochter bald die Stadt verlassen würde, um wieder als Anwältin zu arbeiten; dabei konnte sie kaum verbergen, wie stolz sie auf sie war. Fiona lächelte Alice zu, und die erwiderte ihr Lächeln. Hattie versuchte, Sergeant Carson davon zu überzeugen, sich weiter der Schauspielerei zu widmen, denn ein solches Aussehen durfte ihrer Meinung nach auch in seinem Alter nicht verschwendet werden. Carson wurde rot. Neben ihm schnarchte Clive, das Kinn auf der Brust, leise vor sich hin.

Becca hatte den Kopf auf Freddys Schulter gelegt. Ihre Brust hob und senkte sich langsam, und Alice sah, dass sie kurz davor war einzuschlafen. Freddy spielte lächelnd mit einer Haarsträhne, die ihr in die Stirn gerutscht war. Noch eine Notiz in Gedanken: *Ein Wochenende mit den beiden in Sydney verbringen.*

Alice gab Joey einen Kuss und drückte seine Schulter, bevor sie aufstand und ein paar leere Weinflaschen in die Küche trug.

Sie holte die verkohlten Reste von Sylvia unter der Theke hervor. Die Feuerwehrleute hatten das Bild nach dem Feuer eingeklemmt zwischen Arbeitsplatte und Küchenwand gefunden. Die Edelstahlfläche hatte es ein wenig vor den Flammen geschützt, aber trotzdem waren nur Sylvias Augen unversehrt. Alice hatte die Reste auf ein Stück Pappe gelegt, in der Hoffnung, das Bild wieder an die Wand hängen zu können, doch das Papier war so stark zerstört, dass bei jeder Berührung die Ränder abbröckelten.

»Wir haben es geschafft.« Alice lächelte ihre alte Freundin an. »Die Schokoladen-Chili-Mischung, die Joey vorgeschlagen hat, kam sehr gut an, und ich habe so viele Vorbestellungen für Schokoladencreme-Cupcakes, dass ich damit bis Weihnachten beschäftigt sein werde.«

An der Stelle, wo Sylvias Foto gehangen hatte, befand sich nun ein Bild von Tammy und Joey, das sie Hand in Hand am Kookaburra Creek zeigte.

Vorsichtig hob Alice die Pappe mit den Resten von Sylvias Foto hoch, öffnete die Hintertür und trug sie hinunter zum Fluss.

»Danke.« Sie kniete sich hin und ließ Sylvia langsam in das fließende Wasser gleiten. »Für alles.«

»Hat sie dir jemals geantwortet?« Beim Klang von Hatties Stimme zuckte Alice zusammen und fuhr herum.

»Wie lange stehst du da schon?«

»Lange genug«, erwiderte Hattie mit einem Lächeln.

»Jetzt brechen alle auf.« Becca kam zu ihnen ans Ufer.

Hattie lächelte. »Zeit, nach Hause zu gehen.«

Die drei Frauen hakten sich unter und gingen zusammen die wenigen Schritte zurück zum Café.

Alice lächelte. Nach Hause. Kookaburra Creek, ihr Café. Hattie, Joey, Becca. Es war schon merkwürdig, wie man plötzlich ein Zuhause fand, an einem Ort, wo man nicht hatte bleiben wollen, mit Menschen, die man nie hatte lieben wollen.

Danksagung

Danke an den »Strickkreis«, dessen Mitglieder – Claudia, Eva und Hilary – meine frühen und ganz schrecklichen Texte gelesen und sich trotzdem nicht von mir abgewendet haben. Solche Freundschaften sind selten, und wenn es mir gelungen ist, die Kraft von Freundschaften zwischen Frauen gut darzustellen, dann habe ich das euch zu verdanken. Ich vermisse euch jeden Tag.

Kelly Baker. Deine unverhoffte freundliche Geste vor so langer Zeit hat mir mehr bedeutet, als du dir vorstellen kannst. Und nun bist du vor Kurzem wieder aufgetaucht und hast mir zu meiner ersten Schreibpause verholfen, die so viel verändert hat.

Danke an meine erste professionelle Lektorin Nicola O'Shea, die mir dabei geholfen hat, das wahre Herz von Kookaburra Creek zu finden.

Danke an Shell, El, Max, Georgie und Benison – meine »Schreibgruppe«. Als ich vor zwei Jahren bei meiner nervenaufreibenden Reise des Schreibens beinahe ertrunken wäre, habe ich euch gefunden. Ihr wart mein Rettungsboot – vielen Dank dafür.

Danke auch an das Team bei Penguin – an die Grafik-Abteilung für das wunderschöne Cover, an die Marketing-Abteilung, die mein Baby so gut vermarktet, an meine Lektorin Elena, die mein Baby wunderbar aufpoliert hat, und an meine Verlegerin Kimberley, die die Menschen in Kookaburra Creek so sieht wie ich und sie so sympathisch findet, dass sie mein Buch angenommen hat. Vielen Dank an euch alle.

Ein Dank geht auch an Sonia Lidbury, die ihr medizinisches Wissen in Bezug auf Deans Geschichte mit mir geteilt hat. Und an das wunderbare Team bei FFPS, das mit Begeisterung alle von Alice' Cupcake-Kreationen probiert hat. Wahrscheinlich hat es eurer Figur nicht gutgetan, aber ich bin euch sehr dankbar dafür.

Ein besonderes Dankeschön an Mishell Currie und Jen Johnson, die einen Entwurf nach dem anderen gelesen haben. Sie haben mir wertvolles Feedback gegeben und mich immer angefeuert.

Danke an Léonie Kelsall, meine großartige Kritikpartnerin, für ihre Erkenntnisse und dafür, dass sie jedes Hoch und Tief mit mir durchgestanden hat.

Danke an meine inoffiziell ernannte Mentorin Dianne Blacklock dafür, dass sie eine wunderbare Lehrerin war, mich immer aufgefangen hat, wenn ich ein Tief hatte, und mir geholfen hat, einen Weg zu finden, weiterzumachen, auch wenn ich dachte, ich wäre am Ende meiner Kräfte.

Danke an meine Mum Irene, die dafür gesorgt hat, dass ich während dieser Erfahrung mit den Beinen auf dem Boden blieb – sie ist eine der stärksten Frauen, die ich kenne.

Danke an meine Schwester Karen, die schon zu Beginn an meine Geschichten geglaubt hat, aber immer sehr offen und ehrlich mit mir war. Wir sind nicht immer einer Meinung (überhaupt jemals?), aber in den letzten Jahren, in denen ich mich beruflich und persönlich auf eine Reise begeben habe, warst du meine größte Stütze, und dafür bin ich dir dankbarer, als du denkst.

Danke an meinen Ehemann Chris, der so lange hat leiden müssen – ohne dich wäre das alles nicht möglich gewesen. Vielen Dank, dass du mir die Zeit und den Raum gegeben hast, um diesen verrückten Traum in die Tat umzusetzen. Nun ist das Buch veröffentlicht, und du kannst lesen, womit ich mich die ganze Zeit beschäftigt habe.

Danke an meine Tochter Emily – du beweist großen Mut und viel Reife beim Umgang mit den Herausforderungen, die das Leben dir stellt. Und deswegen bist du in jeder Hinsicht und jeden Tag meine größte Inspiration.

Unsere Leseempfehlung

416 Seiten
Auch als E-Book
und Hörbuch
erhältlich

Kurz vor Josefines Hochzeit brennt ihre Cousine nach Schottland durch, den Familienring im Gepäck, den Josefine bei der Trauung tragen sollte. Als ihre Großmutter daraufhin der Ehe ihren Segen verweigert, reist Josefine dem schwarzen Schaf der Familie hinterher und gerät von einem Schlamassel in das nächste. Nicht nur einmal muss der charismatische Aidan ihr aus der Patsche helfen – dabei ist dieser Charmeur der Letzte, vor dem sie sich eine Blöße geben möchte. Aber der Zauber Schottlands lässt niemanden unberührt, und schon bald passieren seltsame Dinge mit Josefine, die so gar nicht in ihren Lebensplan passen ...